Jean Paul

Dr. Katzenbergers Badereise

nebst einer Auswahl
verbesserter Werkchen

Jean Paul: Dr. Katzenbergers Badereise nebst einer Auswahl verbesserter Werkchen

Heidelberg 1809.

Neuausgabe mit einer Biographie des Autors
Herausgegeben von Karl-Maria Guth
Berlin 2016

Der Text dieser Ausgabe folgt:
Jean Paul: Werke. Herausgegeben von Norbert Miller und Gustav Lohmann, Band 1–6, Band 6, München: Hanser, 1959–1963.

Die Paginierung obiger Ausgabe wird hier als Marginalie zeilengenau mitgeführt.

Umschlaggestaltung von Thomas Schultz-Overhage unter Verwendung des Bildes: Jean Paul (Gemälde von Heinrich Pfenninger, 1798)

Gesetzt aus der Minion Pro, 11 pt

Verlag: Henricus - Edition Deutsche Klassik GmbH
Mörchinger Str. 33, 14169 Berlin, info@henricus-verlag.de
Druck: Libri Plureos GmbH, Friedensallee 273, 22763 Hamburg

Die Ausgaben der Sammlung Hofenberg basieren auf zuverlässigen Textgrundlagen. Die Seitenkonkordanz zu anerkannten Studienausgaben machen Hofenbergtexte auch in wissenschaftlichem Zusammenhang zitierfähig.

ISBN 978-3-8430-8642-4

Bibliografische Information der Deutschen Nationalbibliothek

Die Deutsche Nationalbibliothek verzeichnet diese Publikation in der Deutschen Nationalbibliografie; detaillierte bibliografische Daten sind im Internet über www.dnb.de abrufbar.

Inhalt

Erstes Bändchen

Vorrede zum ersten und zweiten Bändchen der ersten Auflage

Mit den Taschenkalendern und Zeitschriften müssen die kleinen vermischten Werkchen so zunehmen – weil die Schriftsteller jene mit den
besten Beiträgen zu unterstützen haben –, daß man am Ende kaum ein
großes mehr schreibt. Selber der Verfasser dieses Werks (obwohl noch
manches großen) ist in acht Zeitschriften und fünf Kalendern ansässig
mit kleinen Niederlassungen und liegenden Gründen.

Dies frischte im Jahre 1804 in Jena die Voigtische Buchhandlung an,
»kleine Schriften von Jean Paul Friedrich Richter«, ohne mich und ihr
Gewissen zu fragen, in den zweiten Druck zu geben.

Sie frischt wieder mich an, ihre kleinen Schriften von J. P., gleichfalls
ohne zu fragen, hier ans Licht zu stellen. Gelassen lass' ich hier die
Handlung über Nachdruck des Nachdrucks, über Nachverlag des
Nachverlags schreien und mache mit diesem Sünden-Bekenntnis gern
das Publikum zum heiligen Stroppinus, welcher der Beichtvater Christi
ist.[1] Denn will Voigt klagen, daß ich ihm seinen Verlagartikel unbrauch-
bar gemacht und verdorben hätte durch völlige Verbesserung und
Umarbeitung des selben: so versetz' ich, daß nur ein Sechstel dieses
Buchs aus jenem genommen ist. Das zweite Sechstel sammelte ich aus
Zeitschriften, woraus er noch nichts von mir gesammelt.

Das zweite und das dritte Drittel dieses Buchs sind ganz neu, nämlich
Dr. Katzenbergers Badreise und Geschichte, so wie die Schluß-Polymeter;
aber hierüber sei ein Beichtwort an den Leser vergönnt, würd' es ihm
auch schwerer, zum zweiten Male der heilige Stroppinus zu sein. Und
doch sind über das folgende leichter vergebende Beichtväter zu haben
als Beichtmütter. Es betrifft den Zynismus des Doktors Katzenberger.

Es gibt aber viererlei Zynismen. Der *erste* ist der rohe in Betreff des
Geschlechts, wie ihn Aristophanes, Rabelais, Fischart, überhaupt die alten,

---

1   Kotzebues Reise nach Italien, B. II.

obwohl keuschen Deutschen und die Ärzte haben. Dieser ist nicht sowohl gegen Sittlichkeit als gegen Geschmack und Zeit.

Der *zweite* Zynismus, den die Vernunftlehre annimmt, ist der subtile der Franzosen, der, ähnlich dem subtilen Totschlag und Diebstahl der alten Gottesgelehrten, einen zarten subtilen Ehebruch abgibt; dieser glatte nattergiftige Zynismus, der schwarze Laster zu glänzenden Sünden ausmalt und welcher, die Sünde verdeckend und erweckend, nicht als Satiriker die spanischen Fliegen etwan zu Ableitschmerzen auflegt, sondern welcher als Verführer die Kanthariden zu Untergangs-Reizen innerlich eingibt; dieser zweite Zynismus nimmt freilich, wie Kupfer, bei der Ausstellung ins Freie bloß die Farbe des *Grüns* an, das aber vergiftet, indes der erste schwere, gleich Blei, zur *schwarzen* verwittert.

Von dem zweiten Zynismus unterscheidet sich überhaupt der erste so vorteilhaft-sittlich, wie etwan (um undeutlicher zu sprechen) Epikurs Stall von der Sterkoranisten Stuhl, worin das Gottgewordne nicht Mensch wird; oder auch so wie boue de Paris (Lutetiae) oder caca du Dauphin von des griechischen *Diogenes* offizinellem album graecum verschieden ist.

– Beinahe macht die Rechtfertigung sich selber nötig; ich eile daher zum *dritten* Zynismus, welcher bloß über natürliche, aber *geschlechtlose* Dinge natürlich spricht, wie jeder Arzt ebenfalls. Was kann aber hier die jetzt-deutsche Prüderie und Phrasen-Kleinstädterei erwidern, wenn ich sage: daß ich bei den besten Franzosen (z.B. Voltaire) häufig den cû, derrière und das pisser angetroffen, nicht zu gedenken der filles-à-douleur? In der Tat ein Franzose sagt manches, ein Engländer gar noch mehr. Dennoch wollen wir Deutsche das an uns Deutschen nicht leiden, was wir an solchen Briten verzeihen und genießen, als hier hintereinander gehen:

Butler, Shakespeare, Swift, Pope, Sterne, Smollet, der kleinern wie Donne, Peter Pindars und anderer zu geschweigen. Aber nicht einmal noch hat ein Deutscher so viel gewagt als die sonst in Sitten, Sprechen, Geschlecht- und Gesellschaft-Punkten und in weißer Wäsche so zartbedenklichen Briten. Der reinliche, so wie keusche Swift drückte eben aus Liebe für diese geistige und leibliche Reinheit die Patienten recht tief in sein satirisches Schlammbad.

Seine Zweideutigkeiten gleichen unsern Kaffeebohnen, die nie aufgehen können, weil wir nur halbe haben. Aber wir altjüngferlichen Deutschen bleiben die seltsamste Verschmelzung von Kleinstädterei und Weltbürgerschaft, die wir nur kennen. Man bessere uns! Nur ists schwer; wir vergeben leichter ausländische Sonnenflecken als inländische Sonnenfackeln. Unser salvo titulo und unser salva venia halten wir stets als die zu- und abtreibenden Rede-Pole den Leuten entgegen.

Der *vierte* (vielleicht der beste) Zynismus ist der meinige, zumal in der Katzenbergerschen Badgeschichte. Dies schließ' ich daraus, weil er bloß in der reinlichsten Ferne sich in die gedachten britischen Fußstapfen begibt und sich wenig erlaubt oder nichts, sondern immer den Grundsatz festhält, daß das Komische jene Annäherung an die Zensur-Freiheiten der Arzneikunde verstatte, verlange, verziere, welche hier, wie natürlich, in der Badgeschichte eines Arztes nicht fehlen konnte. Schon Lessing hat in seinem Laokoon das Komisch-Ekle (das Ekel-Komische ist freilich etwas anderes) in Schutz genommen durch Gründe und durch Beispiele, z.B. aus des feinen Lord Chesterfield Stall- und Küchenstück einer hottentottischen Toilette.

Genug davon! Damit mir aber der gute Leser nicht so sehr glaube: so versichere ich ausdrücklich, daß ich ihn mit der ganzen Einteilung von vier Zynismen gleichsam wie mit heilendem Vierräuberessig bloß vorausbesprenge, um viel größere Befürchtungen vor Katzenberger zu erregen, als wirklich eintreffen, weil man damit am besten die eingetroffnen entschuldigt und verkleinert.

Gebe der Himmel, daß ich mit diesen zwei Bändchen das Publikum ermuntere, mich zu recht vielen zu ermuntern.

Baireuth, den 28. Mai 1808

83
Jean Paul Fr. Richter

Vorrede zur zweiten Auflage

Die Badreise wurde 1807 und 1808 schon geschrieben und 1809 zuerst gelesen, in Jahren, wo das alte Deutschland das Blutbad seiner Kinder zu seiner stärkenden Verjüngung gebrauchte; indes wurde das Buch mitten in der schwülen Kurzeit heiter ausgedacht und heiter aufgenommen.

Die neue Auflage bringt unter andern Zusätzen mehre neue Auftritte des guten Katzenbergers mit, welche ich eigentlich schon in der alten nicht hätte vergessen sollen, weil ich durch diese Vergeßlichkeit seinem Charakter manchen liebenswürdigen Zug benommen. Was hingegen die Malerei des Ekels anlangt, an der einige keinen besondern Geschmack finden wollten, so ist sie ganz unverändert geblieben.

Denn wo sollte man aufhören wegzulassen? Die Ärzte – und folglich starke Leser derselben wie ich – schauen im wissenschaftlichen Ätherreich herab und unterscheiden durch ihre Vogelperspektive des untern Unrats sich ungemein von Hofdamen, die alles zu nahe nehmen. Und zweitens kommen denn nicht alle die verschiedenen Leser mit allen ihren verschiedenen Antipathien zum Bücherschreiber, so daß er ringsum von Leuten umstanden ist, deren jedem er etwas nicht schildern soll, dem einen nicht das Schneiden in Kork, dem andern nicht Abrauschen auf Atlas oder Glasklirren, dem dritten nicht (z.B. mir selber) das Abbeißen vom Papier, dem vierten vollends am wenigsten etwa Kreuzspinnen und so fort? – Wenn nun der vierte, wie z.B. der freundliche *Tieck* im »*Phantasus*«, mit einem wahren Abscheu gegen die Figur der Kanker dasteht, so muß ihm freilich erbärmlich werden, wenn er dem Dr. Katzenberger zusehen soll, wie dieser die Spinnen vor Liebe gar so leicht verschluckt als ein anderer Fliegen. Und doch könnte der Doktor immer die Seespinnen, die Krebse und die Austern und andere tafelfähige Mißgestalten für sich sprechen lassen und überhaupt nebenher die naturhistorische Bemerkung machen, daß die Tiere desto ungestalter ausfallen, je näher am Erdboden sie leben – so die chaotischen Anamorphosen und Kalibane des Meers und die Erdbohrer des Wurmreichs und die kriechende Insektenwelt – und daß hingegen – wie z.B. die letzte als fliegende und das schwebende Vogelreich und die hochaufgerichteten Tiere bis zum erhabnen Menschen hinauf beweisen – sich im Freien alles verschönere und veredle.

84

Der Hauptpunkt aber ist wohl dieser, daß das flüchtige Salz des Komischen manche Gegenstände, die wie ketzerische Meinungen in übelm Geruche stehen, so schnell zersetzt und verflüchtigt, daß der Empfindung gar keine Zeit zur Bekanntschaft mit ihnen gelassen wird. Da das Lachen alles in das kalte Reich des Verstandes hinüberspielt: so ist es (weit mehr noch als selber die Wissenschaft) das große Menstruum (Zersetz- und Niederschlagmittel) aller Empfindungen, sogar der wärmsten; folglich auch der ekeln.

– Freilich etwas ganz anderes wär' es gewesen, wenn ich im Punkte des Ekels den zarten Wieland zum Muster genommen hätte und, wie er[2] auf einer Vignette, statt unseres Katzenbergers, dem über nichts übel wird, einen Leser hätte aufgestellt, der sich über den Doktor und das Gelesene öffentlich erbricht. Aber zum Glücke ist im ganzen Werke von allen Lesern kein einziger in Kupfer gestochen und kann also die andern auf dem Stuhle seßhaften nicht anstecken.

Baireuth, den 16ten Oktober 1822

Jean Paul Fr. Richter

---

2   In der ersten Ausgabe seiner Beiträge zur geheimen Geschichte der Menschheit wurde eine Rede über den moralischen Anstoß, den der Leser an gewissen Behauptungen nehmen würde, mit einer Vignette beschlossen, die ihn mit der letzten Wirkung eines Brechpulvers darstellt.

Erste Abteilung

1. Summula

Anstalten zur Badreise

»Ein Gelehrter, der den ersten Juli mit seiner Tochter in seinem Wagen mit eignen Pferden ins Bad *Maulbronn* abreiset, wünscht einige oder mehre Reisegesellschafter.« – Dieses ließ der verwittibte ausübende Arzt und anatomische Professor *Katzenberger* ins Wochenblatt setzen. Aber kein Mensch auf der ganzen Universität *Pira* (im Fürstentume Zäckingen) wollte mit ihm gern ein paar Tage unter *einem* Kutschenhimmel leben; jeder hatte seine Gründe – und diese bestanden alle darin, daß niemand mit ihm wohlfeil fuhr als zuweilen ein hinten aufgesprungener Gassenjunge; gleichsam als wäre der Doktor ein ansässiger Posträuber von innen, so sehr kelterte er muntere Reisegefährten durch Zu- und Vor- und Nachschüsse gewöhnlich dermaßen aus, daß sie nachher als lebhafte Köpfe schwuren, auf einem Eilboten-Pferde wollten sie wohlfeiler angekommen sein und auf einer Krüppelfuhre geschwinder.

Daß sich niemand als Wagen-Mitbelehnter meldete, war ihm als Mittelmanne herzlich einerlei, da er mit der Anzeige schon genug dadurch erreichte, daß mit ihm kein Bekannter von Rang umsonst mitfahren konnte. Er hatte nämlich eine besondere Kälte gegen Leute von höherem oder seinem Range und lud sie deshalb höchst ungern zu Diners, Goûters, Soupers ein und gab lieber keine; leichter besucht' er die ihrigen zur Strafe und ironisch; – denn er denke (sagte er) wohl von nichts gleichgültiger als von Ehren-Gastereien, und er wolle ebensogern à la Fourchette des Bajonetts gespeiset sein, als feurig wetteifern mit den Großen seiner Stadt im Gastieren, und er lege das Tischtuch lieber auf den Katzentisch. Nur einmal – und dies aus halbem Scherz – gab er ein Goûter oder Dégoûter, indem er um 5 Uhr einer Gesellschaft seiner verstorbnen Frau seinen Tee einnötigte, der Kamillen-Tee war. Man gebe ihm aber, sagte er, Lumpenpack, Aschenbrödel, Kotsassen, Soldaten auf Stelzfüßen: so wüßt' er, wem er gern zu geben habe; denn die Niedrigkeit und Armut sei eine hartnäckige Krankheit, zu deren Heilung Jahre gehören, eine Töpfer- oder Topf-Kolik, ein nachlassender Puls, eine fallende und galoppierende Schwindsucht, ein tägliches Fieber; – venienti aber, sage man, currite morbo, d.h. man gehe doch dem herkommenden Lumpen entgegen und schenk' ihm einen Heller, das treueste Geld, das kein Fürst sehr herabsetzen könne.

Bloß seine einzige Tochter *Theoda*, in der er ihres Feuers wegen als Vater und Witwer die vernachlässigte Mutter nachliebte, regte er häufig an, daß sie – um etwas Angenehmeres zu sehen als Professoren und Prosektoren – Teegesellschaften, und zwar die größten, einlud. Er drang ihr aber nicht eher diese Freude auf, als bis er durch Wetterglas, Wetterfisch und Fußreißen sich völlig gewiß gemacht, daß es gegen Abend stürme und gieße, so daß nachher nur die wenigen warmen Seelen kamen, die fahren konnten. Daher war Katzenbergers Einwilligen und Eingehen in einen Tee eine so untrügliche Prophezeiung des elenden Wetters als das Hinuntergehen des Laubfrosches ins Wasser. Auf diese Weise aber füllte er das liebende Herz der Tochter aus; denn diese mußte nun, nach dem närrischen Kontrapunkt und Marschreglement der weiblichen Visitenwelt, von jeder einzelnen, die nicht gekommen war, zum Gutmachen wieder eingeladen werden; und so konnte sie oft ganz umsonst um sieben verschiedne Teetische herumsitzen, mit dem Strumpf in der Hand. Indes erriet die Tochter den Vater bald und machte daher ihr Herz lieber bloß mit ihrer innersten einzigen Freundin *Bona* satt.

Auch für seine Person war Katzenberger kein Liebhaber von persönlichem Umgang mit Gästen: »Ich sehe eigentlich«, sagte er »niemand gern bei mir, und meine besten Freunde wissen es und können es bezeugen, daß wir uns oft in Jahren nicht sehen; denn wer hat Zeit? – Ich gewiß nicht.« Wie wenig er gleichwohl geizig war, erhellt daraus, daß er sich für zu freigebig ansah. Das wissenschaftliche Licht verkalkte nämlich seine edeln Metalle und äscherte sie zu Papiergeld ein; denn in die Bücherschränke der Ärzte, besonders der Zergliederer, mit ihren Foliobänden und Kupferwerken leeren sich die Silberschränke aus, und er fragte einmal ärgerlich: »Warum kann das Pfarrer- und Poetenvolk allein für ein Lumpengeld sich sein gedrucktes Lumpenpapier einkaufen, das ich freilich kaum umsonst haben möchte?« –

Wenn er vollends in schönen Phantasien sich des Pastors Göze Eingeweidewürmerkabinett ausmalte – und den himmlischen Abrahams-Schoß, auf dem er darin sitzen würde, wenn er ihn bezahlen könnte – und das ganze wissenschaftliche Arkadien in solchem Wurmkollegium, wovon er der Präsident wäre –, so kannte er, nach dem Verzichtleisten auf eine solche zu teuere Brautkammer physio- und pathologischer Schlüsse, nur ein noch schmerzlicheres und entschiedeneres, nämlich das Verzichtleisten auf des Berliner Walters Präparaten-Kabinett, für ihn ein kostbarer himmlischer Abrahams-Tisch, worauf Seife, Pech, Quecksilber, Öl und Terpentin und Weingeist in den feinsten Gefäßen von Gliedern aufgetragen wurden samt den besten trockensten Knochen dazu; was aber half dem anatomischen Manne alles träumerische Denken an ein solches Feld der Auferstehung (Klopstockisch zu singen), das doch nur ein König kaufen konnte?

Der Doktor hielt sich daher mit Recht für freigebig, da er, was er seinem Munde und fremdem Munde abdarbte, nicht bloß einem teuern Menschen-Kadaver und lebendigen Hunde zum Zerschneiden zuwandte, sondern sogar auch seiner eignen Tochter zum Erfreuen, soweit es ging.

Diesmal ging es nun mit ihr nach dem Badorte Maulbronn, wohin er aber reisete, nicht um sich – oder sie – zu baden, oder um da sich zu belustigen, sondern sein Reisezweck war die

2. Summula

Reisezwecke

Katzenberger machte statt einer Lustreise eigentlich eine Geschäftreise ins Bad, um da nämlich seinen Rezensenten beträchtlich auszuprügeln und ihn dabei mit Schmähungen an der Ehre anzugreifen, nämlich den Brunnen-Arzt *Strykius*, der seine drei bekannten Meisterwerke – den Thesaurus Haematologiae, die de monstris epistola, den fasciculus exercitationum in rabiem caninam anatomico-medico-curiosarum[3] – nicht nur in sieben Zeitungen, sondern auch in sieben Antworten oder Metakritiken auf seine Antikritiken überaus heruntergesetzt hatte.

Indes trieb ihn nicht bloß die Herausgabe und kritische Rezension, die er von dem Rezensenten selber durch neue Lesarten und Verbesserung der falschen vermittelst des Ausprügelns veranstalten wollte, nach Maulbronn, sondern er wollte auch auf seinen vier Rädern einer Gevat-

---

3 Für Leserinnen nur ungefähr übersetzt: 1. über die Blutmachung, 2. über die Mißgeburten, 3. über die Wasserscheu.

terschaft entkommen, deren bloße Verheißung ihm schon Drohung war. Es stand die Niederkunft einer Freundin seiner Tochter vor der Türe. Bisher hatte er hin und her versucht, sich mit dem Vater des Droh-Patchens (einem gewissen *Mehlhorn)* etwas zu überwerfen und zu zerfallen, ja so gar dessen guten Namen ein bißchen anzufechten, eben um nicht den seinigen am Taufsteine herleihen zu müssen. Allein es hatte ihm das Erbittern des gutmütigen Zollers und Umgelders[4] Mehlhorn nicht besonders glücken wollen, und er machte sich jede Minute auf eine warme Umhalsung gefaßt, worin er die Gevatterarme nicht sehr von Fangkloben und Hummerscheren unterscheiden konnte. Man verüble dem Doktor aber doch nicht alles; erstlich hegte er einen wahren Abscheu vor allen Gevatterschaften überhaupt, nicht bloß der Ausgaben halber – was für ihn das Wenigste war, weil er das Wenigste gab –, sondern wegen der geldsüchtigen Willkür, welche ja in *einem* Tage zwanzig Mann stark von Kreißenden alles Standes ihn anpacken und aderlassend anzapfen konnte am Taufbecken. Zweitens konnt' er den einfältigen Aberglauben des Umgelders Mehlhorn nicht ertragen, geschweige bestärken, welcher zu Theoda, da unter dem Abendmahl-Genuß gerade bei ihr der Kelch frisch eingefüllt wurde[5], mehrmal listig-gut gesagt hatte: »So wollen wir doch sehen, geliebts Gott, meine Mademoiselle, ob die Sache eintrifft und Sie noch dieses Jahr zu Gevatter stehen; ich sage aber nicht bei wem.« – Und drittens wollte Katzenberger seine Tochter, deren Liebe er fast niemand gönnte als sich, im Wagen den Tagopfern und Nachtwachen am künftigen Kindbette entführen, von welchen die Freundin selber sie sonst, wie er wußte, nicht abbringen konnte. »Bin ich und sie aber abgeflogen«, dacht' er, »so ists doch etwas, und die Frau mag kreißen.«

---

4 So heißen in Pira, wie in einigen Reichsstädten, Umgeld- und Zoll-Einnehmer.

5 Nach dem Aberglauben wird der zu Gevatter gebeten, bei welchem der Priester den Kelch von neuem nachfüllt.

3. Summula

Ein Reisegefährte

Wider alle Erwartung meldete sich am Vorabend der Abreise ein Fremder zur Mitbelehnschaft des Wagens.

Während der Doktor in seinem Mißgeburten-Kabinette einiges abstäubte von ausgestopften Tierleichen, durch Räuchern die Motten (die Teufel derselben) vertrieb und den Embryonen in ihren Gläschen Spiritus zu trinken gab: trat ein fremder feingekleideter und feingesitteter Herr in die Wohnstube ein, nannte sich Herr von *Nieß* und überreichte der Tochter des Doktors, nach der Frage, ob sie Theoda heiße, ein blaueingeschlagenes Briefchen an sie; es sei von seinem Freunde, dem Bühnen-Dichter *Theudobach*, sagte er. Das Mädchen entglühte hochrot und riß zitternd mit dem Umschlag in den Brief hinein (die Liebe und der Haß zerreißen den Brief, so wie beide den Menschen verschlingen wollen) und durchlas hastig die Buchstaben, ohne ein anderes Wort daraus zu verstehen und zu behalten als den Namen Theudobach. Herr von Nieß schaute unter ihrem Lesen scharf und ruhig auf ihrem geistreichen beweglichen Gesicht und in ihren braunen Feuer-Augen dem Entzücken zu, das wie ein weinendes Lächeln aussah; einige Pockengruben legten dem beseelten und wie Frühling-Büsche zart- und glänzenddurchsichtigen Angesicht noch einige Reize zu, um welche der Doktor Jenner die künftigen Schönen bringt. »Ich reise«, sagte der Edelmann darauf, »eben nach dem Badeorte, um da mit einer kleinen deklamierenden und musikalischen Akademie von einigen Schauspielen meines Freundes auf seine Ankunft selber vorzubereiten.« Sie blieb unter der schweren Freude kaum aufrecht; den zarten, nur an leichte Blüten gewohnten Zweig wollte fast das Fruchtgehänge niederbrechen. Sie zuckte mit einer Bewegung nach Nießens Hand, als wollte sie die Überbringerin solcher Schätze küssen, streckte ihre aber – heiß und rot über ihren, wie sie hoffte, unerratenen Fehlgriff – schnell nach der entfernten Türe des Mißgeburten-Kabinettes aus und sagte: »Da drin ist mein Vater, der sich freuen wird.«

Er fuhr fort: er wünsche eben ihn mehr kennen zu lernen, da er dessen treffliche Werke, wiewohl als Laie, gelesen. Sie sprang nach der Türe. »Sie hörten mich nicht aus«, sagte er lächelnd. »Da ich nun im

Wochenblatte die schöne Möglichkeit gelesen, zugleich mit einer Freundin meines Freundes und mit einem großen Gelehrten zu reisen:« – Hier aber setzte sie ins Kabinett hinein und zog den räuchernden Katzenberger mit einem ausgestopften Säbelschnäbler in der Hand ins Zimmer. Sie selber entlief ohne Schal über die Gasse, um ihrer schwangern Freundin Bona die schönste Neuigkeit und den Abschied zu sagen.

Sie mußte aber jubeln und stürmen. Denn sie hatte vor einiger Zeit an den großen Bühnendichter Theudobach – der bekanntlich mit Schiller und Kotzebue die drei deutschen Horatier ausmacht, die wir den drei tragischen Curiatiern Frankreichs und Griechenlands entgegensetzen – in der Kühnheit des langen geistigen Liebetrankes der Jugendzeit unter ihrem Namen geschrieben, ohne Vater und Freundin zu fragen, und hatte ihm gleichsam in einem warmen Gewitterregen ihres Herzens alle Tränen und Blitze gezeigt, die er wie ein Sonnengott in ihr geschaffen und gesammelt hatte. Selig, wer bewundert und den unbekannten Gott schon auf der Erde als bekannten antrifft! – Im Briefchen hatte sie noch über ein umlaufendes Gerücht seiner Badreise nach Maulbronn gefragt und die seinige unter die Antriebe der ihrigen gesetzt. Alle ihre schönsten Wünsche hatte nun sein Blatt erfüllt.

4. Summula

Bona

Bona – die Frau des Umgelders Mehlhorn – und Theoda blieben zwei Milchschwestern der Freundschaft, welche Katzenberger nicht auseinandertreiben konnte, er mochte an ihnen so viel scheidekünsteln, als er wollte. Theoda nun trug ihr brausendes Saitenspiel der Freude in die Abschiedstunde zur Freundin; und reichte ihr Theudobachs Brief, zwang sie aber, zu gleicher Zeit dessen Inhalt durchzusehen und von ihr anzuhören. Bona suchte es zu vereinigen und blickte mehrmals zuhorchend zu ihr auf, sobald sie einige Zeilen gelesen: »So nimmst du gewiß einen recht frohen Abschied von hier?« sagte sie. »Den frohesten«, versetzte Theoda. – »Sei nur deine Ankunft auch so, du springfedriges Wesen! Bringe uns besonders dein beschnittenes aufgeworfnes Näschen wieder zurück und dein Backenrot! Aber dein deutsches Herz wird ewig französisches Blut umtreiben«, sagte Bona. Theoda hatte eine Elsasserin zur Mutter gehabt. – »Schneie noch dicker in mein Wesenchen hinein!« sagte Theoda. »Ich tu' es schon, denn ich kenne dich«, fuhr jene fort. »Schon ein Mann ist im ganzen ein halber Schelm, ein abgefeinerter Mann vollends, ein Theaterschreiber aber ist gar ein fünfviertels Dieb; dennoch wirst du, fürchte ich, in Maulbronn vor deinem teuern Dichter mit deinem ganzen Herzen herausbrausen und -platzen und hundert ungestüme Dinge tun, nach denen freilich dein Vater nichts fragt, aber wohl ich.«

»Wie, Bona, fürcht' ich denn den großen Dichter nicht? Kaum ihn anzusehen, geschweige anzureden wag' ich!« sagte sie. »Vor Kotzebue wolltest du dich auch scheuen; und tatest doch dann keck und mausig«, sagte Bona. – »Ach, innerlich nicht«, versetzte sie.

Allerdings nähern die Weiber sich hohen Häuptern und großen Köpfen – was keine Tautologie ist – mit einer weniger blöden Verworrenheit als die Männer; indes ist hier Schein in allen Ecken; ihre Blödigkeit vor dem Gegenstande verkleidet sich in die gewöhnliche vor dem Geschlecht; – der Gegenstand der Verehrung findet selber etwas zu verehren vor sich – und muß sich zu zeigen suchen, wie die Frau sich zu decken; – und endlich bauet jede auf ihr Gesicht; »man küßt manchem heiligen Vater den Pantoffel, unter den man ihn zuletzt selber bekommt«, kann die jede denken.

»Und was wäre es denn«, fuhr Theoda fort, »wenn ein dichter-tolles Mädchen einem Herder oder Goethe öffentlich auf einem Tanzsaale um den Hals fiele?« –

»Tu es nur deinem Theudobach«, sagte Bona, »so weiß man endlich, *wen* du heiraten willst!« – »Jeden – versprech' ich dir –, der nachkommt; hab' ich nur einmal meinen männlichen Gott gesehen und ein wenig angebetet: dann spring' ich gern nach Hause und verlobe mich in der Kirche mit seinem ersten besten Küster oder Balgtreter und behalte jenen im Herzen, diesen am Halse.«

Bona riet ihr, wenigstens den Herrn von Nieß, wenn er mitfahre, unterwegs recht über seinen Freund Theudobach auszuhorchen, und bat sie noch einmal um weibliche Schleichtritte. Sie versprachs ihr und deshalb noch einen täglichen Bericht ihrer Badreise dazu. Sie schien nach Hause zu trachten, um zu sehen, ob ihr Vater den Edelmann in seine Adoptionloge der Kutsche aufgenommen. Unter dem langen festen Kusse, wo Tränen aus den Augen beider Freundinnen drangen, fragte

Bona: »Wann kommst du wieder?« – »Wenn du niederkommst. – Meine Kundschafter sind bestellt. – Dann laufe ich im Notfalle meinem Vater zu Fuße davon, um dich zu pflegen und zu warten. O, wie wollt' ich noch zehnmal froher reisen, wär' alles mit dir vorüber.« – »Dies ist leicht möglich«, dachte Bona im andern Sinne und zwang sich sehr, die wehmütigen Empfindungen einer Schwangern, die vielleicht zwei Todespforten entgegengeht, und die Gedanken: dies ist vielleicht der Abschied von allen Abschieden, hinter weinende Wünsche zurückzustecken, um ihr das schöne Abendrot ihrer Freude nicht zu verfinstern.

5. Summula

Herr von Nieß

Wer war dieser ziemlich unbekannte Herr von Nieß? Ich habe vor, noch vor dem Ende dieses Perioden den Leser zu überraschen durch die Nachricht, daß zwischen ihm und dem Dichter Theudobach, von welchem er das Briefchen mitgebracht, eine so innige Freundschaft bestand, daß sie beide nicht bloß *eine* Seele in zwei Körpern, sondern gar nur in *einem* Körper ausmachten, kurz *eine* Person. Nämlich Nieß hieß Nieß, hatte aber als auftretender Bühnen-Dichter um seinen dünnen Alltagnamen den Festnamen Theudobach wie einen Königmantel umgeworfen und war daher in vielen Gegenden Deutschlands weit mehr unter dem angenommenen Namen als unter dem eignen bekannt, so wie von dem hier schreibenden Verfasser vielleicht ganze Städte, wenn nicht Weltteile, es nicht wissen, daß er sich *Richter* schreibt, obgleich es freilich auch andre gibt, die wieder seinen Parade-Namen nicht kennen. Gleichwohl gelangten alle Mädchenbriefe leicht unter der Aufschrift Theudobach an den Dichter Nieß – bloß durch die Oberzeremonienmeister oder Hofmarschälle der Autoren; man macht nämlich einen Umschlag an die Verleger.

Nun hatte Nieß als ein überall berühmter Bühnen-Dichter sich längst vorgesetzt, einen Badeort zu besuchen, als den schicklichsten Ort, den ein Autor voll Lorbeeren, der gern ein lebendiges Pantheon um sich aufführte, zu erwählen hat, besonders wegen des vornehmen Morgen-Trinkgelags und der Maskenfreiheiten und des Kongresses des Reichtums und der Bildung solcher Örter. Er erteilte dem Bade Maulbronn, das seine Stücke jeden Sommer spielte, den Preis jenes Besuches; nur aber wollt' er, um seine Abenteuer pikanter und scherzhafter zu haben, allda inkognito unter seinem eignen Namen Nieß anlangen, den Badegästen eine musikalische deklamatorische Akademie von Theudobachs Stücken geben; und dann gerade, wenn der sämtliche Hörzirkel am Angelhaken der Bewunderung zappelte und schnalzte, sich unversehens langsam in die Höhe richten und mit Rührung und Schamröte sagen: endlich muß mein Herz überfließen und verraten, um zu danken; denn ich bin selbst der weit überschätzte Theater-Dichter Theudobach, der es für unsittlich hält, so aufrichtige Äußerungen, statt sie zu erwidern, an der Türe der Anonymität bloß zu behorchen. Dies war sein leichter dramatischer Entwurf. In einigen Zeitungen veranlaßte er deshalb noch den Artikel: der bekannte Theater-Dichter Theudobach werde, wie man vernehme, dieses Jahr das Bad Maulbronn gebrauchen.

Da es gegen meine Absicht wäre, wenn ich durch das Vorige ein zweideutiges Streiflicht auf den Dichter würfe: so versprech' ich hier förmlich, weiter unten den Lauf der Geschichte aufzuhalten, um auseinanderzusetzen, warum ein großer Theater-Dichter viel leichter und gerechter ein großer Narr wird als ein andrer Autor von Gewicht; wozu schon meine Beweise seines größern Beifalls, hoff' ich, ausreichen sollen.

Nieß wußte also recht gut, was er war, nämlich eine Bravour-Arie in der dichterischen Sphärenmusik, ein geistiger Kaisertee, wenn andere (z.B. viele unschuldige Leser dieses) nur braunen Tee vorstellen. Es ist überhaupt ein eignes Gefühl, ein großer Mann zu sein – ich berufe mich auf der Leser eignes – und den ganzen Tag in einem angebornen geistigen Cour- und Kuranzuge umherzulaufen; aber Nieß hatte dieses Gefühl noch stärker und feiner als einer. – Er konnte sein Haar nicht auskämmen, ohne daran zu denken, welchen feurigen Kopf der Kamm (seinen Anbeterinnen vielleicht so kostbar als ein Gold-Kamm) regle, lichte, egge und beherrsche, und wie ebenso manches Gold-Haar, um welches sich die Anbeterinnen für Haar-Ringe raufen würden, ganz gleichgültig dem Kamm in Zähnen stecken bleibe als sonst dem Mexiko das Gold. – Er konnte durch kein Stadttor einfahren, ohne es heimlich zu einem Triumphtor seiner selber und der Einwohner unter dem Schwibbogen auszubauen, weil er aus eigner jugendlicher Erfahrung noch gut wußte, wie sehr ein großer Mann labe – und sah daher zuweilen dem Namen Registrator des Tors stark ins Gesicht, wenn er gesagt: Theudobach, um zu merken, ob der Tropf jetzt außer sich komme oder nicht. – Ja er konnte zuletzt in Hotels voll Gäste schwer auf einem gewissen einsitzigen Orte sitzen, ohne zu bedenken, welches Eden vielleicht mancher mit ihm zugleich im Gasthofe übernachtenden Jünglingseele, die noch jugendlich die Autor-Achtung übertreibt, zuzuwenden wäre, wenn sie sich daraufsetzte und erführe, wer früher dagewesen. »O, so gern will ich jeden Winkel heiligen zum gelobten Lande für Seelen, die etwas aus meiner machen – und mit jedem Stiefelabsatze auf dem schlimmsten Wege wie ein Heiliger verehrte Fußstapfen ausprägen auf meiner Lebensbahn, sobald ich nur weiß, daß ich Freude errege.«

Sobald Nieß Theodas Brief erhalten – worin die zufällige Hochzeit der Namen Theoda und Theudobach ihm auf beiden Fußsohlen kitzelte –, so nahm er ohne weiteres mit einer Hand voll Extrapostgeld den Umweg über Pira, um der Anbeterin, wie ein homerischer Gott, in der anonymen Wolke zu erscheinen; und sobald er vollends in der vorletzten Station im Piraner Wochenblatte die Anzeige des Doktors gelesen: so war er noch mehr entschieden; dazu nämlich, daß sein Bedienter reiten und sein Wagen heimlich nachkommen sollte.

In diesen weniger geld- als abgabenreichen Zeiten mag es vielleicht Nießen empfehlen, wenn ich drucken lasse, daß er Geld hatte und darnach nichts fragte, und daß er für seinen Kopf und für seine Köpfe ein Herz suchte, das durch Liebe und Wert ihn für alle jene bezahlte und belohnte.

Mit dem ersten Blick hatte er den ganzen Doktor ausgegründet, der mit schlauen grauen Blitz-Augen vor ihn trat, den Säbelschnäbler streichelnd; Nieß legte – nach einer kurzen Anzeige seiner Person und seines Gesuchs – ein Röllchen Gold auf den Nähtisch mit dem Schwure: »nur unter dieser Bedingung aller Auslagen nehm' er das Glück an, einem der größten Zergliederer *gegenüber* zu sein.« – »Fiat! Es gefällt mir ganz, daß Sie *rückwärts* fahren, ohne zu vomieren; dazu bin ich verdorben durch die Jahre.« Der Doktor fügte noch bei, daß er sich freue, mit dem Freunde eines berühmten Dichters zu fahren, da er von jeher Dichter fleißig gelesen, obwohl mehr für physiologische und anatomische Zwecke und oft fast bloß zum Spaße über sie. »Es soll mir überhaupt lieb sein«, fuhr er fort, »wenn wir uns gegenseitig fassen und wie Salze einander neutralisieren. Leider hab' ich das Unglück, daß ich, wenn ich im Wagen oder sonst jemand etwas sogenanntes Unangenehmes sage, für satirisch verschrien werde, als ob man nicht jedem ohne alle Satire das ins Gesicht sagen könnte, was er aus

Dummheit ist. Indes gefällt Ihnen der Vater nicht, so sitzt doch die Tochter da, nämlich meine, die nach keinem Manne fragt, nicht einmal nach dem Vater; mißlingt der Winterbau, sagen die Wetterkundigen, so gerät der Sommerbau. Ich fands oft.«

Dem Dichter Nieß gefiel dieses akademische Petrefakt unendlich, und er wünschte nur, der Mann trieb' es noch ärger, damit er ihn gar studieren und vermauern könnte in ein Possenspiel als komische Maske und Karyatide. »Vielleicht ist auch die Tochter zu verbrauchen in einem Trauerspiele«, dacht' er, als Theoda eintrat, die von nachweinender Liebe und von Jugendfrische glänzte, und die durch die frohe Nachricht seiner Mitfahrt neue Strahlen bekam. Jetzo wollte er sich in ein interessantes Gespräch mit ihr verwickeln; aber der Doktor, dem die Aussicht auf einen Abendgast nicht heiter vorkam, schnitt es ab durch den Befehl, sie solle sein Kästchen mit Pockengift, Fleischbrühtafeln und Zergliederungzeuge packen. »Wir brechen mit dem Tage auf«, sagte er, »und ich lege mich nach wenigen Stunden nieder. Sic vale!«

Der Menschenkenner Nieß entfernte sich mit dem eiligsten Gehorsam; er hatte sogleich heraus, daß er für den Doktor keine Gesellschaft sei – leichter dieser für ihn. Allerdings äußerte Katzenberger gern einige Grobheit gegen Gäste, bei denen nichts Gelehrtes zu holen war, und er gab sogar den Tisch lieber her als die Zeit. Es war für jeden angenehm zu sehen, was er bei einem Fremden, der, weder besonders ausgezeichnet durch Gelehrsamkeit noch durch Krankheit, gar nicht abgehen wollte, für Seitensprünge machte, um ihn zum Lebewohl und Abscheiden zu bringen; wie er die Uhr aufzog, in Schweigen einsank oder in ein Horchen nach einem nahen lautlosen Zimmer, oder wie er die unschuldigste Bewegung des Fremden auf dem Kanapée sogleich zu einem Vorläufer des Aufbruchs verdrehte und scheidend selber in die Höhe sprang, mit der Frage, warum er denn so eile. Beide Meckel hingegen, die Anatomen, Vater und Sohn zugleich, hätte der Doktor tagelang mit Lust bewirtet.

6. Summula

Fortsetzung der Abreise durch Fortsetzung des Abschieds

Am Morgen tat oder war Theoda in der weiblichen Weltgeschichte nicht nur das achte Wunder der Welt – sie war nämlich so früh fertig als die Männer –, sondern auch das neunte, sie war noch eher fertig. Gleichwohl mußte man auf sie warten – wie auf jede. Es war ihr nämlich die ganze Nacht vorgekommen, daß sie gestern sich durch ihren Freudenungestüm und ihre reisetrunkne Eilfertigkeit bei einem Abschiede von einer Freundin vollends versündigt, deren helle ungetrübte Besonnenheit bisher die Leiterin ihres Brauseherzens gewesen – so wie wieder die Leiterin des zu überwölkten Gattenkopfs – und welche ihre versteckte Wärme immer bloß in ein kaltes Lichtgeben eingekleidet; – und von dieser Freundin so nahe an der Klippe des weiblichen Lebens eilig und freudig geschieden zu sein – dieser Gedanke trieb Theoda gewaltsam noch einmal in der Morgendämmerung zu ihr. Sie fand das Haus offen (Mehlhorn war früh verreiset), und sie kam ungehindert in Bonas Schlafgemach. Blaß wie eine von der Nacht geschlossene Lilie ruhte ihr stilles Gesicht im altväterischen Stuhle umgesunken angelehnt. Theoda küßte eine Locke – dann leise die Stirn – dann, als sie zu schnarchen anfing, gar den Mund.

Aber plötzlich hob die Verstellte die Arme auf und umschlang die Freundin: »Bist du denn schon wieder zurück, Liebe«, – sagte wie traumtrunken Bona –, »und bloß wohl, weil du deinen Dichter nicht da gefunden?«

»O, spotte viel stärker über die Sünderin, tue mir recht innig weh, denn ich verdiene es wohl von gestern her!« antwortete sie und nannte ihr alles, was ihr feuriges Herz drückte. Bona legte die Wange an ihre und konnte, vom vorfrühen Aufstehen ohnehin sehr aufgelöset, nichts sagen, bis Theoda heftig sagte: »Schilt oder vergib!«, so daß jener die heißen Tränen aus den Augen schossen, und nun beide sich in *einer* Entzückung verstanden. »O jetzo möchte ich«, sagte Theoda, »mein Blut, wie dieses Morgenrot, vertropfen lassen für dich. Ach, ich bin eigentlich so sanft; warum bin ich denn so wild, Bona?« – »Gegen mich bist du gerade recht«, erwiderte sie; »nur einmal das beste Wesen kann dein wildes verdienen. Bloß gegen andere sei anders!« – »Ich vergesse«, sagte Theoda, »bloß immer alles, was ich sagen will oder leider gesagt habe; nur ein Ding wie ich konnte es gestern zu sagen vergessen, daß ich mich am innigsten nach der erleuchteten Höhle in Maulbronn wie nach dem Sternenhimmel meiner Kindheit sehne, meiner guten Mutter halber.« Ihr war nämlich ein unauslöschliches Bild von der Stunde geblieben, wo ihre Mutter sie als Kind in einer großen, mit Lampen erhellten Zauberhöhle des Orts – ähnlich der Höhle im Bade Liebenstein – umhergetragen hatte.

Beide waren nun *ein* ruhiges Herz. Bona hieß sie zum Vater eilen – wiederholte ihren Rat der Vorsicht mit aller ihr möglichen Ruhe (ist sie fort, dachte sie, so kann ich gerührt sein, wie ich will), vergaß sich aber selber, als Theoda weinend mit gesenktem Kopfe langsam von ihr ging, daß sie nachrief: »Mein Herz, ich kann nur nicht aufstehen vor besonderer Mattigkeit und dich begleiten; aber kehre ja deshalb nicht wieder um zu mir!« Aber sie war schon umgekehrt und nahm, obwohl stumm, den dritten Abschiedkuß; und so kam sie mit der Augenröte des Abschiedes und mit der Wangen- und Morgenröte des Tags laufend bei den Abreisenden an.

7. Summula

Fortgesetzte Fortsetzung der Abreise

Da der Doktor neben dem Edelmanne auf ihre Ankunft wartete: so ließ er noch ein Werk der Liebe durch *Flex* ausüben, seinen Bedienten. Er griff nämlich unter seine Weste hinein und zog einen mit Branntwein getränkten Pfefferkuchen hervor, den er bisher als ein Magen-Schild zum bessern Verdauen auf der Herzgrube getragen: »Flex«, sagte er, »hier bringe mein Stärkmittel drüben den untern Gerberskindern; sie sollen sich aber redlich darein teilen.« – Der Edelmann stutzte.

»Meiner Tochter, Herr von Nieß«, sagte er, »dürfen Sie nichts sagen; – sie hat ordentlich Ekel vor dem Ekel – wiewohl ich, für meine Person, finde hierin weder einfachen noch doppelten nötig. Alles ist Haut am Menschen, und meine am Bauche ist nur die fortgesetzte von der an den Wangen, die ja alle Welt küßt. Vor den Augen der Vernunft ist das Pflaster ein Pfefferkuchen wie jeder andere im Herzogtume, ja mir ein noch geistigerer.«

»Ich gestehe«, – versetzte der sich leicht ekelnde Dichter schnell, um nur dem bösen Bilde zu entspringen – »daß mich Ihr Bedienter mit seinem langen Schlepp-Rocke fast komisch interessiert. Wie ich ihm nachsah, schien er mir ordentlich auf Knien zu gehen, wie sonst ein Sieger zum Tempel des Jupiter capitolinus, oder aus der Erde zu wachsen.«

Freundlich antwortete Katzenberger: »Ich habe es gern, wenn meine Leute mir oder andern lächerlich vorkommen, weil man doch etwas hat alsdann. Mein Flex trägt nun von Geburt an glücklicherweise kurze Dachs-Beine, und auch diese sogar äußerst zirkumflektiert, daß, wenn sein Rock lang genug ist, sein Steiß und sein Weg, ohne daß er nur sitzt, halb beisammen bleiben. Diesen komischen Schein seiner Trauer-schleppe nütz' ich ökonomisch. Ich habe nämlich einen und denselben längsten Lakaienrock, den jeder tragen muß, Goliath wie David. Diese Freigebigkeit entzweite mich oft mit dem Piraner Prosektor, sonst mein Herzensfreund, aber ein geiziger Hund, der Leute en robe courte – aber nicht en longue robe – hat, und denen er die Röcke zu kurzen neumodischen Westen (nicht zu altmodischen) einschnurren läßt. Setz' ich nun seinem Geize mein Muster entgegen: so verweiset er mich auf die anatomischen Tafeln, nach denen unter den Gegenmuskeln der Hand der Muskel, der sie *zuschließe*, stets viel stärker sei als der, welcher sie *aufmacht*, und zu jenem Muskel gehöre noch die Seele, wenn Geld damit zu halten sei. Daher die Freunde auch die Hände leichter gegen einander ballen als ausstrecken. Etwas ist daran.«

Als Theoda kam, hatte der Doktor, der im Vordersitz wartete, daß er durch einen Hüften-Nachbar fester gepackt würde, den verdrüßlichen Anblick, daß das Paar nach langer Session-Streitigkeit sich ihm gegen-übersetzte. Die Tochter tat es aus Höflichkeit gegen Nieß und aus Liebe gegen ihren Vater, um ihn anzusehen und seine Wünsche aufzufangen. Zuletzt sagte dieser im halben Zorn: »Du willst dich sonach an das Steißbein und Rückgrat des Kutschers lehnen und läßt ruhig deinen alten Vater, wie ein Weberschiffchen, von einem Kissen zum andern werfen, he?«

Da erhielt er endlich an seiner hinüberschreitenden Tochter seinen Füllstein, zur höchsten Freude des rücksässigen Edelmanns, dessen Blicke sich nun wie ein Paar Fliegen immer auf ihre Augen und Wangen setzen konnten.

8. Summula

Beschluß der Abreise

Sie fuhren ab ...

... Aber jetzo fängt für den Absender der Hauptpersonen, für den Verfasser, nicht die beste Zeit von Lesers Seite an; denn da dieser nun alle Verwicklungen weiß, so wird er mit seiner gewöhnlichen Heftigkeit die sämtlichen Entwickelungen in den nächsten Druckbogen haben wollen und die Foderung machen, daß in den nächsten Summuln der Rezensent ausgeprügelt werde, dessen Namen er noch nicht einmal weiß – daß Herr von Nieß seine Larve, als sei er bloß ein Freund Theudobachs, abwerfe und dieser selber werde – und daß Theoda darüber erstaune und kaum wisse, wo ihr der Kopf steht, geschweige das Herz. Tu' ich nun dem Leser den Gefallen und prügle, entlarve und verliebe, was dazu gehört: so ist das Buch aus, und ich habe erbärmlich in wenig Summuln ein Feuerwerk oder Luftfeuer abgebrannt, das ich nach so großen Vorrüstungen zu einem langen Steppenfeuer von unzähligen Summuln hätte entzünden können. Ich will aber Katzenberger heißen, entzünd' ichs nicht zu einem.

Von jetzt an wird sich die Masse meiner Leser in zwei große Parteien spalten: die eine wird zugleich mich und die andere und diesen Druck-Bogen verlassen, um auf dem letzten nachzusehn, wie die Sachen ablaufen; es sind dies die Kehraus-Leser, die Valetschmauser, die Jüngstentag-Wähler, welche an Geschichten wie an Fröschen, nur den Hinterteil verspeisen und, wenn sie es vermöchten, jedes treffliche Buch in zwei Kapitel einschmelzten, ins erste und ins letzte, und jedem Kopfe von Buch, wie einem aufgetragnen Hechte, den Schwanz ins Maul steckten, da eben dieser an Geschichten und Hechten die wenigsten Gräten hat; Personen, die nur so lange bei philosophierenden und scherzenden Autoren bleiben, als das Erzählen dauert, wie die Nordamerikaner nur so lange dem Predigen der Heidenbekehrer zuhorchen, als sie Branntwein bekommen. Sie mögen denn reisen, diese Epilogiker. Was hier bei mir bleibt – die zweite Partei –, dies sind eben meine Leute, Personen von einer gewissen Denkart, die ich am langen Seile der Liebe hinter mir nachziehe. Ich heiße euch alle willkommen; wir wollen uns lange gütlich mit einander tun und keine Summuln sparen – wir wollen auf der Bad-Reise die Einheit *des Ortes* beobachten, so wie die des Interesse, und häufig uns vor Anker legen. Langen wir doch nach den längsten verzögerlichen Einreden und Vexierzügen endlich zu Hause und am Ende an, wo die Kehraus-Leser hausen: so haben wir unterwegs alles, jede Zoll- und Warntafel und jeden Gasthofschild, gelesen und jene nichts, und wir lachen herzlich über sie.

9. Summula

Halbtagfahrt nach St. Wolfgang

Theoda konnte unmöglich eine Viertelstunde vor dem Edelmanne sitzen, ohne ihn über Inner- und Äußerlichkeiten seines Freundes Theudobach, von dem Zopfe an bis zu den Sporen, auszufragen. Er schilderte mit wenigen Zügen, wie einfach er lebe und nur für die Kunst, und wie er, ungeachtet seiner Lust spiele, ein gutmütiges liebendes Kind sei, das ebensooft geliebt als betrogen werde; und im Äußern habe er so viel Ähnlichkeit mit ihm selber, daß er darum sich oft Theudobachs Körper nenne. Himmel! mit welchem Feuer schauete die Begeisterte ihm ins Gesicht, um ihren Autor ein paar Tage früher zu sehen! »Ich habe doch in meinem Leben nicht zwei gleichähnliche Menschen gesehen«, sagte Theoda, der einmal in einem glänzenden Traume Theudobach ganz anders erschienen war als sein vorgebliches Nachbild. »Soll er meiner Tochter gefallen«, bemerkte der Doktor, »so muß die Nasenwurzel des Poeten und die Nasenknorpel samt dem Knochenbau etwas stärker und breiter sein als bei Ihnen, nach ihren phantastischen Voraussetzungen aus seinen Büchern.« Wenn also der Schleicher etwa, wie ein Doppeladler, zwei Kronen durch seine Namen-Maske auf den Kopf bekommen wollte, eine jetzige und eine künftige: so ging er sehr fehl, daß er den Menschen ein paar Tage vor dem Schriftsteller abgesondert vorausschickte; denn jener verhärtete in Theodas Phantasie und ließ sich spröde nicht mehr mit diesem verarbeiten und verquicken, indes umgekehrt bei einer gleichzeitigen ungeteilten Vorführung beider das Schriftstellerische sogleich das Menschliche mit Glimmer durchdrungen hätte.

Nieß warf ohne Antwort die Frage hin, wie ihr sein beziehlich-bestes Stück: »Der Ritter einer bessern Zeit« gefallen, mit welchem er eben in Maulbronn die deklamatorische Akademie anfangen wolle. Da ein Autor bei einem Leser, der ihn wegen eines halben Dutzend Schriften anbetet, stets voraussetzt, er habe alle Dutzende gelesen: so erstaunte er ein wenig über Theodas Freude, daß sie etwas noch Ungelesenes von ihm werde zu hören bekommen. Sie mußte ihm nun – so wenig wurd' er auf seinem Selberfahrstuhl von Siegwagen des schönen Aufzugs satt – sagen, was sie vorzüglich am Dichter liebe; »großer Gott«, versetzte sie, »was ist vorzüglich zu lieben, wenn man liebt? Am meisten aber gefällt mir sein Witz – am meisten jedoch seine Erhabenheit – freilich am meisten sein zartes heißes Herz – und mehr als alles andere, was ich eben lese.« – »Was lesen Sie denn eben von ihm?« fragte Nieß. »Jetzo nichts«, sagte sie.

Der Edelmann brauchte kaum die Hälfte seiner feinen Fühlhörner auszustrecken, um es dem Doktor abzufühlen, daß er mit seinem verschränkten Gesichte ebensogut unter dem Balbiermesser freundlich lächeln könnte als unter einem für ihn so widerhaarigen Gespräche; er tat daher – um allerlei aus ihm herauszureizen, worüber er bei der künftigen Erkennszene recht erröten sollte – die Frage an ihm, was er seines Orts vom Dichter für das Schlechteste halte. »Alles«, versetzte er, »da ich die Schnurren noch nicht gelesen. Mich wunderts am meisten, daß er als Edelmann und Reicher etwas schreibt; sonst taugen in Papiermühlen wohl die groben Lumpen zu Papier, aber nicht die seidnen.« Nieß fragte: ob er nicht in der Jugend Verse gemacht? »Pope«, gab er zur Antwort, »entsann sich der Zeit nicht, wo er keine geschmiedet, ich erinnere mich derjenigen nicht, wo ich dergleichen geschaffen hätte. Nur einmal mag ich, als verliebter Geßners-Schäfer und Primaner, so wie in Krankheiten sogar die Venen pulsieren, in Poetasterei hineingeraten sein, vor einem dummen Ding von Mädchen – Gott weiß, wo die Göttin jetzt ihre Ziegen melkt. – Ich stellte ihr die schöne Natur vor, die schon dalag, und warf die Frage auf: sieh, Suse, blüht nicht alles vor uns wie wir, der Wiesenstorchschnabel und die große Gänseblume und das Rindsauge und die Gichtrose und das Lungenkraut bis zu den Schlehengipfeln und Birnenwipfeln hinauf? Und überall bestäuben sich die Blumen zur Ehe, die jetzt dein Vieh frißt! – Sie antwortete gerührt: wird Er immer so an mich denken, Amandus? Ich versetzte wild: Beim Henker! an uns beide; wohin ich künftig auch verschlagen und verfahren werde, und in welchen fernen Fluß und Bach ich auch einst schauen werde – es sei in die Schweina in Meiningen – oder in die Besau und die Gesau im Henneberg – oder in die wilde Sau in

Böhmen – oder in die Wampfe in Lüneburg – oder in den Lumpelbach in Salzburg – oder in die Sterzel in Tirol – oder in die Kratza oder in den Galgenbach in der Oberpfalz – in welchen Bach ich, schwör' ich dir, künftig schauen werde, stets werd' ich darin mein Gesicht erblicken und dadurch auf deines kommen, das so oft an meinem gewesen, Suse. – Jetzt freilich, Herr von Nieß, sprech' ich prosaischer.«

Nieß griff feurig nach des Doktors Hand und sagte: »Das scherzhafte Gewand verberge ihm doch nicht das weiche Herz darunter.« – »Ich muß auch durchaus früherer Zeit zu weich und flüssig gewesen sein«, – versetzte dieser – »weil ich sonst nicht gehörig hart und knöchern hätte werden können; denn es ist geistig wie mit dem Leibe, in welchem bloß aus dem Flüssigen sich die Knochen und alles Harte erzeugt, und wenn ein Mann harte Eiszapfenworte ausstößt, so sollte dies wohl der beste Beweis sein, wieviel weiche Tränen er sonst vergossen.« – »Immer schöner!« rief Nieß; »o Gott nein!« rief Theoda im gereizten Tone.

Der Edelmann schob sogleich etwas Schmeichelndes, nämlich einen neuen Zug von Theudobach ein, den er mit ihm teile, nämlich den Genuß der Natur. »Also auch des Maies?« fragte der Doktor; Nieß nickte. Hierauf erzählte dieser: Darüber hab' er seine erste Braut verloren; denn er habe, da sie an einem schönen Morgen von ihren Maigenüssen gesprochen, versetzt, auch er habe nie so viele gehabt als in diesem Mai wegen der unzähligen Maikäfer; als er darauf zum Beweise einige von den Blättern abgepflückt und sie vor ihren Augen ausgesogen und genossen: so sei er ihr seitdem mehr greuels- als liebenswürdig vorgekommen, und er habe durch seine Röselsche Insektenbelustigungen Brautkuchen und Honigwochen verscherzt und vernascht. Nieß aber, sich mehr zur Tochter schlagend, fuhr kühn mit dem Ernste des Naturgenusses fort und schilderte mehre schöne Aussichten ab, die man sah, und von manchen erhabenen Wolken-Partien lieferte er gute Rötelzeichnungen; – als endlich die Partien zu regnen anfingen und selbst herunterkamen. Sogleich rief der Doktor den langröckigen Flex in den Wagen herein als einen Füllstein für Nieß. Diesem entfuhr der Ausruf: »Dies zarte Gefühl hat auch unser Dichter für seine Leute, Theoda!« – »Es ist«, antwortete ihr Vater, »zwar weniger der Mensch da als sein langer Rock zu schonen; aber zartes Gefühl äußert sich wohl bei jedem, den der Wagen verdammt stößt.« Bald darauf kamen sie in *St. Wolfgang* an.

10. Summula

Mittags-Abenteuer

Gewöhnlich fand der Doktor in allen Wirtshäusern bessere Aufnahme als in denen, wo er schon einmal gewesen war. Nirgends traf er aber auf eine so verzogene Empfangs-Physiognomie als bei der verwittibten, nett gekleideten Wirtin in St. Wolfgang, bei der er jetzt zum zwölften Male ausstieg. Das zweitemal, wo sie in der Halbtrauer um ihre eheliche Hälfte und in der halben Feiertags-Hoffnung auf eine neue ihrem medizinischen Gaste mit Klagen über Halsschmerzen sich genähert, hatte dieser freundlich sie in seiner Amtsprache gebeten: sie möge nur erst den Unterkiefer niederlassen, er wolle ihr in den Rachen sehen. Sie ging wütig-erhitzt und mit vergrößerten Halsschmerzen davon und sagte: »Sein Rachen mag selber einer sein; denn kein Mensch im Hause frißt Ungeziefer als Er.« Sie bezog sich auf sein erstes Dagewesensein. Er hatte nämlich, zufolge allgemein-bestätigter Erfahrungen und Beispiele, z.B. de la Landes und sogar der Demoiselle Schurmann – welche nur naturhistorischen Laien Neuigkeiten sein können –, im ganzen Wirtshause (dem Kellner schlich er deshalb in den Keller nach) umhergestöbert und -gewittert, um fette runde Spinnen zu erjagen, die für ihn (wie für das oben gedachte Paar) Landaustern und lebendige Bouillon-Kugeln waren, die er frisch aß. Ja er hatte sogar – um den allgemeinen Ekel des Wirtshauses, wo möglich, zurechtzuweisen – vor den Augen der Wirtin und der Aufwärter reife Kanker auf Semmelschnitte gestrichen und sie aufgegessen, indem er Stein und Bein dabei schwur – um mehr anzuködern –, sie schmeckten wie Haselnüsse.

Gleichwohl hatte er dadurch weit mehr den Abscheu als den Appetit in Betreff der Spinnen und Seiner-Selbst vermehrt, und zwar in solchem Grade, daß er selber der ganzen Wirtschaft als eine Kreuz-Spinne vorkam, und sie sich als seine Fliegen. Als er daher später einmal versuchte, dem Kellner nachzugehen, um unten aus den Kellerlöchern seine mensa ambulatoria, sein Kanarienfutter zu ziehen: so blickte ihn der Pursche mit fremdem, wie geliehenem Grimme an und sagte: »Fress' Er sich wo anders dick als im Keller!« –

Nichts bekümmerte ihn aber weniger als sauere Gesichter; der gesunde Sauerstoff, der den größeren Bestandteil seines in Worte gebrachten Atems ausmachte, hatte ihn daran gewöhnt.

Die Wirtin gab sich alle Mühe, unter dem frohen Gastmahle ihn von Theoda und Nieß recht zu unterscheiden zu seinem Nachteile; er nahm die Unterscheidung sehr wohl auf und zeigte große Lust, nämlich Eßlust; und ließ, um weniger der Wirtin als seinen Leuten etwas zu schenken, diesen nichts geben als seine Tafelreste. Die Wirtin ließ er zusehen, wie er mit derselben Butter zugleich seine Brotscheiben und seine Stiefel-Glatzen bestrich, und wie er den Zuckerüberschuß zu sich steckte, unter dem Vorwande, er hole aus guten Gründen den Zucker erst hinter dem Kaffee nach im Wagen.

Dennoch schlug ihm eine feine Krieglist, von deren Beobachtung er durch Verhaßtwerden abzuziehen suchte, ganz fehl. Er hatte nämlich unter einer Winkeltreppe ein schätzbares Katzennest entdeckt, aus welchem er etwan einen oder zwei Nestlinge auszuheben gedachte, um sie abends im Nachtlager, wo er so wenig für die Wissenschaft zu tun wußte, aufzuschneiden, nachdem er vorher ihnen in der Tasche aus Mitleiden, zum Abwenden aller Kerkerfieber, die Köpfe einigemal um den Hals gedreht hätte. Es muß aber wohl von seinem eilften Besuche, wo die Wirtin gerade nach seiner Entfernung auch die Entfernung einer treuen Mutter mehrer Kätzchen wahrnahm, hergekommen sein, daß sie, überall von weiten ihn wie einen Schwanzstern beobachtend, gerade in der Minute ihm aufstoßen konnte, als er eben ein Kätzchen einsteckte. – »Hand davon, mein Herr!«, schrie sie, »nun wissen wir doch alle, wo voriges Jahr meine Kätzin geblieben – und ich war so dumm und sah das liebe Tier in Ihrer Tasche arbeiten – o Sie – –.« Den Beinamen verschluckte sie als Wirtin. Aber wahrhaft gefällig nahm er statt des Kätzchens ihre Hand und ging daran mit ihr in die Stube zurück. »Sie soll da besser von mir denken lernen«, sagte er. Und hier erzählt' er weitläuftig mit Berufen auf Theoda, daß er selber mehre Katzenmütter halte und solche, anstatt sie zu zerschneiden, väterlich pflege, damit er zur Ranzzeit gute starke Kater durch die in einer geräumigen Hühnersteige seufzenden Kätzinnen auf seinen Boden verlocke und diese Siegwarte neben den Klostergittern ihrer Nonnen in Teller- oder Fuchseisen zu fangen bekomme; denn er müsse als Professor durchaus

solche Siegwarte, teils lebendig, teils abgewürgt, für sein Messer suchen, da er ein für seine Wissenschaft vielleicht zu weiches Herz besitze, das keinen Hund totmachen könne, geschweige lebendig aufschneiden wie Katzen. Die Wirtin murmelte bloß: »Führt den Namen mit der Tat, ein wahrer abscheulicher Katzen-Berger und -Würger.« – Nieß fragte nicht viel darnach, sondern da das erste, was er an jedem Orte und Örtchen tat, war, nachzusehen, was von ihm da gelesen und gehalten wurde: so fand er zu seiner Freude nicht nur im elenden Leihbücher-Verzeichnis seine Werke, sondern auch in der Wirtsstube einige geliehene wirkliche. Sich gar nicht zu finden, drückt berühmte Männer stärker, als sie sagen wollen. Nieß erteilte seinen Leihwerken aus Liebe für den Wolfgangischen Leihbibliothekar auf der Stelle einen unbeschreiblichen Liebhaber-Wert (pretium affectionis) bloß dadurch, daß ers einem Voltaire, Diderot und D'Alembert gleichtat, indem er, wie sie, Noten in die Werke machte mit Namens-Unterschrift; – die künftige Entzückung darüber konnte er sich leicht denken.

Während Theoda zwischen dem Dichter und der Freundin hin- und herträumte, kam auf einmal der Mann der letzten, der arme Mehlhorn, matt herein, der nicht den Mut gehabt, seinen künftigen Gevatter um einen Kutschensitz anzusprechen. Der Zoller war zwar kein Mann von glänzendem Verstande – er traute seiner Frau einen größern zu –, und seine Ausgaben der Langenweile überstiegen weit seine Einnahme derselben; aber wer Langmut im Ertragen, Dienstfertigkeit und ein anspruchloses redliches Leben liebte, der sah in sein immer freudiges und freundliches Gesicht und fand dies alles mit Lust darin. Theoda lief auf ihm entzückt zu und fragte selbvergessen, wie es ihrer Freundin ergangen, als sei er später abgereiset. Er verzehrte ein dünnes Mittagmahl, wozu er die Hälfte mitgebracht: »Man muß wahrhaftig«, sagt' er sehr wahr, »sich recht zusammennehmen, wenn man noch zwei Stunden nach *Huhl* hat, und doch nachts wieder zu Hause sein will; es ist aber kostbares Wetter für Fußgänger.«

Theoda zog ihren Vater in ein Nebenzimmer und setzte alle weibliche Röst-, Schmelz- und Treibwerke in Gang, um ihn so weit flüssig zu schmelzen, daß er den Zoller bis nach Huhl mit einsitzen ließ. Er schüttelte kaltblütig den Kopf und sagte, die Gevatterschaft fürchtend: »Auch nähm' ers am Ende gar für eine Gefälligkeit, die ich ihm etwa beweisen wollte.« Sie rief den Edelmann zum Bereden zu Hülfe; dieser brach – mehr aus Liebe für die Fürsprecherin – gar in theatralische Beredsamkeit aus und ließ in seinem Feuer sich von Katzenberger ganz ohne eines an sehen. Dem Doktor war nämlich nichts lieber, als wenn ihn jemand von irgendeinem Entschlusse mit tausend beweglichen Gründen abzubringen anstrebte; seiner eignen Unbeweglichkeit versichert, sah er mit desto mehr Genuß zu, wie der andere, jede Minute des Ja gewärtig, sich nutzlos abarbeitete. Ich versinnliche mir dies sehr, wenn ich mir einen umherreisenden Magnetiseur und unter dessen Händen das Gesicht eines an menschlichen Magnetismus ungläubigen Autors, z.B. Biesters, vorstelle, wie jener diesen immer ängstlicher in den Schlaf hineinzustreichen sucht, und wie der Bibliothekar Biester ihm unaufhörlich ein aufgewecktes Gesicht mit blickenden Augen still entgegenhält.

»Gern macht' ich selber«, sagte Nieß, »noch den kurzen Weg zu Fuß.« – »Und ich mit«, sagte Theoda. »O!«, sagte Nieß und drückte recht feurig die Katzenbergerische Hand, »ja es bleibt dabei, Väterchen, nicht?« – »Natürlich«, – versetzte letztes – »aber Sie können denken, wie richtig meine Gründe sein müssen, wenn sie sogar von Ihnen nicht überwogen werden.« Man schien auf seiten des Paars etwas betroffen; »auch möcht' ich den guten Umgelder ungern verspäten«, setzte der Doktor hinzu, »da wir erst nach dem Pferde-Füttern aufbrechen, er aber sogleich fort geht.«

Als sie sämtlich zurückkamen, stand der Mann schon freundlich da, mit seinem Abschiede reisefertig wartend. Theoda begleitete ihn hinaus und gab ihm hundert Grüße an die Freundin mit und den Schwur, daß sie schon diesen Abend das Tagebuch an sie anfange: »Könnt' ich für Sie gehen, guter Mann!« sagte sie; und er schied mit einem langen Dankpsalm, ohne sie sonderlich zu verstehen, so wie sie selber, setz' ich dazu, ebensowenig den Doktor. Sie wußt' es aus langer Erfahrung, daß er zudringende Bitten gewöhnlich abschlug als Anfälle auf seine Freiheit; sie tat sie aber doch immer wieder und brachte vollends heute den Auxiliar-Poeten mit. Mehlhorn war ihm nicht am meisten als Gevatterbitter verdrießlich, sondern als eine Art Ja-Herr gegen die Frau und ein Ja-Knecht gegen alle Welt; schwachmütige Männer aber, sogar gutmütige, konnt' er nicht gut sich gegenüber sehen, besonders einen halben Tag lang auf dem Rücksitz.

Bald darauf, als die Pferde abgefüttert waren und die Gewinn- und Verlustrechnung abgetan, gab Katzenberger das Zeichen des Abschieds; – es bestand darin, daß er heimlich die Körke seiner bezahlten Flaschen einsteckte. Er führte Gründe für diese letzte Ziehung aus der Flasche an: »es sei erstlich ein Mann in Paris bloß dadurch ein Millionär geworden, daß er auf allen Kaffeehäusern sich auf ein stilles Korkziehen mit den Fingern gelegt, wobei er freilich mehr ans Stehlen gedacht als an erlaubtes Einstecken; zweitens sei jeder, der eine Flasche fodere, Herr über den Inhalt derselben, wozu der Stöpsel als dessen Anfang am ersten gehöre, den er mit seinem eigenen Korkzieher zerbohren oder auch ganz lassen und mitnehmen könne, als eine elende Kohle aus dem niedergebrannten Weinfeuer.« Darüber suchte Nieß zu lächeln ohne vielen Erfolg.

11. Summula

Wagen-Sieste

Im ganzen sitzt ohnehin jeder Kutschenklub in den ersten Nachmittag-stunden sehr matt und dumm da; das junge Paar aber tat es noch mehr, weil Katzenbergers Gesicht, seitdem er dem armen Schreckens-Gevatter die Wagentüre vor der Nase zugeschlagen, kein sonderliches Rosental und Paradies für jugendlich-gutmütige Augen war, die in das Gesicht hinein- und auf den sandigen Weg hinaussahen. Er selber litt weniger; ihn verließ nie jene Heiterkeit, welche zeigen konnte, daß er sich den Stoikern beigesellte, welche verboten, etwas zu bereuen, nicht einmal das Böse. Indes ist dieser höhere Stoizismus, der den Verlust der un-schätzbaren höheren Güter noch ruhiger erträgt als den der kleinern, bei Gebildeten nicht so selten, als man klagt.

Nach einigen Minuten Sandfahrt senkte Katzenberger sein Haupt in Schlaf. Jetzo bekränzte Theoda ihren Vater mit allen möglichen Rede-blumen, um dem Freund ihres Dichters ihre Tochter-Augen für ihn zu leihen. Besonders hob sie dessen reines Feuer für die Wissenschaft heraus, für die er Leben und Geld verschwende, und beklagte sein Los, ein gelehrter einsamer Riese zu sein. Da der Edelmann gewiß voraus-setzte, daß die Augen-Sperre des Riesen nichts sei als ein Aufmachen von ein Paar Dionysius-Ohren, wie überhaupt *Blinde* besser *hören*: so fiel er ihr unbedingt bei und erklärte, er staune über Katzenbergers Genie. Dieser hörte dies wirklich und hatte Mühe, nicht aus dem Schlafe heraus zu lächeln wie ein Kind, womit Engel spielen. Des blinden optischen Schlafes bedient' er sich bloß, um selber zu hören, wie weit Nieß sein Verlieben in Theoda treibe; und dann etwa bei feurigen Welt-

und Redeteilen rasch aufzuwachen und mit Schnee und Scherz einzufallen. Jetzo ging Theoda, die an den Schlummer glaubte, weil ihr Vater sich selten die Mühe der Verstellung gab, noch weiter und sagte dem Edelmanne frei: »Sein Kopf lebt zwar dem Wissen, wie ein Herz dem Lieben, aber Sie springen zu ungestüm mit seiner Natur um. – In der Tat, Sie legen es ordentlich darauf an, daß er sich über Gefühle recht seltsam und ohne Gefühle ausdrücke. Täte dies wohl Ihr Theudobach?« – »Gewiß«, – sagt' er – »aber in meinem Sinne. Denn Ihren Vater, liebreiche Tochter, nehm' ich viel besser als der Haufe. Mich hindert seine satirische Enkaustik nicht, darhinter ein warmes Herz zu sehn. Recht geschliffnes Eis ist ein Brennglas.

Man ist ohnehin der alltäglichen Liebfloskeln der Bücher so satt!

O dieser milde Schläfer vor uns ist vielleicht wärmer, als wir glauben, und ist seiner Tochter so wert!« Katzenberger, eben warm und heiß vom nahen Nachmittagsschlummer, hätt' etwas darum gegeben, wenn ihm sein Gesicht von einem Gespenste wäre gegen den Rücken und das Kutschen-Fensterchen gedreht gewesen, damit er ungesehen hätte lächeln können; wenigstens aber schnarchte er.

114 Theoda indes, nie mit einer lauen oder höflichen Überzeugung zufrieden, suchte den Poeten für den Vater noch stärker anzuwärmen durch das Berichten, wie dieser bei dem Scheine einer geizigen Laune ganz uneigennützig als heilender Arzt Armen öfter als Vornehmen zu Hülfe eile und dabei lieber in den seltensten gefahrvollsten als in gefahrlosen Krankheiten der Schutzengel werde. Jedes Wort war eine Wahrheit; aber die Tochter voll kindlicher und jeder Liebe kam freilich nicht darhinter, daß ihm eigentlich die Wissenschaft, nicht der Kranke höher stand als Geld und daß er mit einer gewaltigen Gegnerin von kranker Natur am liebsten das medizinische Schach spielte, weil aus der größern Verwicklung die größere Lehrbeute zu holen war; ja er würde für eine stichhaltige Versicherung der bloßen Leichenöffnung jeden umsonst in die Kur genommen haben aus Liebe zur Anatomie.

»Vollends aber die Güte, womit mein genialer Vater alle Wünsche erfüllt, mit welchen ich nicht gerade seinen wissenschaftlichen Eifer störe, und was er alles für meine Bildung getan, das kann ich als Tochter leichter in meinem Herzen verehren als durch Worte andern enthüllen; aber schmerzen muß es mich jederzeit, wenn ich ihn bei andern, da er Stand und fremdes Urteil gar zu wenig achtet, ordentlich darauf ausgehen sehe, verkannt zu werden«, beschloß Theoda. – Du warme Verblendete! – So wie wir alle merken, bildet sie sich ein, den Poeten Nieß durch Preisen für ihren Vater zu gewinnen, für einen Mann, der ihm doch ins Gesicht gesagt, seine Nasenwurzel sei zu dünn. Schwerlich sind Wurzelwörter eines solchen Ärgers je auszuziehen, und aus der Nasenwurzel wird in Nieß – da es etwas anderes sein würde, wäre statt der Eitelkeit bloß sein Stolz beleidigt worden – immer etwas Stechendes gegen den Doktor wachsen.

Dafür aber zog sich aller Weihrauch, den die Tochter für den Vater anbrannte, auf sie selber zurück in Nießens Nase, und am Ende konnt' er sie kaum anhören vor Anblicken; so daß ihm nichts fehlte zu einer poetischen Umhalsung Theodas als der wahre Schlaf des schnarchenden Fuchses. Indes ging er auf andere Weisen über, Lieben auszusprechen, und legte solche an einem bekannten Theudobachischen Schauspiel: »Die scheue Liebe« zergliedernd auseinander. Ein Bühnen-Dichter vieler Stücke oder ein Kunstrichter aller Stücke hat oder ist leicht eine Schiff- und Eselbrücke in ein Weiberherz. Darüber versank doch der Doktor vor Langweile aus dem vorgeträumten Schlaf in einen echten, und zwar bald nach Nießens schönen wahren Worten: »Jungfräuliche Liebe schlummert wohl, aber sie träumt doch.« $\qquad$ 115

Als er ganz spät aufwachte, sagt' er, halb im Schlafe: »Natürlich schläft sie und träumt darauf.« Nur Nießen war dieser ihm zugehörige Sinn-spruch deutlich und erinnerlich, und er dachte leise: »Seht den Dieb!«

Eben watete ihnen im Sande ein Bekannter der Familie entgegen, der sogleich sich umkehrte und in die Taschen griff, als er den Wagen erblickte. Es ist bekannt, daß es der Winkel-Schuldirektor *Würfel* war, ein feines Männchen. Der Doktor ließ ihm schnell nachfahren, um das Umwenden zu begreifen. Eingeholt kehrte der Direktor sich wieder um und verbeugte sich stufenweise vor jedem. Der Doktor fragte, warum er immer so umkehre. »Er sei«, sagte er, »so unglücklich gewesen, sein Taschenbuch in Huhl zu vergessen; und jetzt so glücklich geworden, indem ers hole, eine solche Gesellschaft immer vor Augen, wenn auch von weitem, zu haben.« – »So nehmen Sie hier Rücksitz und Stimme«, sagte der Doktor zu Nießens Verwunderung.

Der Winkel-Schul-Direktor war lange, wohl zehn mal, adeliger Haus- und Schloß-Lehrer gewesen – hatte mehr als hundert Hausbällen zuge-schaut und getraute sich, jede adelige Schülerin noch anzureden, wenn sie mannbar geworden – wie der alte Deutsche im Trunke keusch blieb, so war er stets mitten unter den feinsten Dessertweinen nicht nur keusch, sondern auch nüchtern geblieben, weil er den schlechtesten bekam – und war überhaupt an den Tischen seiner Herren tafelfähig, wenn auch nicht stimmfähig gewesen. Dieses Durchwälzen durch die feine Welt hatt' an ihm so viele elegante Sitten zurückgelassen, als er zu oft an Spezial-, ja an Generalsuperintendenten vermißte; so daß ihm öfter nichts zum vollständigsten feinsten Fat fehlte als der Mut; aber er glich dem Prediger, welcher auf der Kanzel mitten zwischen seinen heiligsten Erhebungen über die Erde und deren Gaben von Zeit zu Zeit die Dose aufmacht und schnupft. Dabei hatte er durch langes Erziehen fast alle Sprachen und Wissenschaften samt übriger Bildung in den Kopf bekommen, die ihm, wie einem armen Postknechte Reichtümer und Prinzen, zu nichts halfen, als daß er sie weiterzuschaffen hatte. Da er indes kein Wort sagte, das nicht schon einen Verleger und Verfasser gehabt hätte: so hörte man seine Schüler lieber als ihren Lehrer.

Dieser Winkelschul-Direktor hatte nun einst mit Theoda Theudobachs Stücke ins Englische und sich dabei (da sie nur eine Bürgerliche war) in einen Liebhaber und in den Himmel übertragen. Eben deshalb hatte ihm der Doktor, der in Herzsachen Scherz verstand und suchte, einen Sitz neben dem zweiten Liebhaber Nieß ausgeleert: »Ich sehe«, sagte er, »nichts lieber miteinander spielen als zwei Hasen, ausgenommen den Fuchs mit dem Hasen.«

Es ging anders. Theoda stellte vor allen Dingen den Vielwisser Würfel – dem sie freudig alles schenkte, sich ausgenommen – unserem Freunde des ins Englische verdolmetschten Dichters vor. Da fing das lange Zergliedern des Dichters (Nieß war der Prosektor) an, jedes Glied wurde durch kritisches Zerschneiden vervielfacht und vergrößert und zum Präparat der Ewigkeit ausgespritzt und mit Weingeist beseelt. Bloß der Hör-Märterer Katzenberger litt viel bei der ganzen Sache und war der einzige Mann in diesem feurigen Ofen, der sich nicht mit Singen helfen konnte. Nieß zeigte überall die leichte Weltmanns-Wärme eines feurigen Juwels. Würfel zeigte eine Schmelzofenglut, als wären in seiner die poetischen Gestalten erst fertig zu gießen; Theoda zeigte eine Französin, eine Deutsche und eine Jungfrau und ein Sich. Indes sah der helle Edelmann aus jedem Worte Würfels, wie dieser den Theudobachischen Sokkus und Kothurn nur in ein Fahrzeug verkehre, um darin auf einer von den schönen Freundschaft-Inseln Theodas anzulanden; je mehr daher der Direktor den Dichter erhob, desto mehr erboste sich der Edelmann. Doch blieben beide, Nieß und Theudobach, so fest und

fein und studierten die Menschen und wollten weniger die Schuldner
einer (dichterischen) Vergangenheit sein als einer (prosaischen) Gegenwart; Nieß wollte zugleich als Münzer und als Münze gelten.

Vom Dichter kommt man leicht aufs Lieben, und indem man ideale
Charaktere kritisiert, produziert man leicht den eigenen, und ein ge-
druckter Roman wird das Getriebe und Leitzeug eines lebendigen.
Würfel stach hier mehr durch Feinheit hervor, Nieß durch Keckheit.
Jener zeigte einen Grad von romantischer Delikatesse, der seinen Stand
verriet, nämlich den mittlern. Ich kann hier aus eigner Erfahrung die
Weiber der höhern Stände versichern, daß, wenn sie eine romantischere
zärtere Liebe kennen wollen als die galante, höhnende, atheistische ihrer
Weltleute, sie solche in meinem Stande finden können, wo mehr Begeisterung, mehr Dichter-Liebe, und weniger Erfahrung herrscht; und es
sollte diese Bemerkung mich um so mehr freuen, wenn ich durch sie
zum Glücke manches Hofmeisters und dessen hoher Prinzipalin etwas
beigetragen hätte; meines wäre mir denn Belohnung genug.

Niemand war wiederum in der Kutsche zu bedauern als der Blutzeuge
Katzenberger, dem solche Diskurse so mild in die Ohren eingingen wie
einem Pferde der Schluck Arzenei, den man ihm durch die Nasenlöcher
einschüttet. Um aber mit irgend etwas seinem Ohre zu schmeicheln,
brachte er einen feinen Iltispinsel heraus und steckte ihn in den rechten
Gehörgang bis nahe ans Paukenfell und wirbelte ihn darin umher; er
versicherte die Zuschauer, hierin sei er ganz der Meinung der Sineser,
wovon er die Sitte entlehne, welche diesen Ohrenkitzel und Ohren-
Schmaus für den Himmel auf Erden halten.

Da aber die Menschen immer noch links hören, wenn sie in Lust-
Geschäften rechts taub sind: so vernahm er noch viel vom Gespräch.
Er fiel daher in dieses mit ein und berichtete: Auch er habe sonst als
Unverheirateter an Heiraten gedacht und nach der damaligen Mode
angebetet – was man zu jener Zeit Adorieren geheißen –; doch sei einem
Manne, der plötzlich aus dem strengen mathematisch-anatomischen
Heerlager ins Kindergärtchen des Verliebens hineingemußt, damals
zumute gewesen wie einem Lachse, der im Lenze aus seinem Salz-
Ozean in süße Flüsse schwimmen muß, um zu laichen. Noch dazu
wäre zu seiner Zeit eine bessere Zeit gewesen – damal habe man aus
der brennenden Pfeife der Liebe polizeimäßig nie ohne Pfeifendeckel
geraucht – man habe von der sogenannten Liebe nirgend in Kutschen
und Kellern gesprochen, sondern von Haushalten, von Sich-Einrichten

und Ansetzen. So gesteh' er z.B. seinerseits, daß er aus Scham nicht gewagt, seine Werbung bei seiner durch die ausgesognen Maikäfer entführten Braut anders einzukleiden als in die wahrhaftige Wendung: nächstens gedenke er sich als Geburthelfer zu setzen in Pira, wisse aber leider, daß junge Männer selten gerufen würden und schwache Praxis hätten, solange sie unverehelicht wären. – »Freilich«, setzte er hinzu, »war ich damals hölzern in der Liebe, und erst durch die Jahre wird man aus weichem Holze ein hartes, das nachhält.«

»Bei der Trennung von Ihrer Geliebten mag Ihnen doch im Mondscheine das Herz schwer geworden sein?« sagte der Edelmann. »Zwei Pfund – also halb so schwer als meine Haut – ist meines wie Ihres bei Mond- und bei Sonnenlicht schwer«, versetzte der Doktor. »Sie kamen sonach über die empfindsame Epoche, wo alle junge Leute weinten, leichter hinweg?« fragte Nieß. »Ich hoffe«, sagt' er, »ich bin noch darin, da ich scharf verdaue, und ich vergieße täglich so viele stille Tränen als irgendeine edle Seele, nämlich vier Unzen den Tag; nur aber ungesehen (denn die Magenhaut ist mein Schnupftuch); unaufhörlich fließen sie ja bei heilen guten Menschen in den knochigen Nasenkanal und rinnen durch den Schlund in den Magen und erweichen dadrunten manches Herz, das man gekäuet, und das zum Verdauen und Nachkochen daliegt.«

Ich weiß nicht, ob ich mich irre, aber mir kommt es vor, als ob der Doktor seit dem schlafwachen Anhören der Lobreden, welche Theoda seinem liebereichen Herzen vor dem Poeten Nieß gehalten, ordentlich darauf ausginge, mehr Essigsäuere, d.h. Sauersauer aufzuzeigen; – ähnlich säh' ihm dergleichen ganz, und lieber schien er aus Millionen Gründen härter als weicher.

119 Als daher Nieß, um den seltenen Seefisch immer mehr für seine dichterische Naturalienkammer aufzutrocknen, eine neue Frage tun wollte, fuhr Theoda ordentlich auf und sagte: »Herr von Nieß, Sie sind im Innerlichen noch härter als mein Vater selber.« – »So«, sagte der Doktor, »noch härter als ich? Es ist wahr, die weibliche Sprache ist wie die Zunge weich und linde zu befühlen, aber diese sanfte Zunge hält sich hinter den Hundzähnen auf und schmeckt und spediert gern, was diese zerrissen haben.« Hier suchte der feine Würfel auf etwas Schöneres hin abzulenken und bemerkte, was bisher Theoda nicht gesehen: »dort schreite schon lange Herr Umgelder Mehlhorn so tapfer, daß ihn der Kutscher schwerlich auf dem höckerigen Wege überhole.« Als dies der

Kutscher vernahm, dem schon längst der nicht einzuholende Zoller eine bewegliche Schandsäule und Höllenmaschine gewesen: so fuhr er galoppierend in die

12. Summula

– die Avantüre –

hinein und warf an einem schiefgesunknen Grenzstein leicht, wie mit einer Wurfschaufel, den Wagen in einen nassen Graben hinab. Katzenberger fuhr als Primo Ballerino zuerst aus der Schleudertasche des Kutschers, griff aber im Fluge in die Halsbinde des Schuldirektors wie in einen Kutschen-Lakaien-Riemen ein, um sich an etwas zu halten; – Würfel seines Orts krallte nach Flexen hinaus und in dessen Fries-Ärmel ein und hatte unten im Graben den mitgebrachten Fries-Aufschlag in der Hand; – Nieß, das Gestirn erster Größe im Wagen, glänzte unten im Drachenschwanze seiner Laufbahn, nahm aber mehr die Gestalt eines Haarsterns an, weil er die Theodasche Perücke nach sich gezogen, an die er sich laut wehklagend unterwegs hatte schließen wollen; – Theoda war durch kleines Nachgeben gegen den Stoß und durch Erfassen des Kutschenschlages diagonal im Wagen geblieben; – Flex ruhte, den Kutscher noch recht umhalsend, bloß mit der Stirn im Kote, wie ein mit dem Gipfel vorteilhaft in die Erde eingesetzter Baum.

Erst unten im Graben und als jedermann angekommen war – konnte man wie in einem Unterhause auf Herauskommen stimmen und an Einhelligkeit denken. Katzenberger votierte zuerst, indem er die Hand aus Würfels Halsbinde nahm und dann auf dem Rückgrate des Schuldirektors wie auf einer flüchtigen Schiffbrücke wegging, um nachher auf Flexen aufzufußen und sich von da, wie auf einem Gaukler-Schwungbrett, leicht ans Ufer zu schwingen. Es gelang ihm ganz gut, und er stand droben und sah hernieder.

Hier konnte er nicht ohne wahre Ruhe und Lust so leicht bemerken, wie die andern Hechte im Graben-Wasser schnalzten, aus Verlegenheit. Flexens Rückgrats-Wirbel wurden ein allgemeines, aber gutes Trottoir, und der Schuldirektor schlug willig diesen Weg ein. Am Ufer zog der Doktor ihn an der Halsbinde nach kurzem Erwürgen ans Ufer, wo er unaufhörlich sich und seinen Kleider-Bewurf besah und zurückdachte.

Auch der untergepflügte Dichter bekroch Flexen und bot dem Doktor die Hand, an deren Ohrfinger dieser ihn mit kleiner Verrenkung dadurch aufs Trockne zog, daß er selber sich rückwärts bog und umfiel, als jener aufstand. Was noch sonst aus dem Nilschlamme halb lebendig aufwuchs, waren nur Leute; aber diese waren am nötigsten zum Aufhelfen, sie waren die Flügel, die Maschinen-Götter, die Schutzheiligen, die Korkwesten des Wagens im Wasser.

Mehlhorn für seine Person war herbeigesprungen und stand auf dem umgelegten Kutschenschlage fest, in welchen er unaufhörlich seinen Hülf-Engels-Arm umsonst Theodan hineinreichte, um sie um den Schlag herum- und aufzuziehen – bis ihn der Kutscher von seinem Standort wegfluchte, um den Wagen aufzustellen.

Delikate Gesellschaftknoten werden wohl nie zärter aufgelöset als von dem Wurfe in einen Graben, gleichsam in ein verlängertes Grab, wobei das allgemeine Interesse wenig verliert, wenn noch dazu Glieder der Mitglieder verrenkt oder verstaucht sind oder beschmutzt. Diese Freude ging allgemein wie eine Luna auf; das Städtchen Huhl lag vor der Nase, und jeder mußte sich abtrocknen und abstäuben und deshalb vorher übernachten. Nur Würfel, der aus dem Örtchen sein Taschenbuch zurückzuholen hatte, mußt' verdrüßlich daraus heimeilen mit der nassen Borke am besten Vorderwestchen; eine halbe Nacht und einen ganzen Weg voll Nachtluft mußt' er dazu nehmen, um so trocken anzulangen, als er abgegangen. Katzenberger machte weniger aus dem Kot, von welchem er seine eigne Meinung hegte, welche diese war, daß er ihn bloß als reine Adams-Erde, mit heiligem Himmelwasser getauft, darstellte und dann die Leute fragte: was mangelt dem Dreck? Bloß den dachsbeinigen Flex schalt er über dessen schweres Schleppkleid so: »Fauler Hund, hättest du dich nicht stracks aufrichten können, sobald ich von dir aufgesprungen war? Warum ließest du dich von allen immer tiefer eintreten? Und warum gabst du dem unbedachtsamen Würfel nicht nach und ließest dich vom Bocke herunterreißen, anstatt meines Livrei-Aufschlags? He, Mensch?« – »Das weiß ich nicht«, versetzte Flex, »das fragen Sie einen andern.«

13. Summula

Theodas ersten Tages Buch

Die Destillation hinabwärts (dest. per descens.), wie der Doktor den Grabenfall nannte, brachte manches Leben in den Abend. Er selber behielt alles an und war sein Selb-Trockenseil.

Nieß konnte die Einsamkeit der abwaschenden Wiedergeburt zum Nachschüren von neuem Brennstoff für Theoda verwenden. Er sann nämlich lange auf treffliche Sentenzen über die Liebe und grub endlich folgende in die Fenstertafel seines Zimmers: »Das liebende Seufzen ist das Atmen des Herzens. – Ohne Liebe ist das Leben eine Nacht in einer Mondverfinsterung; wird aber diese Luna von keiner Erde mehr verdeckt, so verklärt sich mild die Welt, die Nachtblumen des Lebens öffnen sich, die Nachtigallen tönen, und überall ist Himmel. Theudobach, im Junius.«

Theoda schrieb eiligst folgende Tagebuchblätter, um sie dem Mehlhorn noch mitzugeben:

»Du teures Herz, wie lange bin ich schon von dir weg gewesen, wenn ich Zeit und Weg nach Seufzern messe! Und wann werd' ich in dein Haus springen oder schleichen? Gott verhüte letztes! Ein Zufall – eigentlich ein Fall in einen Graben – hält uns alle diese Nacht in Huhl fest; leider kommen wir dann erst morgen spät in Maulbronn an; aber ich habe doch die Freude, deinem guten Manne mein Geschreibsel aufzupacken. Der Gute! Ich weiß wohl, warum du mir nichts von seiner gleichzeitigen Reise gesagt; aber du hast nicht recht gehabt. Mein Vater setzte auf eine Stunde den raffinierten Zuckerhut Würfel in den Wagen; seine Weste litt sehr beim Umwerfen. Insofern war mirs lieb, daß dein Mann nicht mitgefahren; wer steht für die Wendungen des Zufalls? – Ich habe, Herzige, deinen Rat – denn in der Ferne gehorcht man leichter als in der Nähe – treu befolgt und heute fast nichts getan als Fragen an den Edelmann über den Dichter. Dieser ist selber – höre – bloß die beste erste Ausgabe seiner Bücher, eine Prachtausgabe, wenn nicht besser, wenigstens milder als seine Stachelkomödien. Niemand hat sich vor seinem Auge oder Herzen zu scheuen. Er lief schon als Kind gern auf Berge und in die Natur; und so war er auch schon als Kind vor seinem neunten Jahre unsterblich verliebt. Närrisch ists doch,

122

daß man dergleichen an großen Menschen als so etwas Großes nimmt, da man ja bei sich und andern nicht viel daraus macht. Herr von Nieß erzählte mir eine köstliche, längst abgeschloßne Geschichte von seiner ersten Liebe, als eines Knaben voll Zärte und Glut und Frömmigkeit; sie soll dir einmal wohltun, wenn ich sie dir in dein Wochenbett hineinwerfe. Nur machts der liebe Vater durch Mienen und Worte jedem gar zu schwer, dergleichen vorzutragen – anzuhören weniger, denn ich bin an ihn gewöhnt –; er wirft oft, wie du ja weißt, Eisspitzen ins schönste Feuer, auf die niemand in ganz Pira gefallen wäre, und bringt damit den Gerührtesten zum Lachen. Er nennt unser ewiges Sprechen über unsern Dichter ein holländisch-langes Glockenspiel. Freilich kennt ihn Herr von Nieß nicht oder will es nicht; so seltsam fragt er ihn an. Ich habe dir ihn überhaupt noch nicht gemalt, so mag er mir denn sitzen auf dem Kutschenkissen. Recht klug wird man nicht aus ihm; er wirft nicht sich, aber das Geld weg (fast zu sehr) – Er schimmert und schneidet, wie der Demant in seinem Ringe; und ist doch weich dabei und stets auf der Jagd nach warmen Augenblicken – Ein Held ist er auch nicht, ja nicht einmal eine Heldin; vor dem kleinsten Stachelchen fährt er in die Bienenkappe – wie ich dir nachher meine eigne Perücke als Beweis und Bienenkappe vorzeigen will – Übrigens hat er alle nachgiebige Bescheidenheit des Weltmannes, der sich auf die Voraussetzung seines Werts verläßt – und dabei fein-fein und *sonst mehr*. – Dies ist aber eben der Punkt: von sich spricht er fast kein Wort, unaufhörlich von seinem Jugendfreunde, dem Dichter, gleichsam als wäre sein Leben nur die Grundierung für diese Hauptfigur. Auffallend ists, daß er nicht mit dem feurigen Gefühl, wie etwan ich, von ihm redet, sondern fast ohne Teilnahme (er berichtet bloß Tatsachen), so daß es scheint, er wolle nur meinem Geschmacke zu Gefallen reden und dabei unter der Hand für jemand anders den Angelhaken auswerfen als für unsern Theudobach. Zwischen diesem Namen und dem meinigen find' er etymologisch, sagt' er, nur den Unterschied des Geschlechts, worüber ich ordentlich zusammenfuhr, weil ich nie darauf gefallen war. Aber, warum sagt er mir solches angenehme Zeug, da er doch sieht, daß er mich nur durch ein ganz fernes Herz in Flammen setzt? Eilte dein Mann nicht so fürchterlich: wahrlich, ich wollte vernünftig schreiben. Ich sage dir Donnerstag alles, wenn es auch der Freitag widerlegt. In der Fremde ist man gegen Fremde (ja gegen Einheimische) weniger fremd als zu Hause; ich fragte geradezu Herrn von Nieß, wie der

Dichter aussehe. ›Wie stellen Sie sich ihn denn vor?‹ fragt' er. ›Wie die edleren Geschöpfe dieses Schöpfers selber‹, versetzt' ich. ›Er soll und wird aussehen wie ein nicht zu junger Ritter der alten Zeit – vorragend auch unter Männern – Er muß Augen voll Dichter- und Kriegerfeuer haben, und doch dabei solche Herzens-Lieblichkeit, daß er sein Pferd ebensogut streichelt als spornt und ein gefallnes Kindchen aufhebt und abküßt, eh' ers der Mutter reicht – Auf seiner Stirn müssen ohnehin alle Welten stehen, die er geschaffen, samt den künftigen Weltteilen – Köstlich muß er aussehen – Der Bergrücken seiner Nase ›… – (Hier, Bona, dacht' ich an deinen Rat.) ›Nun Sie haben ja die Nase selber gesehen, und ich gedenke, das auch zu tun.‹ Hierauf versetzte Herr von Nieß: ›Vielleicht sollt' er, Demoiselle, diese Gestalt nach Maler-Ideal haben; aber leider sieht er fast so aus wie ich.‹

Gewiß hab' ich darauf ein einfältiges Staun-Gesicht gemacht und wohl gar die Antwort gegeben: ›Wie Sie?‹ – Überhaupt schien meine zu lebhafte Vorschilderei seines Freundes ihn nicht sonderlich zu ergötzen. – ›Theoda und Theudobach‹ – fuhr er fort – ›behalten ihre Ähnlichkeit sogar in der Statur; denn er ist so lang als ich.‹ – ›Nein‹, unterfuhr ich, ›dann ist er kürzer als ich; eine Frau, die so lang ist als ein Mann, ist länger als ein Mann.‹ – Es schwollen beinahe Giftblasen mir auf, gesteh' ich gern. Es verdroß mich das ewige Prahlen mit der körperlichen Ähnlichkeit Theudobachs bei so wenig geistiger. Ich denke an seine unritterliche Furcht und an meine Perücke beim Wagen-Umwurf. Er wollte sich an meinen Kopf anhalten, um seinen zu retten. Raufen aber ist eine eigne Weise, einem Mädchen den Kopf zu verrücken. Mein Vater wird ihn mit dieser Perücke, womit er in die Grube gefahren, noch oft fegen, wie die Bedienten in Irland damit die Treppen kehren.

Freilich wars an ihn eine dumme Mädchenfrage, die ich nachher getan, wie ich dir beichten will. Aber wer machts denn anders? Die Leserinnen eines Dichters sind alle seine heimlichen Liebhaberinnen – die Jünglinge machen es mit Dichterinnen auch nicht besser –; und wir denken bei einem Genie, der Ehre unseres Geschlechts wegen, zuerst an die Frau, die der große Mann uns allen vorgezogen und die wir als die Gesandtin unseres Geschlechts an ihn abgeschickt. Auf seine Frau sind wir sogar neugieriger als auf seine Kinder, die er ja nur bekommen und selten erzieht. Ob ich mich gleich einmal tapfer gegen meinen Vater gewehrt, da er sagte, an einem Poeten zögen wir den Kniefall dem Silbenfall vor, ein Paar Freierfüße sechs Versfüßen, Schäferstunden den Schäferliedern und wären gern die Hausehre einer Deutschlands-Ehre: so hatt' er doch halb und halb recht. – Die dumme Mädchenfrage war nämlich die: ob der Dichter eine Braut habe. – ›Wenigstens bei meiner Abreise noch nicht‹, versetzte Nieß. – ›O ich wüßte‹, sagt' ich, ›nichts Rührenderes, als eine Jungfrau mit dem Edeln am Traualtare stehen zu sehen, welchen sie im Namen einer Nachwelt belohnen soll; sie sollte mir meine heiligste Schwester sein, und ich wollte sie lieben wie ihn.‹ – ›Wahrlich, Sie könnten es‹, sagte Nieß mit unnütz-feiner Miene.

O Gott, zanke nur hier über nichts, du Hellseherin. Ach mein Gesicht-Lärvchen – wahrlich mehr eine komische als tragische Maske – gibt mir keine Einbildungen, weil ich doch damit keinem Manne gefallen kann als einem halbblinden, der, wie du, nichts verlangt als ein Herz; aber der freilich sollte dieses denn auch ganz haben, mit allen Kammern und Herzohren und Flämmchen darin, und mein kleines Leben hinterdrein.

Ich wollt', es gäbe gar keine Männer, sondern die göttlichsten Sachen würden bloß von Weibern geschrieben; warum müssen gerade jene einfältigen Geschöpfe so viel Genie haben, und wir nichts? – Ach, wie könnte man einen Rousseau liebhaben, wenn er eine Frau wäre!

Gute Nacht, meine Seele! So viel Himmel, als nur hineingeht, komme in dein Herzchen!

Th.«

14. Summula

Mißgeburten-Adel

Der Wirt, der die Gesellschaft immer hinter Büchern und Schreibfedern sah, vermutete, er könne sie als Ziehbrunnen benutzen und seinen Eimer einsenken; er brachte ein Werk in Folio und eins in Oktav zum Verkaufe getragen. Das kleinere war ein zerlesener Band von Theudobachs Theater. Aber der Doktor sagte, es sei kein Kauf für das Gewissen seiner Tochter, da das Buch vielleicht aus einer Leihbibliothek unrechtmäßig versetzt sei. Auch fragt' er sie, ob sie denn nicht glaube, daß in Maulbronn der Dichter selber sie als seine so warme Anbeterin und Götzen-

Dienerin mit einem schönen Freiexemplare überraschen werde, das er wieder selber umsonst habe vom Verleger. »Ich komme ihm zuvor«, sagte Nieß, »ich habe von ihm selber fünf Prachtexemplare zum Geschenk und gebe gern eines davon um den Preis hin, den es mich kostet.« Theoda hatte Zweifel über das Annehmen, aber der Vater schlug alle nieder und sagte zum Edelmanne mit närrischen Grimassen: »Herr von Nieß, ich mache von so etwas Genießbaren Nießbrauch so wie von allen kostspieligen Auslagen, die Sie bisher auf der Reise vorschossen, weil Sie vielleicht wissen, daß ich ein schlechter Zahl- und Rechenmeister bin; aber am Ende der Reise, hoff' ich, sollen Sie mich kennen lernen.« Nieß bat Theoda in sein Zimmer zu folgen, wo er ihr vom Dichter vielleicht noch etwas Lieberes zu geben habe als das Gedruckte.

Er führte sie vor die oben gedachte Fensterscheiben-Inschrift. Als sie die Theudobachische Hand und die schönen Liebeworte erblickte und nun gewiß wußte, daß sie, den Boden und die Nachbarschaft mit ihrem Helden teilend, gleichsam in dessen Atmosphäre gekommen, wie die Erde in die der Sonne[6]: so zitterte das Herz vor Lust, und die Prachtausgabe verlor fast gegen die Fenster-Schrift. Nieß sah das feuchte Auge und hielt sich mit Gewalt, um nicht mit dem Bekenntnis seines zweiten Namens ihr ans Herz zu fallen, aber ihre Hand drückte er heftig und malte gerührt den Theaterstreich am Fenster nicht weiter aus.

Beide gingen halb trunken zum Doktor zurück. Dieser hatte eben teuer den Folioband vom Wirte erhandelt, nämlich Sömmerings Abbildungen und Beschreibungen einiger Mißgeburten, die sich ehemals auf dem anatomischen Theater zu Kassel befanden. Fol. Mainz 1791. Nicht nur das Paar, auch der Wirt sah, mit welchem Entzücken er die Mißgeburten verschlang. Da nun ein Wirt, wie jeder Handelmann, bei jedem Käufer ungern aufhört zu verkaufen, so sagte der Wirt: »Ich bin vielleicht imstande, einem Liebhaber mit einer der veritabelsten ausgestopften Mißgeburten aufzuwarten, die je auf acht Beinen herumgelaufen.« – »Wie, wo, wenn, was?« rief der Doktor, auf den Gastwirt rennend. »Gleich!« versetzte dieser und entschoß.

»Gott gebe doch«, fing Katzenberger an, gegen den Edelmann sich wendend, »daß er etwas wahrhaft Mißgebornes bringt. Ich weiß nicht, haben Sie meine de monstris epistola gelesen oder nicht; inzwischen

6   Das Zodiakal-Licht wird für den in die Laufbahn der Erde hineinreichenden Dunstkreis der Sonne gehalten.

habe ich darin ohne Bedenken die allgemeine Gleichgültigkeit gegen echte Mißgeburten gerügt und es frei heraus gesagt, wie man Wesen vernachlässigt, die uns am ersten die organischen Baugesetze eben durch ihre Abweichungen gotischer Bauart lehren können. Gerade die Weise, wie die Natur zufällige Durchkreuzungen und Aufgaben (z.B. zweier Leiber mit *einem* Kopfe) doch organisch aufzulösen weiß, dies belehrt. Sagen Sie mir nicht, daß Mißgeburten nicht bestehen, als widernatürlich; jede mußte einmal natürlich sein, sonst hätte sie nicht bis zum Leben und Erscheinen bestanden; und wissen wir denn, welche versteckte organische Mißteile und Überteile eben auch Ihrem oder meinem Bestehen zuletzt die Ewigkeit nehmen? Alles Leben, auch nur *einer* Minute, hat ewige Gesetze hinter sich; und ein Monstrum ist bloß ein Gesetzbuch mehrerer föderativen Staatkörperchen auf einmal; auch die unregelmäßigste Gestalt bildete sich nach den regelmäßigsten Gesetzen (unregelmäßige Regeln sind Unsinn). Eben darum könnte aber aus Mißgeburten als den höhern Haruspizien oder passiven Blutzeugen bei geschickter Zergliederung mehr Einsicht gewonnen worden sein als aus allem Alltagvieh, sobald man nur besser diese Sehröhre und Operngucker ins Lebensreich hätte zu richten verstanden, und wenn man überhaupt, Herr von Nieß, so seltene Cicerone und Zeichendeuter, die eben gerade, wie die Wandelsterne, in ihren Verfinsterungen am meisten geistig erleuchten, sorgfältiger aufgehoben hätte. Wo ist aber – mein elendes ausgenommen – noch ein ordentliches Mißgeburtenkabinett? Welcher Staat hat noch Preise auf Einliefern von monstris gesetzt, geschweige auf Erzeugung derselben, wie doch bei Blumen geschehen? Geht ein Monstrum als ein wahrer Solitär der Wissenschaft unter, so ist man noch gleichgültiger, als wäre ein Schock leicht zu zeugender Werkeltagleiber an der Ruhr verschieden. Wer kann denn aber eine Mißgeburt, die sich so wenig als ein Genie fortpflanzt – denn sie ist selber ein körperliches, eine Einzigperle – nicht einmal ein Sonntagkind, sondern ein Schalttagkind –, ersetzen, ich bitte jeden? Ich für meine Person könnte für dergleichen viel hingeben, ich könnte z.B. mit einer weiblichen Mißgeburt, wenn sie sonst durchaus nicht wohlfeiler zu haben wäre, in den Stand der Ehe treten; und ich will dirs nicht verstecken, Theoda – da die Sache aus reiner Wissenschaftliebe geschah und ich gerade an der Epistel de monstris schrieb –, daß ich an deiner sel. Mutter während ihrer guten Hoffnung eben nicht sehr darauf dachte, aufrechte Tanzbären, Affen oder kleine Schrecken und meine Kabinetts-

Pretiosen fern von ihr zu halten, weil sie doch im schlimmsten Falle bloß mit einem monströsen Ehesegen mein Kabinett um ein Stück bereichert hätte; aber *leider*, hätt' ich beinah' gesagt, aber gottlob sie bescherte mir dich als eine Bestätigung der Lavaterschen Bemerkung, daß die Mütter, die sich in der Schwangerschaft vor Zerrgeburten am meisten gefürchtet, gewöhnlich die schönsten gebären. Ein Monstrum ... o, du guter Wirt kommst!«

Letzter kam an mit dem fast grimmig aussehenden Stadtapotheker und dieser mit einem gut ausgestopften, achtbeinigen Doppel-Hasen, den er wie ein Wickelkind im Arme trug und an die Brust anlegte. Der Doktor sah den Hasen fast mit geifernden Augen an und wollte wie ein Hasengeier auf ihn stoßen. »Ich bin«, sagte jener und sprang stirnrunzelnd seitwärts, »Pharmazeutikus hiesiger Stadt und habe dieses curiosum in Besitz. Besehen darf es werden, aber unmöglich begriffen vor dem Einkauf. Ich will es aber auf alle Seiten drehen, und wie es mir gut dünkt; denn es ist seinesgleichen nicht im Lande oder auf Erden.« – »Um Verzeihung«, sagte der Doktor, »im königlichen Kabinett zu Chantilly wurde schon ein solcher Doppel-Hase aufbewahrt[7], der sogar sich an sich selber, wie an einem Bratenwender, hat umdrehen und auf die vier Relais-Läufe werfen können, um auf ihnen frisch weiterzureisen, während die vier ausgespannten in der Luft ausruhten und selber ritten.« – »Das konnte meiner bei Lebzeiten auch«, sagte der Apotheker, »und Ihr anderes einfältiges Hasenstück hab' ich gar nicht gesehen und gebe nicht einen Löffel von meinem darum.« Jetzo nannte er den Kaufschilling. Bekanntlich wurde unter dem minderjährigen Ludwig XV. der Greisenkopf auf den alten Louisd'or von Ludwig XIV. bloß durch den Druck eines Rades in den noch lebendigen Kinderkopf umgemünzt; worauf sie Livres statt 16 galten. Für ein solches Geld-Kopfstück, und zwar für ein vollwichtiges, wollte der Apotheker seinen Hasen mit 4 Löffeln, 2 Köpfen etc. hergeben. Nun hatte der Doktor wirklich ein solches bei sich; nur aber wars um viele Asse zu leicht und ihm gar nicht feil. Er bot halb so viel an Silbergeld – dann ebensoviel – dann streichelte er den Pharmazeutikus am dürren Arme herab, um in seinem Heißhunger nur, wie der blinde Angelo den Torso, so den Pelz der Hasen zu befühlen, die er wie ein Kalmucke göttlich verehrte. – Endlich zeigte er noch seinen langen Hakenstock vor und zog aus

7   Unterhaltungen aus der Naturgeschichte. Die Säugetiere I. B. S. 34.

dessen Scheide, wie einen giftigen Bienenstachel, einen langen befieder-
ten amerikanischen Giftpfeil vor und sagte, diesen Pfeil, womit der
Pharmazeutikus jeden Feind auf der Stelle erlegen könnte, woll' er noch
drein schenken. Bisher hatte dieser immer drei Schritte auf- und abgetan, kopfschüttelnd und schweigend; jetzo trug er ohne weiteres seinen
Hasenvielfuß zur Türe hinaus und sagte bloß: »Bis morgen früh steht
viel feil ums Goldstück; aber mittags katz ab!« – »Es ist mein Herzens-
Gevatter«, sagte der Wirt, »und ein obstinater Mann, aber dabei blitz-
wunderlich; ich sage Ihnen aber, Sie kriegen ebensowenig den Hasen
einzupacken als den Rathaus-Turm, wofern Sie kein solches Kopfstück
ausbatzen; er hat seinen Kopf daraufgesetzt.« – »Gibts denn«, sagte der
Doktor, »einen größern Spitzbuben? Ich habe freilich eins, aber es ist
zu gut, zu vollötig für ihn – doch werd' ich sehen.« – »So tue«, sagte
der Wirt, »doch unser Herr Gott sein Bestes und bringe zwei solche
Herren zusammen!«

Der Poet Nieß hatte aus dem Vorfalle eine ganze Theaterkasse voll
Einfälle und Situationen erhoben; und auf der Stelle den Plan zu einer
komischen Oper entworfen, worin nichts als Mißgeburten handeln und
singen sollten.

15. Summula

Hasenkrieg

Der Doktor hatte eine unruhigere Nacht als irgendeiner seiner Heilkun-
den, weniger weil ein Goldstück für das Natur-Kunstwerk zu zahlen
war, als weil dasselbe sehr zu leicht war. Endlich fiel ihm gegen Mitternacht der Kunstgriff eines christlichen Kaufmanns bei, der zu leichten
Goldstücken nicht jüdisch durch Beschneidung, sondern vielmehr mit
etwas Ohrenschmalz, als Taufe und Ölung, das alte Gewicht zurückgab.
Er stand auf und nahm seine Gehörwerkzeuge und gab dem Louis XIV
et XV d'or, ohne alle Reims-Fläschchen, so viele Salbung, bis er sein
Gewicht hatte. Frühmorgens schickte er durch den Wirt die Nachricht
in die Apotheke: er gehe den Kauf ein und werde bald vor ihr mit seinem Wagen halten. Man antwortete darauf zurück: »Gestern wär' es
zwar ebensogut abzumachen gewesen; aber meinetwegen!«

Der Doktor sann sich viele List- und Gewalt-Mittel – d.h. Frieden-Unterhandlungen und Krieglisten – aus, um die Föderativ-Hasen zu bekommen; und er war, im Falle gute Worte, nämlich falsche, nichts verfingen, zum Äußersten, zu Mord und Totschlag entschlossen; weshalb er seinen Arm mit dem giftigen Gemshornstock armierte.

Vor der Apotheke befahl er, aus dem Wagen springend, die Türe offen zu lassen und, sobald er gelaufen käme, fliegend mit ihm abzurennen. Er hatte sich vorgenommen, anfangs dem Fuchse zu gleichen, der so lange sich einem Hasen näher tanzt, bis der Hase selber in den Tanz einfällt, worauf der Fuchs ihn leicht in Totentänze hineinzieht.[8] Er stieg dann aus – hielt ein zweiköpfiges Goldstück bloß zwischen Mittelfinger und Daumen am Rande, um es mehr zu zeigen, und um nichts vom Folien-Golde wegzureiben – und war jedes Wortes gewiß, das er sagen wollte. Er konnte sich aber beim Eintritte nicht viel Vorteil für seine Anrede oder Benevolenz-Kaptanz von dem Umstande versprechen, daß gerade das Subjekt[9] und der Provisor giftigen Bilsensamen in Mörser stampften; da nach allen Giftlehrern dieses Giftkraut unter dem Stoßen und Kochen den Arbeiter unter der Hand in ein toll-erbostes, bissiges Wesen umsetzt. Indes fing er – mit dem Goldstück in der Hand, wie ein venedischer Sbirre mit einem auf der Mütze – sein freundschaftliches Anreden mit Vergnügen an, weil er wußte, daß er stets mit der sanften Hirtenflöte den, dem er sie vor tauben Ohren blies, leicht hinter dieselben schlagen konnte.

»Herr Amtbruder«, sagt' er »meine de monstris epistola (Sendschreiben über Mißgeburten) kennen Sie wahrscheinlich früher als irgendein Protomedikus und Obersanitätrat in ganz größern Städten; sonst hätten Sie sich vielleicht weniger auf Mißgeburten gelegt. Ihr Monstrum, gesteh' ich Ihnen gern – denn es ist zu sehr gegen meine Sinnes Art, etwas herabzusetzen, bloß weil ich es erhandeln will –, ist, wie Sie selber trefflich sagten, ein curiosum; in der Tat ist Ihr Dioskuren-Hase (Sie verstehen mich leicht) wie ein Doppel-Adler gleichsam eine lebendige Sozietät-Insel, ein zusammengewachsenes Hasen-tête-à-tête. Sie wissen alles, wenn nicht mehr. Sie sehen aus meinem Goldstück in der Hand, ich gebe alles dafür; wär' es nur deshalb, um neben meiner Wißbegierde

---

8   Der Verfasser weiß nicht gewiß, ob er diese naturhistorische Bemerkung aus Bechsteins Werken oder aus dessen Munde hat.

9   Bekanntlich der Name eines pharmazeutischen Beigehülfen und Gesellen.

noch die des Fürsten im Maulbronner-Bad, meines intimen dicken Freundes, zu befriedigen; ich weiß zwar nicht, ob Sie bei ihm dabei verlieren, daß Sie den Doppel-Hasen früher aufgetrieben und besessen als ich; aber ich weiß, daß Sie dabei gewinnen, und daß ich ihm sagen werde, wie Sie sich schreiben, und daß nur Sie mir die Hasen abgelassen.«

»Ich will jetzt das Goldstück wägen«, versetzte der Apotheker und gab das Hasenpaar dem Provisor hin, der es mit vorfechtenden Blicken als Schutzheiliger auf- und abtrug. – Das Subjekt stieß feurig fort und sott ohne Not in eignen Augenhöhlen seine Eiweiß-Augen krebsrot. – Der Prinzipal stand im feuernden Krebs als Sonne und zitterte vor Hast, als er die Goldwaage hielt. – Die ganze Apotheke war die Sakristei

zu einer streitenden Kirche. –

Katzenberger aber zeigte sich mild und schien als kalte Sonne im Steinbock.

»Mein Gold«, sagt’ er, da es etwas in die Höhe ging, »ist wohl überwichtig; denn Sie halten nicht fest genug, und so fliegts auf und ab.« –

– »Wenn nicht Harn dran ist, ders schwer macht«, sagte der Apotheker und berochs; worauf er das Goldstück versuchweise ein wenig am Oberrockfutter zu scheuern begann. Aber der Doktor fing seine Hand, damit er nicht die auf die Goldmünze aufgetragne Schaumünze wegfeile, und sagte ihm frei heraus: »er halte ihn zwar für den ehrlichsten Mann in der ganzen Apotheke, aber er könne deshalb doch nicht vergessen, daß in verschiedenen Leipziger und Frankfurter Messen Juden gestanden, welche ein feines Reibeisen im Unterfutter eingenäht getragen, womit sie unter dem Vorwande der Reinigung von den besten Fürstend’or Goldstaub abgekratzt und dann mitgenommen.«

»Fremder Herr! Mordieu! Ihr Geld« (sagte der Mann) »wird ja immer leichter, je länger ich wäge. – Ein Aß ums andre fehlt.«

»Wir wollen beide nichts daraus machen, Herr Amtbruder«, – sagte der Doktor und klopfte auf dessen spitze Achsel – »sondern als echte Freunde scheiden, zumal da man hinter uns Bilsensamen stampft; Sie kennen dessen Einfluß auf Schlägereien, in denen ohnehin jeder Charakter, wie eine Sommerkrankheit, leicht einen gewissen biliösen oder gallichten Charakter annimmt. Wir beide nicht also!«

»Sacker, zehnmal zu leicht!« (rief der Apotheker, die Goldwaage hoch über den Kopf haltend) – »An keinen Hasen zu denken!«

Aber der Doktor hatte schon daran gedacht; denn er hatte den aufs Gespräch horchenden Provisor mit dem Schnabelstocke, den er als ein Kammrad in dessen Zopf eingreifen lassen, rückwärts auf den Boden wie in einen Sarg niedergelegt und ihm im Umwerfen die Mißgeburt aus der Hand gezogen.

Wie ein Krebs trat er den Rückzug an, um mit dem Gemshornstock vorwärts in die Apotheke hineinzufechten. Der Landsturm darin organisierte sich bald. Wütig warf sich der Provisor herum und empor und feuerte (er konnte nicht wählen) mit Kräutersäckchen, Kirschkernsteinen, die erst zu extrahieren waren, mit alten Ostereiern voll angemalter Vergißmeinnicht dem Doktor auf die Backenknochen. – Der Apotheker hatte erstaunt das Goldstück fallen lassen und sucht' es unten mit Grimm. Das Subjekt stocherte mit dem Stößel bloß auf dem Mörserrand und drehte sich selber fast den Kopf ab, um mehr zu sehen. –

Unten schrie der gebückte Apotheker: »Greift den Hasen, greift den Hund!« – »Nur auf ein ruhiges Wort, meine Herren!« rief Katzenberger ausparierend. »Das Bilsenkraut erhitzt uns alle, und am Ende müßte ich hier gar als Arzt verfahren und dagegen rezeptieren und geben, es sei nun, daß ich dem Patienten, der zu mir käme, entweder das Gemsenhorn meines äskulapischen Stabs als einen kühlenden Blutigel auf die Nasenflügel würfe, oder diese selber damit aufschlitzte, um ihm Luft zu machen, oder das Horn als einen flüchtigen Gehirnbohrer in seine Kopfnaht einsetzte. – Aber den Hasen behalt' ich, Geliebte!«

Nun stieg die Krieglohe gen Himmel. Der Apotheker ging auf ihn mit einer langen Papierschere los, sie, wie ein Hummer die seinigen, aufsperrend; – Katzenberger indes hob ihm bloß mit dem Skalpier-Stock leicht eine Vorstecklocke aus; – der Provisor schnellte eine der feinsten chirurgischen Splitterscheren ab, die zum Glück nur in den langen Ärmel weit hinterfuhr. – Katzenberger aber ließ auf ihn durch den Druck einer Springfeder sein Gemsenhorn, woran noch die Vorstecklocke des Vorgesetzten hing, abfahren und schoß damit die ganze linke Brustwarze des Provisors zusammen, wiewohl die Welt, da er mit ihr nichts säugte, dabei weniger verlor als er selber. – Das Subjekt hielt im Nachtrabe den Stößel in die Lüfte aufgehoben und drohte nach Vermögen. – –

Aber jetzt ersah der Pharmazeutikus den langen amerikanischen Giftpfeil nackt vorstechend und wollte hinter den Subjekts-Hintergrund zurück. – »Um Gottes Willen, Leute«, rief der Doktor, »rettet euch –

springt insgesamt zurück – auf wen ich diesen Giftpfeil zuwerfe, der fällt auf der Stelle tot nieder, eh' er nur meinen Steiß erblickt!«

Da der Mensch stets *neue* Waffen und Gefahren mehr scheut als die *gefährlichsten* bekannten: so ging die ganze pharmazeutische Fechtschule rückwärts; und der Doktor ohnehin, bis er auf diese Weise mit seinem Hasen und dem zielenden Wurfspieß und seinem Rücken an den Fußtritt seines Wagens gelangte. Darauf fiel zwar die erhitzte Apotheke wieder von ferne auf – der Apotheker begleitete den Siegwagen wie einen römischen mit Schimpfworten – der Provisor schleuderte präparierte Gläser voll Kühltränke dem Hasendiebe nach und zerrte vor Wut, um die Brustwarze und die Splitterschere gebracht zu sein, mit beiden Zeigefingern die beiden Mundwinkel bis an den Backenbart auseinander, um allgemeines Grausen auszubreiten – und das Subjekt hieb in der Weite mit der Mörserkeule heftig in das Stein-Pflaster und kegelte noch mit den Füßen Steine nach; inzwischen Katzenberger und die Hasen fuhren ab, und er lachte munter zurück.

So aber, ihr Menschen, schnappen öfters Krieg-Trubeln passabel ab, und am Friedenfeste sagt der eine: ich bin noch der Alte und wie neugeboren – und der zweite: verflucht! wir leben ja ordentlich wieder auf – und der dritte: ich hätte mehr wissen sollen, ich hätte mich weniger gefürchtet; denn mein Herz sitzt wohl auf dem rechten Fleck – und der vierte; aber die Hasen haben wir doch in diesem Kriege verloren.

Indes hat darin außer dem Doktor, der nicht durch einen Doppeladler, sondern einen Doppeladler selber gewann, noch eine Person viel erbeutet, welche dem Leser die nächste ist, nämlich ich hier. Zweite Auflagen haben den Vorzug, daß man darin Sachen sagen kann, welche durchaus in keiner ersten vorzubringen sind; so konnt' ich in der ersten dieses Werks gar nicht die schöne Nachricht mitteilen, daß der berühmte Zergliederer Johann Friedrich *Meckel* in Halle – der Erbe und Mehrer des Reiches von väterlichem Ruhm – mir im Jahr 1815 seinen de duplicitate monstrosa commentarium nicht nur geschenkt, sondern auch zugeeignet, und zwar in einem schönern Latein, als ich noch erlernen kann. Niemand aber hab' ich diese lateinische Triumphpforte zu verdanken als – laut der Zueignung – den Grundsätzen und Krieglisten des Dr. Katzenbergers, der jetzo den kenntnisvollen und scharfsinnigen Commentarius selber längst in Händen haben und sich über Buch und sich und mich erfreuen muß. Und hiemit erhalte Meckel nach dem geschriebnen Dank auch den gedruckten für sein Foliobändchen über

den organischen Dualis oder die monströse Doppelheit, die an Körpern ebenso selten als widrig ist, indes die häufigere Doppelheit an Seelen weit angenehmer wirkt und sich auf die Zunge einschränkt durch Doppelzüngigkeit, Doppelsinn u.s.w.

16. Summula

Ankunft-Sitzung

Niemand fuhr wohl jemals froher mit Hasen als Katzenberger mit seinen. Es war ihm ein Leichtes und ein Spaß, mit seiner Mißgeburt im Arm jedes Wort auszudauern, das Nieß von erster Jugendliebe, dem Frühgottesdienst gegen weibliche Göttinnen und von Theudobachs seligmachendem Glauben an diese ihm an die Ohren warf; denn er wußte, was er hatte. Süßlich durchtastete er den Hasen-Zwilling und weidete ihn geistig aus. Seinem Kutscher befahl er, jetzt am wenigsten umzuwerfen, weil er sonst die Hasen bezahlen müßte und nachher aus dem Dienst gejagt würde ohne Livrei.

Nun schlug er der Gesellschaft, eigentlich dem Edelmanne, die Frage zur Abstimmung vor, ob man schon die nächste Nacht sehr spät in Maulbronn anlangen wolle oder lieber in *Fugnitz* verbleiben, der Zäckinger Grenzstadt, wenige Stunden von Maulbronn. Theoda bestand auf schnelle Ankunft; sie wollte wenigstens mit dem schlafenden Dichter in demselben gelobten Lande und unter *einer* Wolke sein. Der Edelmann sagte, er habe den eigennützigen Wunsch, erst morgen anzukommen, weil ein Wagen enger vereinige als ein Baddorf. Die heimlichern Gründe seines Wunsches waren, am Tage vom Turm herab mit dem Bade-Ständchen angeblasen zu werden – ferner sich den Genuß des Inkognitos und das Hineinfühlen in Theodas wachsende Herzspannung zu verlängern – und endlich, um mit ihr abends durch das gewachsene Mondlicht spazieren zu waten. Der Doktor schlug sich mit Freuden zu ihm; Nieß trug mit dichterischer Großmut die Frachtkosten für ihn und kürzte aus dichterischer Weichlichkeit alles Reise-Gezänk durch Doppel-Gaben ab, um auch die kleinsten Himmelstürmer von seinem Freuden-Himmel fernzuhalten. »Ohnehin«, sagte der Doktor, »müss' er in Fugnitz eine neue Scheide für seinen gefährlichen Giftpfeil machen lassen; und er reise ja überhaupt nur nach dem Bad-Neste, um da einen unreifen Rezensenten, den er nicht eher nenne, bis er ihn injuriert habe, auf jene Weise zu versüßen, wie man nach Doktor Darwin unreife Äpfel süß mache, nämlich durch Zerstampfen; wiewohl er sich beim Manne nur auf Prügel einschränke.«

(Fortsetzung im zweiten Bändchen)

Werkchen

I.

Huldigungpredigt vor und unter dem Regierantritt der Sonne, gehalten am Neujahr 1800 vom Frühprediger dahier

[10]Da unsere Zarin, liebe Mituntertanen und Erdsassen, sich erst um 8 Uhr 15 Minuten 2 Sekunden zu uns erhebt: so kann ich vorher ein vernünftiges Wort mit euch reden.

Nach diesem Exordium schreit' ich zu den Teilen; denn ein längeres oder gar doppeltes ist nicht möglich, da ich genug werde zu tun haben, wenn ich von 7 3/4 bis 8 Uhr den ersten Teil und in der zweiten Viertelstunde den zweiten so durchtreiben will, daß ich bei dem ersten Strahle unserer Regentin vor der Nutzanwendung halte.

Der erste Teil soll diese loben, der zweite euch, liebe Zuhörer, heruntersetzen, indes mäßig.

I. Viertelstunde und Pars. Wenn das politische und das Schachspiel von 2 Meistern gespielet werden, so bleiben zuletzt die *Bauern* auf dem Brett. Ich beweise dieses so gern als ein anderer; aber warum ist das 18te Jahrhundert so sehr auf die Fürsten erboset, die stets ein wenig besser sind als ihre Hofleute, indes wieder diese nichts schlimmer als

10   Der Kalenderanhang nimmt unter die Heptarchie der 7 regierenden Planeten auch die Sonne auf und gibt ihr gerade auf das Valetjahr des Säkulums den Zepter. 1801 regiert der *Morgenstern*, der 1809 wieder regiert als *Abendstern*, und 1799 der *Mars*. Ich nenne solche sonderbare Zusammentreffungen den Witz des Schicksals. So haben nach Gibbon die Auguren prophezeiet: das römische Reich werde so viele Jahrhunderte dauern, als Romulus Geier zur Rechten gesehen; und es traf ein.

Weltleute, die wieder nichts anders sind als eben die Elementargeister und Oberlogenmeister des Jahrhunderts selber? Das einzige, was das Säkulum für seine Angriffe auf Fürsten anführen kann, sind die Engländer, die im Seegefecht zuerst das Admiralschiff berennen, um die Signale und das Kommando zu verwirren.

Ebenso sind die meisten Kalendermacher gegen die mutschierende Regierung der sieben Kron-Planeten aufgestanden und haben viele Kalender hinten revolutioniert. Natürlich setzten sie auch die heutige Landesmutter[11] ab; aber der Huldigung-Prediger dieses lacht über den Aktus, weil er weiß, daß diese Louise XVIII. doch fortregieren und Anziehkräfte zeigen werde, sie mag im astronomischen Staatkalender stehen oder nicht. Die morgenländischen Fürsten erkennen sie noch an und nennen sich ihre Vettern; ja, ein tartarischer zeigt der Base den Fürstenweg, den sie täglich nehmen muß.

Gelehrten ist wohl nichts an einem Regenten wichtiger, als daß er sie beschützt und pensioniert; und falls ein gekrönter Brotdieb des Landes nur ein guter Nutritor der Akademien und Akademisten ist, so weiß jeder Dekan, daß ein Fürst ein Mensch ist, und mutzt ihm nicht alles auf. Einmütig wird nun von den Gelehrten hienieden unsere neue Regentin erhoben. In ihrer Jugend privatisierte sie, als Amazone verkleidet, lange in Griechenland; und noch führt sie den Namen *Apollo*. Viele Länder wurden über das Geschlecht dieser Ritterin d'Eon irre, wiewohl man aus dem jungfräulichen Gefolge der neun Musen oder filles d'honneur und aus der schönen jugendlichen unbärtigen Gestalt dieses Apollo leicht hätte merken können, wieviel Uhr es sei. Sie machte übrigens in Griechenland, wie mehre ihres hohen Standes, nicht die besten Verse (weil in den Orakeln der Stoff über die Form vorsprang), aber doch die besten Versmacher. Da erfand sie den Lorbeer, um uns etwas, wenn auch nicht in die Arme, doch auf den Kopf zu geben und uns auf diese Weise fürstlich zu belohnen. Manchen armen Teufel von Gelehrten hält sie noch ein ganzes halbes Jahr licht- und holzfrei. Dieselben Verse, wofür der neidische *Nero* den *Lukan* umbrachte und *Alexander* den *Chörilus*, hatte sie beiden in die Feder gesagt; – wie ganz anders als jene Regenten führte sich diese Frau auf, oder als der Mischling aus beiden, Ludwig XIV., der seine Übersetzung des

11 Im eigentlichen Sinn eine, wenn nach Buffon die Erde ein Kind der mit einem Kometen zusammengekommnen Sonne ist.

Cäsars so wie seine Feldzüge durch andere machen ließ! Und schickt unsere Zarin nicht eben die Kalender, die ihr nach der Krone streben, ihren Vasallen zu, wie der sinesische den seinigen? – Bode in Berlin soll reden!

Als Apollo nahm sie längst den medizinischen Doktorgrad an. Die gallischen und englischen Könige legten sich nur auf die Kur des Stammelns und des Kropfes; aber sie heilt als Magnetiseur fast alles von weitem durch Ansehen und ist in der Pest der einzige Pestilenziarius. Ich könnte noch rühmen, daß sie die Medizin-Kiste auf dem Erdenschiffe selber füllt, welches wenig Ärzte tun.

Ich kenne keine Fürsten, die mit ihr, dieser Himmelkönigin, zu vergleichen wären. Die asiatischen und mexikanischen können in Gnadensachen der Witterung, um welche das Land bei ihnen nachsucht, nicht eher resolvieren, als bis sie solche selber erst von der Landesherrin ihrer Sonnenlehne erhalten haben.

Sie macht sich alles selber; sowohl die Rosen, welche der Papst den Erden-Vizekönigen weiht und schickt, als ihre Kammermohren färbt sie eigenhändig – sie macht sich ihr Prinzessin-Waschwasser – ihren glänzenden Sonnenhof – die *donnernden* Ehren-Salven und *bunte* Ehrenpforten abends nach ihren Arbeiten – ja sogar die in den Weg gestreuten Blumen, wozu die Landleute noch ihre Koller und Roben unterbreiten.

Es ist mir so gut wie einem bekannt, daß König Ninus sagte, er habe nie die Sterne gesehen; aber dasselbe kann unsere Neugekrönte von sich rühmen, ja sie löschet sogar alle die am Himmel (wie ein reisender König die an Röcken) aus, auf welche sie stößet.[12]

Was ihren fürstlichen Kabinettfleiß anlangt: so weiß man allgemein von *Josua-Kopernikus*, daß sie ihre Sitzung nie abbricht, sondern stets die Welt laufen lässet um sich. – Karl XII. von *Schweden* sagte einmal, er wollte seinen Stiefel als Subdelegaten und Vize-Karl XII. senden; mich dünkt, ein Stiefel repräsentiere leichter den Untertan, der ihn öfter anziehen und darin waten muß.

Man schreibt Fürsten sehr die Gabe, das Feuer zu besprechen, zu; beim Himmel! sie bespricht das Ofenfeuer auf das Sommerhalbjahr;

---

12 Bekanntlich werden auf einen Monat die in ihrer Laufbahn liegenden Gestirne unsichtbar.

nur leider das größte Schadenfeuer, das Kanonenfeuer, schüret sie freilich, wie jene, stärker an.

Über ihre Hofhaltung konnt' ich wenig sagen, gesetzt auch, es schlüge jetzo nicht schon 8 Uhr. Man suche auf ihr, wie an andern Höfen, weder ein Paradies noch eine Hölle[13]; was Glanz und Fackeln scheint, schreibe man mit *Herschel* (wie bei uns) dem Dunstkreis zu, der sie umzieht, und ihre breiten Flecken sind natürliche Stellen ohne diesen. – Nach *Newton* verhält sich bei ihr die *Zentripetalkraft zur Zentrifugalkraft* oder das Anziehen zum Weglassen wie bei allen kameralistischen Höfen, nämlich 47000 Zu 1. Die Winde streichen auf ihr wie in jedem Staatkörper, nämlich nicht waagrecht, sondern hinauf, hinab.

II. Wir haben nun den zweiten Teil der Huldigungpredigt zu betrachten, nämlich uns selber, die Reichs- und Sonnenkinder. Bekanntlich stehen wir sämtlich um das Sterbebette unsers 99jährigen Redakteurs, des kritisierenden Jahrhunderts. Dieses ist gleichsam die allgemeine deutsche Bibliothek der Zeit und beurteilt, sich ausgenommen, alles. Wir warfen darin alle Fesseln ab und ließen uns gern die Fuße zugleich mit den Ketten abnehmen und gingen ledig davon; gleich römischen Sklaven und Kindern wurden wir öffentlich emanzipiert durch Ohrfeigen. Gelinde abführende Mittel sind jetzt unser Essen und *Manna;* und die politische und kritische Revolution ist ein Erbrechen, das noch fortfährt, wenn nichts mehr da ist; – daher kann es uns am Ende (fatal für jeden) an den nötigsten Dingen gebrechen, die abzuführen sind. Das wenige, was gegen das Ende des Säkuls geschaffen wurde, ist dem nicht ganz ungleich, was am letzten Schöpfungstage, am Freitag, nachgeschaffen wurde, welches das Maul der bileamitischen Eselin war, die Buchstaben, eine Zange, Abrahams Widder, der Regenbogen und der Teufel.[14]

Zum Glück beherrscht uns noch einmal unsere Bienenkönigin, die Sonne. Sie ist durch ihre Scheidungen auf dem trocknen Wege in mehren Weltteilen bekannt genug. Unter dem angenommenen Namen Apollo rezensierte sie den Pfeifer Marsyas vom Skalp bis zur Ferse – mit einem Federmesser. Daher wurden die Wappentiere der Rezensenten, der Wolf, der Habicht, der Rabe, zu apollinarischen. Ja sie setzte

13   Nach *Berg* ist auf ihr jenes, nach *Swinden* diese.
14   Pirké Afoth 5. K. Mischn. 6.

die Rezensenten in ihr Wappenschild und führte sie in ihrem Titel fort; wenigstens hört sie sich gern Apollo culiciarius oder Flöh-Apollo nennen; ja sie läßt sich als Apollo Smintheus nicht nur betiteln, sondern auch als eine Maus abbilden[15] (wie Jupiter muscarius sich als eine Fliege), ein Nagetier, das den eigentlichen Bücherwurm und Bibliotheken-Lumpenhacker vorstellt, wenn es durstig ist.

Ich vermute, im künftigen Jahrhundert, in dessen erstem Jahre schon der milde Hesperus regiert und tröstet, werde der schaffende Brahma auf unsre dürren, von Weltteil zu Weltteil brennenden Steppen voll überständigem Gras wieder Samenkörner werfen. Wir haben also nur noch ein Sonnenjahr zum Sengen übrig. Und hier ist nichts zu versäumen. In diesem Jahre muß noch alles gar untersucht werden, sogar das Untersuchen – alles rezensiert, sogar die Rezensenten – bloß auf filtrierendes Löschpapier muß geschrieben – und jede Kornmühle in eine Fegemühle umgebauet werden. –

– – Ich glaube, dadurch kommt Enthusiasmus in die Welt; nämlich jener allgemeine Enthusiasmus gegen den Enthusiasmus, jene bessere Tollheit, die nicht aus Hitze entsteht, sondern aus Frost. –

Das jetzige, so viel Lärm machende Jahrhundert schlägt, mit schwarzem Knallsilber gefüllt, nur bei dem Berühren *kalter* Körper los. Man kann noch die Ähnlichkeit beifügen, daß die, die es entzünden, wie bei anderem Knallsilber, (der Gefahr wegen) Masken vortun.

Ich gestehe, es weht selber am ersten Tage der Sonnenregierung eben nicht die wärmste Luft um unsere Kirche; aber gute Kronprinzen fangen strenge an wie Titus, nicht mild wie Nero; es geht daher, zumal da sie so nahe und kalt ist[16], alles schneller, die Geschäfte, die Menschen und die Erde, sogar die – Predigten.

Meine schneid' ich durch die Schnelle der Kälte – wie ich an der Kanzeluhr und am Himmel sehe – gerade so richtig für dreißig Minuten zu, als ständ' ich in einer englischen Kanzel.

Blickt nach Morgen – die Direktrice unsers Welttheaters kann nicht über drei Wolken weit von uns sein. –

Die alte Frau[17], die Aurora, streuet ihre gelben Sonnenblumen immer dicker – ich sehe schon neugeprägte Krönungflittern, goldne und sil-

15 Nach Hermanns Bemerkung.

16 Im Winter ist die Sonne in der Erdnähe; und die Erde läuft schneller.

17 Eine tut es in London am Krönungstage des Königs.

berne, auf der Erde ausgeworfen – höret das Rauschen des Zugs – jetzo wird eine Fackel vorausgetragen – sie brennt die Wolken an – die Fürstin soll über Feuer einziehen. – – Da steigt sie herauf, die Königin unsers Tags und unsers Jahrs.

Sei gegrüßet, Mutter der Erden und Blüten und Früchte! Wie blickst du so mild und weich das scheidende Jahrhundert an! – O, seine Schlachtfelder sind jetzt nur unter unschuldigen Schnee versteckt. – Zieh dem Jahrhundert, diesem wilden Titan[18], wie sonst, das Schwert aus der Hand, und gib ihm deinen geheiligten Ölzweig ins Grab! – Wie, war nicht seine letzte Bahn, wie die einer Königleiche, mit Trauertuch belegt, und wird es nicht wie diese unter Kanonen eingesenkt? – Gib uns Liebe und Friede, Mutter des Lebens und der Wärme! Schick uns den weißen sanften Schwan, der dir heilig ist, und baue mit deiner reinen Leier die Menschheit wieder auf, welche Mißtöne zertrümmert haben! Gib uns Liebe und Friede, das bleibe unser letztes Gebet! – Ach der Dädalus der Menschheit, die Zeit, schloß uns Statuen die Augen auf, hob unsre Hände empor und band die Füße los; – aber siehe, plötzlich zerschlagen die Statuen wie emporwachsende Drachenzähne einander selber und stürzen, wie jene Rosenkreuzerische Statue, die ewige Lampe um, die sie gehütet haben.

Aber wenn du über den letzten Tag des Jahrhunderts gezogen bist und über schönere Saaten unter dem Winter, als jetzo vermodern – und wenn der letzten Nacht des Säkulums dein lieblicher verklärter Friedenengel, der Mond, ins erblassende Antlitz schauet: Ach! wirst du dann noch, segnendes Gestirn, unter unsern Füßen auf eine ganz neue Welt voll geraubter, mit Narben und Schweiß bedeckter Menschen scheinen, welche dein heiliges Licht nur quälen kann? – O gib Liebe der alten Welt und Freiheit der neuen! – –

143

144

18   Apollo stand dem Jupiter gegen die Titanen bei.

II.

Über Hebels alemannische Gedichte

(An den Herausgeber der Zeitung für die elegante Welt. 1803.)

Eben habe ich zum fünften oder sechsten Male eine Sammlung Volklieder von *einem* Dichter gelesen, welche in der Herderschen stehen
könnte, wenn man in einen Blumenstrauß wieder einen binden dürfte.
Sie betitelt sich: »Alemannische Gedichte. Für Freunde ländlicher Natur
und Sitten.« Größere Kunstrichter werden den Titel beurteilen und
gegen den Sprachfehler »ländlicher Natur und Sitten« (entweder statt
Sitte oder Naturen) ins Feld rücken mit Klammern und Fragzeichen;
ich als Liebhaber schränke mich bloß auf die Gedichte ein und lobe
sie früher öffentlich als irgendein Nachfolger. Ich wünschte, lieber
Spazier, es wäre in der eleganten Welt, an die ich hier zugleich, wie
aus dem Konzeptpapier zu sehen, mit geschrieben haben will, das
Schwäbische nur halb so einheimisch als das Französische. Denn nur
die Mundart jenes Landes, das sonst das Mutterland einer unvergleich-
lichen Dichtkunst war und das jetzt das Vaterland einiger großen
Dichter ist, spricht das zarte spielende Musenkind; und mit der
schwäbischen Mundart entzöge man ihm seine halbe Kindlichkeit und
Anmut. Manchem Dichter wären die wohllauten schwäbischen Zusam-
menziehungen – z.B. Sagi'm statt: sage ich ihm – zu gönnen und das
Ausmustern unserer engen n; das Eintauschen des i gegen das ewige
deutsche e[19]; und die Verwandlung des harten Verkleinerung-chen in
das süße-li; und am meisten der Reichtum an Diminutiven, den mit
den Schwaben noch Schweizer, Östreicher und Letten teilen. In allen
Sprachen verkleinert die Liebe ihr Geliebtes, gleichsam um es zu verjün-
gen und zum Kinde zu machen, das ja der Amor selber ist. Und das
Kleine, gleichsam als das Liebere, verkleinert man wieder, daher man

---

19 Da nach Fulda e der Vokal der Liebe und der Familie ist – daher das
Wort für beide mit seinen beiden e: Ehe – und da nach Wenzel (in seinen
Entdeckungen über die Sprache der Tiere, 1800) eh der Schmerzlaut aller
Tiere ist: so malt unsere E-Sprache uns fast als ein familienliebe-volles
und etwas martervolles Volk zugleich.

öfter Lämmchen, Täubchen, Kindlein, Büchelchen (letzteres ist nach Voß dreimal verkleinert) sagt als Elefantchen, Fürstchen, Tyrannchen, Walfischchen. Manche Völker reden die ganze Natur mit diesen Liebewörtern an und ziehen sie, wie mit Zauberformeln, sich näher an die Brust; aber in solchen Ländern wohnet gern der Dichter. Daher kommen in den altdeutschen Dichtern die zahlreichen Verkleinerwörter; daher unsere guten Voreltern, welche statt der Philanthropie und des Kosmopolitismus Bruderliebe und Christenliebe besaßen und aus den Rosen der Liebe noch nicht den feinen Rosenessig der Selbsucht zogen, sogar in ihrer Prosa die lebendigen Wesen gern mit Verkleinerwörtern nannten, z.B. das Söhnlein und die Kindlein Luthers, bis zum Jesulein und Christkindchen. Was wir etwa noch jetzt verkleinern möchten in Zirkeln, dies suchen wir doch weniger zu vergrößern und zu lieben als fast zu hassen. Noch ist jetzt *der falschen* Ironie, als einer spöttischen Nachäffung der Liebe, das Verkleinerwort gewöhnlich. In meiner Vorschule der Ästhetik finden Sie Beispiele, und vorher überall.

Unser alemannische Dichter – denn ich sehe nicht ein, warum ich ihn über ihn vergesse – hat für alles Leben und alles Sein das offne Herz, die offnen Arme der Liebe, und jeder Stern und jede Blume wird ihm ein Mensch. Durch alle seine Gedichte greift dieses schöne Zueignen der Natur, deren allegorisierende Personifikation er oft bis zur Kühnheit der Laune steigert.[20] Die Dichtkunst ist nur ein anderes Wort für höhere weitere Liebe; sie scheidet und erlöset die Natur vom dienstbaren Tode und beseelt wie ein Gott, um nur zu lieben, und schmückt wie eine Mutter, um noch mehr zu lieben. Freilich können wir den Bergen, Bäumen und Sternen, worein sonst die Griechen Götter zauberten, jetzo nur Seelen einblasen, und was jene vergötterten, nur beleben.

– Ich komme aber sehr aus dem einkleidenden Brieftone heraus, lieber Sp., vielleicht weil ich zu lebhaft an die Zeitung denke, deren Welt ich das Meinige von dem alemannischen Dichter sagen wollte. Ich will also alles ohne weitere Mühe folgender Gestalt herauswerfen: er ist naiv – er ist von alter Kunst erhellt und von neuer erwärmt – er ist meistens christlich-elegisch – zuweilen romantisch-schauerlich[21] – er ist ohne Phrasen-Triller – er ist zu lesen, wenn nicht *einmal*, doch zehnmal, wie alles Einfache. Mit andern, noch bessern Worten: Das

20 Z.B. im ganzen ersten Gedichte: »Die Wiese.«

21 Z.B. in der hohen Erzählung: »Der Karfunkel«.

Abendrot einer schönen friedlichen Seele liegt auf allen Höhen, die er vor uns sich hinziehen läßt – poetische Blumen ersetzt er durch die Poesie. – Das Schweizer Alpenhorn der jugendlichen Sehnsucht und Freude hat er am Munde, indes er mit der andern Hand auf das Abendblühen der hohen Gletscher zeigt und zu beten anfängt, wenn auf den Bergen die Betglocken schön herüberrufen. – Gleich Griechen und einigen Malern umschließet er seine Gemälde, aus Verachtung der Pointe, zuweilen mit Bildern, die sich in den Rahmen verlieren[22], und so ist der Mann. Wahrlich eine liebliche Erscheinung, aber keine außer der Jahrzeit! Denn auf dem deutschen Musenberg, der eben unter einer stechenden Frühlingsonne zugleich *blüht* und *dampft*, kann jetzt alles auffahren: Gleicher-Blumen und nordisches Gestrippe und Gift und Duft.

Ich hätte gern meine Freude mit einigen Proben gerechtfertigt, wenn Schönheiten, die immer ein Ganzes bilden, so leicht einen Auszug vertrügen als Mängel, die eben darum eines stören. Auch gäb' ich am liebsten das längste Gedicht zur Probe, indes der Zeitungraum das kleinste vorzieht; und es bleibe Ihren Rück- und Einsichten überlassen, ob Sie eines als Postskript für den zweiten Druck hier wählen und geben wollen.

Doch bescheide ich mich gern, daß es immer Gedichte geben kann (worunter vielleicht die alemannischen zu rechnen), welche jedem Leser mißfallen, der gar keinen Sinn für Dichtkunst besitzt.

Einem solchen würd' ich freilich statt dieser alemannischen Drossel aus dem Schwarzwalde lieber eine da geschnitzte Guck Guck-Uhr oder irgendeinen da gedrechselten Viehstand im kleinen in die Hand zu geben raten. – P. P.[23]

22 Fast überall, z.B. S. 50 u. 68 – S. 81 u.s.w.

23 Postponendis postpositis.

III.

Rat zu urdeutschen Taufnamen[24]

Ich rücke hier in Briefform in die Zeitung für die elegante Welt für Leser, welche sie mithalten – worunter Sie gewiß auch gehören, lieber Spazier –, insofern einer davon an mich etwas zu schreiben hat, vorher die Nachricht ein, daß ich von Koburg nach Baireuth gezogen bin. Die Ursachen des Zugs gehören nicht in Ihre Zeitung, sondern in die Flegeljahre, nämlich in den *vierten* Teil.

Was diesen Brief selber anlangt, so versprach ich Ihnen leider für solchen in einem früheren Auszüge und Sentenzen aus meiner Ästhetik, welche zu Michaelis erscheint. Aber ich muß um die Erlaubnis bitten, gelogen zu haben. Einem Autor wird es ebenso schwer, mit seinen Gedanken das jeu de bateaux[25] zu spielen, als einer Mutter mit ihren Kindern. Gnomen, sagt er, die er in alter Bedeutung als Denksprüche gebe, können andern leicht in neuer als Zwerge erscheinen. Zögen Sie aber, lieber Spazier, statt meiner aus: so wär' es zehn Mal besser, leichter und vernünftiger.

Lieber hätt' ich für diesen Brief aus *Tiecks* echt poetischem Oktavian die Geburt der Rose und die Geburt der Lilie ausziehen mögen – zwei Dichtungen, welche ihm die Blumengöttin selber wie reife Frühlingblüten zugeworfen. Auch wär' es in der ersten Entzückung über sein Buch – und in der ersten Entrüstung über Merkels scham- und sinnloses Geschwätz über dasselbe – verzeihlich gewesen, viel Worte über diesen italienisch-wortreichen Dichter zu machen. Wenn er indes, wie die Feuerwerker, seine poetischen *Feuerwerke* zu gern auf dem *Wasser* gibt und die Widerscheine zu sehr sucht: so ist wenigstens dieses leichte Nachglänzen eines wahren Feuers poetischer und lieblicher als das schwere *Feuerwerkgerüste* von Statuen und Gebäuden, das uns manche berühmte Dichter für das Feuerwerk selber verkaufen. Wär' ich die

---

24 Zuerst gedruckt in der Zeitung für die elegante Welt 1804.

25 Dieses war einmal in Paris eine moralische Spiel-Frage, welche unter gleich lieben Personen in einem untersinkenden Kahne man opfern müsse und welche retten.

elegante Welt, Spazier, so würd' ich ein frommes poetisches Kind; dann könnte Tieck, der eines ist, leichter mit mir spielen.

Auch diesen Auszug aus Oktavian wird ein anderer besser geben als ich. Wichtiger als jeder aus Gedichten und Ästhetiken schien mir für die elegante Welt einer aus *Wiarda*, der über deutsche Namen geschrieben. Wir leben jetzo, wenn nicht in, doch vor einer bösen Zeit, und wer die Ohren nahe an die deutsche Erde legen will, kann leicht darunter die Mineurs arbeiten und höhlen und mit Pulvertonnen und Leitfeuern gehen hören. Sollte nun einmal Deutschland zum ersten Male erobert werden, wiewohl nicht wie Amerika aus *Mangel* an *zahmen* Tieren, sondern aus Überfluß daran: so wär' es ja um die deutschen Namen geschehen, wenn vorher niemand einen mehr führte. Leider bitten wir gegenwärtig lieber alle Propheten, Apostel, Heilige und Völker zu Gevattern als einen alten Deutschen. Wer am Hofe einen deutschen Taufnamen hat, sucht ihn wenigstens französisch auszuschreiben und zu unterschreiben – ausgenommen Friedrich der Einzige, der sich sogar an Voltaire Frederic unterschrieb, welches (wie Godaric, Ardoric etc.) nur deutsch ist; denn ric heißt reich und Fried Schirm. Wenn man wenige Tiere ausnimmt, welche sich Hans nennen, wie Rehe, Pferde, Schwanen: so gibts nicht viele deutsche Menschen und Möbeln, die nicht ein Franzose, sobald er sie entdeckt, wie ein Seefahrer die Inseln behandelte; er benennt, besetzt und besitzt sie. Schon bei den Weinhändlern bedeutet Taufen und Heiraten des Weins dieselbe Verdünnung.

Ein zweiter Grund für urdeutsche Namen ist ihr Wohlklang. Der Ausländer verstümmelt nicht schöne Namen am meisten, sondern schlechte. Nur bei unsern Kunstwerken kehrt ers um. Hätte z.B. Montesquieu einen klingendern Namen gehabt: so wär' er nicht in Rom angemeldet worden im ersten Zimmer als Montdieu – im zweiten als Montieu – im dritten als Mordieu – bis er endlich im letzten als Herr von Forbii eintrat. Chamfort erzählt, daß der Wüstling Richelieu nie imstande gewesen, den Namen eines Bürgerlichen auszusprechen, ohne ihn zu verstümmeln. Da wir Deutsche gegen die Franzosen – denn diesen müssen wir uns täglich mehr zu- und entgegenbilden, damit sie künftig mit uns besser vorlieb nehmen – als geborne Bürgerliche erscheinen: so werden sie einst neben der geöffneten Mine jeden Namen, wenn er nicht halbitalienisch, wie etwa Bonaparte, tönt, entweder erbärmlich verrenken oder uns gar als neuen Mitgliedern ihrer großen

Akademie der Arkadier neue arkadische Namen geben, z.B. Pépé, Huleu, Bexou, Baïf, Ouffle, Grez.

Der Eindruck eines wohllautenden Namen, so wie eines mißtönigen, wird oft kaum von jahrelanger Gegenwirkung überwunden; und er wird gar verdoppelt, wenn der Mensch so handelt, wie er heißt; so sehr ist unser Schicksal, wie nach Bonnet der Baum, ebensowohl in die Luft als in die Erde gepflanzt. Wär' ich z.B. Rapinat gewesen, so hätt' ich mich in der Schweiz Fenelon oder Jean Jaques oder Tell getauft, um wie die Mühle schön zu klingeln nach dem Zermahlen.

Ich schlage daher noch, da es für Deutsche Zeit ist, aus Wiarda und Fischart zur Probe einige urdeutsche köstliche Namen vor; erstlich weibliche: Amala (von amal, unbefleckt), Amaloberga – Theoda (von theod, vornehm), Theodelinda, Theudegotha, Theuberga – Liuba (von lieb) – Witta (die Weise) – Hilda (Heldin) – Torilda (von toro, kühn) – Fastrada (von fest) – Egwia (die Treue) – Diotwina (Siegerin) – Liota (von lud, berühmt) – Liebwarta – Adelinda – Aethelwina – Gisa (die Mächtige) Folka (die Vollkommene) – Oda (von od, glücklich).

Der schönen männlichen Namen sind weit mehrere: Totilar (von theod) – Theudobach (von theut, Volk) – Theodulph (ulf, Helfer) – Likolf – Adalmar (der große Edle) – Ewold (der Mächtige) – Walland – Torwald – Fastulf – Toro, Torald, Thorismund, Thurstan – Hariobaud – Osmund (von mund, Mann und Beschützer) – Gummunder, Hildemund – Britomar, Wisimar, Marobod, Theodemir (von mar, berühmt und mehrend) – Eoric, Ardaric (von hear, geehrt) – Ollo, Almot, Ollorico (von al, groß) – Odo, Athulf, Eodric (von od, glücklich) – Adelfried, Adalland (von ethel) – Clodic (von lud) – Degenwerd – Manrich etc. etc.

150

Das Herz erhebt sich froh vor unsern edeln Urvätern und Urmüttern, deren bloße Namen so großsinnig zu uns sprechen; und das Ohr findet sich von spanischen und italienischen Ähnlichkeiten geschmeichelt. Gerade für die zwei größten Weltteile der eleganten Welt sind urdeutsche Namen Geschenke. Erstlich für die Weiber. – Ein schöner Taufname (z.B. Amala, oder unbefleckt) ist die einzige Schönheit, die ihnen Männer und Jahre nicht rauben. Zweitens für Fürsten. – Bekanntlich haben sie keine andern als Taufnamen, aber deren viele (Kaiser Joseph hieß noch: Benedikt August Johann Anton Michael Adam), und sie regieren mit einem davon (wie man aus dem Unterschreiben sieht) die Länder. Ein wohllautender Taufname aber, z.B. Theodulph (Volks- oder erhabener Helfer), könnte gewiß über der Unterschrift des Ministers, dessen angeborner Name, z.B. Kretschmann, selten so lieblich klingen kann als ein gewählter, die schönsten Kontraste machen.

Auch Vätern überhaupt sollten Taufnamen mehr am Herzen liegen, da sie bei diesen das Verdienst, sie gegeben zu haben, herrlicher außer Zweifel setzen können als bei irgendeinem vornehmen Geschlecht-Namen, den sie den Kindern geben.

– – Ob ich gleich hier der Welt unbezahlbare Namen, wozu sie wie zu Tugenden nichts zu erfinden braucht als die Träger, mit einer gewissen Verschwendung anbiete – da ich in meinen künftigen Biographien Helden und Heldinnen genug habe, welche ohne die köstlichsten Namen gar nicht existieren können –: so bin ich doch, oder eben darum, nicht im geringsten gesonnen, auch nur einen davon an die zeitigen Romanschreiber abzustehen, sondern ich erkläre hiermit öffentlich jeden für einen Namendieb, der irgendeinen in diesem Briefe oder auch im Wiarda für seine erbärmlichen Helden abborgt und ihn dadurch natürlich so abnutzt, daß ihn nachher die meinigen so wenig tragen wollen als einen durchschossenen Trödel-Mantel. Gedachter Schreibtroß besitzt ja Italien; in diesen Namen-Bruch und Schacht fahr' er ein.

Ich habe kaum den Mut zu sagen: leben Sie wohl, lieber Sp., so wenig brieflich ist dieser Brief geschrieben.

Jean Paul.

Nachschrift. Was ein bloßer Name vermag, sieht man an meinem; sonst könnt' ich ihn leicht verdeutschen, um mir nicht zu widersprechen.

IIII.

Dr. Fenks Leichenrede auf den höchstseligen Magen des Fürsten von Scheerau

Dr. Fenk hielt die Predigt im Kloster *Hopf* an die Patres, da sie aßen. Schon vor 8 Jahren hab' ich jedermann in der *unsichtbaren Loge*[26] berichtet, daß er vorher in der Klosterkirche die Disposition dazu entworfen, während daß man den Magen beisetzte. Seitdem las ich in Mosers

---

26   Erster Band, S. 114.

Archiv, daß aus Leichenpredigten für Fürsten vieles von ihrer Geschichte zu schöpfen sei; ich verteile daher mit Freuden einige Exemplare vom Sermone an die Welt, zumal da man mich fest versichert, daß selber der Konsistorial-Direktor Frommann, der (nach Moser) siebentausend fürstliche Leichenpredigten aufgespeichert, die Dr. Fenkische noch nicht hat erwischen können.

Die Patres im Kloster Hopf verdienen hier meinen öffentlichen Dank und Preis, daß sie den Spaß, der den ernsten Mann oft mitten in der Trauerrede auf den hohen Magen überfiel, ganz gut verstanden und vergeben haben. Dieses vermag die katholische Kirche leichter als unsere. Gerade in die andächtigsten Zeiten fielen die Narren- und Eselfeste, die Mysterienspiele und die Spaßpredigten am ersten Ostertage, bloß weil damals das Ehrwürdige noch seinen weitesten Abstand von diesen Travestierungen behauptete, wie der Xenophontische Sokrates vom Aristophanischen. Späterhin verträgt die Zweideutigkeit des Ernstes nicht mehr die Annäherung des Scherzes, so wie nur Verwandte und Freunde, aber nicht Feinde einander vor den komischen Hohlspiegel führen dürfen.

Dr. Fenk machte schon vor dem Essen die Patres dadurch aufmerksam, daß er anmerkte, er würde nie, wenn er auf dem Throne säße und davon tot heruntersänke, sich in so großen breiten Bruchstücken begraben lassen wie die östreichischen Erzherzöge, nämlich nie, wie diese, bloß Herz und Zunge in die Lorettokapelle bei der Hofkirche zu den Augustinern, Eingeweide und Augen in die heilige Stephanskirche und den Torso in die Gruft bei den Kapuzinern; – sondern jeder Stummel, schwur er, und jede Subsubdivision seines Gemächs müßte, wie vom Osiris, in ihren eigenen Gottesacker einlaufen. Denn – fragt' er die Väter – warum soll ein Regent nicht nach dem Tode ebensogut überall in seinem Lande sein wie vorher, und zwar durch Repräsentanten, wozu seine Glieder so gut wie Staatglieder passen? Und wenn das gelte, fuhr er fort, so könn' er ja recht gut das geheime Kabinett zur Begräbniskapelle für seine Schreibfinger erlesen, die Antichambre für Milz und Leber, den Audienz- und Landtagsaal für die Ohren, die Kammer für die Hände, den Regensburger Re- und Korrelationsaal als Familiengruft für die Zunge; – ja er könne die Kaiserstraßen oder Königwege zur geweihten Erde seiner *ersten* Wege ausheben und den fernen Fuhrstraßen die *letzten* geben, und die Landstände können sich (die Residenz besitze sein Herz) in seine einsaugenden Gefäße teilen.

»Mich dünkt« – sagt' er etwas stolz, da er auf einmal die ganze schöne Idee überschauete –, »gegen ein solches topographisches Universalbegräbnis kommt wohl wenig das elende kleine Partialbegräbnis auf, wozu es einer und der andere gekrönte Stammhalter dadurch treibt, daß er noch bei Lebzeiten aus eignen Gründen nach dem Chirurgus schickt.«

Die Eßkongregation fand den Doktor so oratorisch, daß sie ihn bat, statt des Novizen, der eine Predigt über die Speisetafel hinlesen wollte, selber eine eigne zu halten. Er zog eine Schreibtafel heraus und sagte, diese setz' ihn instand, dem eingesargten Magen eine kleine rührende Tisch- und Trauerrede zu halten; er bitte sich bloß vom Hörsaale die Gefälligkeit aus – weil er im Redefeuer etwas vor sich sehen müsse zum Ansehen und Anreden –, daß er einen im Zimmer liegenden, zum Knaul eingerollten Retter und Schirmer (oder wars ein anderer Jagdhund) für den Leichenmagen halte und sich sämtlich für das Trauerkondukt des Schirmers. Dann trat er nach dem ersten Tischgebet ganz bewegt als Parentator vor das Tier, besah es lange und hob an:

Betrübte Trauerversammlung!

Nun haben wir unsern Landes-Magen verloren, hier liegt sein kalter Rest auf die Bahre hingestreckt. Er, der sonst für uns arbeitete und sorgte, wenn wir schliefen, ruht endlich aus von seiner Bewegung, welche so peristaltisch war. Wir wollen über das Staatsglied, das wir hier zur Ruhe bestatten, zugleich die allgemeinsten und besondersten Betrachtungen durcheinander werfen.

Ein Fürst repräsentiert das Volk, aber nicht bloß mit dem Herzen den allgemeinen Willen, sondern auch in mehren Ländern mit dem Magen den allgemeinen Appetit; in Spanien setzen die Reichsgesetze dem Könige täglich eine Schüssel-Zenturie vor; und in Frankreich ließen sie für ihn nach dem Tode – denn der König stirbt da nie, nach der Fiktion – gerade so viele Tage lang kochen, als Christus hungerte, nämlich 40[27]; ja die Bienen weisen auf etwas Ähnliches: ihre Dogaressa oder Fürstin wird durch zwei Umstände groß und thronfähig, durch eine größere *Zelle-* ein Bienen-Louvre und Eskurial – und durch fettern *Fraß*, aus zerdrückten Bienenjungen bereitet. Im letzten hält sich der

---

27 Erst 40 Tage nach dem Tode wurde ein gallischer König begraben; und so lange speist' er auf der Serviette. Ein Prälat oder Kardinal verrichtete das Tischgebet vor ihm.

König von Makoko ganz wörtlich an die Natur: er läßt sich täglich (nach Dapper) 200 gesottene und gekochte Landskinder servieren. Wie hart! Wäre es nicht genug und etwas Ähnliches, wenn er entweder wie ein durchpassierender aufschmausender Pascha Zahngeld für das *Abnutzen* seiner Hundzähne eintriebe, oder für die *Vakanz* derselben außerordentliche Steuern einfoderte? –

Daher wird sogleich nach der Krönung der Thron als ein Sessel an den Eßtisch gerückt, und Speisen ist der erste öffentliche Aktus des Neugekrönten; daher muß der Erbherr auf Bardolf, der die Grütze auf die britische Königstafel trägt, der Herr von Lyston, der das Gebäck aufsetzt, der Erbherr auf Scoulton, welcher Oberspeckverwalter ist, samt andern Erblandküchenmeistern und Erblandvorschneidern, früher ihren Posten vorstehen als andere Staatbedienten von weniger Wichtigkeit, z.B. der Lord-Mayor oder der Sprecher des Unterhauses.

Darum wird in bessern Ländern darauf gesehen, daß der Mundkoch nicht mit dem Regierungrate, den man so gern über jenen heben möchte[28], in *eine* Klasse geworfen werde, da jener doch am Ende für die längere *Sessiontafel* arbeitet. Daher speiste der verewigte Magen, den wir hier versenken, so oft öffentlich vor seinem ganzen Fürstentume, um diesem das Regieren zu zeigen, wie der Groß-Sultan eben deswegen jeden Freitag in die Kirche geht. Der Dalai Lama hält es für hinlänglich, wenn er die *Folgen* von der Sache sehen läßt. Der Negerkönig ist so despotisch, daß er stets hinter der Decke ißt.

Das Gesandtenpersonale glaubt seinem repräsentierenden Charakter durch Gastmahle genugzutun, die es teils gibt, teils besucht. Auch geringern Staatdienern darf er nicht ganz fehlen. Es verdient bewundert zu werden, wie ich sonst in der Fleischscharre eines Marktfleckens stand und mehrmal aus einem Rind, das eben ausgehauen wurde, den Adreßkalender der Honoratioren so komplett herstellte wie die Passionhistorie aus einem Hechtkopf; ich teilte die Männer bloß, wie Frisch die Vögel, nach dem Futter ein. Dem regierenden Konsul, der am meisten zu sagen hatte, starb vom Tier die Zunge an – fette Kollegen erhielten Fettstücke – innere Ratglieder hintere Rindglieder – äußere nur vordere – der magern Canaille, die nichts an sich hat als Haut und

---

28 Im Kölnischen aber erhielt (s. Magazin zur geist- und weltlichen Statistik 1. Jahrg. VIII. 2.) der Mundkoch 602 Taler Salar, und ein Regierungrat 250; so daß jeder nach Verhältnis das bekam, was er fordern konnte.

Knochen und leeres Gedärm, kam von dem Maststücke auch nichts anders zu, als was sie schon in sich selber herumführte. Von den Opferschalen, welche die Künstler den alten römischen Kaisern, wie dem dorischen Fries, anbilden und anmalen, behauptete ich stets, daß sie nicht das *Ausgießen*, sondern das *Einschöpfen* vorstellten. In der Natur fließt zwar von den Bergen den Tälern fette Erde zu, aber im Staate mästen besser die Tiefen die Höhen. So ist der päpstliche Thron zwar ein Hungerturm, aber nicht für den Bischof Hatto droben, sondern für die zappelnden Kirchenmäuse unten, die nicht hinauf können.

Betrübtes Trauer- und Eßgelag! Du seufzest unter dem Genuß des Leichenmahls, womit du das Abscheiden unsers Magen feierst, und die Bissen treiben dir Tränen aus. Wische sie ab, setze deine Trauer darein, daß du in den Fußstapfen des hingegangenen Gliedes wandelst. Ihr wisset, Leidträger, daß ihr im Kirchenschiff, eurem Proviantschiff, nicht umsonst fahret, sondern daß euer Leben ein langes Nachtischgebet sein soll, hingebracht nicht in gelehrter Zerstreuung, sondern in genossener. Da der Klerus-Magen in den Kloster-Prytaneen der erweichende Vogelkropf am Staat-Phönix sein soll; da die Kirche euch bloß darum, wie Epikur und andere Alte, so oft fasten läßt, um den Hunger zu reizen, und sie euch sogar das Gelübde des Schweigens unter dem Essen auflegt, damit euch alles besser zuschlage: so seid ihr verbunden, der großen Welt voranzugehen, die so schwache Eßlust und doch so viel zu essen hat; weil sie das Brokardikon Marcians nicht bloß auf Dokumente einschränkt: non solent, quae *abundant*, vitiare scripturas, d.h. es tut nichts, was zuviel dasteht. – Ritter Michaelis bewies, daß die Priester des alten Bundes bloße Schlächter wären; und dies spreche für euch.

Muntern euch keine Staatglieder auf, die in ihren Pflichten starben? – Hier liegt ein betrübtes, aber großes Beispiel vor uns; der hier unten seinem Erwachen entgegenschlafende Magen kam durch Arbeitsamkeit an den Ort, wo wir ihn betrauern. Er wollte zuviel auf sich nehmen und in Saft und Blut verwandeln – er wollte, gleich dem Wasser der Neptunisten, ganze ausgeleerte Austernbänke für die Nachwelt absetzen – er wollte eine europäische Niederlassung wichtiger Konsumtibilien werden und alles einführen in sich; – jetzt schläft er.

Wird er aber wieder erwachen, unser hoher Magen, zum Lohne seiner Arbeiten?

Hoch-, Hochwohl-, Wohl-, Hochedelgeborne Trauerversammlung! Das ist ausgemacht! Nicht zwar der irdische schwere Magen ersteht,

aber der verklärte. *Bonnet* und *Platner* kundschafteten im jetzigen
Körper und Seelenorgan einen zweiten Körper aus mit seinem zweiten
Seelenorgan und führten Gründe an, die es glauben lassen, daß sich
das zweite konserviere und letztlich aufschwinge. Ist das, und füttert
in der Tat ein feiner Unterziehmensch den äußern groben aus: so muß
sich auch in dem ersten Magen ein präformierter ätherischer aufhalten,
wie beim Krebs der alte im neuen. Schon *Van Helmont* wickelt die
sensitive Seele in die Magenhaut, und *Parmenides* gar den ganzen Geist.
– – Wie, sollte keine glückliche Erfahrung die Hypothese eines Äther-
magens stützen? – Woher kommt es denn, daß die vornehme Welt,
wenn sie den Erdenmagen ausgefüllt hat, sich doch immer nach feinerer
Zehrung für den Himmelmagen umsieht? – Himmel! was sind denn
Schaugerichte? – Sind diese nicht eben die vollen Schüsseln für den
ewigen Magen, der sie daher bloß mit den feinsten Freßspitzen, mit
den Sehnerven aufzehrt? Das Phänomen der Schaugerichte wurde bisher
noch schlecht erklärt; und wenige Leute in Schulen wußten, warum sie
den Namen Schau-Essen Materien und Formen lassen sollten, die
höchstens nur für den Vogel Strauß brauchbar und nahrhaft wären.
Allein es bringt Licht in die Sachen, wenn man erkennt, daß eine
speisende Hoftafel ja nicht bloß die untern Seelenkräfte des Unterleibs,
die nur materiellere Trebern fodern, sondern auch die obern Seelen-
und Magenkräfte, die, wie bei den Krebsen, im Kopfe, und zwar im
Auge sitzen, entwickeln will an optischem Manna. Veredelte, übersinn-
liche Seelen dieser Art, welche, dem Volke des Ktesias so *ungleich*, das
sich nur vom *Geruch* der Früchte erhält, viel feiner von der *Physiogno-
mie* derselben leben, diese haben in ihrem eignen Bewußtsein den ge-
wissern höhern Beweis einer schönern höhern Natur, gleichsam des
Magens eines neuen Adams; und bloß darauf können sie die Hoffnung
ihrer Fortdauer bauen. Die Völker, welche dem Toten Speise vorsetzten
und mitgaben, die er mit dem gestorbenen Magen nicht verdauen
konnte, scheinen etwas von einem fortlebenden vorausgesetzt zu haben.
Indes, so wie ein Lasterhafter im ganzen Himmel kein Vergnügen fände,
so würde ein Hungerleider – voll grober Begierden – in einer ganzen
Garküche voll Schaugerichte keine Sättigung gewinnen; er muß erst
veredelt (oder gesättigt) sein. Gebildete Damen haben meist den irdischen Magen dermaßen ertötet, daß sie – so wie Christus, nach dem
Clemens von Alexandrien, Essen genoß, nicht weil ers brauchte (eine
himmlische Kraft macht' ihn satt), sondern um sich nicht das Ansehn

eines *Scheinkörpers* zu geben – daß, sag' ich, die Damen gleicher Weise grobe Sachen essen, nicht um satt zu werden (Schaugerichte beköstigen sie genug), sondern um zu zeigen, daß sie selber keine *Schau*- oder *Schein-Körper* sind, um so mehr, da ihre Pariser *Scheu*- oder *Schein-Wangen*, Schein-Adern und – Haare so leicht diesen Irrtum weitersäen.

Und so wird denn der selige Magen vor uns einst die irdischen Schlacken abschütteln und geläutert erwachen und im Anschauen ewiger Küchenstücke leben. – –

So weit war Dr. Fenk, als der Pater Küchenmeister aus Bosheit den Schirmer mit einem Tritt auf den Schwanz erweckte und ihm ein leeres Markbein zu warf, so daß der Hund anfing, mit dem Bein im Maul herumzugehen. Inzwischen da der Leichenredner nur noch fünf bis sechs Kadenzperioden nachzutragen hatte, so ging er lieber fortfahrend hinter dem Tiere nach und sagte: »Und wir, wenn wir Landes-Waisen einst unserm hohen Magen wieder begegnen und ihm danken wollen für« – – Da aber der Hund, voll Verdruß über das Nachsetzen, vielleicht präsumierend, der Redner woll' ihm den Knochen nehmen, zu murren anfing und sich wehren wollte: so fiel die Sache ins Lächerliche, und selber der Parentator mußte mitten im Jammer lachen und brach ab

...

V.

Über den Tod nach dem Tode; oder der Geburttag

Das Schloß des Jünglings, dessen Taufname *Ernst* uns genügen mag, ruhte einem großen englischen Garten im Schoß, und der Garten wieder einer stolzen Ebene voll Berghäupter. Darin sollte sein Geburttag von seiner Mutter, von mir und – wenn sie noch morgens käme – von seiner Verlobten schön gefeiert werden; auch niemand hatte etwas darwider, ausgenommen der Festheilige selber. Ich nenn' ihn so, weil er oft sagte: er wünschte um keinen Preis irgendein Schutzheiliger oder gar die Maria zu sein, wenn er an seinem Namenstage das widrige Preisen und Posaunen der Menschen im Himmel hören müßte; wiewohl es mit dem Allerheiligsten – oder richtiger mit dem Alleinheiligen – noch schlimmer stehe. Ordentlich mit der Härte des Egoismus gegen

Feindseligkeiten konnt' er Freundseligkeiten anfallen und berennen; ein Geburttag, sagt' er, wenn es nicht ein fremder wäre, sei vollends dumm. Lasset den Jüngling! Eine rechte Jungfrau ist euch eine Heilige, warum nicht der rechte Jüngling ein Heiliger? – Beide sind unschuldige höhere Kinder, denen nur nach der Laubknospe auch die Blütenknospe zerspringt. Ein Jüngling ist ein Lebens-Trunkener, und darum glüht er – wie einer, der sich durch physische Trunkenheit die jugendliche zurückholt – vom Wangen- und vom Herzensfeuer des *Mutes* und der weichsten *Liebe* zugleich. Die menschliche Natur muß tiefgegründete Güte haben, da sie gerade in den beiden Zuständen des Rausches, die sie verdoppeln und vor den Vergrößerspiegel bringen, statt vergrößerter Mängel nichts enthüllt als das Schönste und Beste gereift, nämlich Blume und Frucht, Liebe und Mut.

Der schön-widerspenstige Jüngling, der, wie meistens Jünglinge, nichts von seinem morgendlichen Wiegenfeste wußte, sollte am Morgen 160 von der Ankunft seiner Verlobten und seines Festes zugleich überrascht werden mit einer neuen hellen Welt; wir sprachen zusammen tief in die Nacht, aber Gespräche an dem Vigilien- und heiligen Abende einer geschloßnen Lebensfrist werden leicht ernst. Unversehens hatten wir uns wieder in den Staub unsers alten Kampfplatzes verlaufen; er behauptete: man werde in der zweiten Welt wieder sterben und in der dritten u.s.w. Ich versetzte, man müßte gar nicht sagen *zweite*, sondern *andere* Welt; – nach dem Zerbröckeln unseres körperlichen Rindenhauses sei ja die sinnliche Laufbahn abgeschlossen, die Erwartung einer neuen sinnlichen, gleichsam ihrer Wiederholung in einer höhern Oktave, werde bloß von der Phantasie untergeschoben, die ihre Welten nur mit den Armen der fünf Sinne baue und halte – und wir dächten wie die sinesischen Tataren, die ihre Toten mit goldpapierenen Häusern und Gerätschaften, im Vertrauen auf deren Verwirklichung droben, aussteuern, und besonders sei die Seelenwanderung außerhalb der Erde durch die Leiber auf andern Sternen ganz unstatthaft, schon nach Seite 106 im Kampanertal.

Ernst warf mir den ganzen rein-blauen Sternenhimmel vor uns ein, dessen Welten ja ein solcher jüngster Tag unseres Todes alle so einschmelze, daß aus dessen ganzer versperrter Unendlichkeit uns bloß das einzige Erd-Sternchen wäre offen geblieben. Ich antwortete: dies folge zwar nicht – da wir nicht alle Wege der Erkenntnis neben unsern fünfen kennen, und da wir Blindgeborne die Sonne durch den Tod der

Gefühlnerven verlieren, und doch durch das Erwecken der Sehnerven wieder bekommen können –; aber gesetzt, so sei es, so wären wir dann nur ebenso von den Welten wie jetzo von den zahllosen Jahrtausenden vor uns geschieden. – Hingen die Sterne näher und als Erdmassen vor uns, oder sähen wir außer denen *droben* zugleich die *drunten*: so wäre man schwerlich auf die Hoffnung dieser himmlischen Völkerwanderungen verfallen und hätte unserer heiligsten Sehnsucht nicht die Richtung nach einer bloß metaphorischen *Höhe* gegeben – Der celtische Himmel aus Wolken und der jetzige aus Welten wären uns nur in der Größe verschieden, ja der griechische sei besser, der die schattige träumerische Unterwelt einnehme.

161 Ernst versetzte mystisch, es gäbe ein absolutes *Oben*, welches im Siege über die Schwerkraft, in der Freiheit bestehe, und das die Flammen und die Wurzelkeime auf dem Avers und Revers unserer Kugel suchen. – Gegen meinen Unglauben an eine zweite Verkörperung und Menschwerdung fragt' er: ob das Erkennen und das sittliche Handeln ohne irgendeine möglich sei – – »Bei endlichen Wesen meinen Sie ohnehin«, setzt' ich darzu; »denn vom unendlichen ists gewiß« – und wenn das künftig sein könnte, warum man denn überhaupt die erste hiesige umbekommen? Aber das völlige Ausscheiden aus unserer Körperwelt sei undenkbar, insofern der Tod es vollführen solle, der sie ja, wie der Schlaf und die Ohnmacht, nicht dadurch für den Geist *aufhebe*, daß er sie *verändere*; und wenn einmal das Gehirn eine Tastatur des Geistes war, so behalte er doch nach dessen Zersetzung noch die Körper übrig, wodurch und worin dasselbe zersetzt geworden; zumal da keine Kraft im Universum zu verlieren sei. – »Das Universum ist der Körper unsers Körpers«, fuhr er fort, »aber kann nicht unser Körper wieder die Hülle einer Hülle sein und so fort? Für die Phantasie wird es faßlicher, wenn man ihr es auszumalen gibt, daß, da jede mikroskopische *Vergrößerung* eine *wahre*, nur aber zu kleine ist[29], unser Leib ein wan-

29 Dieses ist mathematisch wahr. Die Vergrößerung – die nichts ist als eine nähere Annäherung – erschafft und organisiert ja z.B. nicht den Flaum der Schmetterling-Flügel, den sie aus der relativen Ferne herüberzieht (so wie nicht die nahe *Größe*, sondern die ferne *Kleinheit* einer Gegend *scheinbar* ist), mithin, da jede Mücke unter dem Mikroskop die enthüllten Äderchen u.s.w. und deren Verhältnisse wirklich hat, die jenes zeigt: so wird sie ja darunter nicht vergrößert, sondern nur weniger verkleinert gezeigt; weil die Vergrößerung im umgekehrten Verhältnis der Fokus-Ferne besteht und diese am Ende so klein gedacht werden kann, daß nur

delnder organischer Kolossus und Weltbau ist; ein Weltgebäude voll rinnender Blutkugeln, voll elektrischer, magnetischer und galvanischer Ströme, ein Universum, dessen Universalgeist und Gott das Ich ist. Aber wie die Schmetterlingpsyche eine Haut nach der andern absprengt, die Ei-Haut, die vielen Raupen-Häute, die Puppenhaut, und endlich doch mit dem schön bemalten Papillonkörper vorbricht: so kann ja unsere Psyche den muskulösen, dann den nervösen Überzug durchreißen und doch mit ätherischem glänzenden Gefieder steigen. Schon hier bereiten ihr oft Bergluft, Getränke, Krankheit ein dünneres Element, worin sie leichter und mit den aufgehobenen Flügeln halb außer der Welle flatternd schwimmt; wie muß sie nicht erst im hohen Äther, im leichten weißen Brautkleide des zweiten Lebens, fliegen und eilen?« –

Aus der Wirklichkeit war freilich gegen diese Möglichkeit, den goldnen Widerschein derselben, nichts zu schließen. Dabei hatte der feurige Jüngling nach Landesart der Schwärmer Einwürfe verschiedener Gattung wie ausländische Truppen in eine Linie gestellt. Ich macht' es nachher nicht besser, als ich triplizierte. Aber er ließ mich noch nicht dazu kommen; sondern trug erst diese Möglichkeit gar nach: »Wir kennen nur die äußersten Überzieh-Kleider der Seele, aber nicht ihr letztes und nächstes, ihr Hemde. Unter allen Erscheinungen von Verstorbenen sind z.B. die von eben Verstorbenen oder von Sterbenden am schwersten rein abzuleugnen; die unzähligen Toten der Jahrtausende verhüllen sich uns, aber der Tote der Stunde trägt gleichsam noch Erdenstaub genug an sich, um damit noch einmal im Sonnenstrahl des Lebens vor einem geliebten Auge zu spielen.«

Ich wollte beinahe entgegensetzen, warum uns keine verstorbne Tierseelen erschienen, und daß die Erscheinung bloß *verwandter* Sterbenden und Gestorbenen ja deutlich ihre Ursache und Erklärung, nämlich die Täuschung der Liebe und Furcht ansage, aber ich unterließ den Zweifel; über Geistererscheinungen wurde ohnehin bisher noch nicht mit rechter Religion und Freiheit zugleich geurteilt, und am wenigsten können gegen sie, so wie gegen den tierischen Magnetismus,

noch die der Kristallinse von der Retina übrig bliebe und man das Objekt *in*, nicht *vor* dem Auge haben müßte. – Die absolute Größe ergäbe sich aus dem Zusammenfallen des Gegenstandes, des Fokus und der Retina. Es gibt also auf der Erde gar keine Vergrößerung, sondern nichts als Verkleinerungen.

negative Erfahrungen entscheiden, die eben darum gar keine sind. Mich besticht jeder Gebildete, der Geistererscheinungen glaubt, weil er mich an die religiösere deutsche Zeit erinnert, wo man sie ebenso fest *glaubte* als *aushielt*. Ich triplizierte aber nun auf alles vorige: man nehme das Körperkleid so fein gewoben an, als man wolle, so verhalte sichs doch zum Ich wie der unorganisierte Rock zum organischen Leibe; ein einziger irdischer Nerve sei aber schon der Sperrstrick vor der andern Welt, und ein einziges Erdstäubchen ziehe die ganze Erde, unser ganzes irdisches Treiben nach sich; das Leben nach dem Tode sei dann eines vor demselben und der Gestorbene vom Lebenden nur dadurch verschieden, daß er hinter dem Alter alt und aus dem Neunziger ein Millionär werde; wir hiesige Nacht-Raupen verwandeln uns dann nicht in Schmetterlinge, sondern in Tag-Raupen und fressen und kriechen dann bloß im Sonnenschein. »Aber«, fuhr ich im Enthusiasmus fort, »was wir begehren, und was allein zu beweisen ist, das muß etwas anderes sein; die Welt des moralischen Herzens klingt, wie ein Ton, unsichtbar und zum Wehen unwirksam in der groben der Sinnen; – will denn unsere Liebe, unsere Freude, unsere Gottes-Ahnung etwas, was auf einer harten Körper-Welt, sei es auch die schönste, erscheinen kann? Die schönste, die ich in dieser Art kenne, ist die der Phantasie, dieser rechten Weltschöpferin; und doch muß eben diese allgewaltige Weltseele alle ihre Weltkugeln, damit sie Zauberlicht gewinnen, mit der Morgenröte und Milchstraße der künftigen Unendlichkeit ahnend umziehen. Wie die Geister-Furcht sich vor wahnsinnigen *neuen* Schmerzen entsetzt, die nicht vor dem Einflusse, sondern vor der bloßen *Gegenwart* des Gegenstandes beben und die uns gar keine Gestalt dieses Mittaglebens machen oder heilen könnte: so gibt es auch eine Geister-Hoffnung und Geister-Liebe, die nicht *Wirkungen*, sondern *Dasein* der Wesen begehrt, und welche keiner irdischen Freude abborgt, sondern höchstens den besten heimlich darleiht. Unser armes, wunden-volles Herz habe sich auch nach allen Seiten noch so oft wieder geschlossen, so bleibt doch daran eine *angeborne Wunde* offen, die nur in einem *andern Elemente* des Daseins zufällt, wie sich am ungebornen Kinderherzen die eiförmige Öffnung erst verschließet, wenn es ein leichteres Leben atmet. Darum wendet sich ja unsere obere Blattseite, wie bei Blumen, sooft man sie auch gegen den irdischen Boden umdrehe, immer wieder gegen ihre Himmelseite herum.«

»Angeborne Wunde!« wiederholte der Jüngling mit einem Seufzer. »Unsere Wunde oder unser Himmel ist offen«, sagt' ich angefeuert, »dies ist eins und kein Wortspiel. Oder soll der Tod auch in jener Welt uns wie sklavische Krieger immer wieder von neuem einquartieren? – Wir, jetzt der Libellen-Nymphe gleich, deren vier Flügel sichtbar in den Scheiden kleben, sollen einmal nur neue Scheiden aus alten ziehen und dieses Ausscheiden Fliegen heißen? Und wenn wir, vor der Sündflut des Irdischen uns rettend, zu heiligern Bergen geflohen, sollen wir auf jedem wie auf dem Pilatusberge wieder einem See begegnen? Und die Ewigkeit wäre bloß ein ewiger Vorhalt auf der Dissonanz?«

Jetzt kam der Jüngling durch mich zu sich, und er fragte mich kalt: »Demnach müßte ich doch irgendeine Original-Vorstellung vom andern Leben geben können; weil nur dieses Urbild jedes Urteil über ein Nachbild rechtfertigen könne.« –

Ich antwortete: Könnt' ich das künftige Leben beschreiben, so hätt' ich es und der, der mich verstände; der neugeborne Säugling aber drängte sich durstend nach einer Kost, die er nicht chemisch prophezeien könne, und die doch der Instinkt verbürge und treffe. Von der andern Welt sprechen wir jetzo wie Blinde vor dem Starstechen von der sichtbaren – alle Malereien ihres Morgenrots würden wie bei jenem Blinden auf Definitionen vom Trompetenton hinauslaufen.

Hier spräche aber – versetzte der Jüngling – der Blinde doch nur zum Blinden, und Ähnliches orientierte sich durch Ähnliches. Aber eben darum, da kein Sinn durch die vier andern (und hier sollen sie gar über Nicht- und Über-Sinne richten) gegeben sei, und das so wenig, z.B. durch alle Farbenebenen ein Ton, daß wir diesen für ein Ich unter den sprachlosen Flächen halten würden, wenn sich nicht Geruch, Geschmack, Gefühl ebenso schneidend und selbständig wie der Ton von den Farben schieden; und da doch diese fünf unähnliche Weltteile sich zusammenknüpften und unterstützten: so sei aus ihrer irdischen Entfernung von einem künftigen sechsten, siebenten u.s.w. gar nichts gegen das Dasein und Verhältnis eines ähnlich-unähnlichen eben besagten sechsten, siebenten u.s.w. zu folgern; umgekehrt vielmehr alles dafür.

Das war etwas, und doch nur einseitig und halbseitig. »Das Herz«, sagt' ich, »braucht aber etwas anderes als Sinnen; man geb' uns tausend neue: der Lebensfaden bleibt doch auf dieselbe Weise leer-verglimmend, der leichte Punkt des Augenblicks lodert an ihm hinauf, und der lebendige Funke läuft zwischen dünner Asche und leerer weißer Zukunft.

Die Zeit ist ein Augenblick, unser Erden-Sein wie unser Erden-Gang ein Fall durch Augenblick in Augenblick. Unser Sehnen wird uns für dessen Gegenstand, so wie der wirkliche Durst im Traum für sein wirkliches Löschen im Wachen, Bürge, sooft auch der Traum mit geträumtem Trinken hinhalte. Ja diese Ähnlichkeit wird Gleichheit; denn gerade dann, wann dieses Leben am reichsten austeilt, z.B. in der Jugend, und wie eine Sonne uns mit Morgenrot und Mittaglichtern und Mondschein blendet, gerade dann, wenn das Leben unsere höchsten Wünsche ausfüllt, da erscheint das fremde Sehnen am stärksten, und nur um ein ebenes Paradies des Erdbodens wölbt sich der tiefe gestirnte Himmel der Sehnsucht am größten. Woher dies sogar bei den geistigsten Seligkeiten? Eher sollte man das Sehnen erwarten von der Leere.«

– »Die Sehnsucht konnte ja ihr eigener Gegenstand sein«, versetzte Ernst.

»Ich begehre« (antwortete ich gleichsam zur Parodie) »keine Antwort auf meine Frage, ob man nach Dürsten dürsten würde, ohne getrunkenes oder zu trinkendes Wasser: sondern Sie fahren fort.«

»Ich antwortete eben«, – versetzte er – »daß, wenn wir nach Ihren Behauptungen mit der ganzen sogenannten andern Welt schon in der hiesigen leben und ausdauern und jene als einen himmlischen Regenbogen des Friedens schon über diese spannen: so könnte sich dies ja so fort vererben von Erde zu Erde (wir brächten immer die andere Welt dahin mit).«

»Dann«, erwiderte ich, »wär's einerlei, wo man lebte, und kein Weiser könnte etwas Höheres verlangen vom Leben, als es fort zu erleben, d.h. neue Geburttage.«

»Sehen wir uns denn wieder, wenn wir aus der Zeit in die Ewigkeit gehen?« fiel die liebe Mutter ein; denn das liebende Herz der Weiber sucht in der Zukunft zuerst das Geliebte; daher hört man diese sorgende Frage nach Wiedersehen zuerst von ihnen. »Was göttlich ist an der Liebe, das kann nie untergehen«, sagt' ich, »oder sonst, da das Irdische ohnehin vermodert, bliebe gar Nichts. Aber der altchristliche Ausdruck: aus der *Zeitlichkeit in die Ewigkeit*, das ist der rechte; hinter dem Leben gibts keine Zeit, so wenig wie vor dem Leben; über das andere Leben lässet sich so wenig etwas darüber hinaus denken als über den Urgrund alles Seins.«

Ernst wandte noch schnell ein: »und doch spreche man von *Fortdauer* und wolle mit diesem Zeitpleonasmus alle Zeit vernichten; aber gesetzt, warum wolle man denn vor der Ewigkeit vorher, für welche Millionen Jahre nicht mehr wären als achtzig, uns nur letzte, nicht auch die Millionen zugestehen?« Ich mußte dies einräumen und sogar noch fester machen, indem ich versetzte: »dies komme denn und Trillionen dahinter; denn so gut der Schöpfer hier unsere Spiel- und Laufbahn über *eine* Erde gehen ließ, so kann er sie noch über tausend Erden ziehen, nur muß der Weg ein Sonnenziel haben, oder wir jagen ewig einem rückenden Regenbogen nach.«

Wir waren nun einander freundlich, wie vorher feindlich, nähergerückt und hörten auf mit Recht; ein solcher Streit kann nur abgebrochen, nicht abgeschlossen werden, er lässet, wie die ganze Philosophie, nur Waffenstillstände, nicht Friedenschlüsse zu. Alle Untersuchungen sollten daher wie die platonischen und lessingischen poetisch, nämlich dramatisch sein, damit sich hinter dem Reichtum der Ansichten die Ansicht des Autors versteckt erhielte, weil der blinde Gläubige so gern und zuerst diese als eine Autorität aufsucht und annimmt, um sich dann in ruhigem Besitze aller übrigen nur zu deren Verteidigern und Geschäftträgern statt zu Richtern zu machen.[30]

Ich wende mich wieder zur Geschichte, die freilich in so vielen Schlußketten kaum drei Schritte tut. Ich und die alte fromme Mutter hatten uns beredet, den Jüngling zum Geburttag, wie den Montaigne, mit Musik zu wecken, womit sich andere einschläfern. Bloß mit einer Flöte wollt' ich ihn herausblasen aus dem dunklen Reich. Am Morgen, da ich diese in die Hand genommen, kam schon seine verlobte *Ernestine* angerollt, welche deshalb die ganze Nacht gefahren war. Es stand noch nichts weiter vom Morgen am Himmel – nicht drei Auroras-Sonnenblumen – als der kühle weiße Morgenstern. Aber der Wiegenfest-Schläfer, den ich ins Leben blasen wollte, war gar noch nicht daraus gekommen, sondern hatte die Nachmitternacht und den Vormorgen im Freien verwacht. Wir hatten aus der Ernestinischen Überraschung eine noch schönere für ihn bilden wollen, und glaubten uns durch eine schlimmere um jede andere gebracht.

---

30 Alle diese flüchtigen Untersuchungen sollen sich in tiefere verwandeln wenn mir die Vorsehung Kräfte und Tage gönnt, das Kampanertal (über die Unsterblichkeit der Seele), an welchem ein Vierteljahrhundert lang mein Inneres und meine Leiden und Freuden weiter gearbeitet haben, in Kampanertäler auszudehnen.

Ich sucht' ihn im Park und fand ihn endlich, doch im – Schlafe; er hatte sich auf der anmutigsten Moosbank gesetzt, wahrscheinlich um der Nachtigall und der Kaskade hinter seinem Rücken zuzuhören und den Strom und den Morgen vor sich zu sehen, aber der Abendkrieg und die Morgenkühle und Sonnennähe hatten wieder die Sinnentore langsam zugezogen. Das Morgenrot glühte auf seinem gesundroten Gesicht, und Träume zitterten durch die zarten Fibern. Ernestine allein stellte sich mit Augen voll Freudentropfen vor die ruhige Gestalt. Ich fing von ferne leise Flötentöne an, die noch wie Mattgold in seine Traumaurora zu verweben waren. Die Sonne brannte immer heller ins Morgengewölk hinauf. Plötzlich regt' er bange die Arme – seine Lippe zuckte – sein Augenrand quoll weinend über – die Flötentöne bebten auf seinen Zügen nach. – Da fürchtete Ernestine, ihn quäle ein harter Traum; sie winkte mir, ihn mit Tönen zu erlösen, und legte, seine Hände nehmend, ihre schöne Wange leise an seine Brust. Er fuhr aus dem Traum – er sah Ernestine groß an und kam, als gehöre sie in den Traum-Wahnsinn, durch ihr freundliches liebes Antlitz wieder in denselben zurück – bis ihn endlich das Wort und das Licht zu allen Freuden wach und lebendig machte.

Hört nun seinen Traum.

Der Tod in der letzten zweiten Welt

Endlich sind wir im Vorhofe der Ewigkeit und sterben nur noch einmal, sagten die Seelen, und dann sind wir bei Gott. Aber wie rinnend und flatternd ist das Land der Seelen! Im ganzen Himmel waren Sonnen, die ein Menschenantlitz hatten, umhergelegt, sie sahen uns bloß mit einem Mondlicht an, eine nach der andern ging bloß in der Höhe unbegreiflich unter, aber an keinem Erdenrand und wurde vorher ihre eigne Abendröte. Jetzo sind nur noch tausend Mondsonnen lebendig, sagten wir; wenn die letzte im Zenith einsinkt, so geht Gott auf und tagt. Nach jeder versiegten Sonne wurden unsere Gestalten verkleinert. Wir sind doch keine Träumer mehr wie auf der Erde, sondern schon Nachtwandler, und wir müssen bald erwachen, sagte ich; ja, wenn wir aber erst kleine Kinder sind, sagten die andern. Die Körperwelt wurde immer flüssiger und rann leicht. Mit bloßen Gedanken bogen wir goldne Bäume nieder und rückten Gartenberge von tauigen Auen weg. Ein Eisberg, aus dichtem Mondlicht gegossen, stand mitten unter Rosen, ich nahm meine Gedanken und löste ihn auf und goß ihn gleißend über die breite Rosenflur. Ich stand vor einem glatten blauen Palast ohne Tore, und mein Herz klopfte sehnsüchtig davor; siehe, wie vor dem Erdbeben Türen aufspringen und Uhren schlagen, so tat sich vor meinem Herzklopfen der Tempel auseinander; siehe, mein Erdenleben blühte darin an seinen Wänden, in Bilderchen angemalt, kleine Harmonikaglöckchen schlugen meine Jugendstunden nach; und ich weinte, und ein alter Erden-Garten war an der Wand, und ich rief: schon darin, schon in jenen grauen Zeiten drunten sehnte sich dein armes Herz wie jetzt, ach, das wird lange!

Da segelte die weißschuppige endlose Schlange durch die hohen Blumen an mich heran, um sich unaufhörlich um mich zu gürten, aber ich nahm unter ihrem Aufsprunge meine Gedanken und wand die Schlange unausgesetzt als Perlenschnur um meinen Leib; da vertropften wieder diese Perlen als Tränen: gut, sagt' ich, ich weinte ja schon vorhin, eh' sie kam, und noch viel länger.

»Es ist schon Ewigkeit«, sagten einige, »denn die Körper gehorchen dem Sehnen; die Raupen auf Blumen fliegen als Schmetterlinge auf, wenn wirs denken – der dicke Schlaf kommt, sogleich wird er ein durchsichtiger Traum – wir blicken ins dunkle Grab und schlagen es durch mit dem Augenfunken, und unten sieht aus dem zweiten Himmel ein mildes Sonnengesicht herauf.« – »Nein, es ist *erst Zeit*«, sagten die andern, »seht nach dem Zifferblatt.« – Auf einer weißen hohen Gesetztafel flogen noch die wimmelnden Kugelschatten umlaufender Welten durcheinander.

Nur die Töne allein konnten wir nicht verändern, denn sie sind selber Seelen, sagten wir. Sie waren schon auf der alten tiefen Erde bei uns gewesen und waren uns nachgegangen durch die Sonne, durch den Sirius und den unendlichen Sternen-Weg; sie waren die Engel Gottes, die uns von seinen Himmelhöhen erzählten, daß das Herz vor lauter Sehnsucht in seinen eignen Tränen starb.

Jetzt zog die Ewigkeit näher. Die Sonnen rings am Himmel-Rand waren alle eingegangen, und nur noch einige sanfte blickten miteinander an der dunkeln Höhe zusammen. Wir waren alle Kinder geworden, und der eine sagte zum andern: Du kennst mich und ich dich sehr gut, aber wir haben keine Namen. Helle gespannte Farben erklangen; hohe Töne blitzten oben im Flug, und die tiefern ließen am Boden Blumen fallen. Es donnerte; jetzo bricht das Welten-Eis, sagten wir, es wird schmelzen und rinnen und verrinnen. Wo bleibt aber mein kleines, auf der Erde verstorbenes Kind? sagte selber eines. Es schwimmt in seiner Wiege auf dem Weltenmeer daher, antwortete das andere.

Nun stand nur noch eine Sonne mild und bleich am gewölbten Blau. – Der rollende Eisdonner verlief sich zu tiefen Tönen und endlich zu fernen Melodien. – In Abend stiegen goldne Wolken aus dem Boden gen Himmel, und Sternbilder schlichen sich hinter ihnen zu Boden nieder. – In Morgen stand die Ewigkeit hinter den letzten vergehenden Wolken, es war eine große verhüllte Glut hinter einer im Sturme umgetriebnen Regenwolke. Aber die Kinder sahen nur noch hinauf zur letzten Sonne, die oben untergehen wollte. – Da kamen die Töne, in denen ihre letzten Welten sprachen und starben; und die Kinder weinten alle, weil sie ihre lieben alten Erden-Melodien hörten, und sie beteten kindisch so zu Gott: »Wir sind ja deine Kinder, Vater, wir sind in allen Welten gestorben, und wir weinen immer noch fort, weil wir ja nicht zu dir, zu der ewigen Liebe und Freude kommen. – O wurde nicht der Himmel so tausendmal oft höher über uns, und so tausendmal tiefer, und unser liebes Erdelein verschwand bald rechts, bald links, und wir blieben immer allein? Höre, wie die guten Töne für uns beten!« –

Plötzlich glomm hoch in der fernen Unendlichkeit die goldne Flügelspitze eines unsichtbaren Engels an – die schmachtend bebenden Kinder wurden unsichtbarer, wie Saiten, wenn sie zittern und tönen, und verklangen im Gebete ... Da fing die letzte Sonne oben zu lächeln an und schlug blaue Augen auf – Der Engel mit roten ausgebreiteten Feuerflügeln rauschte herunter, um mit ihnen die Welten-Aurora wegzustreifen, die um Gott hing ... Und siehe die letzte Sonne stand als Gott unten bei mir, die Welten waren verschwunden, und ich sah nichts weiter – und erwachte ...

Aber der Jüngling erwachte mit seiner Geliebten an der Brust, und sie lächelte angeschmiegt in sein Auge empor. Gegenüber fuhr die Morgenröte auseinander, die Erden-Sonne trat zwischen ihre Goldberge und warf schnell einen Flammenschleier über die entzückten Augen, und die lächelnde Mutter kam zur Seligkeit; der Strom floß schneller, der Wasserfall sprang lauter, und die Nachtigallen sagten alles inbrünstiger, was ich hier sage. »O Freunde«, sagte Ernst, von dem Traume und allem begeistert, und wollte gleichsam durch das Aufopfern des Gestern und durch das Einstimmen in den mütterlichen Glauben an eine Ewigkeit ohne Tod dankbar die liebende Rücksicht auf sein Glück abwenden und belohnen, »o Freunde, wie licht ist das Leben! Das Wachen ist nicht bloß ein hellerer Traum; dieser Affe unsers heiligen Bewußtseins stirbt vor den Füßen des wachen innern Menschen, das geträumte Erwachen wird vom wahren vernichtet. – Und so werden einmal von der Ewigkeit alle unsere Träume über sie vertilgt.« –

Und hier endige der endlose Streit! Eine Braut weint selig über den *ersten* Geburttag des Herzens, das nun dem ihrigen bleibt; aber das 171 wiedergeborne weint selig über die sympathetische Seligkeit des fremden; so muß es sein, und so gehören wir der Liebe an. Ernestine fragte in sanfter Rührung: »Kann es denn droben etwas Höheres geben als die Liebe?« – Wahr, Ernestine! Nur in ihr – und in einigen andern seltenen Blitzen des Lebens- reicht die Wirklichkeit blühend in unser innres Land der Seelen herein, und die äußere Welt fällt in eins zusammen mit der künftigen; die Liebe ist unser hiesiges Seegesicht[31], und die tiefen Küsten unserer Welt erheben sich vor der alten.

Mit dieser Gesinnung wurde das schöne Fest froher gefeiert. Unser ganzes Leben ist ein nie wiederkommender Geburttag der Ewigkeit, den wir darum heiliger und freudiger begehen sollten. Dem ganzen Tage hing der frühe Tauglanz an – der Abend fand den Morgen noch im Schimmer, und der Mond spiegelte sich im Sonnentau – die Sterne zogen in das Herz herab und erleuchteten die schönsten Nachtstücke darin – und was wollen wir Menschen denn weiter? – – 172

31 Die Erhebung oder das Seegesicht ist die optische Täuschung, daß ferne, noch unter dem Gesichtskreise liegende Küsten sich schon heraufgehoben zeigen.

Zweites Bändchen

Zweite Abteilung

17. Summula

Bloße Station

Ihr Wirtshaus war ein Posthaus, und zwar glücklicherweise für den Doktor. Denn während der Posthalter sich mit der Mißgeburt abgab: fand jener Gelegenheit, einen dicken unfrankierten Briefwürfel, an sich überschrieben, ungesehen einzustecken als Selb-Briefträger.

Nicht etwa, daß ers stehlen wollte – was er am liebsten getan hätte, wäre nicht der unschuldige Posthalter dadurch doppelt schuldig geworden, einmal an Ruf, dann an Geld –, sondern er nahms, um es ehrlich wieder hinzulegen, wenn ers mit zarter Hand aufgemacht, um zu erfahren, was darin sei, und ob der Bettel das Porto verlohne, oder ob er außen auf den Umschlag zu schreiben habe: retour, wird nicht angenommen. Vor der Nase des Briefträgers konnt' er nicht, ohne zu bezahlen, erbrechen; ob er gleich das Aufmachen, in der Hoffnung, einen recht gelehrten und bloß der Sicherheit wegen unfrankierten Brief zu gewinnen, selten lassen konnte. Indes der Schreck, daß er vor einigen Wochen eine schwere grobe Briefhülse und -schale aufgeknackt, woraus er für sein Geld nichts herauszuziehen bekommen als die grüne Nuß von einer Pränumerantenwerbung für einen Band poetischer Versuche samt einigen beigelegten, dieser Schreck fuhr ihm bei jedem neuen Briefquader in die Glieder. – Zum Unglück aber war in dem fein geöffneten Brieftestament dieses Mal eine herrliche Erbschaft von den wichtigsten, mit kleinster Schrift geschriebenen Bemerkungen über alle seine Werke, und zwar von Dr. Semmelmann, fürstlichem Leibarzt in Maulbronn. Auf der Stelle versiegelte er entzückt das Paket und legt' es auf den alten Platz zurück, um eine Viertelstunde darauf vor dem Posthalter sich anzustellen, als säh' er eben ein an sich adressiertes Briefschreiben, das er sofort auslösen und bezahlen wolle.

Aber der kurzstirnige Posthalter gabs durchaus nicht her, »er halt' es als Posthalter postfest«, sagte er, »bis auf die Station, und da könn' es der Herr selber holen, wenn er keine posträuberische Absichten habe, was ein Posthalter nicht riechen könne.« Nie bereute Katzenberger seine Ehrlichkeit aufrichtiger als dieses Mal; aber in die dicke Kurzstirn war kein Licht und kein Blitz und kein Donnerkeil zu treiben; und Katzenberger hatte von seinem Wünschen nichts weiter, als daß der Posthalter, über ein so unsinniges Ansinnen erbittert, ihm die Zeche verdoppelt anschrieb, und er selber zwischen Fortreisen nach Maulbronn und zwischen Umkehren, dem Semmelmannschen Pakete hintennach, ins Schwanken geriet.

Im ganzen bewahrte Katzenberger sich durch einen gewissen Egoismus vor allem Nepotismus. Eigentlich ist jede Menschenliebe, sobald sie auf besonderes Beglücken, nicht auf ruhiges Liebhaben anderer ausgeht, vom Nepotismus wenig unterschieden, da alle Menschen ja, von Adam her, Verwandte sind. Daher auch Männer in hohen Posten den Schein eines solchen Nepotismus gegen adamitische Verwandte so sehr fliehen. Übrigens lässet gerade diese Verwandtschaft von Jahr zu Jahr mehr ruhige kalte Behandlung der Menschen hoffen; denn mit jedem Jahrhundert, das uns weiter von Adam entfernt, werden die Menschen weitläuftigere Anverwandte von einander und am Ende nur kahle Namenvettern, so daß man zuletzt nichts mehr zu lieben und zu versorgen braucht als nur sich.

18. Summula

Männikes Seegefecht

Um den Leser nicht durch zu viel Ernst und Staat-Geschichte zu überspannen, möge ein unbedeutendes Seegefecht, im Städtchen *Höflein*, wo die Pferde Vesperbrot und Vesperwasser bekamen, hier eine kurze Unterbrechung gewähren dürfen, ohne dadurch den Ton des Ganzen zu stören.

Der Wasserspringer *Männike* hatte nämlich den ganzen Höfleiner Adel und Pöbel auf die Brücke des Orts zusammengeladen, damit beide sähen, ob er auf dem Wasser so viel vermöchte und gewänne als die Briten-Insel, diese Untiefe und Klippe des strandenden Europas. Der

Springer, der sowohl bemitleidet als bewundert zu werden wünschte, und der unten im Nassen recht in seinem Elemente sein wollte, hatte dem Städtchen versprochen, im Wasser Tabak zu rauchen, mit einem Schiebekarren zu fahren, anderthalb Klafter hoch Freudenwasser wie Freudenfeuer zu speien, gleich einem Flußgotte von Stein, und dann im Strome noch größere Kunststücke für morgen der erstaunten Brücke zu versprechen.

Die Reisegesellschaft, die Pferde ausgenommen, begab sich gleichfalls auf die Brücke und machte gern einer herfliegenden gebratenen Taube den Mund auf.

Der Wasserspringer tat in der Tat, so weit Nachrichten reichen, das Seinige und den Rittersprung vom Geländer ins Wasser zuerst und stahl sich in viele Herzen. Inzwischen stand auf der Brücken-Brüstung ein längst in Höflein angesessener Hallore aus Halle, der mehrmals murmelte: die Pestilenz über den Hallpursch! Er wollte sich wahrscheinlich in seiner Sprache ausdrücken und sich so Luft verschaffen, da er durch den Nebenbuhler unten im Wasser so lange auf dem Geländer gelitten. Katzenberger neben ihm zeigte mit dem Finger wechselnd auf Männike und den Halloren, als woll' er sagen: Pavian, so spring nach! Endlich hielt der Hallore es auch nicht mehr aus – sondern warf seinen halben Habit hinter sich, die Leder-Kappe, – fuhr wie ein Stechfinke auf das Finken-Männchen in seinem Wassergehege – und machte den Sprung auf Männikes Schienbeine her unter, als dieser eben zurückliegend sein Freudenwasser aufwärts spie und, den offnen Himmel im Auge, anfangs gar nicht wußte, was er von der Sache halten sollte, vom Kerl auf seinen Beinen. Aber sein Nebenmann und Badegast zündete eilig Licht in seinem Kopf an, indem er den letzten bei den Haaren nahm und so die Faust sollte den Raufdegen oder Raufer spielen – ge-

schickt genug das Lufttreffen einleitete. Denn da diese neue Seemacht die Knie als Anker auf Männikes Bauchfell auswarf und zuvörderst die Zitadelle der Festung, nämlich den Kommandanten, d.h. dessen Kopf, besetzt und genommen hatte: so mußte sich für jedes Herz auf der Brücke ein anmutiges Vesperturnier anfangen oder eine flüchtige republikanische Hochzeit, folglich deren Scheidung auf dem nassen Wege. In der Tat prügelte jeder von beiden den andern genug – keiner konnte im lauten Wasser sein eignes Wort hören, geschweige Vernunft; nicht nur nach Lebensluft des Lebens, sogar nach Ehren-Wind der Fama mußten beide schnappen – die schönsten Taten und Stöße entwischten der Geschichte. Glücklicherweise stieß der Hallore und Fluß-Mineur unten auf den Schiebkarren, womit Männike als auf einem Triumph-karren vor wenigen Minuten wie ein glänzender Wassermann oder wässriger Meteor gefahren war und sich von der Brücke hatte mit Lob beregnen lassen. – Der Hallore faßte den Vorspringer und stülpte ihn so abgemessen auf den Karren, daß dessen Gesicht aufs Rad hinaussah und die beiden Beine mit den Zehen auf die Karren-Gabel fest geheftet lagen. So schob er den verdienten Artisten ans Ufer hinaus, wo er er-wartete, was die Welt zu seiner Fischgerechtigkeit, Fischer zu fangen, sagen würde.

Die Freude war allgemein, Herr Männike wünschte während derselben auf dem terminierenden Teller Brückenzoll im schönern Sinne einzu-fordern; aber die Höfleiner wollten wenig geben. Der Doktor nahm sich der Menge an und sagte: Mit Recht! Jeder habe wie er bloß dem guten eingepfarrten ansässigen Halloren, ders umsonst getan, zugesehen, weiter keinem; am wenigsten Herrn Männike, dem spätern Nebenregen-bogen des Hallensers. »Ich selber«, beschloß er, »gebe am wenigsten, ich bin Fremder.« Da nun das Wenigste Nichts ist, so gab er nichts und ging davon; – und der Ketzer-Glaube, gratis zugesehen zu haben, fraß auf der Brücke auffallend um sich.

180

19. Summula

Mondbelustigungen

Auf der kurzen Fahrt nach Fugnitz wurde sehr geschwiegen. Der Edelmann sah den nahen Lunas-Abend mitten im Sonnenlichte schimmern; und der Mondschein mattete sich, aus dieser Seelen-Ferne geschauet, zu einem zweiten zärtern ab. Theoda sah die niedergehende Sonne an, und ihr Vater den Hasen. Die stille Gesellschaft hatte den Schein einer verstimmten; gleichwohl blühte hinter allen äußern Kno-chen-Gittern ein voller hängender Garten. Woher kommts, daß der Mensch – sogar der selber, der in solchem Dunkel überwölbter Herzens-Paradiese schwelgt und schweigt – gleichwohl so schwer Verstummen für Entzücken hält, als fehle nur dem Schmerz die Zunge, als tue bloß die Nonne das Gelübde des Schweigens, nicht auch die Braut, und als geb' es nicht ebensogut stumme Engel wie stumme Teufel?

Im Nachtquartiere traf sichs für den Edelmann sehr glücklich, daß in die Fenster der nahe Gottesacker mit getünchten und vergoldeten Grabmälern glänzte, von Obstbäumen mit Zauberschatten und vom Mond mit Zauberlichtern geschmückt. Es wurd' ihm bisher neben Theoda immer wohler und voller ums Herz; gerade ihr Scherz und ihr Ungestüm, womit ihre Gefühle wie noch mit einer Puppen-Hülse ausflogen, überraschten den Überfeinerten und Verwöhnten; und die Nähe eines entgegengesetzten Vaters hob mit Schlagschatten ihre Lichter; denn er mußte denken: wem hat sie ihr Herz zu danken als allein ihrem Herzen? – Hätte er die Erfahrung der Soldaten und Dichter nicht gehabt, zu siegen wie Cäsar, wenn er käme und – gesehen würde oder gar gehört – wie denn schon am Himmel der *Liebestern* sich nie so weit vom dichterischen *Sonnengott* verliert, daß er in Gegenschein oder Entgegensetzung mit ihm geriete –: wäre dies nicht gewesen, Nieß würde anders prangen in dieser Geschichte.

Im Fugnitzer Wirthaus geriet er mit sich in folgendes Selbgespräch: »Ja, ich wag' es heute und sag' ihr alles, mein Herz und mein Glück. – Blickt sie neben mir allein in den stillen Mond und auf die Gräber und in die Blüten: so wird sie das Wort meiner Liebe besser verstehen; o dann soll das reine Gemüt den Lohn empfangen und der geliebte Dichter sich ihm nennen. Wenn sie aber Nein sagte? – Kann sie es denn? Geb' ich ihr nicht meinen Stand und alles und mein Herz? Und bist du denn so unwert, du armes Herz? Schlägst du nicht für fremde Freuden und Leiden stark? Und noch niemand hab' ich unglücklich machen wollen. Nicht stark genug ist mein unschuldiges Herz, aber ich hasse doch jede Schwäche und liebe jede Kraft. O wären nur meine *Verhältnisse* anders und hätt' ich meine Seelenzwecke erreicht: ich wollte leicht trotzen und sterben. Woraus schöpft' ich denn meinen ›Ritter größerer Zeit‹ als aus meiner Brust? – Meinetwegen! – Sagt sie doch Nein und verkennt mich und liebt nur den Autor, nicht den Menschen: so bestraf' ich sie im Badeort und nenne mich – und dann verzeih' ich ihr doch wieder von Herzen.«

Am Ende und zumal hier nach dem Lesen dieses Selbgesprächs werf' ich mir selber vor, daß ich vielleicht meinem fatalen Hange zum Scherztreiben zu weit nachgegeben und den guten Poeten in Streiflichter hineingeführt, in denen er eigentlich lächerlich aussieht und fast schwach. Kann er denn so viel dafür, daß seine Phantasie stärker als sein Charakter ist und Höheres ihm abfodert und andern vormalt, als dieser ausführen kann? Und soll denn ein Petrus, weil er einmal dreimal verleugnete, darum keine zwei Episteln Petri schreiben? – Freilich von Eitelkeit kann ich ihn nicht losschwören, aber diese bewahrt (wie Hautausschläge vor der Pest) ihn vor Beulen des Hochmuts und Geschwulst des Stolzes. – Denn was sonst Theoda betrifft, die er so sehr lieben will, und zwar auf alle seine Kosten, so täte wohl jeder von uns dasselbe, wenn er nicht schon eine hätte oder gar etwas Besseres.

Wir kommen nun wieder auf die Sprünge seiner Freierfüße zurück. Er schlug, als das Glück die Gabe verdoppelt, nämlich den Doktor ausgeschickt hatte, Theodan den Nachtgang ins rechte Nachtquartier der Menschen, in den Gottesacker vor. Sie nahm es ohne Umstände und Ausflüchte an; so gern sie lieber ihre heutige Herz-Enge nur einsam ins Weite getragen hätte; Furcht vor bösen Männern vorher und vor bösen Zungen nachher war ihr ungewohnt. Als nun beide im Mond-Helldunkel und im Kirchhofe waren, und Theoda heute beklommener als je fortschritt, und sie vor ihm mit dem neuen Ernste (einem neuen Reize) dem alten Scherze den weichen Kranz aufsetzte, und als er den Mond als eine Leuchtkugel in ihre Seelen-Feste warf, um zu ersehen und zu erobern: so hört' er deutlich, daß hinter ihm mit etwas anderm geworfen wurde. Er schaute sich um und sah gerade bei dem Gitter-Pförtchen einige Totenköpfe sitzen und gaffen, die er gar nicht beim Eintritte bemerkt zu haben sich entsinnen konnte. Inzwischen je öfter er sich umkehrte, desto mehr erhob sich die Schädelstätte empor. Sehr gleichgültige und verdrießliche Gespenster-Gedanken wie diese bringen um den halben Flug, und Nieß senkte sich.

Katzenberger – von dem kam alles – hatte sich nämlich längst in unschuldiger Absicht auf den Gottesacker geschlichen, weniger um Gefühle als um Knochen einzusammeln, das einzige, was der Menschenfresser, der Tod, ihm zuwarf unter den Tisch. Zufällig war das Beinhäuschen, worin er aus einer Knochen-Ährenlese ein vollständiges Gerippe auszuheben arbeitete, am Eingangs-Gitterpförtchen gelegen und hatte mehr den Schein eines großen Mausoleums als eines kleinen Gebeinhauses. Katzenberger hörte das dichterische Eingehen und zwei bekannte Stimmen, und er sah durch das Gitter alles und erhorchte noch mehr. Die Natur und die Toten schwiegen, nur die Liebe sprach, obwohl keine Liebe zur andern. Für den wissenschaftlichen Katzenberger, der eben mitten unter der scharfen Einkleidung des Lebens wirtschaftete, war daher der Blick auf Nieß, der, wie der Doktor sich in einem bekannten Briefe ausdrückte, »seinen Kopf, wie ein reitender Jäger den Flintenlauf, immer gen Himmel gerichtet anhängen hatte«, kein sympathetischer Anblick, obwohl ein antipathetischer. Bei ihm wollte das wenige, das Nieß über Tote und vermählte Herz-Paradiese auf dem Wege hatte fallen lassen, sich wenig empfehlen. Vor allem Warmen überlief gewöhnlich des Doktors innern Menschen eine Gänsehaut; kalte Stichworte hingegen rieben wie Schnee seine Brust und Glieder warm und rot. Übrigens verschlang sich seine Seele ziemlich mit der Nießischen, so wie der Werboffizier bei dem Rekruten schläft und immer einen Schenkel oder Arm auf ihn legt, um ihn zu behalten im Schlafe. Er nun hatte die Köpfe und Ellenbogen am Pförtchen angehäuft. – Endlich ließ er gar ein rundes Kinderköpfchen nach dem Dichter laufen als nach seinem Kegelkönig. Aber hier nahm Nieß aus übermäßiger Phantasie Reißaus und schwang sich auf einen nahen Birnbaum an der niedern Gottesackermauer, um allda – weil das Knochenwerk als Floßrechen und gestachelter Herisson die Pforte versperrte – ins Freie zu sehen und zu springen. Umsonst rief die über seinen Schrecken erschrockne Theoda bange nach, was ihn jage, ihr Vater sammle nur Skelette. Nun trat der Doktor selber aus seinen Schießscharten heraus, ein wohlerhaltenes Kindergeripp wie eine Bienenkappe auf den Kopf gestülpt, und begab sich unter den Birnbaum und sagte hinauf: »Am Ende sind Sie es, die selber droben sitzen, und wollen den Gottesacker und die Landschaft besser übersehen?« Aber Nieß, längst verständigt, war während des Hinaufredens des Doktors schon um die Mauer herum und durch das Pförtchen zurückgerannt und erfaßte jetzo, mit zwei aufgerafften Armknochen in Händen, hinten den Doktor an den Achselknochen, worüber er die bleichen ragen ließ, mit den Worten: »Ich bin der Tod, Spötter!« Katzenberger drehte sich selber ruhig um; da lachte der Poet ungemein, mit den Worten: »Nun so haben wir beide unsern lustigen Zweck einer kleinen Schrecken-Zeit verfehlt; nur aber Sie zuerst!« – »Ich für meine Person fahre gern zusammen«, – versetzte der Doktor – »weil Schrecken stärkt, indes Furcht nur schwächt. In Hallers Physiologie[32] und überall können Sie die Beispiele zusammenfinden, wie durch bloßen starken Schrecken – weil er dem Zorne ähnlich wirkt – Lähmung, Durchfall, Fieber gehoben worden, ja wie Sterbende durch auffliegende Pulverhäuser vom Auflug nach dem Himmel gerettet

32 Im fünften Bande.

worden und wieder auf die Beine gebracht; – und ganze matte Staaten waren oft nur zu stärken durch Erschrecken. *Furcht* hingegen, Herr von Nieß, ist, wie ihre Leiberbin und Verwandte, die *Traurigkeit*, nach demselben Haller und den nämlichen andern, wahres Lähmgift für Muskeln und Haut, Hemmkette des umlaufenden Bluts, macht Wunden, die man sich durch eigne Tapferkeit oder von fremder geholt, erst unheilbar und überhaupt leicht toll, blind und stumm. Es sollte mir daher leid tun, wenn ich Sie mit meinen Versuchen in Furcht anstatt in Schrecken und Zusammenschaudern mit Haarbergan gesetzt hätte; und Sie werden mich belohnen, wenn Sie mir sagen, ob Sie gefürchtet haben oder nur geschaudert.« –

»Ich bin ein Dichter, und Sie ein Wissenschaft-Weiser; dies erklärt unsern Unterschied«, versetzte Nieß. Theoda aber, die ihren eignen Mut bei Männern verdoppelt voraussetzte, glaubte ihm gern. Aber ihr Vater hatte seine Gedanken, nämlich satirische. – Übrigens ging er selig mit doppelten Gliedern (wie ein Englisch-Kranker), mit mehren Köpfen und Rückgraten behangen, die er aus der Trödelbude und Rumpelkammer des Todes geholt, nach Hause.

20. Summula

Zweiten Tages Buch

In der Nacht schrieb Theoda an ihre Freundin:

»Vor Verdruß mag ich dir vom dummen Heute gar nichts erzählen (das ohne Menschenverstand bleibt) bis morgen früh, wenn wir in Maulbronn einfahren. Denke, wir nachtlagern noch drei Stunden davon. Himmel, wie göttlich könnt' ich morgen dort aufwachen und meinen Kopf aus dem Fenster stecken in die Aurora und in alles hinein! Aber dieses Feindschaft-Stückchen hab' ich bloß dem Freundschaft-Stückchen zu danken, daß Herr von Nieß nach mir etwas fragt, ob ich ihm gleich meine Person und Seele so komisch geschildert habe, daß er selber lachen mußte. Aber sieh, so kann eine Mädchenseele dem Männer-Poltergeist auch nicht unter einem Kutschenhimmel nahekommen, ohne wund gezwickt zu werden. Gib dem Teufel ein Haar, so bist du sein, gib einem Manne eines, so zerrt er dich daran so lange, bis er das Haar samt dem Kopfe hat. Der Bienenstich wird sonst mit Honig geheilt;

aber diese Wespen geben dir erst die Honigblase und dann die Giftblase. Ich wollt', ich wär' ein Mann, so duellierte ich mich so lange, bis keiner mehr übrig wäre, und legte einer Frau den Degen mit der Bitte zu Füßen, mich zu erstechen. Aber wir Weiber sind alle schon ein paar Jahre vor der Geburt verwahrloset und verbraten, und eh' wir nur noch ein halbes Nadelköpfchen von Körper umhaben, sind wir schon voraus verliebt in die künftige Räuberbande und liebäugeln mit dem Taufpastor und Taufpaten.

Wieviel weißt du so? – Es ist aber überhaupt nicht viel. Nämlich den ganzen Reisetag hindurch hatt' es Theudobachs *angeblicher* Freund (merke, ich unterstreich' es) darauf angelegt, mein Gehirnchen und Herzchen in allen acht Kämmerchen ordentlich glühend zu heizen durch Anekdoten von ihm, durch Ausmalerei unserer dreifachen Zusammenkunft und sogar durch das Versprechen, noch abends vor dem stillen Monde, der besser dazu passe als das laute Räderwerk, mich näher mit seinem Freunde bekannt zu machen. Ich dachte dabei wahrlich, er würde mich nachts auf dem Gottesacker dem Dichter auf einmal vorstellen. Dazu kam mittags noch etwas Närrisches. Er brachte mir meinen Schal, mit unlesbarer Kreideschrift bedruckt; da er sie aber gegen den Spiegel hielt, so war zu lesen: ›Dein Namenvetter, schöne Th-da, wird dir bald für deinen Brief zum zweiten Male danken‹; worauf er mich hinab zu einer Birke führte, von deren Rinde wirklich er diese Zeile von des Dichters Hand am Tuche abgefärbt hatte. Am Ende mußt' ich gar noch oben in seinem Zimmer auf den Fensterscheiben eine herrliche Sentenz vom Dichter finden, die ich dir auf der Rückreise abschreiben will. Seltsam genug! Aber abends wars doch nichts; und mein Vater brach gar mit einem Spaße darein.

Du Klare errietest nun wohl am frühesten, was Herr von N. bisher gewollt – nicht mich, sondern (was auch leichter zu haben ist) sich. Er kokettiert. – Wahrlich die Männer sollten niemals kokettieren, da unter 99 Weibern immer 100 Gänse sind, die ihnen zuflattern; indes weibliche Koketterie weniger schadet, da die Männer als kältere und gleichsam kosmopolitische Spitzbuben selten damit gefangen werden, wenn sie nicht gar zu jung und unflügge im Neste sitzen. – Wahrlich, ein Mädchen, das ein Herz hat, ist schon halb dumm und wie geköpft.

Der Zärtling steckt seinen Freund als Köder an die Angel, um damit eine verdutzte Grundel zu fangen; er, der, wenn auch kein Narr, doch ein Närrchen ist, und welcher schreit, wenn ein Wagen umfällt.

Gott gehab dich wohl! Vergib mein Austoben. Ich bin doch allen Leuten gut und habe selber mit dem Teufel Mitleid, solang' er in der Hölle sitzt, und nicht auf der Erde streift. Der weichste Engel bringe dich über deine Hügel hinüber!

Th.«

21. Summula

Hemmrad der Ankunft im Badeorte – Dr. Strykius

Als man am Morgen, nachdem der Doktor schon seine Flaschen-Stöpsel eingesteckt hatte (worunter zufällig ein gläserner), neu erfrischt von den letzten Siegen über alle Anstoßsteine, eben einzusitzen und heiter auf den breiten, beschatteten, sich durchkreuzenden Kunststraßen dem Badorte zuzufahren gedachte: so stellte sich doch noch ein dicker Schlagbaum in den Weg, nämlich ein Galgen. Es hatte nämlich Katzenberger unten in der Wirtstube von einem Durchstrom froher Leute, die abends zum glücklichen Wirte zurückkommen und länger da bleiben wollten, wenn sie alles gesehen, die Nachricht vernommen, daß diesen Vormittag in Potzneusiedl (auch in Ungarn gibt es eines) ein Posträuber gehangen werde und daß er selber, wenn er nur einige Meilen seitwärts und halb rückwärts umfahre, gerade zu rechter Zeit zum Henken kommen könne, um abends noch zeitig genug in Maulbronn einzutreffen. Himmel, so aufgeheitert im Angesicht wie das ganze Morgenblau brachte Katzenberger zu Tochter und Nieß seine heitere Nebenaussicht hinauf, den Abstecher nach Potzneusiedl zum Postdiebe zu machen. –

Aber von welchen Wolken wurde sein helles Berghaupt umschleiert, nicht bloß vom Nein des Reise-Bündners Nieß, der durchaus noch am Morgen in Maulbronn einpassieren wollte, sondern noch mehr von dem heftig-bittenden Nein seiner Tochter, deren Herz durchaus sich zu keinem Einnehmen einer solchen Mixtur von Brunnenbelustigung und Abwürgung bequemen konnte! Am Ende fand der Doktor selber einen Umweg über eine Richtstätte zum Lustorte für eine Weiberseele nicht zum anmutigsten, und er stand zuletzt aus Liebe für die sonst selten flehende Tochter, wiewohl unter mehr als einem Schmerze, von einem lachenden Seitenwege ab, wo ihm ein Galgenvogel als eine gebratene Taube in den Mund geflogen wäre, indem er am Diebe das Henken beobachten, vielleicht einige galvanische Versuche auf der Leiter nachher und zuletzt wohl einen Handel eines artigen Schaugerichts für seine Anatomiertafel hätte machen können. Der Gehenkte wäre dann eine Vorsteckrose an seinem Busen auf der ganzen Reise ins Maulbronner Rosental gewesen – –

So aber hatt' er nichts, und der Potzneusiedler Dieb hing wie eine Tantalusfrucht unerreichbar vor seiner Seele, und er mußte sichs auf der Landstraße von Stunde zu Stunde bloß schwach vormalen: jetzo wirft das Gericht die Tische um – jetzo fährt der Räuber seinem Galgen zu – jetzo hangt er ruhig herab – und er pries die Potzneusiedler glücklich, die um den Rabenstein stehen und alles genießen konnten.

Es war eigentlich nicht sehr zum Aushalten mit ihm an diesem Morgen, und er merkte an, nur um verdrießliche Dinge vorzubringen, es gebe schmerzhafte Erinnerungen, die man so wenig vergesse wie die erste Liebe; so könn' er z.B., erzählt' er, bis diesen Morgen nicht ohne neues Schmerzgefühl daran denken, daß er einmal in Holland, auf einer Treckschuyte fahrend, einem Hering den Kopf abgebissen, um den Rumpf aufzuspeisen, aber im Vergreifen den köstlichen Hering selber am Schwanze ins Wasser geschleudert und nichts behalten habe als den Kopf: »Nach diesem Hering sehn' ich mich ewig«, sagte er. – »Mir ganz denkbar«, sagte Nieß, »denn es ist traurig, wenn man nichts behält als den – *Kopf.*«

Als sie alle endlich in dem unmittelbaren Fürstentümchen *Großpolei* (jetzo längst mediatisiert) den letzten Berg hinabfuhren ins Bad Maulbronn, das ein Städtchen aus Landhäusern schien, und als man ihnen vom Turme gleichsam wie zum Essen blies: so mußte den drei Ankömmlingen, wovon jede Person sich bloß nach ihrer Ziel-Palme scharf umsah, nämlich:

die erste, um angebetet zu werden,
die zweite, um anzubeten,
die dritte, um auszuprügeln,

ganz natürlicherweise die präludierende Bad-Ouvertüre der ersten Person, Nieß, als eine Famatrompete erklingen, der zweiten, Theoda, als ein Verwandel- oder Meßglöckchen zum Niederfallen, und der dritten, Katzenberger, als eine Jagd- oder auch Spitzbubenpfeife zum Anfallen.

Wenn sie freilich Flexen mehr als ein Vogelschwanzpfeifchen vorkam, weil sein Herz nur sein Vor-Magen war, und er erst alles von hinten anfing, so ist dieser Einleg-Riese, wie man Einleg-Messer hat, viel zu klein, um hier angeschlagen zu werden.

Indes zeigt dieses widertönige Quartett, wie verschieden dieselbe Musik in Verschiedene einwirke. Da sie aber dies mit allem in der Welt und mit dieser selber gemein hat: so mag für sie besonders der Wink gegeben werden, daß ihr weites Ätherreich mit demselben Blau und mit derselben Melodie *einen* Jammer und *einen* Jubel trage und hebe.

Der Doktor bezog zwei Kammern in der sogenannten großen Bade-wirtschaft – bloß sein Herz war noch in Potzneusiedl unter dem Galgen –, und Nieß mietete ihm gegenüber eines der niedlichsten grünen Häuserchen.

Aber der rechte Musik-Text fehlt vor der Hand der begeisterten Theoda; auf der Badeliste, wornach sie zuerst fragte, erschien noch kein angelangter Theudobach. Doch hatte sie die Freude, in der Großpolei-schen Zeitung angekündigt zu lesen: »Der durch mehre Werke bekannte Theudobach, habe man aus sicherer Hand, werde dieses Jahr das Maulbronner Bad gebrauchen.« Die Hand war sicher genug, denn es war seine eigne.

Der Doktor fragte, ob der Brunnenarzt Strykius da sei; und ging, als man ihm ein feines, um das Brunnen-Geländer flatterndes Männchen zeigte, sogleich hinab.

Dieser Strykius, ein gerader Abkömmling vom berühmten Juristen Strykius – dem er absichtlich die lateinische Namens-Schleppe nachtrug, um dem deutschen Strick zu entgehen –, war bekanntlich eben der Rezensent der Katzenbergerschen Werke gewesen, den ihr Verfasser auszustäupen sich vorgesetzt. Auf Musensitzen – wie in Pira –, die zu-gleich rezensierende Musenvätersitze sind, ists sehr leicht, da alle diese Kollegien untereinander kommunizieren, den *Namen* des apokalypti-schen *Tiers* oder Untiers zu erfahren; bloß in Marktflecken und Klein-städten wissen die Schulkollegen von nichts, sondern erstaunen. Mehr als durch alle Strykischen Rezensionen in der allg. deutschen Bibliothek, in der oberdeutschen Literaturzeitung u.s.w. war der milde Katzenberger erbittert geworden durch lange grobe hämische und späte Antworten auf seine gelehrten Antikritiken. Denn dem Doktor wars schon im Leben bloß um die Wissenschaft zu tun, geschweige in der Wissenschaft selber. Da er indes eine unglaubliche Kraft zu passen besaß: so sagte er ein akademisches Semester hindurch bloß freundlich: »Ich koch's«, und tröstete sich mit der Hoffnung, den Brunnenarzt persönlich in der Badezeit kennen zu lernen.

Diese sehnsüchtige Hoffnung sollte ihm heute erfüllt werden, so daß ihm statt des potzneusiedlischen Galgenstricks wenigstens der Maulbronner Strick oder Strykius zuteil wurde. Er traf unten an dem Brunnenhause – dem Industriekomptoir und Marktplatze eines Brunnenarztes – den verlangten. Der Brunnenarzt lief, da er mit der gewöhnlichen Neugier dieses kürzesten Amtes schon Katzenbergers Namen erjagt hatte, ihm entgegen und konnte, wie er sagte, die Freude nicht ausdrücken, den Verfasser einer haematologia und einer epistola de monstris und de rabie canina persönlich zu hören und zu benützen und ihm, wo möglich, irgendeinen Dienst zu leisten. »Der größte«, versetzte der Doktor, »sei dessen Gegenwart, er habe längst seine Bekanntschaft gewünscht.« – Strykius fragte: »wahrscheinlich hab' er seine schöne Tochter als ihr bester Brunnenmedikus hierher begleitet, wenn sie das Bad gebrauche.«

»Nicht eines zu gebrauchen«, antwortete er, »sondern einem Badegaste eines zuzubereiten und zu gesegnen, sei er angelangt.« – »Also auch im Umgange der scherzhafte Mann, als den ich Sie längst aus Ihren epistolis kenne? Doch Scherz beiseite«, sagte Strykius und wollte fortfahren. »Nein, dies hieße Prügel beiseite«, sagte der Doktor. »Ich bin wirklich gesonnen, einen kritischen Anonymus von wenig Gewicht, den ich hier finden soll, aus Gründen, solange wir beide, nämlich er und ich, es aushalten, was man sagt, zu prügeln, zu dreschen, zu walken. Indes will ich als ein Mann, der sich beherrscht, nur stufenweise verfahren und früher seine Ehre angreifen als seinen Körper.«

»Nun diesen Scherz-Ernst abgetan«, – sagte der Brunnenarzt, sich totlachen wollend – »so versprech' ich Ihnen hier wenigstens fünf Freunde des Verfassers der Hämatologie, Männer vom Handwerk.«

»Es soll mich freuen«, sagte der Doktor, »wenn einer darunter mich rezensiert hat, weils eben das Subjekt ist, dem ich, wie ich Ihnen schon anvertraut, so viel Hirn ausschlagen will, als ein Mensch ohne Lebensgefahr entbehren kann, welches, wie Sie wissen, bis auf zwei Unzen steigt, es müßte denn sein, daß ich aus Liebe mich auf bloßes Einschlagen der Hirnschale einzöge. – Wenn schon jener Festung-Kommandant jeder davonlaufenden Schildwache fünfundzwanzig Streiche aufzählen ließ, die einen *Geist* gesehen: wieviel mehr kann ich einer kritischen geben, die keinen *Geist* in meinen Werken gesehen! Wie?«

»Tun Sie, was Sie wollen, Humorist; nur sein Sie heute mit Ihrer blühenden Tochter mein Gast im großen Brunnensaale«, sagte Strykius; er fand seine Bitte gern gewährt und schied mit einem eiligen Handdruck, um einem verdrüßlichen Grafen zu antworten, der eben gesagt: »Franchement, Mr. Médecin, ich habe bisher von dem detestabeln Gesöff nur die Hälfte Ihrer vorgeschriebenen Gläser verschluckt; ich verlange nun durchaus bloß diese Hälfte verordnet.«

»Gut«, versetzte er, »von morgen an dürfen Sie keck mit der bisherigen Hälfte fortfahren.«

Diese Antwort vernahm noch der Doktor mit unsäglichem Ingrimm; er, der sich von keinem Generale und Ordens-Generale und Kardinale 191 nur eine einzige von 1000 verordneten Merkurialpillen hätte abdingen lassen. Strykius milde Höflichkeit verdroß ihn mehr, als die größte Grobheit getan hätte, auf die er zufolge der anonymen in den Rezensionen so gewiß gezählet hatte; einen rauhen, widerhaarigen, stämmigen Mann hatte er zu finden gehofft, dem der Kopf kaum anders zu waschen ist als durch Abreißen oder Abhaaren desselben, wenigstens einen Mann, der wie ein Teich unter seinen weißen Wasser-Blüten scharfgezähnte Hechte verberge – – aber er, ein so gebognes, wangenfettes, gehorsamstes, untertänigstes Zier-Männchen, das noch niemand ein hartes Wort gesagt als etwa Frau und Kindern, gegen niemand ein Elefant als gegen Elefanten-Käfer und Elefant-Ameisen! ... Nichts erbittert mehr als anonyme Grobheit eines abgesüßten Schwächlings!

Allerdings gibt es ein oder das andere Wesen in der Welt, das Gott selber kaum stärken kann ohne den Tod – das sich als ewiger Bettelbrief gern auf- und zubrechen, als ewiges Friedeninstrument gern brechen läßt – das eine Ohrfeige empfängt und zornig herausfährt, es erwarte nun, daß man sich bestimmter ausdrücke – das nicht sowohl zu einem armen Hunde und Teufel als zu einem niesenden fürstlichen mit Silberhalsband sagt: Gott helf, oder contentement – dessen Zunge der ewig geläutete Klöppel in einer Leichenglocke ist, welche ansagt: ein *Mann* ist gestorben, aber schon ungeboren – das erst halb, ja dreiviertels erschlagen sein will, bevor es dem Täter geradezu heraussagt auf dem Totenbette im Kodizill, es sei dessen erklärter Todfeind – das jeder so oft zu lügen zwingen kann, als er eben will, weil es sich gern widerspricht, sobald man ihm widerspricht – und dem nur der Feind gern begegnet und nur der Freund ungern. – –

Indem ich ein solches Wesen mir selber durch den Pinsel und das Gemälde näher vor das Auge bringe: erwehr' ich mich doch nicht eines gewissen Mitleidens mit solchen tausendfach eingeknickten Seelen, die nun Gott einmal so dünnhalmig in die Erde gesäet hat; und welchen, obwohl am wenigsten durch schnelles Aufschrauben, doch auch nicht durch schweres Niederdrücken aufzuhelfen ist, sondern vielleicht durch allmähliches Ermuntern und Aufwinden und durch Abwenden der Versuchung.

192

Aber an das letzte war bei Katzenberger nicht zu denken. Des Brunnenarztes Sprech- und Tat-Marklosigkeit neben seiner harten, heißen Schreib-Strengflüssigkeit im Richten setzten in ihm nun den Vorsatz fest, den Badearzt auf eine ausgedehnte Folterleiter von Ängsten und Ehren-Giften zu setzen und ihn erst auf der obersten Stufe zu empfangen mit dem Prügel. Strykius war der erste Patient, den er durch Heilmittel nicht heilen wollte, so sehr war er ergrimmt; und er war entschlossen, ihn durch zuvorkommende Unhöflichkeiten wo möglich zu einer zu zwingen und als umrollender Weberbaum das hin- und herfliegende Weberschiffchen zu bearbeiten. Es ist indes oft ebenso schwer, manche grob zu machen als andere höflich.

Zu Hause setzte er in Strykius' Namen einen öffentlichen Widerruf von dessen Rezensionen auf, den er ihn zu unterschreiben und herauszugeben in der Prügelstunde zwingen wollte.

22. Summula

Nießiana

Herr von Nieß lud auf abends gegen ein unbedeutendes Einlaßgeld die Badegesellschaft zu seinem musikalischen Deklamatorium des besten Theudobachischen Stückes, betitelt »Der Ritter einer größern Zeit«, auf Zetteln ein, die er schon fertig gedruckt mitgebracht hatte, bis auf einige leere Vakanz-Rahmen oder Logen, welche er mit Inhalt von eigner Hand besetzen wollte. Funfzig solcher Zettel ließ er austeilen und sagte mit inniger Liebe gegen jeden und sich: »Warum wollt' ich so vielen Menschen aus entgegengesetzten Winkeln Deutschlands, denen ein

Buchstabenblättchen von mir vielleicht eine ewige Reliquie ist und zwei geschriebene Worte vielleicht mehr als tausend gedruckte von mir, warum sollt' ich ihnen diese Freude nicht mit nach Hause geben?«

Aber aus Liebe gegen Theoda, die dem Dichter als einem Sonnengott wie eine Memnonstatue zutönte mit heitern Nachtmusiken und Ständchen, setzte er sich nieder und schrieb, um ihr den Aufschub seiner Götter-Erscheinung oder seines Aufgangs zu versüßen, eigenhändig in Theudobachs Namen ein Briefchen an Herrn von Nieß, worin er sich selber als einem Freund berichtete: »er komme erst abends in Maulbronn an, doch aber, hoff' er, nicht zu spät für den Besuch des Deklamatorium; und nicht zu früh, wünsch' er, für unsre Dame.« Er steckte dies Blättchen in einen mit der Bad-Post angelangten Briefumschlag und ging zu Theoda mit entzücktem Gesicht. Daß er nicht log, war er sich bewußt, da er eben vorhatte, unter dem Deklamieren (um das Loben ins Gesicht zu hemmen) aufzustehen und zu sagen: ach nur ich bin selber dieser Theudobach. Ehe der Edelmann kam, hatte sie eben folgendes ins Tagebuch geschrieben: »Endlich bin ich da, Bona, aber niemand anders (außer einige Schocke Badegäste), sogar auf der Badeliste fehlt er. Bloß in der Großpoleischen Zeitung wird er gewiß angekündigt. Ich wollte, ich hätte nichts, worhinter ich mich kratzen könnte; aber die Ohren müssen mir lang auf der Fahrt gewachsen sein, weil ich so fest voraussetzte, der erste, auf den man vor der Wagentüre stieße, sei bloß der Poet. Wohin ich nur vom Fenster herabblicke auf die schönen Badegänge: so seh' ich doch nichts als den leeren Stickrahmen, worauf ihn meine Phantasie zeichnet, nichts als den Paradeplatz seiner Gestalt und sein Throngerüste. Wahrlich so wird einem Mädchen doch so ein Mensch, den man liebt, es mag nun ein Bräutigam oder ein Dichter sein, zu jedem Gestirn und Gebirg, gleichsam zum Augengehenk, und hinter allen steckt der Mensch, daß es ordentlich langweilig wird. Man sollte weniger nach einem Schreiber fragen, da man ja an unserm Herrgott genug hätte, der doch das ganze Schreiber-Volk selber geschaffen.

Ich merke wohl, ich werde allmählich eher toller als klüger; am besten schreib' ich dir nichts mehr über mein Aufpassen, als bis der Messias erschienen ist; denn ausstreichen, was ich einmal an dich geschrieben, kann ich aus Ehrlichkeit unmöglich; ich sage dir ja alles und nehme mir kein Blatt vors Maul, warum ein Blatt vors Blatt …«

Da erschien Nieß und wollte seine eben erhaltene Nachricht übergeben. Sie empfing ihn, in der vaterlosen Einsamkeit, mit keinem größern Feuer, wie er doch gedacht, sondern mit einigem Maireif, der aus dem Tagebuche auf das Gesicht gefallen war. Sofort behielt er seine Selbbriefwechsel in der Tasche und beschenkte sie und ihren abwesenden Vater bloß mit der Einladung, mittags seine Gäste und abends seine Zuhörer zu sein. Auch wunderte er sich innerlich sehr, warum er nicht früher darauf gefallen, ihr das Blättchen erst an der Tafel zu geben und dadurch der Tafel zugleich; »ein Briefwechsel mit dem Dichter selber« (dacht' er) »müßte, sollt' ich denken, dem Deklamator desselben vorläufige Ehre und nachlaufende Zuhörer eintragen.«

Eben versprach Theoda seinem Tische sich und ihren Vater, als dieser eintrat und das Nein vorschüttelte und sagte: er habe sich dem Handwerkgesellen Strykius versprochen, um das Band der Freundschaft immer enger zusammen zu ziehen bis zum Ersticken; das Mädchen könne aber tun, was es wolle. Dies tat sie denn auch und blieb ihrem Wort und Nießen getreu. Sie saß nämlich, damit ich alles erkläre, an öffentlichen Orten gern so weit als tunlich von ihrem Vater ab, als Tochter und als Mädchen; sie kannte seine Luthers-Tischreden. Der Edelmann wendete diese Wendung ganz anders: »O! sie hat schon recht, die Zarte«, dacht' er; »jetzt in Gegenwart eines Fremden, nämlich des Vaters, verbirgt sie ihre Wärme weniger; neben dem einsamen Geliebten scheuet die einsame Liebende jedes Wort zu sehr und wartet auf fremde kühlende Nachbarschaft; o Gott, wie errat' ich dies so sehr und doch leidet mich kein Hund!«

Endlich, hoff' ich, ist Hoffnung da, daß mittags gegessen wird in Maulbronn, in der 23sten Summel.

23. Summula

Ein Brief

Herr von Nieß führte seine schöne Tischgenossin in die glänzenden Eßzirkel an eine Stelle, wohin das väterliche Ohr nicht langte. Der Eßsaal war die grüne Erde, mit einem von Laubzweigen durchbrochenen Stückchen Himmel dazu. Lustbeklommen überflog Theoda mit dem scheuen Auge die wallende Menge, in der weiblichen Hoffnung, ob doch nicht zufällig daraus der Gehoffte auffliege. Ihre Seele quälte, sehnte sich immer heftiger und immer unverständiger; ihr war, als müsse er überall gehen und sitzen. In diesen Frauen-Rausch hinein reichte nun der Edelmann den Brief, den Theudobach an ihn geschrieben. Mehr bedurfte ihre Seele nicht, um den Tisch-Trompeten leise nachzuschmettern, um das Erden-Leben für Sonnenstern-Leben zu halten und um außer sich zu sein.

Nun standen alle Rosenknospen als glühende Rosen aufgebrochen da. Sie drückte Nießens Hand im Feuer, und er freuete sich, daß er keinen andern Nebenbuhler hatte als sich selber. Die Neuigkeit lispelte sich bald von seiner zweiten Nachbarin die Tafel hinab. Er brachte deswegen, da er schon als Freund eines Groß-Autors Aufmerksamkeit gewann, mehre Sentenzen teils laut, teils gut gedreht hervor, weil leicht auszurechnen war, wie sie vollends umlaufen würden, wenn er mit dem Dichter in *eins* zusammengeschmolzen. Die Tischlustbarkeit stieg zusehends. Das Brunnen-Essen ist, ungleich dem Brunnen-Trinken, die beste Brunnen-Belustigung und ohnehin froher als jedes andere; außer der Freiheit wirkt noch darin, daß man da keinen andern Arbeittisch kennt als den Eßtisch und keine Schmollwinkel als die Badewanne.

24. Summula

Mittagtischreden

Aber unten am entgegengesetzten Tafel-Ausschnitt, wo Katzenberger neben seinem gastfreien Rezensenten saß, nahm man von Zeit zu Zeit auf den Damengesichtern von weitem verschiedene Querpfeifer-Muskel-Bewegungen und Mienen-Vielecke wahr. Der Doktor hatte nämlich bei der Suppe seinen Wirt gebeten, ihn mit den verschiedenen Krankheiten bekannt zu machen, welche gerade jetzt hier vertrunken und verbadet würden. Strykius wußte, als ein leise auftretender Mann, durchaus nicht, wie er auf Deutsch (zumal da außer dem eignen Namen wenig Latinität 196 in ihm war) zugleich die Ohren seines Gastes bewirten, und die der Nachbarinnen beschirmen sollte. »Beim Essen«, sagte eine ältliche Landjunkerin, »hörte sich dergleichen sonst nicht gut.« – »Wenn Sie es des Ekels wegen meinen«, versetzte der Doktor, »so biet' ich mich an, Ihnen, noch ehe wir vom Tisch aufstehen, ins Gesicht zu beweisen, daß es, rein genommen, gar keine ekelhafte Gegenstände gebe; ich will mit Ihnen Scherzes halber bloß einige der ekelhaften durchgehen und dann Ihre Empfindung fragen.« Nach einem allgemeinen, mit weiblichen Flachhänden unternommenen Niederschlagen dieser Untersuchung stand er ab davon.

»Gut«, sagt' er, »aber dies sei mir erlaubt zu sagen, daß unser Geist sehr groß ist und sehr geistig und unsterblich und immateriell. Denn wäre dieser Umstand nicht, so wallete die Materie vor, und es wäre nicht denklich; denn wo ist nur die geringste Notwendigkeit, daß bei Traurigkeit sich gerade die Tränendrüse, bei Zorn die Gallendrüse ergießen? Wo ist das absolute Band zwischen geistigem Schämen und den Adernklappen, die dazu das Blut auf den Wangen eindämmen? Und so alle Absonderungen hindurch, die den unsterblichen Geist in seinen Taten hienieden teils spornen, teils zäumen? In meiner Jugend, wo noch der Dichtergeist mich besaß und nach seiner Pfeife tanzen ließ, da erinner' ich mich noch wohl, daß ich einmal eine ideale Welt gebauet, wo die Natur den Körper ganz entgegengesetzt mit der Seele verbunden hätte. Es war nach der Auferstehung (so dichtete ich); ich stieg in größter Freude aus dem Grabe, aber die Freude, statt daß sie hienieden die Haut gelinde öffnet, drückte sich droben bei mir und bei meinen Freunden durch Erbrechen aus. Da ich mich schämte wegen meiner Blöße, so wurde ich nicht rot, sondern sogenannt preußisch Grün, wie ein Grünspecht. – Beim Zorn sonderten sämtliche Auferstandne bloß album graecum ab. – Bei den zärtern Empfindungen der Liebe bekam man eine Gänsehaut und die Farbe von Gänse-Schwarz, was aber die Sachsen Gänse-Sauer nennen. – Jedes freundliche Wort war mit Gallergießungen verknüpft, jedes scharfe Nachdenken mit Schlucken und Niesen, geringe Freude mit Gähnen. – Bei einem rührenden Abschied floß statt der Tränen viel Speichel. – Betrübnis wirkte nicht wie bei uns auf verminderten Pulsschlag, sondern auf Wolf- und Ochsen-Hunger und Fieber-Durst, und ich sah viele Betrübte Leichentrunk und Leichenessen zugleich einschlucken. – Die Furcht schmückte mit feinem Wangenrot. – Und feurige, aber zarte Zuneigung der Ehegatten verriet sich, wie jetzt unser Grausen, mit Haarbergan, mit kaltem Schweiß und Lähmung der Arme. – Ja, als …«

Aber hier lenkte der vorsorgende Brunnenarzt den ungetreuen Dichterstrom durch die Frage seitwärts: »Artig, sehr artig, und wie Haller, wahrer Dichter und Arzt zugleich – Aber Sie haben sich gewiß vorhin in der Wirklichkeit schöner gefühlt, da Sie aufmerksam unsern schönen Damenzirkel durchliefen?« – »Allerdings«, versetzte er, »und ich tue es auch in jeder neuen Gesellschaft in der Hoffnung, endlich einmal ein Monstrum darunter zu finden. Denn jetzt bin ich der blühende schwärmerische Jüngling nicht mehr, der sonst vor jeder schönen Gestalt oder Brust außer sich ausrief: Rumpf einer Göttin! Brustkasten für einen Gott! Und das feine Hautwarzensystem und das Malpighische Schleimnetz und die empfindsamen Nervenstränge darunter! Oh ihr Götter! – Auch Sie wie alle Schwärmer haben sich gewiß sonst nicht schwächer ausgesprochen; jetzo freilich wird der Ausdruck immer lahmer. Um aber auf die Mißgeburten zurückzukommen, nach denen ich mich hier nach dem ersten Komplimente vergeblich umgesehen, so sag' ich dies: Eine Mißgeburt ist mir als Arzt eigentlich für die Wissenschaft das einzige Wesen von Geburt und Hoch- und Wohlgeboren; denn ich lerne mehr von ihm als vom wohlgeborensten Manne. Aus demselben Grunde ist mir ein Fötus in Spiritus lieber als ein langer Mann voll Spiritus; und Embryonengläser sind meine wahren Vergrößer-Gläser des Menschen. – Ach wohl in jedem von uns«, fuhr er feuriger fort, »sind einige Ansätze zu einem Monstrum, aber sie werden nicht reif; mit dem Rückgrat-Ende, dem Steißbein, setzen wir z.B. zu einem Affenschwanz an, und auf dem neugebornen Kindskopfe erscheint nach Buffon eine hornartige Materie zu einem Gehörne, die man leider sauber wegbürstet; aber jeder will wahrlich nur seinesgleichen sehen, ohne nur im geringsten sich um die schon fürs Auge köstliche Mannigfaltigkeit zu bekümmern, welche z.B. an dieser Badtafel genossen würde, wenn jeder von uns etwas Verdrehtes an sich hätte, und wenn z.B. der eine statt der Nase einen Fuchsschwanz trüge, der andere einen Zopf unter dem Kinn, der dritte Adlerfänge, der vierte ordentliche, nicht etwa abgenutzte mythologische Eselohren. Ich für meine Person, darf ich wohl bekennen, ginge mit Jauchzen vor einer mißgebornen Knappschaft und Mannschaft an der Spitze, als verzerrter Flügelmann und monströses Muster, und würde Gott danken, wenn ich (nämlich körperlich) nicht wäre wie andere Leute, sondern wenn auf mir etwa Kamel und Dromedar, also drei Höcker zugleich verkettet wären zur Gebirgkette, oder wenn die Natur mir hinten eine angeborne Frau aufgesetzt hätte samt zwölf Fingern vorne, oder wenn ich sonst mit vielen Curiosis für mich und andere begabt wäre, insofern mir nämlich bei diesem lebendigen Naturalienkabinett auf mir mein gewöhnlicher medizinischer Verstand gelassen würde, der sich wie eine Biene auf alle Blumen-Monstrosen setzen müßte und könnte. Was hat aber jetzt mein Geist davon, daß mein Leib wohlgestaltet ist und die gemeinsten Reize für Volkaugen umherspreitet? – Nichts hat er; er sieht sich nach bessern um. Aber ich entsinne mich noch recht gut meiner Jugend, wo ich mehr idealisierte und weniger auf Erden als im Himmel wandelte, da weidete ich mich an geträumten, noch höhern Mißgeburten, als das teuere schwache Hasenpaar ist, das ich gestern gekauft; da war es mir ein Leichtes, ganze ineinander hineingewachsene Sessionen geboren und zu Kauf zu denken, die ich dann nach dem Ableben leicht in einem Spiritus-Glase bewahrte und bewegte nach Lust – oder einen Knaben mit einem angebornen vollständigen fleischernen Krönunghabit – oder einen tafelfähigen Edelmann mit zweiunddreißig Steißen besetzt – und doch sind das nicht ganz arkadische Träume. Sonst wurden ja wirklich Menschen mit lebendigen Pluderhosen und Fontangen geboren zum Abschrecken vor genähten; warum könnte nicht unsern Zeiten der Fang zufallen, daß ihnen das Glück einen Incroyable mit pulsierenden Hutkrempen und Schnabelstiefeln und fleischernen Kravatten-Zacken bescherte? frag' ich.«

Der Brunnenarzt schwitzte, während er pries, mehre Schweiße von verschiedener Temperatur darüber, daß er einen Flügel seiner Patienten, zumal den weiblichen, eine Landjunkerin, eine Konsistorial-Rätin, eine halb bleich-, halb gelbsüchtige Zärtlingin, und am Ende sich selber in die Hör- oder Stech-Weite eines solchen geistigen Raufdegens gebracht als Wirt. Gern hätte er verschiedene kaltsinnige Mienen dabei geschnitten, wenn er versichert gewesen wäre, daß ihn der Doktor nicht als Rezensenten kenne und darum schärfer angreife. Doch tat er das Seinige und sprang von den Mißgeburten auf die Katzenbergerischen Geburten, um vorzüglich dessen Hämatologie zu huldigen, worin, sagt' er, Paragraphen wären, ohne welche er manche glückliche Bemerkung gar nicht hätte machen können. »Schön«, versetzte der Doktor, »so denkt wohl nur ein äußerst parteiischer und guter Mann wie Sie – denn außer Ihnen gibts nur noch einen Leser, der gern alles redlich tut, was ihm Bücher vorschreiben, nämlich den Buchbinder, der jedes Wort an den Buchbinder befolgt –; aber Sie sollten meinen Hund von Rezensenten kennen und dagegen halten. Himmel, wie bellt der Zerberus, zwar nicht mit drei Köpfen, aber aus sieben Hundhütten und an sieben Ketten gegen mich! – – Ich wollt', ich hätte ihn da; ich wollte jetzt alles tun, da ich eben getrunken, was ich ihm längst geschworen, nämlich meine Blut-Machlehre (die haematologia) an ihm selber erproben. – Oder gibt es etwas Sündlichers, als wenn ein Narr – bloß weil er sieben Zeitungen dazu frei hat, wie zu sieben Türmen – die sieben Weisen spielt und sieben Todsünden begeht, um als einziger Zeuge vermittelst einer bösen literarischen Heptarchie seinen Ausspruch zu besiebnen? Ich kann von der bösen Sieben gar nicht los; aber ich werde, sollt' ich denken, in jedem Falle den Mann ausprügeln, erwisch' ich ihn. Hier fass' ich zum Glück den redlichen Stryk an der Hand, der denkt wie ich, wenn nicht zehnmal besser. Diesem *Magen* übergeb' ich mich – denn ich meine Magus, nicht Stomachus –, und er entscheide; für mich ist er der große *Thor* (ich spreche zwar nach einem Glas Wein, aber ich weiß recht gut, daß *Thor* unser erster altdeutscher heilender Gott gewesen) – der sage hier ... was wollt' ich denn sagen? Nun mir gilts sehr gleich, und die Sache ist ohnehin klar und fest genug. Kurz –«

»Ich errate unsern guten Autor«, sagte Strykius, »denn vielleicht kann ich, als alter Leser seiner witzreichen Werke, ihn wenigstens zum Teil würdigen. Man kennt diesen tiefen Mann, er verzeihe mir sein Lob ins Gesicht, nur wenig, wenn man nicht seine gelehrte und seine witzige Seite zugleich bewundert und unterscheidet, die er beide so eng verschmelzt; aber er hat nun einmal, um spaßhaft-gemein zu sprechen, Haar im Mund.« – »Aber ich habe sie eben zwischen den Zähnen« (versetzte er, einen Truthahn-Hals an der Gabel aufhebend) »ich wünschte, mancher hätte so viel Haarwuchs auf dem Kopfe als der Truthahn hier am Halse, und solche herrliche Haarzwiebeln wären auf eine bessere Haut und Glatze gesäet, als ich eben käuen muß.«

»Ich tadle aber doch die Sauce dabei«, – fiel ein ältlicher, mehr blöd- und fünfsinniger als scharfsinniger Posthalter ein –, »sie will mir fast wie abgeschmackt schmecken; aber jeder hat freilich seinen Geschmack.« – »Abgeschmackt, Herr Posthalter«, sagte der Doktor und hielt lange inne, »nennen die Physiologen alles, was weniger Salz enthält als ihr eigner Speichel; daher sind Sie wegen des Ungesalzenen wahrscheinlich ein Mann von Salz, ich meine den Speichel.« –

Eine schwergeputzte Landjunkerin, die ihren Kahlschädel mit einem Prunk- und Titular-Haar gekrönt, merkte (aber nicht leise genug, weil sie es französisch sagte) gegen ihre Tochter an: »Fi! Welch ein Mensch! Wer kann dabei essen?« – Der Posthalter, der ihn schlecht verstand und gut aufnahm, wollte es höflich erwidern und fragte: »Wie gefallen

Sie *sich* hier, Herrrr ... ich weiß Ihren werten Charakter nicht?« – »Ich mir selber?« versetzte der Doktor. »Sehr!«

Eben bekam er und die Landjunkerin kleine, etwas klumpige Pasteten auf den Teller. Er schob seinen weit in den Tisch hinein, bemerkend: gerade in solchen Pasteten würden gewöhnlich die Frauen-Perücken ausgebacken, wie hier mehre an der Tafel säßen; indes find' er darum noch kein Haar aus Ekel darin, ja er ziehe in Rücksicht des letzten Pasteten den Perücken vor.

Die Edeldame brach mit Abscheu auf, um es zu keinen stärkern Ausbrüchen kommen zu lassen. Endlich taten es auch die übrigen. Wohlgemutet drückte Katzenberger dem Rezensenten die Hand und prophezeite sich die Freuden, die ihn erwarteten, könn' er öfter so mit ihm zusammenhausen, und beschenkte ihn mit der Herz-Ergießung: »Ich habe am Ende (und nur mit Gewalt verschieb' ichs) sagen wollen zu Ihnen: Du!«

25. Summula

Musikalisches Deklamatorium

Die Leser finden um 7 Uhr alle Maulbronner von Bildung in Nießens Deklamiersaal. – Das musikalische Vorspiel hat schon ausgespielt – Nieß geht mit dem »Ritter einer größern Zeit« in der Hand, ihn drittels deklamierend, drittels lesend, drittels tragierend, langsam zwischen der weiblichen und männlichen Kompagniengasse auf und ab und hält bald vor diesem Mädchen still, bald vor jenem. Auch Katzenberger ging auf und ab, aber einsam im Vorsaal, teils um den reinen Musik-Wein ohne poetischen Bleizucker einzuschlürfen, teils weil es überhaupt seine Sitte war, im Vorzimmer eines Konzertsaales unter unaufhörlicher Erwartung des Billeteurs, daß er seine Einlaßkarte nehme, so lange im musikalischen Genusse gratis versunken hin und her zu spazieren, bis alles vorbei war. – Der Vorleser steht schon bei den größten lyrischen Katarakten seiner dichterischen Alpenwirtschaft, und die Musik fällt (auf kleine Finger-Winke) bald vor, bald nach, bald unter den Wasserfällen ein, und alles harmoniert. –

Der Charakter des Ritters einer größern Zeit war endlich so weit vorgerückt, daß viele Zuhörerinnen seufzten, um nur zu atmen, und daß Theoda gar ohne Scheu vor den scharf geschliffenen Frauen-Blicken darüber in jene Traualtar- oder Brauttränen (ähnlich den männlichen Bewunderungtränen) zerschmolz, welche freudig nur über Größe, nicht über Unglück fließen. Der geschilderte blühende Ritter des Gemäldes, schamhaft wie eine Jungfrau, liebend wie eine Mutter, schlagend und schweigend wie ein Mann, und ohne Worte vor der Tat, und von wenigen nach der Tat, stand im Gemälde eben vor einem alten Fürsten, um von ihm zu scheiden. Es war ein prunkloses Gemälde, das ein jeder leicht hätte übertreffen wollen. Der ältliche Fürst war weder der Landesherr noch Waffenbruder des Jünglings; er hatte sich bloß an ihn gewöhnt, aber jetzo mußt' er ihn ziehen lassen, und dieser mußte ziehen. Beide sprachen nun in der letzten Stunde bloß wie Männer, nämlich nicht über die letzte Stunde, sondern wie sonst, weil nur Männer der Notwendigkeit schweigend gehorchen; und so gingen beide, so sehr auch in jedem der innere Mensch schwere Tränen in den Augen hatte, wortkarg, ernst, mit ihren Wunden und mit einem: Gott befohlen auseinander.

So weit war die Vorlesung einer größern Zeit schon vorgerückt, als noch die Türe aufging und wie ein fremder Geist ein Mann eintrat, der, wie auferstanden aus dem Gottesacker der Ritterzeiten, ganz dem Ritter an Blick und Höhe gleich und die Hör-Gesellschaft fast ebensosehr erschreckte als erfreuete ...

26. Summula

Neuer Gastrollenspieler

Jetzt in den Monaten, wo ich die 26ste Summel für die Welt bereite und würze, ist es freilich sogar der Welt bekannt, wer ankam; aber am beschriebenen Abende war noch Maulbronn selber darüber dumm.

Der eintretende Mann schrieb sich Herr von Theudobach, Hauptmann in preußischen Diensten. Nach altdeutschem Lebens-Stil war er noch ein Jüngling, das heißt 30 Jahr alt – und nach seinem blühenden Gesicht und Leben war ers noch mehr. Seine dunkeln Augen glühten wie einer wolkigen Aurora nach, weil er sie bisher noch auf keine andere Figuren geworfen als auf mathematische in Euler und Bernoulli, und weil er bisher nichts Schöneres zu erobern gesucht, als was Koehorn, Rimpler und Vauban gegen ihn befestigt hatten. Unter diesem mathematischen Schnee schlief und wuchs sein Frühling-Herz ihm selber unbemerkt. Vielleicht gibt es keinen pikantern Gegenschein der Gestalt und des Geschäfts, als der eines Jünglings ist, welcher mit seinen Rosenwangen und Augenblitzen und versteckten Donnermonaten der brausenden Brust sich hinsetzt und eine Feder nimmt und dann keine andere *Auflösung* sucht und sieht als eine – algebraische. Gott! sagen dann die Weiber mit besonderem Feuer, er hat ja noch das ganze Herz, und jede will seinem gern so viel geben, als sie übrig hat von ihrem. Dieser Hauptmann hatte nun auf seiner Reise durch das Fürstentum Großpolei zufällig in der Zeitung gelesen: der durch seine Schriften bekannte Theudobach werde das Maulbronner Bad besuchen. »Das ich doch nicht wüßte!« sagte der Hauptmann, weil er von sich gesprochen glaubte, indem er mehre kriegmathematische Werkchen geschrieben. Von Nießens Namenvetterschaft und Dichtkunst wußt' er kein Wort. Unter allen Wissenschaften bauet keine ihre Priester so sehr gegen andere Wissenschaften ein als die sich selber genügsame Meßkunst, indes die meisten andern die Meßrute selber als eine blühende Aarons-Rute entlehnen, die ihnen bei Priesterwahlen ratend helfen soll. Ich kann mir Mathematiker gedenken, die gar nicht gehöret haben, daß ich in der Welt bin, und die also nie diese Zeile zu Gesicht bekommen. »Es sind folglich«, schloß der Hauptmann, »nur zwei Fälle denkbar: entweder irgendein literarischer Ehrenräuber gibt sich für mich aus, und dann will ich ihm öffentlich die Meßrute geben – oder es treibt wirklich noch ein Wasserast und Nebensprößling meines Stammbaums, was mir aber unglaublich – in jedem Falle sind fünf Meilen Umweg so viel als keiner für einen solchen Prüfung-Zweck.«

Sein Erstaunen, aber auch sein Zürnen – denn das Zornfeuer der Ehre hatte bisher ganz allein in ihm neben dem wissenschaftlichen Feuer und Lichte gebrannt – erstieg einen hohen Grad, da er in Maulbronn von seinem entzückten Wirte hörte: ein Herr von Nieß habe schon heute nach einem Brief, den er von Herrn von Theudobach erhalten, dessen Ankunft angesagt; und alles werde sich im Deklamatorium
über seinen Eintritt entzücken, zumal da etwas von ihm vorgelesen werde. Der Wirt trug sogar Vorsorge, ihm unter dem Deckmantel eines Wegweisers seinen Sohn mitzugeben, welcher der Wirttochter, weil sie belesen und mit darin war, sogleich das ganze Signalement des neuen Zuhörers durch drei Worte ins Ohr zustecken sollte.

Als der Hauptmann eintrat, blickten ihn die übrigen weiblichen Augen an, ausgenommen nur ein Paar: Theoda sah unter dem Vorlesen keine Gesichter als – ihre innern und bloß zu den poetischen Höhen hinauf. Noch ehe die Wirttochter die Nachricht von Theudobachs Ankunft wie einen elektrischen Funken hatte durch die Weiber-Ohrenkette laufen lassen: hatten sich schon alle Augen an den Hauptmann festgeschraubt. Denn immerhin halte Christus auf einem Berge seine Predigt oder auf dem Richterstuhle sein Jüngstes Gericht: es ist unmöglich, daß die Frauen, die davon erbaut oder gerührt werden, nicht mehre Minuten den Heiland vergessen und sich alle an den ersten Kirchengänger und Verdammten heften, der eben die Gesellschaft verstärkt; sie müssen sich umdrehen und schauen und einander etwas sagen und wieder nachschauen.

Ich will setzen, mein zweiter Satz wäre wahr, daß für das Weiberherz ein Federbusch auf dem Mannskopfe mehr wiege als ein ganzer Bund gelehrter Federn hinter dem Ohre, weil mein erster richtig wäre, daß interna non curat Praetor, oder wörtlich übersetzt, daß eine Frau vor allen Dingen gern wissen will, wie ein Mann von außen aussieht: so hätt' ich ziemlich erklärt, warum der junge Mann mit seinem Federbusch-Hut in der Hand, mit seinem Jünglingblicke und seiner Mannkraft und selber mit einigen Krieg- und Blatternarben, ja sogar mit dem düstern Feuer, womit er dem Vorleser nachsah und nachhörte, den ganzen weiblichen Hör- und Sitz-Kreis wie in *einem* Hamen gefangen und schnalzend aus dem Wasser emporhob. Jetzo schlug vollends die Nachricht der Wirttochter von einem beringten Ohre zum andern: der da sei's, der Dichter.

Theoda hörte es, sah auch hin – und sie und ihr Leben wurden wie von einem ausgebreiteten Abendrote überzogen. Wie ein stiller Riese, wie eine stille Alpe stand er da; und ihr Herz war seine Alpenrose. – Irgend einmal findet auch der geringste Mensch seinen Gottmensch, und in irgendeiner Zeit findet er ein wenig Ewigkeit; Theoda fands.

Der Vorleser, den die fremde Bewunderung seines Lesestücks hinriß in eigne, und der unter allen Empfindungen diese am innigsten mit dem Hör-Kreis teilte, hatte jetzo, wo die eigentliche Höhe und Bergstraße seiner Schöpfung erst recht anging, gar nicht Zeit, die Ankunft, geschweige die Gestalt und die Einwirkung des Kriegers wahrzunehmen. Er stand eben an der zweiten Hauptstelle seines Gesangs (der Anfang war die erste), am Schwanengesange, am Ende-Triller; denn wie im

Leben die Geburt und der Tod, im Gesellschaftzimmer der Eintritt und der Austritt die beiden Flügel sind, womit man steigt oder fällt, so im Gedichte – Nieß konnte also nicht unaufhaltsam genug stürmen und laufen und deklamieren und sich begleiten lassen von Musik, um, wie ein Gewitter, gerade den stärksten und entzündendsten Schlag beim Abzuge zu tun.

Indes hören mitten in diesem Gerassel von poetischen Streit- und Siegwagen Vorleser eigner Sachen gleichwohl manches leise Wort, das darüber ausfliegt. Nieß vernahm mitten im Dichter-Sturm sehr gut Theodas Wort: »Ja er ists und hat sich selber kopiert im Ritter.« – »Und tut doch immer«, sagte die Nachbarin, »als ginge ihm das ganze Gedicht nichts an.« Es war Nießen auf keine Weise möglich, bei solchen Aussprüchen, daß er da sei und sich im alten Ritter selber getroffen habe, und bei dem allgemeinen Klatschen und Anblicken und Anfragen der Bewunderung, sich etwa in den Kopf zu setzen, er sei gar nicht gemeint, nur der neue Soldat. Sondern eine wärmere Minute und höhere Stelle, um sich zu enthüllen und zu entwölken, – dies sah er wohl ein – könnte kein Sternseher für ihn errechnen, als der Kulmination- und Scheitelpunkt war, den er eben vor sich hatte, um die Wolke des Inkognito seinem Phöbus auszuziehen. Zum Glück war er früher darauf gerüstet und hatte daher – da er längst wußte, daß die Menschen die ersten Worte eines großen Mannes, sogar die kahlsten, länger behalten und umtragen als die besten nach einem Umgange von Jahren – schon auf der Kunststraße, zehn Meilen vom Lesesaal, folgende improvisierende Anrede ausgearbeitet:

»Ehrwürdige Versammlung, fänd' ich nur die ersten Worte! Auf eine solche Sympathie einer so gebildeten Gesellschaft mit mir durft' ich ohne Eigenliebe nicht rechnen. Aber eine Herzergießung verdient die andere, und ich gebe mich willig dem Ungestüm der Augenblicke preis. Möge, ihr Herrlichen, euch jeder Schleier des Lebens so abgehoben werden als jetzt, und nie decke sich euch ein Leichenschleier statt eines Brautschleiers auf. – Ich war nämlich mein eigner Vorläufer; denn ich bin wirklich der Theudobach, dessen Ankunft ich auf heute in Briefen ansage.«

»Der sind *Sie* nicht, mein Herr«, – sagte der Hauptmann – »ich heiße von Theudobach – *Sie* aber, wie ich höre, Herr von Nieß. – Was Sie für Ihre Werke ausgeben, sind ganz andere und die meinigen.«

Nieß blickte ihm ganz erstarrt ins Gesicht. – Besonnener springt der Mensch plötzlich zu hoch als zu tief – Theudobach stand fast gebietend mit seinem Macht-Gesicht, Krieger-Auge, hohen Wuchs neben dem zu kurzen Dichter, von welchem nun jedes Weiber-Auge abfiel; aber er ermannte sich und sagte: »Ich kenne Sie nicht, aber Deutschland mich.« – »Herr von Nieß«, versetzte Theudobach, »dasselbe ist gerade mein Fall.«

Unversehends trat Theoda, welche längst vor Begeisterung unbewußt aufgestanden war, aus der verblüfften Schwester-Gemeine heraus vor Theudobach und sagte zu ihm im hohen Zürnen gegen den vieldeutigen Nieß: »Sie sind der Mann, den wir alle achten, oder aller Glaube lügt.« Der Hauptmann sah das kühne Feuer-Mädchen verwundert an und wollte erwidern; aber Nieß rief zornig dazwischen: »An mich haben Sie geschrieben, nicht an diesen Herrn, meld' ich jetzt, und ich an Sie.« – »O Gott, ich?« sagte Theoda.

»Mein Name Theudobach, Herr von Nieß, ist kein angenommener, ich habe nur *einen;* und es gibt nur meinen noch in der Welt; Sie führen eingestanden zwei, wovon ich nur den meinigen reklamiere und Ihnen den Ihrigen billig lasse. In der allgemeinen deutschen Bibliothek können Sie meinen Namen Theudobach neben meinem rezensierten Werke finden. Jede andere Erklärung können wir uns an andern Orten geben«, setzte er mit einigen Blicken hinzu, die sehr gut als Funken auf das Zündpulver einer Pistole fallen konnten.

»Sehr gern!« versetzte Nieß, um nur zuerst auf der Adelprobe zu bestehen; aber auf das Vorhergehende konnte er kein Wort zurückgeben vor Überfülle von Antworten. Wer zu viel zu sagen hat, sagt meistens zu wenig, Nieß noch weniger.

Noch habe ich in der allgemeinen Welt-Geschichte von Essig und Zopf – die ohnehin mein Fach nicht ist, weil ich vielmehr selber eines in ihr füllen und fodern will – kein rechtes Beispiel (unter so vielen abgesetzten Günstlingen und Königen) aufgetrieben, das einigermaßen dazu taugen könnte, Nießens Falle und Verfalle die gehörige Beleuchtung zu geben, wenn jemand sehen wollte, wie einem Manne zumute gewesen, den man auf einmal vom Musenberge auf die Quartanerbank, vom Throne eines Sonnen-Gottes auf den Altar seiner Opfertiere, die er vermehren soll, oder von Allem zu Nichts herunterwirft – – Gehenkte, auf den Zergliederungtischen erwachend unter dem Messer anstatt im Himmel, sind nichts dagegen.

»O, ich bin stolz!« sagte Nieß und ging davon.

27. Summula

Nachtrag

Keine Seele bekümmerte sich um den davongelaufnen, von seinem Siegwagen herabgepurzelten Deklamator. Doch lachte man ihm allgemein nach. Ein Mann von Belesenheit – wenigstens im Junistück der Minerva von 1804, wo die Notiz steht – sagte sehr laut: Nieß hab' es mit seinem Namengeben gemacht wie die Einwohner von Nootka, welche Gott den Namen Quautz geben; der Mann hatte verbindlich für Theudobach reden wollen; aber in der Eile war ihm auf der Zunge das Lob in Essig umgeschlagen.

208 »Fährt man so fort«, sagte ein Korrespondent einer ungelehrten Gesellschaft, »so weiß am Ende keiner von uns, was er geschrieben, und der halbe Meusel sitzt im Sand.« –

Der Hauptmann nahm – mit einer kurzen Entschuldigung, daß er sich seines Geschlechtnamens so öffentlich angenommen, und mit einer besonderen Verbeugung an Theoda – schnell seinen Rückzug; – und die Menschen sahen seinem Kopfe nach.

Ungefähr tausendunddreihundert Siegkränze – folglich gerade soviel als Theagenes von Thasus in den griechischen Spielen erbeutet – trug er auf seinem Kopfe, seinen Schultern und seinem Rücken davon; – aber warum?

28. Summula

Darum

Man hielt ihn für den großen Theater-Dichter, dessen Stücke die meisten gehört. Ich will eine kurze Abschweifung und Summel daranwenden, um zum Vorteil der Bühnen-Dichter zu zeigen, warum sie leichter größere Eitelkeit-Narren werden als ein anderer Autor. Wie fällt erstlich der letzte mit seinen verstreuten Leser-Klausnern – ein wenig verehrt von bloßen gebildeten Menschen – beklatscht in den hundert Meilen fernen Studier-Zimmerchen und zweimal hintereinander gelesen, nicht vierzigmal angehört, wie fällt ein solcher Ruhm-Irus und Johann ohne Land schon ab gegen einen Bühnen-Dichter, der nicht nur diese Lorbeer-Nachlese auch auf dem Kopfe hat, sondern ihr noch die Ernte beifügt, daß der Fürst und der Schornsteinfeger und jedes Geschlecht und Alter seine Gedanken in den Kopf und seinen Namen in den Mund bekommen – daß oft die erbärmlichsten Marktflecken, sobald glücklicherweise ein noch elenderes Maroden-Theater von Groschengaleristen einrückt, sich vor den knarrenden Triumphkarren vorspannen, worauf jene den Dichter nachführen, so daß, wenn gar der Dichter die Truppe selber dirigiert, er an jedem Orte, wo beide ankommen, den englischen Wahlkandidaten gleicht, die auf vielen Wagen (Lord Eardley auf funfzig) die Wahlmänner für den Sitz im Hause der Gemeinen an den Wahlort 209 bringen lassen. – Noch hundert Vorteile könnt' ich vermittelst der Auslaßfigur (figura praetentionis) anführen, die ich lieber weglasse, solche z.B., daß einen Theaterautor (und oft steht er dabei und hört alles) eine ganze Korporation von Händen gleichsam auf den Händen trägt (daheim hat ihn nur ein Mann in seiner Linken und blättert mit der Rechten verdrießlich) – daß er auswendig gelernt wird nicht nur von Spielern, sondern am Ende von deren Wiederkehr-Hörern – daß er in allen stehenden, obgleich langweiligen Theaterartikeln der Tag- und Monatblätter stets im selben Blatt von neuem gelobt wird, weil die Bühnen-Schelle immer als Taufglocke seines Namens und das Einbläser-Loch als sein delphisches Loch wiederkommt. – Woraus noch manches folgt, z.B. daß ein gemeiner Autor, wie z.B. Jünger, ja Kotzebue, länger in seinen gehörten Stücken lebt als in seinen gelesenen Romanen. Daraus erklärt sich die Erscheinung, daß das kalte Deutschland sich für *Schiller* (und mit Recht, denn es sündigte von jeher nur durch Unterlassen, nie durch Unternehmen) so sehr und so schön anstrengt, und für *Herder* so wenig. Denn mißt der Wert den Dank: so hätte wohl Herder als der frühere, höhere, vielseitigere Genius, als der orientalisch-griechische, als der Bekämpfer der Schillerschen Reflexion-Poesie durch seine Volklieder, als der Geist, der in alle Wissenschaften formend eingriff, und der nur den Fehler hatte, daß er nicht mit allen Flügeln flog, sondern nur so wie jene Propheten-Gestalten, wovon vier ihn bedeckten und nur zwei erhoben, dieser Tote hätte ein Denkmal nicht neben, sondern *über* Schiller verdient; wären, wie gedacht, die Komödianten nicht gewesen oder das Publikum nicht, das für die Vielseitigkeit wenig anschließende Seiten mitbringt. Übrigens wie man lieber von Personen als von Sachen hört, so steht auch der gewöhnlichste Theater-Dichter als ein Nachttisch-Spiegel, der dem Parterre Personen und dieses selber darstellt, schon darum dem Sachen-Dichter als einem bloßen *Juwel* voran, der nur Feuerfarben wirft und unverwüstlich nichts darstellt als sich und das Licht. Übrigens ist dies für uns andere Undra-matiker eben kein Unglück; denn wir haben uns eben darum zum schönen Lose einer leichtern liebenswürdigen Bescheidenheit Glück zu wünschen, zumal wenn wir berechnen, was aus uns, da jetzo schon ein paar Zeitungen und einige Teetische uns (ich selber kenne mich oft kaum mehr) sichtbar aufblasen, vollends durch das Luftschiff der Bühne für trommelsüchtige Narren geworden wären, so wie Schwein-blasen, die schon auf Bergen schwellen, auf Höhen der Luftbälle gar zerplatzen.

29. Summula

Herr von Nieß

Er kam nicht zum Abendessen.

30. Summula

Tischgebet und Suppe

Der Tumult der Erkenn- und Verkennszene mischte die Eßgäste schon auf dem Gange zur Tafel zu bunten Reihen der Freude zusammen. Der Sternenhimmel, Blasmusik und Bäume voll Lampen und hauptsächlich der abends angekommene und mitsoupierende große Mann bezauberte und vereinigte alles. Viele Mädchen, die Nießens Stücke aus Leihbiblio-theken und auf Bühnen hatten kennen lernen, gingen unter dem Schirme wechselnder Schatten ganz nahe und anblickend neben seiner schönen Gestalt vorbei. Als er in seiner Uniform – dem weiblichen Jagd-Tuch oder Rebhühnergarn oder Frauen-Tyras – und mit der hohen Feder (die auf dem Kopfe erhabner aussieht als hinter dem Ohre) so dahinschritt und die Menge überragte wie der ursprüngliche Theudobach (nach Florus) seine Tropäe, und er als das Zwillinggestirn der Weiber, als Dichter und Krieger zugleich, sich durch seinen Himmel bewegte und mit Auge und Stimme so entschieden gegen männliche Wesen und doch mit beiden so scheu und bescheiden gegen weibliche einhertrat: so riß ein allgemeines Verlieben ein; – und hinter ihm sah, da er mit dem fünfschneidigen Melpomenens-Dolch und mit dem Kriegerschwert alles schlug, der Weg wie eine weibliche Walstatt aus: der einen war der Kopf, der andern das Auge, der dritten das Herz verwundet. Er aber merkte gar nichts von den sämtlichen Verwundeten, die er hinter sich nachführte. Bisher mehr astronomisch zu den Himmelsternen hinauf- als zu den weiblichen Augensternen herabzusehen gewohnt, zeigte er nicht den geringsten Mut vor einem ganzen Augensternhimmel; und vor einigen, welche den Busen mit nichts bedeckt hatten als mit ein paar Locken und Blumen, wollt' er gar das Hasenpanier ergreifen. Jedoch schickte er seinen Blick heimlich nach dem Mädchen herum, das, ihm so unbekannt, dreist ihm vor einer Menge beigestanden hatte.

Theoda war aber längst durch das Gedränge zu ihrem Vater hingeeilt, wie unter dessen schirmende Fittiche gegen ihr Herz und das Volk. Sie war berauscht und beschämt zugleich, daß sie so öffentlich, mehr eine Leserin als ein Mädchen, sich in den Zweikampf von Männern als Sekundantin gemischt. Erst durch langes Bitten rang sie dem Vater die Erlaubnis ab, ihn dem Dichter vorzustellen, wiewohl ers ein Selber-Spektakelstück nannte.

Neben ihm stand sie, als sie ihren Lebens-Abgott, den bald Lichter, bald Schatten reizend bedeckten, herkommen sah und sie ihm aus der Ferne unbeschämter in das edle Antlitz schauen konnte. Sie stellte mit kindlicher Lust ihren Vater dem berühmten Genius vor. »Meine Tochter«, nahm Katzenberger leicht den Faden auf, »hat mich mit Ihrem Künstlerruhm bekannt gemacht; ich bin zwar auch ein Artista, insofern das Wort *Arzt* eine verhunzte Verkürzung davon ist; aber, wie gesagt, nur Menschen- und Vieh-Physikus. Daher denk' ich bei einer Hauskrone und Lorbeerkrone mehr an eine Zahnkrone oder bei einem System sehr ans Pfortadersystem, auch Hautsystem, und ein Blasen- und ein Schwanenhals sind bei mir nicht weit genug getrennt. Mir sehen Sie dergleichen wohl nach! Dagegen weis' ich Sie auf meine Tochter an.«

Der Hauptmann machte, d.h. zeigte die größten Augen seines Lebens; er fand in diesem Badeorte zu viel Wirrwarrs-Knoten. Doch aus Dankbarkeit gegen das Mädchen, das heute einen so kühnen Anteil an seinem Schicksale genommen, sagt' er nur: »Das schöne Fräulein, dem ich viel Dank schuldig bin, hat bloß Ihren Namen zu nennen vergessen.«

»So seid ihr Volk«, wandte sich der Vater an die Tochter, »wenn ihr nur eure Taufnamen habt, unter Briefen und überall; nach des Vaters Namen fragt ihr keinen Deut. Ich und sie heißen Katzenberger, Herr von Theudobach!«

Der Hauptmann, der nach mathematischer Methode aus allen bisherigen Hindeutungen auf einen Briefwechsel mit ihm gar nichts heraussummiert hatte als den Heischesatz, daß man hier erst hinter manches kommen müßte, setzte wie jeder Sternseher fest: »Zeit bringt Rat; ein jeder Stern, besonders ein Bartstern, muß erst einige *Zeit* rücken, bevor man die Elemente seiner Bahn aufschreibt; folglich rücke der heutige Abendstern nur weiter, so weiß ich manches und rechne weiter.« Man setzte sich zu Tisch und Theoda sich neben den Hauptmann; Erdferne von ihm wäre ihr diesen Abend Wintertod gewesen. Sie hatte noch auf väterliche Nachbarschaft gerechnet; aber der Doktor, der sich von beiden Leuten nichts versprach als einen Abend voll dichterischer Sachen, einen Teich voll schwimmender Blüten ohne Karpfen und Karauschen und Hechte, hatte sich längst weggebettet unten hinab; und vom Doktor hatte sich wieder weit abgebettet der Brunnenarzt Strykius in einer geistigen Ehescheidung von Tische. Theoda schwieg lange neben dem geliebten Manne, aber wie voll Wonne und Reichtum! Und alles um sie her überfüllte ihre Brust! Über die Tafel wölbten sich Kastanienbäume – in die Zweige hing sich goldner Glanz, und die Lichter schlüpften bis an den Gipfel hinauf, über welchen die festen Sterne glänzten – unten im Tale ging ein großer Strom, den die Nacht noch breiter machte, und redete ernst herauf ins lustige Fest – in Morgen standen helle Gebirge, auf denen Sternbilder wie Götter ruhten – und die Ton-Feen der Musik flogen spielend um das Ganze hinunter, hinauf und ins Herz.

Theoda, durch jeden eignen Laut einen vom Dichter zu verscheuchen fürchtend und für ihre sonst scherzende Gesprächigkeit zu ernst bewegt, stimmte wenig mit der redelustigen Gesellschaft zusammen, welche

desto lauter und herzhafter sprach, je mehr die Musik tobte; denn Tisch-Musik bringt die Menschen zur Sprache, wie Vögel zum Gesang, teils als Feuer- und Schwungrad der Gefühle, teils als ein Ableiter fremder Spür-Ohren.

Bloß der Hauptmann konnte sein Ich nicht recht mobil machen; er hatte so viele Fragen auf dem Herzen, daß ihm alle Antworten schwer abgingen. Theoda, welche schon nach Nießens Schilderung mehr Angrenzung an Nießische Leichtigkeit erwartet hatte und vollends von einem Dichter, konnte sich die in sich versenkte Einsilbigkeit nur aus einem stillen Tadel ihrer öffentlichen Anerkennung erklären; und sie geriet gar nicht recht in den scherzenden Ton hinein, den Mädchen oft leicht gegen ihre Schreibgötter, auch aus einer mit Seufzern und Wonnen überhäuften Brust, anzustimmen wissen.

Der Brunnenarzt Strykius, der sich ihm mit einem festgenagelten Anlächeln gegenübergesetzt, befiel und befühlte ihn mit mehren Anspielungen und Anspülungen seiner Werke; aber der Hauptmann gab – bei seiner Unwissenheit über den Dichter und darüber, daß man ihn dafür hielt – unglaubliche Quer-Antworten, ohne zu verstehen und ohne zu berichtigen. So gewiß hören die meisten Gesellschafter nur *einen*, sich selber; – so sehr bringt jeder statt der Ohren bloß die Zunge mit, um recht alles zu schmecken, was über dieselbe geht, Worte oder Bissen. Hat sich ein Mann verhört, folglich nachher versprochen und endlich darauf sich aufs Unrechte und Rechte besonnen: so blickt er verwundert herum und will wissen, wie man seinen zufälligen Unsinn aufgenommen; er sieht aber, daß gar nichts davon vermerkt worden, und er behält dann zornig und eitel den wahren Sinn bei sich, ohne die fremden Köpfe wieder herzustellen in das Integrum des eigenen. Daher verstehen sich wenig andere Menschen als solche, die sich schimpfen, weil sie von einerlei Anschauungen ausgehen.

– – Hier führt mich die lange vorstehende Bemerkung beinahe in die Versuchung, nach vielen Jahren wieder

ein Extrablättchen

zu machen. Denn eben die gedachte Bemerkung hab' ich erst vor einigen Tagen im neuesten Bande des Kometen gelesen; ja ob sie nicht gar (wie fast zu befürchten) noch in einem dritten Buche von mir sich heimlich aufhält, das weiß der Himmel, ich aber am wenigsten. Denn woher sollt' ich nach ein paar Jahrzehenden wissen oder erfahren, was in meinen so zahl- und gedankenreichen Werken steht, da ich sie – ausgenommen unter dem Schreiben – fast gar nicht oder nur zu oberflächlich lese, sobald nicht zweite oder dritte Auflagen gefodert werden, in

214

welchem letzten Falle ich mich sogar rühmen darf, daß ich den Hesperus dreimal (zweimal im achtzehnten Jahrhundert und einmal im neunzehnten) so aufmerksam durchgelesen als irgendein Mitleser aus einer Leihbibliothek, welcher exzerpiert. – Eben seh' ich noch zum Glück, da ich, wie gesagt, mich unter dem Schreiben immer lese, daß ich den Satz oben fragweise angefangen, unten aber wegen seiner unbändigen Länge mit einem Fragzeichen zu schließen vergessen. – – Denn – um zurückzukommen – kann ich wohl bei der Menge wichtiger Bücher, welche die Vergangenheit und das Ausland aus allen Fächern liefern und wovon ich noch dazu die besten, vor vielen Jahren gelesenen wieder durchgehen muß, weil ich sie jetzo besser verstehe, der neuen Supplementbibliotheken in jeder Messe gar nicht zu gedenken – kann ich da wohl Lust und Zeit gewinnen, einen mir so alltäglichen und bis zur Langweile bekannten und auswendig gelernten Autor wie mich in die Hand zu nehmen? – Was in unserem Jahrhundert Gelehrte zu lesen haben, welche Berge und Bergketten von Büchern, leidet keine Vergleichung mit irgendeinem andern, ausgenommen mit dem nächsten zwanzigsten, wo sich die Sachen noch schlimmer zeigen, nämlich 200 neue Büchermessen mehr. Wahrlich, da brauch' ich keine Sorbonne, welche mir wie einmal dem Peter Ramus das Verbot auflegt, die eignen Werke zu lesen. Aber warum fahrt, bellt, schnaubt und schnauzt denn irgendein kritischer Schoßhund mich an, wenn ich statt des eignen Lesens nichts wiederhole als zuweilen eigne Gedanken? – Sinds aber vollends Gleichnisse: so möcht' ich nur erst den fremden Mann kennen, der bei meiner Überschwängerung damit solche aus neunundfunfzig Bänden behielte; vollends nun aber der eigne Vater, welchem Gebornes und Ungebornes durcheinanderschießt und der oft (der gute Mann!) zehn ungedruckte Geburten auf dem Papiere ungetauft liegen läßt und dafür eine alte, schon gedruckte unwissend wieder in die Kirche trägt und über das Becken hält. –

Da Strykius, wie gesagt, durch alle Halbantworten Theudobachs nicht aus seinem Mißverständnis, dieser sei der Dichter, herauskam, so ließ er sich auch durch nichts halten, er mußte der ganzen auf dem Gesichte des Hauptmanns konvergierenden Gesellschaft zeigen, daß er selber Verdienst schätze und besitze. – »Das Wetter« (dacht' er bei sich) »soll den Dichter erschlagen, wenn er nicht merkt, daß ich mir etwas aus ihm mache.« – Er knüpfte daher von neuem so an: »Ich darf wohl unberufen im Namen der ganzen Gesellschaft unsere Freude über die

215

Gegenwart eines so berühmten Mannes ausdrücken. – Sie haben zwar bessere Gegenden gezeichnet; aber auch unsere verdient von Ihnen aufgenommen zu werden.«

Der Hauptmann, der, zum Genie-Corps gehörig, sich dabei nichts denken konnte als eine militärische Zeichnung zum Nachteil der Feinde, nicht eine poetische zum Vorteil der Freunde, gab aufgemuntert, weil er endlich doch ein vernünftiges, d.h. ein Handwerks-Wort zu hören und zu reden bekam, zur Antwort: »Wenn hier eine Festung ist, so tu' ichs; jede ist übrigens überwindlich, und mich wunderte besonders, in demselben Buche Anleitung zur unüberwindlichen Verteidigung und zur sieghaftesten Belagerung anzutreffen, wovon ja eines eo ipso falsch sein muß.«

Hier lächelte Strykius verschmitzt, um dem Krieger zu zeigen, daß er die Allegorie ganz gut kapiere; ihm war nämlich, wie allen Prosa-Seelen, nichts geläufiger als die vermooste Ähnlichkeit zwischen Liebe und Krieg.

Der Hauptmann fuhr etwas verwundert fort: »Mich dünkt durch Approchen, durch die dritte Parallele, wobei man über die Brustwehr fechten kann – durch falsche Angriffe«, (Hier nickte Strykius unaufhörlich zu und wollte immer lächelnder und schalkhafter aussehen), »und am Ende durch den Generalsturm wird jede Jungfrau von Festung erobert.«

»Ich weiß nicht«, – setzte der Hauptmann, ganz erbittert über den anlachenden Narren, hinzu – »ob Sie wissen, daß ich zum Genie-Corps gehöre.«

»O wer wüßte es nicht von uns«, erwiderte er schelmisch, »und eben das *Genie* trägt den Köcher voll Liebepfeile.«

Da wurde wie von einem Schlagfluß der Arzt aus seinem Anlächeln weggerafft durch des zürnendroten Hauptmanns Wort: »Herr, Sie sind ein Arzt, und darum verstehen Sie nichts von der Sache.«

Ohne weiteres wandte er sich zu Theoda und fragte mit sanfter Stimme: »Sie, Vortreffliche, scheinen mich zu kennen, aber doch weiß ich nicht wodurch.« – »Durch Ihre *Werke*«, sagte sie furchtsam … »Sie hätten die einen gesehen und die andern gelesen …?« sagte er und wollte über den Unterschied zwischen seinen um die Festung *gebauten* Werken und seinen darin *geschriebnen* noch ein Wort fallen lassen, als sie ihre Augen gegen ihn aufhob und auftat wie ein Paar Ehrenpforten … Aber beide wurden unterbrochen.

31. Summmula

Aufdeckung und Sternbedeckung

Theoda bekam ein versiegeltes Paket mit der Bitte auf dem Umschlag, es sogleich zu öffnen. Sie tats. Anfangs kam bloß ein Band der allgemeinen deutschen Bibliothek heraus – dann in diesem, zwischen dem Titelblatte und dem gestochenen Gesicht eines berühmten Gelehrten, ein Briefchen von Nieß und dann das Briefchen von Theoda an Theudobach. –

Nieß schrieb: »Ich ehre Ihr Feuer. Ich verdamme meines. Ich bin selber der Dichter, für dessen Freund bloß ich mich leider unterwegs ausgegeben, und dessen Feind ich eigentlich dadurch geworden. Ich vergebe Ihnen gern Ihren öffentlichen Widerspruch gegen den meinigen; aber als Gegengeschenk bitt' ich Sie, mir auch meine vielleicht indiskrete, doch abgedrungene Eröffnung zu verzeihen, daß Sie an mich geschrieben. Hier ist Ihr Brief, hier ist die Abschrift meiner Antwort darauf. Hier ist sogar noch mein, wenn nicht getroffnes, doch zu erratendes Gesicht vor der allgemeinen deutschen Bibliothek und dazu eine Rezension Seite 213 darin, worin freilich nichts Wahres ist als die Namen-Jagd, daß ich nämlich meinem Geschlechtnamen Nieß den Vornamen Theudobach vorgesetzt. – Kurz ich bin der Dichter der unbedeutenden Trauerspiele, die mir jetzo selber eines bereiten. Ich verwünsche jede Minute, wo ich Ihnen etwas so Gleichgültiges verbarg, als mein Name ist. Das Bessere habe ich vielleicht zu wenig verfehlt. – Hier ist nun Ihr Brief – meine Handschrift – mein Geständnis – sogar mein Zerr-Bild. Am Himmel entfernt sich die Venus nicht über 47 Grade vom Bilde des Dichtergottes; wollen Sie Sich weiter entfernen?«

Schweigend gab Theoda dem Hauptmann Nießens Brief, Rezension und Kupferstich mit der Unterschrift: Theudobach von Nieß. Ihr Herz quoll, ihr Auge quoll. »Was hatt' ich ihm getan«, rief es in ihr, »daß er mein Herz so nahe aushorchte – daß er mich zu einem öffentlichen Irrtum verlockte und daß ich beschämt dem Volks-Lächeln preisgegeben bin; was hatt' ich ihm getan?« Sie dauerte der edle Mann neben ihr, als ob sie und der Poet zusammen ihm Lorbeer und Genie abgeplündert hätten – und sie wollte, als hätte sein Herz davon Risse bekommen, alle gern mit ihrem ausfüllen. Wie anders klang und schnitt jetzt die

Musik in die Seele! Wie anders sahen die Riesenwache von Bäumen und die tollkühnen Nachtschmetterlinge an den Lichtern aus! So ist das Leben und Schicksal immer nur ein äußeres Herz, ein widerscheinender Geist, und wie die Freude die Wolken zu hohen, nur leichtern Bergen aufhebt, so verkehrt der Kummer die Berge bloß zu tiefern festern Wolken. Theoda sah recht starr in die kleine Morgenröte des heraufziehenden Mondes, um durch starkes Aufmerken und Offenhalten das Zusammenrinnen einer Träne zu verhindern; als aber der Mond heraufkam, mußte sie die Augen abtrocknen.   218

32. Summula

Erkennszene

Der Hauptmann las sehr lange im Briefe und in der Rezension, um Licht genug zu bekommen. Lange durchsah er Nießens Bildnis vor der allgemeinen deutschen Bibliothek, dessen Ähnlichkeit ihm nicht recht einleuchten wollte; weil diese überhaupt Köpfe vorne vor dem Titelblatte nicht viel kenntlicher darstellte als im Werke selber. Doch wird damit nichts gegen den gebliebenen Wert eines Werkes gesagt, das von jedem guten Kopfe Deutschlands ohne Ausnahme wenigstens eine volle Seite, noch dazu mit Namens-Unterschrift aufweist, nämlich die mit seinem Kopfe vorne vor dem Titelblatte. Der Hauptmann, der so plötzlich aus der Sonnenfinsternis in den hellen Mittag herabfiel, wandte sich gar nicht an Theoda, sondern zuerst an die Tischgesellschaft – erklärte laut, nicht er sei der große Dichter, sondern Herr von Nieß – er habe zwar etwas geschrieben, über die alte holländische Fortifikation – aber er ersuche also jeden, die Bewunderung, die er ihm zugedacht, zurückzunehmen und der Behörde zu schenken. – Darauf riß er ein Blättchen aus der Schreibtafel und schrieb an Herrn von Nieß: er nehme gern sein unschuldiges Mißverständnis zurück, stehe aber zu jeder andern Genugtuung bereit.

Als dies alles bekannt wurde – und dem Brunnenarzt zuerst –, so brachte dieser jeden Abgrund versilbernde Mondschein sogleich zwei laute Toasts aus: »Einen Toast auf den Mathematiker von Theudobach! – Einen Toast auf den Dichter Theudobach von Nieß!« rief er. – So tanzte der frohe Mann nicht nur nach jeder Flöte, sondern wie H-n nach jeder Flötenuhr, die eben ausschlägt, und auf die vorige schnelle Anrede des Hauptmanns an ihn, welche, aus der Tafelsprache in die Schlachtsprache übersetzt, doch nur sagen wollte: krepiere! – – versetzte er freudig: auf Ihr langes Leben! – –

Jetzt endlich kehrte sich Theudobach an die Jungfrau, welche auf ihre Kosten ihn mit dem Sonnenlehn eines großen Dichters belehnet hatte, und wand, indem er schmerzlich und vergeblich über Gutmachen nachsann, die bittende Frage herauf: wie alle diese Mißverständnisse möglich gewesen? »Ich bitte Sie«, sagte sie mit müder Stimme, »meinen Vater zu fragen, der alles weiß.« Er schwieg. Trauerndes Nachdenken auf dem starken Männergesicht rührte die Jungfrau immer stärker; ihre Seele litt zu viel und konnte wieder nicht alle Zeichen verbergen, welche die fremde Teilnahme vermehrten. Hastig stand sie endlich auf – sagte ihrem Vater etwas ins Ohr – dieser nickte, und sie verschwand.

33. Summula

Abendtisch-Reden über Schauspiele

Auch Katzenberger hatte unten einige Werthers Leiden ausgelitten, und zwar schon bei der Krebssuppe, weil da noch die ganze Tischgesellschaft, als eine niedere Geistlichkeit, zum Kirchdienste für den Dichter-Gott angestellt saß, welcher der Hauptmann zu sein schien; wozu noch der Kummer stieß, daß er seinen Strykius nicht vor sich hatte. Ein solcher Wirttisch war für Katzenberger ein Katzentisch. Er erklärte deshalb gern ohne Neid der nächsten Tisch-Ecke, daß er als Arzt über Bühnen-Skribenten seine eigne Meinung habe, und folglich eine diätetische. Ein Lustspiel an und für sich, fuhr er fort, verwerfe niemand weniger als er; denn es errege häufig Lachen, und wie oft durch solches Lachen Lungengeschwüre, englische Krankheit nach Tissot, Ekel (wenn auch nicht gerade der am Stücke selber), ja durch bloße Spaß-Vorreden Rheumatismen gehoben worden, wiss' er ganz gut. – Ja, da Tissot eine Frau anführe, die nicht eher als nach dem Lachen Stühle gehabt, so halt' er allerdings ernsthaft einen Sitz im Komödienhause für so gut als ein treibendes Mittel, so daß jeder aus seiner Leidengeschichte, wie man sonst bei einer andern getan, ein Lustspiel machen könnte.[33] – Daher, wie der Quacksalber gern einen Hanswurst, so sehe der Arzt gern einen Lustspieldichter bei sich, damit beider Arzneien nach Verhältnis ihres Werts von gleichmäßigen Späßen unterstützt und eingeflößt würden.

»Das Trauerspiel aber, Herr Doktor?« fiel ein junger Mensch ein, der zu beantworten glaubte, wenn er befragte.

Gleichwohl glaub' er – fuhr er ohne Antwort fort – Verstopfung und dergleichen ebensoleicht durch einige Sennes- und Rezeptblätter zu heben als durch ein vielblättriges Lustspiel, und ein Apotheker sei hier wenig verschieden von einem Hanswurst. – Er könne sich denken, daß man ihm hier das Trauerspiel einwerfe; aber entweder errege dieses gar nichts (dann gähnte man ebensogut und noch wohlfeiler in seinem warmen Bette) oder es errege wahre Traurigkeit, wenn auch nur halbstündige; nun aber sollten doch Dichter, dächte man, wie Kotzebue und deren Kunstrichter so viel durch Aufschnappen aus der Arzneikunde zufällig wissen, daß Traurigkeit Leber-Verstopfung, folglich Gelbsucht – woher sonst der gelbe Neid der Trauerspieler gegeneinander? – zurücklasse, ferner entsalzten Urin, ein scharfes Tränen (der größte Beweis der Blut-Anstemmung in den Lungen) und sogar Darmkrämpfe. – – Auf letzte habe man sogar bei Wesen, die in gar kein Schauspiel gehen oder sonst Seelenleiden gehabt (denn es gebe keine andere, da nur die Seele, nicht der bloße Körper empfinde und leide), nämlich bei traurigen Hirschen[34] geschlossen aus den kleinen Knötchen in ihrem Unrate als den besten Zeichen von Krämpfen.

»Erhärteten freilich«, fuhr er feurig fort, »Bühnen-Tränen, gleich Hirschtränen, zu Bezoar: so schrieb' ich wohl selber dergleichen Spaß und bewegte das Herz. Aber jetzt, beim Henker! muß der wahre Arzt mitten unter den weichsten, himmlischsten Gefühlen der Damenherzen so scharf das Weltliche dazwischen kommandieren als ein Offizier unter der Messe seinen Leuten das Gewehr-Strecken und Heben. Vielleicht aber gäb' es einen Mittelweg, und es wäre wenigstens ein offizineller Anfang, wenn man das Trauerspiel, so gut es ginge, dem Lustspiel näher brächte, durch eingestreute Possen, Fratzen und dergleichen, die man

33 Die Confrérie de la Passion 1380; der Bischof von Angers machte für sie aus der Passion eine Komödie.

34 Hallers Physiologie. Bd. 5.

denn allmählich so lange anhäufen könnte, bis sie endlich das ganze Trauerspiel einnähmen und besetzten.« Eine solche Anastomose und Kirchenvereinigung des Weh- und Lustspiels, setzte er hinzu, eine solche Reinigung der Tragödie durch die Komödie wäre zuletzt so weit zu treiben – ja in einigen neuesten Tragödien sei so etwas –, daß man durch ganze Stücke hindurch recht herzlich lachte. Er fragte, ob denn komische Darstellung so schwer sei, da man in Frankreich im siebzehnten Jahrhundert die ernstesten biblischen Geschichten[35] in burlesken Versen begehrte und bekam; wie er denn überhaupt wünsche, daß ernste Dinge, z.B. Manifeste, Todesurteile etc., öfter im gefälligen Gewand, nämlich burlesk vorgetragen würden. Er berief sich noch auf die sonst im Trauerspiel so ernsten Franzosen, denen Noverre die tragischen Horatier Corneilles als einen pantomimischen Tanz gegeben; folglich in Sprüngen, welches schön an den griechischen Namen der Tragödie, nämlich Bockspiel, erinnere; sogar er selber getraue sich, seinen stärksten Schmerz über einen Verlust, z.B. seines Freundes Strykius, durch bloßes Tanzen auszudrücken, in einem Schäferballett oder in einem Hopstanz oder im Fandango.

»Also hätt' ich«, beschloß er, »die entkräftende Empfindsamkeit, die man uns auf den Tränenwegen der Meibomischen Drüsen, der Tränenkarunkel u.s.w. hereinschießen läßt, leicht durch Possen gedämmt.«

Hier konnte ein winddürres Landfräulein aus dem Vordorf und der Vorstadt der Hauptstadt, das sich längst auf Rührung gelegt, sich nicht länger halten: »Dies kann er Narren weismachen«, sagte sie leise vor seinen Katzenohren zu ihrer Mutter. »Närrinnen allerdings nicht«, sagte er noch leiser zu obigem Posthalter im ersten Bande. Das hagere Fräulein fuhr leise gegen die Mutter fort: »Freilich rohe Kerls rührt nichts; eine Seele aber, die zarte *gespannte* Nerven hat, fühlt allein, was *weiche* Nerven heißen, und fragt nach nichts bei der Rührung. Ach wie weit« sind noch alte Personen hinter den jüngsten oft zurück!«

Auch der Doktor versetzte wieder leise: »Mangel an Fett, Herr Posthalter, können Sie im ersten Bande von Walthers köstlicher Physiologie gefunden haben – der sich vom Berliner Zergliederer Walter so unterscheidet wie beider Wissenschaften, also wie Geist von Körper – Fett-Mangel macht zu empfindsam; denn die Nerven liegen halb nackt da und stoßen sich an alles. Ein Fetter hingegen führt sie, wie Eier, unter

---

35 Flögels Geschichte der komischen Literatur.

diesem Überguß gut bewahrt bei sich; Speck schützt gegen geistige Hitze und gegen äußerliche Kälte.«

Giftig redete den dicken Doktor selber das Fräulein an und sagte: »Ich kenne doch manche beleibte Personen von Empfindung.« –

»Von diesem Schlage« versetzte er, »dürfte ich selber sein, meine reizende Grauaugige! Im Vorbeigehen bei Ihren himmelgrauen Augen will ich doch anmerken, daß es gar keine blauen und keine schwarzen Augen unter den Menschen gibt (grüne und gelbe jedoch), sondern was sie so nennen, sind nur graue und braune, weil die Iris nie blau und schwarz aussieht. – Aber zurück! Ob ich nun gleich als ein Mann von Talg hier am Tafel-Ende den Fettschweif vorstelle, den sich das kirgisische Schaf nachfährt auf einem Wägelchen: so hab' ich doch auch zwei Augen und ein Schnupftuch; wie oft hab' ich nicht unter dem heftigsten Lachen Tränen vergossen! Desgleichen bei Kälte von außen im Schlitten. Überhaupt wie könnte man als gefrorne Winterbutter erscheinen, wäre man nicht äußerst weich? Nur das Weiche kann gefrieren, Gnädige, nicht das Harte.«

Zum Glück für einen Waffenstillstand unterbrach eben den Doktor der oben toastende Strykius mit seinen Neuigkeiten. Schwer ging jenem die unbegreifliche Verwandlung der beiden Edelmänner in ihr Widerspiel ein. Als er aber endlich das Wahre begriff und erhörte, und daß Nieß bisher wie die alten Manuskripte ohne Titelblatt gewesen und endlich sich eines vorgebunden, sein Namens-Pergament, und daß er bloß nach Autor-Sitte sich den Namen Theudobach geborgt und eingeätzt: so konnte sich der Doktor einiger Bemerkungen und Verwunderungen nicht enthalten, sondern gestand: »ein anderer als *er* hätte dies ebensogut erraten können – die Namen-Rasur und Tonsur durch Rezensenten gebe leicht Namen-Alibi und Namen-Nachdrucke der Autoren.« Ja er fand hierin Ähnlichkeit zwischen großen Autoren und großen Spitzbuben, daß beide bei ihrem Geschäfte fremde Namen annehmen, und führte aus des badischen Hofrats Roth Jauner-Liste von 1800 mehre zweite Autor-Namen an, wie sonst französische Prinzen zweimal getauft wurden, z.B. den großen Allgeier – den dürren Herrgott – den kleinen Pappenheimer – den reichen Bettler oder Spatzendarm – den großen Sauschneider – den Hennenfanger – den welschen Mattheis – kurz lauter Namen, worüber die Gauner-Bande die wahren so vergißt wie das Publikum bei Autoren.

223

34. Summula

Brunnen-Beängstigungen

Nach dem Entwickelungabende erschien Theoda nie an der öffentlichen Tafel mehr; weder väterlicher Spott noch Zank bezwangen sie. Hinter ihrer jungfräulichen Scherzhaftigkeit und Entschlossenheit, das Rechte sogar auf Kosten der Form und Gewohnheit zu ergreifen, lag ein empfindliches, lange nachfühlendes Herz verborgen; leider hielt dieses jetzt die Dornen der Übereilung in seinen Wunden fester. Wie sollte sie Unbescholtene das kleine Gewehrfeuer der weiblichen Blicke ertragen? Und doch ließ sie sich von diesen mit Quecksilber gefüllten organisierten Nachtschlangen noch lieber anleuchten, als von den zwei Brautfackeln der Augen des Hauptmanns anglänzen, der damit in ihren offen gelaßnen Herzenkammern alles hatte sehen können, was er gewollt. Nur Nieß stieß ihr ohne besondere Verlegenheit von ihrer Seite auf; gegen ihn und dessen Passagier-Charaktermaske glaubte sie, wiewohl sie eigentlich ihm das öffentliche Unrecht angetan, ordentlich das meiste Recht zu haben. Man mag nun dies daraus herleiten, daß die weibliche Seele leichter vergibt, wenn sie Unrecht gelitten, als wenn sie es getan – oder daß sie Irrtümer lieber verdoppelt als zurücknimmt und sich lieber am Gegenstand derselben rächt als an sich selber bestraft – oder daß ihr sich ihr Inneres so abspiegelt wie im Spiegel sich ihr Äußeres, nämlich jedes Glied verkehrt und das linkische Herz auf der *rechten* Seite – oder man mag es daraus erklären wollen, was fast das Vorige wäre, nur in andern Wendungen, daß Frauenseelen dem milden Öle gleichen, welches, entbrannt, gar nicht zu löschen ist (denn Wasser verdoppelts) außer durch die kühle Erde – und daß sie sich wie der Vesuv durch Auswürfe nur desto mehr erheben – oder daß ihre Fehler den Menschen gleichen, welche nach Young durch den Krieg (d.h. durch das Erlegen) sich erst recht bevölkern – – kurz wie man Theodas Betragen auch ableite: ich bin der Meinung, daß ich mehr Recht habe, wenn ich behaupte, daß sie Herrn von Nieß weniger liebt als den Hauptmann. Ich berufe mich hier auf nichts als auf die Summeln, die noch kommen.

Ihre Brunnenbelustigungen bestanden jetzo – außer einigen hinter Schnupftuch und Bett- und Fenstervorhang versteckten Tränen – darin, daß sie zuweilen mit ihrem Vater ausging, der etwas an sich hatte, um damit Jünglinge leicht wegzuscheuchen, oder daß sie einsam die Berge der Blumen-Ebene bestieg, wenn eben Ball, Schauspiel oder Essen war – oder daß sie in das Tagebuch an ihre Freundin flüchtete, wie an eine nah herübergeflogne Brust. Dieses erzähle sich denn selber.

35. Summula

Theodas Brief an Bona

»Bona! Ich war dir nie ernst genug, jetzt dächt' ich, wär' ichs. Doch kann ich mich irren, und ich bin vielleicht nur wund. Herzen und Glocken bekommen so leicht Sprünge bei starkem Bewegen. Wär' ich nur mit meinem an deinem schneeweißen Halse: es sollte bald heil sein. Gräme dich nicht voraus, ich habe nichts verloren, nicht einmal ein Stückchen Liebe, bloß ein paar Dummheiten. Nur der Mond, der mir beim Aufgang die Augen wässerte, steigt jetzt immer höher und zieht mit Gewalt blutwarme Tropfen aus der Brust herauf; so zieh' er denn fort.

Ach Bona, ich weine! Denn ich habe dumm gefehlt; und du sollst heute alles wissen. Nur wird es mir sauer, dir das lange historische Zeug auszubreiten, da ich dessen so satt und genug habe. Wir brauchen einen ganzen Herbst dazu, eh' wir beide fertig sind mit der Sache.

Herr von Nieß ist ein Spitzbube: er ist eben der Dichter Theudobach eigenhändig, zu dem er mich geleiten wollen. So also ist eine heutige Manns- und Schreibperson! Wenn nun, sage mir, die bessern Schauspiel-Dichter nicht redlicher sind als ihre Schauspieler oder irgendein feinster Dieb: auf was hat sich eine gute Seele zu verlassen? Auf Gott und eine Freundin, wahrlich auf sonst nichts. Wär' ich nur über deine Sorge und Bürde hinweg und wäre dein Kind an deiner Brust: so fragte ich keinen Deut nach Begebenheiten, sondern säße bei dir und erzählte sie.

Kurz das geschmeidige gewundene Schlangenwesen der Männer, das sich bis sogar in den Sonnentempel der Kunst einschlängelt, legte sich auch an mich und meinen Vater und kroch ein, unter dem Namen von Theudobachs Freund. Er konnte mithin jedes Wort hören, was ich von ihm dachte: es war so gut, als war er mit meiner Seele in mein Gehirn eingesperrt.

Um uns alle recht in seinem blauen Dunste herumzuführen, sprengt' er aus, der Poet komme erst abends, wenn er seinen Ritter vorläse. Vermutlich war sein Plan, wenn wir so alle mitten im Jubilieren über seinen Ritter und im Vormusizieren des Ständchens säßen, vom Sessel aufzustehen und zu sagen: ich bin der Mann selber. Zum Unglück für ihn und für mich versalzte ihm ein Namenvetter das ganze Te deum. Es tritt nämlich gerade, als uns Frauen die Herzen steilrecht himmelan brennen, ein edler junger Mann herein, den alle Mädchen für den Maler und für das Urbild des Ritters zugleich ansehen müssen, nicht etwa ich allein. In einem Traum küßt' ich einmal einer hohen himmlischen und doch sanften Gestalt des noch ungesehenen Dichters die Hand; gerade so sah der Fremde aus. Da sein Name wirklich Theudobach war und er auch allerlei geschrieben, wiewohl nur über Mathematik: so war er neugierig und zornig hieher gereiset, um zu sehen, wer ihm hier seine Rolle nachspiele. Kurz in der Minute, da Nieß sich als den Theudobach demaskierte, steht der zweite bessere da, der ihn in die alte Nießische Chauve-souris-Maske zurücksteckt. Und wahrlich, wer nur beide nebeneinander stehen sah, den Hauptmann Theudobach in einer Gestalt, seines riesenmäßigen Urahns nicht unwürdig, und das feine Schachfigürchen Nieß, an ihm hinauf sturmlaufend, der mußte es machen wie ich und an alle deine vernünftige Ratschläge nicht denken. Ich ging nämlich öffentlich zum Hauptmann und erklärte ihn für den Dichter. Mir glüht hier schmerzlich das Gesicht, und ich denke an meines Vaters Wort: ›Durch Eiligkeit entstehe oft Feuer, und durch Langsamkeit werd' es stärker; weil die Leute die Sachen gerade umkehrten.‹ Indes war jeder meiner Meinung – auch noch unter dem Abendessen – gleichwohl lauf' ich jetzt als das Maulbronner Sünden-Böckchen herum und werde von den andern Sünden-Zicklein meines Geschlechts heimlich angemeckert. Denn Nieß schickte mir unter dem Essen meinen Brief an ihn und seinen Kupferstich; kurz der Star wurde mir mit der Starnadel gestochen und ein bißchen das Herzchen dabei.

O, wie war ich hinter meiner Augenbinde, als hätte ich sie mir vom Amor geborgt, so ruhig-froh! Wenn ich dir erst künftig einmal male, wie himmlisch der Sternen-Abend war, solange mir ihn nicht mein Schmerz umzog – wie rein-heiter ich an der Seite des guten Menschen saß, den ich noch für den poetischen Traumgott meiner Jugendträume ansah, und wie froh ich mein Auge auf alles um mich warf, auf die erleuchteten Bäume, auf jeden Gast am Tisch, wie auf die Sterne über mir – wie immer das freudige Herz überkochen wollte – und wie ich gern die armen Nachtschmetterlinge verscheucht hätte, die sich an den Lichtern zerstörten – und wie ich in die aufdämmernden Wolken in Osten mit feuchten Augen sah und dachte: wie gar zu selig wird dich vollends dein beglückender Mond machen, wenn er dich so findet … Er fand mich nicht mehr so – er fand mich voll Scham und Gram, ich sah ihn an – dein stillendes Auge wäre mir heilsamer gewesen – ich grub meines ordentlich ein in seinen Glanz und dachte dann nach: wie anders, anders es gewesen wäre, wäre alles so geblieben, welch eine unvergeßliche Paradieses-Nacht, die noch in keinem Traume gewohnt, ich hätte durchleben und ewig im Herzen halten dürfen! – Es sollte nicht sein, das zu große Glück. Indes, glaub' ich, durchquellt keine Träne so heißschmelzend den ganzen Menschen als die, die er fallen lassen muß, wenn er, ebenso heiter wie andere, in einem weiten, duftenden, wehenden Arkadien angelangt und stehend, plötzlich von irgendeinem einsamen Unglück umgriffen wird und nun mitten unter dem allgemeinen Gesange: ›Freut euch des Lebens‹, den er mitsingt, leise sagt: freuet *euch* des Lebens, *meines* ist anders.

Ach wozu dies alles? Aber eine wichtige Regel macht' ich mir; und ich wollte, besonders die Männer hielten sie heilig: schone, o schone jede Seele bei einem Lustfeste, weil es ihr viel zu wehe tut, mitten in der allgemeinen Freuden-Ernte ganz allein gar nichts zu haben, und doch noch bei dem Zentner-Ach in der Brust mit einem leichten Lächel-Gesicht dazustehen; daher sollten besonders die Liebhaber und die Eltern uns arme Mädchen mit Qualen verschonen auf Bällen, Hochzeitfesten, Maienfesten, Weinlesen. Ach wir leiden nie mehr als in Gesellschaft; die Männer vielleicht in der Einsamkeit! Ich weiß es nicht.

Jetzo sah ich nicht mehr ab, warum ich Umstände mit der Tafel machen sollte; unglücklich konnt' ich ja in der Einsamkeit so gut sein als in der Gesellschaft. Ich ging davon; und sagt' es dem Vater. Das Aller-Dümmste (dacht' ich) denken doch die Bade-Gästinnen ohnehin von mir; also ist nichts zu verderben an den Dummheiten.

Ich konnte aber unmöglich schon nach Haus und unter die Dach-Enge; ich mußte ins Weiteste; ich wollte die Sterne bei mir behalten. Da senkte mein ganzes Herz sich plötzlich auf die unsichtbare Brust meiner toten Mutter. Ich dachte an die Zauberhöhle, durch deren wunderbare Lichter sie einst die auf ihren Armen aufhüpfende Tochter durchgetragen; und ich erfragte unten im Dorfe den Höhlen-Eingang. Der Mond schien an die Pforte; die Kinder hatten davor gespielt und Ketten von Dotterblumen und ein kleines Gärtchen von eingesteckten Weiden zurückgelassen. Ich öffnete die Türe, um vor die weite, wie ein Leichnam in die Höhle begrabne Finsternis zu treten; aber als der Mond seinen Schimmer lang hineinwarf und ich meinen Schatten drinnen in der Höhle liegen sah: so schauderte michs; ich sah die Schattengestalt meiner Mutter in ihrem Grabe schlafen; da eilt' ich davon und dachte

mir dich und dein Wohl, um mein Herz zu wärmen. O lebe wohl!

Spätere N. S. Sein Herz ist sein Gesicht; ich rede vom Hauptmann. Aus Zartheit wich er mir bisher aus; aber er schickte mir durch meinen Vater ein Blättchen, worin er alle Schuld des öffentlichen Mißverständnisses auf sich nimmt und durch seine Zurückziehung, um es nicht zu bestätigen, dafür zu büßen gesteht. Du wirst es lesen. Es gehe dem braven Jüngling wohl!

Aber unendlich sehne ich mich aus diesem Gottesacker voll blühender Nesseln und begrabner Schönheiten hinweg an deine treue Brust hinan; dennoch muß ich ausharren, weil mein Vater nicht eher reisen will, als bis er, wie er fast so ernsthaft versichert, daß man bange wird, seinen Rezensenten abgestraft. Erfahr' ich indes deine Niederkunft: so bin ich ohne weiteres – ohne Vater und ohne Wagen – zu Fuße bei dir, bei meiner alten schönern Zeit. Sonderbar ists, daß hier so manche noch außer uns weilen, die alle nicht baden und nicht trinken, nämlich Nieß und sogar der Hauptmann.«

36. Summula

Herzens-Interim

Nun liefen vier Menschen wie vier Akte immer näher in dem Brennpunkt eines fünften zusammen. Aber Nieß gehörte nicht unter die Strahlen. Nachdem er lange und vergeblich bei Theoda auf den Thron des Autors sich als Mensch hinzusetzen versucht; – nachdem er den vielschneidigen Schmerz empfunden, daß ein bloßes Mädchen und ein begeistertes für ihn dazu und eine Reisegefährtin obendrein den Dichtergeist nur als zufällige Flamme wie das S. Elms-Feuer an seinen Masten gefunden oder nur wie Blumen auf rohem Stamm: so war er seiner Sache gewiß und Theodas ledig und der Brunnenbelustigungen froh, nämlich des allgemeinen Lobes. Die Trompete der Fama bläset am leichtesten die Mädchen aus dem männlichen Herzen. Er war jetzt imstande, sich selber zu leben und seine Unsterblichkeit einzukassieren – ganz Maulbronn schwamm ihm zu – er konnte (er tats auch) seinen Stock aus Vergessenheit liegen lassen, damit ihn am Bade-Morgen die schöneren Hände herumtrugen und die Herzen dabei glossierten. – Er 229 konnte mit wahrem dichterischen Tiefsinn überall lustwandeln und keinen Menschen bemerken, da es ihm genug war, wenn er bemerkt wurde in seinen Schöpfungen mitten am hellen Tage. Er konnte sich hundertmal öffentlich vergessen, um ebensooft an sich zu erinnern. – Ohnehin konnte (und mußte) er den Maulbronner Schauspielern als flügelmännischer Vor-Souffleur vorsitzen und sich in der umherstehenden Lern-Truppe wie in einem Spiegelzimmer vervielfachen. –

Dies alles heilte das Herz; denn es gab Lust und Tumult, worin man eben Lieben so leicht versäumt als die Christen an Kirchweih-Tagen (Kirmes) die Frühpredigt. Am meisten aber wurd' er von seiner Passion durch den Absatz heil, den seine Haare bei den Damen fanden. Da er voraussah, daß seine Verehrerinnen nach einer Reliquie von ihm so laufen würden als das Volk nach dem Lappen eines Gehenkten, wiewohl jene für das Bezaubern, und dieses gegen dasselbe: so hatt' er absichtlich seine Haar-Schur dem Bade aufgehoben und daher seinem Bedienten verstattet, sie anzukündigen und mit seiner Pegasus-Mähne einen kleinen Schnitthandel anzulegen. In der Tat schlug die Spekulation mit dem Flor von seinen Haarzwiebeln so gut ein als der holländische mit Blumenzwiebeln; ja eine Gräfin wollte den ganzen Artikel allein an sich bringen zu einer adeligen und genialen Perücke, so versessen war alles auf die Geburten seines fruchtbaren Kopfes, es mochten Gefühle oder Locken sein. Dieser Handelflor seines Bedienten, wovon ihm selber gerade das Geistigste zuwehte, das Lob, ließ ihn, wie gedacht, Theodas Verlust männlicher verschmerzen, als er sonst gehofft; indes ob er ihr gleich seine Krönungen, d.h. seine Tonsuren, nicht am sorgfältigsten zu verhehlen strebte, so warf er als heiliger Vater der Musen doch mitten unter seinem Kardinalgefolge aus angeborner Gutmütigkeit statt der Bannstrahlen sanfte Sonnenblicke von Zeit zu Zeit auf die verlassene Geliebte, um, wie er hoffte, sie dadurch unter ihrer Last, wo möglich, aufrecht zu erhalten.

Hingegen den Hauptmann sah er kaum an – erstlich vor Ingrimm – zweitens weil er ihn nicht sah oder selten. Der gute Meßkünstler – dem sich jetzt das Leben mit einem neuen Flor bezogen hatte, und welchem der Brunnen-Lärm sich zur Trauermusik einer Soldatenleiche gedämpft – war nirgend zu sehen als über den unzähligen Druckfehlern seines mathematischen *Kästners,* welche er endlich einmal, da er sie bisher immer nur improvisierend und im Kopfe umgebessert, von Band zu Band mit der Feder ausmusterte. So wenig er nun Ursache hatte, dazubleiben, so wenig hatt' er Kraft, fortzureisen. Bracht' er sich selber auf die Folter und auf die peinliche Frage, was ihn denn plage und nage, so fragte er nichts heraus als dies, es gehe ihm gar zu nahe, daß er ein unschuldiges Frauenzimmerchen durch seinen mißverstandnen Namen-Wettkampf mit Nieß zu einer Etourderie hingelockt und sie mit Gewalt in die Bußzellen der Einsamkeit gejagt »Die Wunden ihres Ehrgefühls«, sagt' er sich, »müssen sie ja noch heißer schmerzen als einen Mann die des seinigen; und ich wäre ja ein Hund, wenn ich nicht alles täte, was ich könnte, und nicht so weit wegbliebe von ihr als nur menschenmöglich.« Dennoch fuhr er oft mitten aus den kältesten Rechnungen – die ihn eben weniger zerstreuten, weil sie ihn weniger anstrengten als einen andern – zähneknirschend und schmerzen-glühend auf vom Buche (er hatte unbewußt fortgerechnet und fortgefühlt) und sagte: »O mein Gott! was ist denn? Dies hole der Teufel, o Gott!«

Ein redlicher Krieg- und Meßkünstler von Jüngling, der in seinem Leben nichts Weibliches weiter innig geliebt als seine Mutter und welchem bisher das leichte Blut so ungedämmt durch das still-offne Herz geflogen, weiß gar nicht, wie er sich einmal einen ganz andern Gang und Schlag erklären und erleichtern soll; er seufzt und weiß nicht worüber und wofür. Er möchte sterben und leben, töten und küssen, weinen und lachen; aber er kann doch nicht seine süß-glühende Hölle auslöschen mit allen Tränen der ersten Sehnsucht.

Wie wohlgemut und froh hält dagegen ein Mann wie Nieß, der schon öfter den heißen Liebe-Gleicher passiert ist, den bittersten Herzen-Harm aus! Ordentlich mit Lust schmilzt er in Tränen und schnalzt wie ein lustiger Fisch. Das Gefühl, das bei einem mathematischen Theudobach eine drückende Perle in der Auster ist, trägt er als eine schmückende außen an sich. Kurz er gehört zu den Leuten, wovon ich einmal Folgendes geträumt. Ich hatte aber vorher gelesen, wie man in Österreich die Kompagnien zum Beten so kommandiert: »Stellt euch zum Gebet! –

Hergestellt euch zum Gebet! – Kniet nieder zum Gebet! – Auf vom Gebet!« – Da der Flügelmann alle andächtigen Handgriffe deutlich vormacht und früher als die Kompagnie sein Herz zu Gott erhebt, dankend oder flehend: so kann kein Kerl aus der ganzen so für die Andacht zugestutzten Kompagnie im Beten stolpern ohne eigne Schuld, und falls einer eine Minute länger als der Flügelmann Gott verehrte, so wird er mit Recht vom Offizier zu allen Teufeln verflucht. In meinem Traume aber war von einem nähern Anbeten die Rede und waren mehr Kommandowörter in Gang. Ich war zugleich der Offizier und der Flügelmann – die größte Schönheit Baireuths saß auf dem Kanapee – und ich sagte zu meiner Rotte: »Hergestellt euch zum Anbeten! – Kniet nieder zum Anbeten! – Sehnet euch! – Hand geküßt! – Seufzer ausgestoßen! – Tränen vergossen! – Fallt in Verzweiflung! – Ermannt euch! – Aufgelacht! – Aufgestanden!« – Und so hab’ ich und die Rotte das Roman-Exerzitium siebenmal in so kurzer Zeit durchgemacht, daß wir fertig waren, eh’ ich erwachte.

37. Summula

Neue Mitarbeiter an allem – Bonas Brief an Theoda

Noch immer blieb der Doktor Strykius ungeprügelt – und Theoda voll Sehnsucht nach Bona, und der Hauptmann unentschlossen zur Reise: als der Landesherr des Badeorts ankam und mit ihm die Aussicht auf neue scènes à tiroir, auf neue Spektakelstücke und Szenenmaler für diese kleine Bühne; besonders die Aussicht auf die Erleuchtung der Höhle.

»Wird die Höhle erleuchtet«, dachte der Doktor, »so find’ ich vielleicht einen entlegenen finstern Winkel darin, worin ich den Höhlen-Aufseher (Strykius) vor der Hand mit einem Imbiß der zugedachten Henkermahlzeit bewirte; oder mit einem Vorsabbat seines Hexensabbats – dergleichen wäre eben wahre Kriegbefestigung im juridischen Sinne – ja ein bloßer im Finstern recht geworfner Stein wäre wenigstens eine Ouvertüre für seinen nicht offnen Kopf. In jedem Falle kann ich bei der Erleuchtung die Knochen der Höhlenbären, die darin liegen sollen, besser suchen und holen; der Kerl bleibt mir ja immer.«

232

Wirklich wurde die Erleuchtung der Höhle, gleichsam die einer unterirdischen Peterskuppel, auf den nächsten Sonntag angekündigt. Für Theoda nahte das mütterliche Totenfest. »Weiter wollt' ich ja hier nichts mehr«, sagte sie.

Vormittags am sehnlich erwarteten Sonntag langte aus Pira zu Fuße der schweiß-bleiche Zoller und Umgelder Mehlhorn mit einem Gevatter-Brief an den Doktor an. Glaubwürdige Zeugnisse hat man zwar nicht in Händen, womit unumstößlich zu beweisen wäre, daß Katzenberger auf seinem Gesichte über diese Freudenbotschaft besondern Jubel, außerordentliche Erntetänze oder Freudenfeuer, mit Freudentränen vermischt, habe sehen lassen; aber so viel weiß man zu seiner Ehre desto gewisser, daß er sich im höchsten Grade anstrengte (er beruft sich auf jeden, der ihn gesehen), starke Freude zu äußern, nur daß es ihm so leicht nicht wurde, auf die Schwefelpaste seines Gesichts die leichten Rötelzeichnungen eines matten Freudenrots hinzuwerfen; besonders wenn man bedenkt, daß er auf seinem Janus-Gesicht zwei einander deckende Gefühle zu beherbergen hatte, Lust und Unlust. Kurz er bracht' es bald dahin, daß er, da er anfangs so verblüfft umhersah wie ein Hamster, den ein schwüler Hornung vorzeitig aus dem Winterschlaf reißt, dann lebendig aufblickte und aufsprang. Gegen den gutmütigen Mehlhorn war aber auch Härte so leicht nicht anwendbar; er stand da mit dem weißen Vollgesicht, so lauter Nachgeben, lauter Hochachten und Hoffen und Vaterfrohlocken! Wenigstens der Teufel hätte ihn geschont.

Da ohnehin an kein Abschrecken vom Gevatterbitten mehr zu denken war: so überschüttete ihn der Doktor mit allem, was er Bestes, nämlich Geistiges hatte, mit Herzens-Liebe, Hochachtung, innern Freudenregungen und dergleichen verschwenderisch, gleichsam mit einem Patengeschenk edlerer Art, um nur an schlechte massive Gaben gar nicht zu denken. Sein Herz fühlte sich weit seliger dabei, wenn er eine geliebte Hand recht herzlich drücken und schütteln durfte, als sie füllen mußte.

Da ihm bei jeder Geburt Mißgeburten in den Kopf kamen – solche hätt' er mit Jubel aus der Taufe gehoben und beschenkt mit seinem Namen Amandus –, so warf er bei der Möglichkeit wenigstens einiger wissenschaftlichen Mißbildung nur wie verloren die Frage hin: »Der Junge ist wohl höchst regelmäßig gebaut?« – »Herr Doktor«, versetzte der Zoller, »wahrlich wir alle können Gott nicht genug dafür danken;

er ist aber, wie die Wehmutter sagt, wie aus dem Ei geschält für sein Alter.«

»Aus dem Leuwenhoekischen Ei für sein Alter von neun Monaten«, versetzte er etwas verdrießlich, »was? – Versteigen Sie sich doch um Gottes Willen nicht mit einem Anachronismus in die Physiologie!« – »Gott, nein«, fuhr Mehlhorn fort, »und die Wöchnerin ist gottlob so frisch wie ich selber.« – »Ja, das ist sie, Gott sei Dank!« rief Theoda, nach der Lesung des Briefchens von Bona, in das wir alle auch hineinsehen wollen, und stürzte vor Freude dem Zoller an den Hals, der mühsam einen dicken Schal unter der Umhalsung aus der Tasche herausarbeitete, um ihn zu übergeben. »Noch heute«, sagte sie, »geh’ ich zu Fuße mit Ihnen und laufe die ganze Nacht durch, denn sie verlangt mich, und nichts soll mich abhalten.« Bona hatte sie allerdings zum Schutzengel weniger ihrer Person als des Haushaltens angerufen, aber eigentlich nur, um selber Theodas Engel zu sein, deren unglückliche Lage, wo nicht gar unglückliche Liebe, sie nach ihren letzten Tageblättern zu kennen glaubte und zu mildern vorhatte.

Allein Mehlhorn konnte sein Ja und seine Freude über die schnelle Abreise nicht stark genug ausdrücken, sondern bloß zu schwach; denn da der Mann einen Tag und eine Nacht lang mit seinem Gevatter-Evangelium auf den Beinen gewesen: so sehnte er sich herzlich, in der nächsten statt auf den Beinen nur halb so lange auf dem Rücken zu sein im Bette. Der Vater sagte, er stemme sich nicht dagegen, gegen Theodas Abreise; überall lass’ er ihr Freiheit. Er sah zwar leicht voraus, daß sie der Umgelder als galanter Herr unterwegs kostfrei halten würde; aber solchen elenden Geld-Rücksichten hätt’ er um keinen Preis die Freiheit und die Freilassung einer volljährigen Tochter geopfert. Dazu kam, daß er sich öffentlich seines Gevatters schämte; der Zoller war nämlich in der gelehrten Welt weder als großer Arzt noch sonst als großer Mann bekannt. Was er wirklich verstand – das Zollwesen –, hatte Katzenberger ihm längst abgehört; aber der Doktor gehörte eben unter die Menschen, welche so lange lieben, als sie lernen – was die armen Opfer so wenig begreifen, welche nie vergessen können, daß sie einmal von dem Übermächtigen geachtet worden. –

Katzenbergers Herz war in dieser Rücksicht vielleicht das Herz manches Genies; wenigstens so etwas von moralischem Leerdarm. Bekanntlich wird dieser immer in Leichen leer gefunden – nicht weil er weniger voll wird, sondern weil er schneller verdaut und fortschafft; –

234

und so gibts Leer-Herzen, welche nichts haben, bloß weil sie nichts behalten, sondern alles zersetzt weitertreiben.

Aber schnell nach der Einwilligung des Doktors erkannte die vorher freudenberauschte Theoda die nähern Umstände der Zeit. Hier fiel ihr Licht auf ihren unbesonnenen Antrag, den Gevatter totzugehen. Sie nahm ihn erschrocken zurück und schlug ihm sofort den schönern und hellern Gang vor, den in die abends erleuchtete Höhle.

Aber um sich für ihr Entsagen zu belohnen, las sie den folgenden Brief der Kindbetterin wieder und ruhiger:

»Herz! Ich darf dir nicht viel antworten auf alle deine gelehrten Briefe. Ich bin diese Nacht niedergekommen, und zwar mit einem herrlichen, großen Jungen, der wie das Leben selber aussieht; und ich ärgere mich nur, daß ich ihn nicht gleich an die Brust legen darf, meinen schreienden Amandus; auch ich bin nicht sonderlich schwach, ob mir gleich der Physikus Briefschreiben und Aufstehen bei Seligkeit verboten. Du hast, du Leichte, dein dickes Halstuch, das du durchaus in der Abendkälte nicht entraten kannst, bei mir liegen lassen, du Leichtsinnige, und mein einfältiger Mehlhorn konnte es in allen Kommoden nicht herausfinden, bis ich endlich selber aufstand und es erst nach einer Stunde ausstöberte, weil der Mensch den Schal für einen Mantel oder so etwas angesehen und ihn unter die andern Sachen hineingewühlt hatte. Zur Strafe muß er dir in der Rocktasche das bauschende Ding hintragen. Aber wie ich lese, bist du ja um und um mit lauter Fallgruben von Mannsleuten umgeben. O, komme doch recht bald nach Pira und pflege mich, und wir wollen darüber recht ordentlich reden, denn ich kann die Feder nicht führen, wie etwa du. Deinen Nieß könnt' ich keine Stunde leiden; der Hauptmann wäre mehr mein Mann. So einen mußt du einmal haben, einen Vernünftigen und Gesetzten, keinen Phantasten, denn ich wundere mich oft, wie du bei deinem Verstande und Witze, wo wir Weiber alle dumm vor dir stehen, doch so närrisch und unüberlegt handeln und dir oft gar nicht sogleich helfen kannst, aber doch andern die herrlichsten Ratschläge erteilst. Hätte ich deine Feder und wäre so vif wie du, ich wollte mich in der Welt ganz anders stehen. Jedoch bin ich herzlich zufrieden mit meinem Mehlhorn, da ers mit mir auch ist in unserer ganzen Ehe, weil er einsieht, daß ich die Haussachen und Weltsachen so gut verstehe wie er sein Zollwesen. Nur bitte ich dich inständig, mein Herz, lasse ja niemal zu, daß ihm dein Herr Vater etwan aus Höflichkeit viel mit Wein zuspricht; Mehlhorns schwacher Kopf verträgt auch den allerschlechtesten Krätzer nicht, den ihm etwa dein Herr Vater vorsetzen möchte; sondern er spricht darauf ordentlich kurios-stolz und sogar, so sehr er mich auch lieb hat, gegen mein Hausregiment, was dir gewiß nicht lieb über deine alte Freundin zu hören wäre. – Und dich wilde Fliege selber beschwör' ich hier ordentlich, gieße im Bade vor so vielen Leuten nicht dein altes Teelöffelchen voll Arrak in deinen Tee; denn du hältst immer den Löffel zu lange über der Tasse und gießest fort, wenn es schon überläuft, und dann überläuft es bei dir auch, wenn du diese Wirtschaft trinkst. Tu es ja nur bei mir, nur nicht dort. – Nun so komme nur recht schleunig zu

deiner

Bona.   236

Schreibe mirs wenigstens, im Falle du nicht kannst. Deine Tanzschuhe hast du auch stehen lassen, und er hat sie mit eingesteckt.«
– So weit der Brief.
Was nun den zu Gevatter gebetenen Katzenberger anlangt, so besaß er zu viel Ehrgefühl und Geld, als daß er sich nicht hätte verpflichtet fühlen sollen, seinen Gevatter an der öffentlichen Wirttafel mit schlechtem Tisch-Krätzer zu erfreuen und ihn eine glänzende Tafel voll Blasmusik abgrasen zu lassen, wo außer Grafen und Herren der Völker-hirt selber saß; so wurde denn ein erster Tisch- oder Fechter-Gang verabredet und angetreten, wohin, denk' ich, alles, was in der künftigen Nachwelt Anspruch auf höhere Bildung macht, uns ohne weiteres, wenn auch in bedeutender Ferne (nämlich von Zeit) ohnehin nachfolgen wird.

(Der Schluß folgt im dritten Bändchen.)   237

Werkchen

I.

Die Kunst, einzuschlafen

(Aus der Zeitung für die elegante Welt)

Für die jetzigen langen Nächte und für die elegante Welt zugleich, die sie noch länger macht, ist eine Kunst, einzuschlafen, vielleicht erwünscht, ja für jeden, der nur einigermaßen ausgebildet ist. Es gibt jetzo wenige Personen von Stand und Jahren, die, das Glück ihrer höhern Feinde ausgenommen, irgendein anderes so sehr beneideten als das einer Haselmaus oder auch eines nordischen Bären, dessen Nachtschlummer bekanntlich gerade so lange als seine Nordnacht währt, nämlich fünf Monate. Unsere Zeit bildet uns in Kleidern und Sitten immer mehr den wärmern Zonen an und zu, und folglich auch darin, daß man wenig und nur in Morgen- und Mittagstunden schläft; so daß wir uns von den Negern, welche die Nacht kurzweilig vertanzen, in nichts unterscheiden als in der Länge unserer Weile und unserer Nacht. Hoch oben wird immer mehr die eigne Menschheit – nicht wie von Alexander aus dem Schlafe – umgekehrt aus dem Mangel desselben erraten. Gibt es nicht in allen Residenzen Jünglinge von Welt und Geburt, welche (besonders wenn die Gläubiger erwachen) gern so lange schliefen, bis sie stürben, oder doch bis ihre Väter? Und was hilfts manchem jungen Menschen, daß er Franklins Wink, nachts zum bessern Schlafe die Betten zu wechseln, so gut er weiß, befolgt? Aus dem Gegengift wird in die Länge ein Gift.

Kurz, wer jetzo noch am festesten schläft – die Glücklichen in den Wachstuben auf der Pritsche ausgenommen –, ist einer oder der andere Homer und die sogenannten zehn törichten Jungfrauen, welche in der Bibel den Bräutigam verschlafen.

Wenn ich gleichwohl mehre geistige Mittel, einzuschlafen, freigebig anbiete, noch dazu in einem kurzen Aufsatze – nicht in langen dicken Bänden – : so sind sie in der Tat nicht jenen Wüstlingen gegönnt und geschrieben, welche – durch lauter maîtres de plaisirs zu esclaves de plaisirs gemacht – in der Nachtzeit, in welche sonst die alte Jurisprudenz die Folter verlegte, bloß darum die ihrige ausstehen, weil sie sonst ihre Freuden und Nachtviolen darin pflückten. Sie mögen wachen und leiden, diese Sabbatschänder des täglichen Sabbats der Natur.

Gibt es hingegen einen Minister, der an einem Volke – oder einen Autor, der an einem Werke arbeitet, und beide so feurig, daß sie ebensoviel Schlaf verlieren als versüßen – oder irgendeinen weiblichen Kopf, der das Näh- und Fang-Gewebe seiner oder fremder Zukunft – so wie die Spinnen die ihrigen gern um *Betten* und immer in der Nacht abweben – ebenso im Finstern ausspinnt, und der folglich kein Auge zutut – oder gibt es irgendeinen andern von Idee zu Idee fortgetriebenen Kopf – z.B. meinen eignen, den bisher der Gedanke, die Kunst, einzuschlafen, für die Zeitung für die elegante Welt zu bearbeiten, an der Kunst selber hinderte – : so sei allen diesen so geplagten und geschätzten Köpfen mit Vergnügen der Schatz von Mitteln, einzuschlafen, mitgeteilt, worunter so manche oft nichts helfen dem einen, doch aber dem andern und den übrigen.

Nicht Einschlafen, sondern Wiedereinschlafen ist schwer. Nach dem ersten schlummernden Ermatten fährt der obige Staatmann wieder auf, und irgendeine Finanz-Idee, die ihm zufliegt, hält er, sich abarbeitend, fest, wie der Habicht eine in der Nacht erpackte Taube bis an den Morgen in den Fängen aufbewahrt; dasselbe gilt ganz vom Bücherschreiber, dessen Innres im Bette, wie nachts ein Fischmarkt in Seestädten, von Schuppen phosphoresziert und nachglänzt, bis es so licht in ihm wird, daß er alle Gegenstände in seinen Gehirnkammern unterscheiden kann und an seinem Tagwerke wieder zu schreiben anfängt unter der Bettdecke. Dies ist ungemein verdrießlich, besonders wenn man keine Mittel dagegen weiß.

Ich weiß und gebe sie aber; sämtlich laufen sie in der Kunst zusammen, sich selber Langweile zu machen, eine Kunst, die bei gedachten logischen Köpfen auf die unlogische Kunst, nicht zu denken, hinauskommt.

239

Wir wollen indes einen weitern Anlauf zur Sache nehmen. Es wird allgemein von Philosophen und Festungkommandanten angenommen, daß ein Mensch, z.B. eine Schildwache, imstande sei, schläfrig und wach zu bleiben. Ja ein Philosoph kann sich zu Bette legen, Augen und Ohren verschließen und doch die Wette ausbieten und gewinnen, die ganze Nacht zu verwachen, bloß durch ein geistiges Mittel, durch Denken; –

folglich setzt diese Willkür die andere voraus, einzuschlafen, sobald man das Mittel der Wette nicht anwendet, wie wir abends ja an ganzen Völkern sehen, wenn sie zu Bette gehn.

Der Schlaf ist, wie ich im Hesperus bewiesen, das stärkende Ausruhen nicht sowohl des ganzen Körpers oder der Muskeln u.s.w. als des Denkorgans, des Gehirns, daher durch lange Entziehung desselben nichts am Körper erkrankt als das Gehirn, nämlich zum Wahnwitz. Wird es bei dem Tiere durch kein Empfinden, beim Menschen durch kein Denken mehr gereizt, so zittert dieses willkürliche Bewegorgan endlich aus. Sobald der Mensch sagt: ich will keine einzige Vorstellung, die mir aufstößt, mehr verfolgen, sondern kommen und laufen lassen, was will: so fällt er in Schlaf; nachdem vorher noch einzelne Bilder ohne Band und Reihe, wie aus einer Bilderuhr, vor ihm aufgesprungen waren, bloße Nachzuckungen des gereizten Denkorgans, denen der Muskelfasern eines getöteten Tieres ähnlich. Das Erwachen dagegen beginnt das gestärkte und nun reizende Organ, wie das Einschlafen der nachlassende Geist.

Die göttliche Herrschaft des Menschen über sein inneres Tier- und Pflanzenreich wird zu wenig anerkannt und eingeübt, zumal von Frauen; ohne jene schleppt uns die Kette des ersten besten Einfalls fort. »Tritt aber nicht«, kann eine Frau sagen, »das Leichenbild meines Schmerzes überall ungerufen mitten im Frühling und im Garten desselben wie ein Geist aus der Luft, bald hier, bald da, und kann ich der Geistererscheinung wehren?«

Wende das Auge von ihr, sag' ich, so verschwindet sie und kommt zwar wieder, aber immer kleiner; siehst du sie hingegen lange an, so vergrößert sie sich und überdeckt dir Himmel und Erde. – Nicht die Entstehung, sondern die Fortsetzung unserer Ideen unterscheidet das Wachen vom Traume; im Wachen erziehen wir den Fündling eines ersten Gedankens oder lassen ihn liegen; im Traume erzieht der Fündling die Mutter und zügelt sie an seinem Laufzaume.

Um zum nahen Einschlafen wieder zu kommen, so bekenn' ich indes, daß jenes gewaltsame Abbestellen und Einstellen alles Denkens ohne philosophische Übung wohl wenigen gelingen wird; nur der Philosoph kann sagen: ich will jetzt bloß mein Gehirn walten lassen ohne Ich. Dieses Vermögen, nicht zu denken, kann also nicht überall bei der eleganten und denkenden Welt vorausgesetzt werden. Die Juden haben unter ihren hundert Danksagungen an jedem Tage auch eine bei dem

Krähen des Hahns, worin sie Gott preisen, daß er den Menschen hohl erschaffen, desgleichen löcherig. Jeder elegante Welt-Mensch wird bis zu einem gewissen Grade – bis zum Kopfe – in das Dankgebet einfallen, weil er in der Tat keine Lücken in der Welt lieber auszufüllen sucht als seine eignen.

Allein nicht jeder hat abends das Glück, hohl zu sein und also, da die Leerheit des Magens nicht halb so sehr als die des Kopfes das Einschlafen begünstigt, letztes zu erringen. Es müssen folglich brauchbarere Anleitungen, den Kopf wie einen Barometer luftleer zu machen, damit darin das zarte elektrische Licht der Träume in seinem Äther schimmere, von mir angegeben werden.

Wenn alle Einschlafmittel, nach den vorigen Absätzen, d.h. Grundsätzen, in solchen bestehen müssen, die den Geist vom Gehirne scheiden und dieses seiner eignen Schwere überlassen: so muß man, da doch die wenigsten Menschen verstehen, nicht zu denken, solche Mittel wählen, die zwar etwas, aber immer dasselbe Etwas zu denken zwingen.

Da ich wohl ein guter Einschläfer und Schläfer, aber einer der mittelmäßigsten Wiedereinschläfer bin: so geben mir meine Nacht- und Bett-Lukubrationen vielleicht ein Recht, über die Selbeinschläferkunst hier der Welt nach eignen Diktaten zu lesen.

Ich müßte von mir selber sprechen und mich über mich ausbreiten, wenn ich die Leser an mein Bette führen wollte, um sie von diesem Heidenvorhof aus weiter zu geleiten zum Katheder.

241

Nur dies kann ich vielleicht sagen, daß ich ganz andere Anstalten als die meisten Leser treffe, um nicht aufzuwachen. Wenn z.B. so mancher Leser bei dem Einschlafen eine Hand aus Unvorsicht auf die Stirn oder an den Leib oder nur ein Bein aufs andere legt: so kann das geringste, dem Schlafe gewöhnliche Zucken der vier Glieder sämtlichen Rumpf aufwecken und aufkratzen; – und dann ist die Nacht ruiniert, und er mag zusehen. Dagegen man sehe mich im Bett! – Nie berühre doch jemand im Schlaf ein lebendiges Wesen, welches ja er selber ist. Der kleinlichern Vorsichtregeln gedenk' ich gar nicht, z.B. gegen den Hund, der auf der Stubendiele mit dem Ellenbogen hämmert oder auf einem wankenden Stuhl mit zwei Stuhlbeinen auf- und abklappert, wenn er sich kratzt. Und doch leidet der unvorsichtige Leser so viel im Bette als ich, weil wir beide nie schärfer denken und reicher empfinden als in der Nacht, diese Mutter der Götter und mithin Großmutter der Musen; und ginge am Morgen nicht der Körper mit Nachwehen herum, es gäbe kein besseres Braut- und Kindbett geistiger Sonntaggeburten als das Bette, ordentlich als wenn die Schlaffedern zu Schreibfedern auswüchsen.

Eh' ich endlich meine elf Mittel, einzuschlafen, folgen lasse, merk' ich ganz kurz an, daß sie sämtlich nichts helfen; – denn man strengt sich sehr dabei an, und mich hat jedes Schlaf genug gekostet; – aber dies gilt nur für das erstemal. – Eben hat mir mein scharfsinniger Freund E. noch ein zwölftes entdeckt, nämlich gar nicht einschlafen zu wollen.

Aber seitdem, d.h. seit anderthalb Jahrzehenden, hab' ich noch drei neue Selberwiegen im Bette zur Welt gebracht, so daß es künftig eines jeden eigne Schuld bleibt, wenn er, mit meinen vierzehn Handgriffen zum Einwiegen seines Kopfs in Händen, gleichwohl seine Augen noch so offen behält wie ein Hase, der indessen darüber gar nicht zu tadeln ist, da ers eben im Schlafe tut.

Nach langem Überlegen, wie ich meine drei neuen Schlafmittel in dieser dritten Auflage unter die elf alten einschalten könnte mit Beibehaltung alles Spaßes der frühern Rangordnung, fand ichs endlich als zweckdienlichst, sofort nach dem *neunten* Einschlafmittel die drei neuen einzuschieben und darauf mit den alten bis zum *vierzehnten* ordentlich fortzufahren; anders wüßt' ich nicht einzuflechten ohne namhaften Verlust meiner und der Leser.

1) Das erste Mittel, das schon Leibniz als ein gutes vorschlug, ist *Zählen*. Denn die ganze Philosophie, ja die Mathematik hat keine abstrakte Größe, die uns so wenig interessiert als die Zahl; wer nichts zählt als Zahlen, hat nichts Neues und nichts Altes, indessen doch eine geistige Tätigkeit, obwohl die leichte der Gewohnheit, so wie ein Virtuose ohne große geistige Anstrengung nach dem Generalbasse phantasiert, den er doch mit großer erlernte. Buxton, der eine Zahl von 39 Ziffern im Kopfe mit ihr selber multiplizierte, sank nach tiefen Rechnungen in tiefen Schlaf. Die Alten hatten an den Bettstellen das Bildnis Merkurs, dieses Rechners und Kaufmanns, und taten an ihn das letzte Gebet. Es läßt sich wetten, daß niemand leichter einschläft als ein Mathematiker, so wie niemand schlechter als ein Verse- und Staatmann.

Allein dieses Leibnizische Zählen wird an schwachen Schläfern unsers Jahrhunderts nur mittelmäßige Wunder tun, wenn man entweder schnell oder über hundert (wodurch es schwerer wird) oder mit einiger Aufmerksamkeit zählt. Ebenso muß man, wie höhere Rechenkammern,

nichts darnach fragen, daß man sich verzählt. Unglaublichen Vorschub tut aber dem Schlafe ein kleiner, meines Wissens noch unbekannter Handgriff, nämlich der, daß man im Kopfe die Zahlen, welche andere Schläfer schon fertig ausgeschrieben anschauen, selber erst groß und langsam hinschreibt, auf was man will. Verfasser dieses nahm dazu häufig eine lange Wetter- oder auch Stöhrstange und zeichnete, indem er sie am kurzen Hebelarme hielt, mit dem langen oben an das Ziffer-blatt einer Turmuhr (indes ist Schnee ebensogut) die gedachten Zahlen an, so lang und so dick, daß er sie unten lesen konnte. Diese so unend-lich einförmige Langsamkeit der Operation ist eben ihr punctum saliens oder Hüpfpunkt und schläfert so sehr ein; und was das Lächerliche dabei anlangt, so geht wohl jeder im Bette darüber hinweg. Einem sol-chen Langsam- und Stangenschreiber rate man aber unsere arabischen Ziffern ab, deren jede einen neuen Zickzack fodert, sondern er schreibe römische an seinen Turm (wie alle Turmuhrblätter haben), welche bis   243
99 nichts machen als lauter herrliche, recht herpassende Linien, nämlich gerade. – Will ein Einschläfer Turm und Stange nicht: so kann man ihm raten, recht lange Zahlen, und zwar wie Trochäen auszusprechende, sich vorzuzählen, z.B. einundzwanzig Billionen Seelen Zahl, zweiund-zwanzig Billionen Seelen Zahl u.s.w.; nur aber kann man einem Ein-schläfer nicht genug einschärfen, das Zählen äußerst langsam und schläfrig zu verrichten. Indes diese Beobachtung höchstmöglicher Faultierlangsamkeit ist wohl Kardinalregel aller Einschläfermittel über-haupt.

2) Töne, sagt Bako, schläfern mehr ein als ungegliederte Schälle. Auch Töne zählen und werden gezählt. Da aber hier nicht von fremden, sondern von Selbentladungen – das Einschläfern ist der einzige schöne Selbermord – die Rede ist: so gehören nur Töne her, die man in sich selber hört und macht. Es gibt kein süßres Wiegenlied als dieses innere Hören des Hörens. Wer nicht musikalisch phantasieren kann, der höre sich wenigstens irgendein Lieblinglied oder eine Trauermusik in seinem Kopfe ab; der Schlaf wird kommen und vielleicht den Traum mitbrin-gen, dessen Saiten in keiner Luft mehr zittern, sondern im Äther.

3) Vom zweiten Mittel ist das dritte nicht sehr verschieden, sich nämlich in gleichem Silben-Dreschen leere Schilderungen langsam innen vorzusagen, wie ich z.B. mir: wenn die Wolken fliegen, wenn die Nebel fliehen, wenn die Bäume blühen etc. Darauf lass' ich aufs *Wenn* kein *So* folgen, sondern nichts, nämlich Entschlafen; denn die kleinste

Rücksicht auf Sinn oder Zusammenhang oder Silbenzahl würde, wie ein Nachtwächter-Gesang, alles wieder einreißen, was das poetische Selberwiegenlied aufgebaut.[36] Da aber nicht jeder Talent zum Dichten hat – zumal so spät im Bette – : so kommen ja dem Nicht-Dichter zu Tausenden Bett-Lieder mit diesem poetischen faulen Trommelbaß entgegen, wovon er nur eines auswendig zu lernen braucht, um für alle Nächte damit sein Glück zu machen. Unschätzbar ist hier unser Schatz von Sonetten, an denen wie an Raupen-Puppen nichts sich lebendig regt als das Hinterteil, der Reim; man schätzet es nur noch nicht genug, wie sicher das Reim-Glockenspiel uns in einen kürzern Schlaf einläute, als der längste ist. – Ich würde hiezu auch auswendig gelernte Abendsegen vorschlagen, da sich durch sie wahrscheinlich sonst Tausende eingewiegt, wenn ich nicht besorgte, daß sie ungewohnten Betern, z.B. Hofleuten, durch den Reiz der Neuheit mehr Schaden und Wachen brächten als Nutzen.

4) Ein gutes Mittel, einzuschlafen nicht sowohl als wieder einzuschlafen, ist, falls man aus einem Traum erwacht, sich in diesen mit den schläfrigen Augen, indem man ihm unaufhörlich nachschaut, wieder einzusenken; bald wird die Welle eines neuen Traumes wieder anfallen und dich in ihr Meer fortspülen und eintauchen. Der Traum sucht den Traum. Im großen Schatten der Nacht spielt jeder Schatten mit uns Sterblichen und hält uns für seinesgleichen.

5) Hefte dein inneres Nachtauge *lange* auf einen optischen Gegenstand, z.B. auf eine Morgenaue, auf einen Berggipfel, es wird sich schließen. Überhaupt sind Landschaften – weil sie unserm innern Menschen, der mehr Augen hat als Ohren, leicht zu erschaffen werden, und weil sie uns in keine mit Menschen bevölkerte und erweckende Zukunft ziehen – die beste Schaukel und Wiege des unruhigen Geistes.

6) Das sechste Mittel half mir mehre Nachmitternächte durch, aber es fodert Übung; man schaut nämlich bloß unverrückt in den leeren schwarzen Raum hinein, der sich vor den *zugeschloßnen* Augen ausstreckt. Nach einigen Minuten, wenn nicht Sekunden, wird sich das Schwarze färben und erleuchten und so den Chaos-Stoff zu den bunten

---

36 Man kann sich auch eine lange Handlung, z.B. das Säen des Korns bis zu dessen Dreschen und Backen, in freien Trochäen oder Jamben ohne Schmuck vorsagen wie ich.

Traum- oder Empfindbildern liefern, welche in den Schlaf hinüberführen.

7) Wer seine Augen schließen will, mache an seinem innern Januskopfe zuerst das Paar, das nach der *Zukunft* blicket, zu; das zweite, nach der *Vorzeit* gerichtet, lasse er immer offen. Am Tage *vor* einer Reise oder Haupttat schläft man so schwer als am Tage *nachher* so leicht; die Zukunft ergreift uns (so wie den Traum) mehr als die Gegenwart und Vergangenheit. Im Hause eines Toten, aber nicht eines Sterbenden kann man schlafen. Daß Kato in der Nacht vor seinem Entleiben schlief – wie die Seidenraupe vor der Einpuppung –, ja sogar schnarchte, ist schwerer, als was er nachher tat. Daß Papst Klemens XIIII.[37] am Morgen vor seiner Krönung geschlafen, merkt die Weltgeschichte mit Recht an; denn am Abende darauf, da er auf dem Stuhle saß, war es ganz leicht; auf dem Wege zum Throne und auf dessen Stufen wird überall weniger geschlafen und das Auge zugemacht als oben in den weichsten Betten der Ehren und lits de justice. Euere Vergangenheit könnt ihr daher – zu große Tiefen und Höhen darin ausgenommen – mit Vorteil vor dem Einschlafen durchlaufen; aber nicht an den kleinsten Plan und Brief und Aufsatz des nächsten Morgens denken.

8) Für manche geübte gewandte Geister im Kopfe mag das wildeste Springen von Gegen- zu Gegenstand – aber ohne Vergleichungzweck –, mit welchem der Verfasser sich sonst einschläferte, von einiger Brauchbarkeit sein. Eigentlich ist dieses Springenlassen nichts anders, wenn es gut sein will, als das obige Gehenlassen des Gehirns; der Geist läßt das Organ auszucken in Bildern.

9) Seelenlehrer und deren Seelenschüler schläfern sich ein – falls sie wollen –, wenn sie geradezu jede Gedankenreihe ganz vorn abbrechen, die neue wieder und so fort, indem sie sich fragen bei jedem Mächtigen, was sie ausdenken und vollenden möchten »Kann ich denn nicht morgen eine Stunde länger wach liegen und meine Kopfarbeit auf dem Kopfkissen verrichten? Und warum denn nicht?« – Wer aber so wenig Denkkraft hat, daß er sie damit nicht einmal hemmen kann, wo er will, der höre hier wieder ein Ausmittel; nämlich er horche sich innen zu,

245

---

37 So, aber nicht XIV, und so VIII, nicht aber IX u.s.w. muß vor jedem obigen Einschlafen geschrieben werden, wenn man nicht vom Denken erwachen will.

wie ihm *ohne sein Schaffen* ein Substantivum nach dem andern zutönt
und zufliegt, z.B. mir gestern: »Kaiser – Rotmantel – Purpurschnecke
– Stadtrecht – Donnersteine – Hunde – Blutscheu – atque panis –
piscis – crinis – Karol magnus – Partebona – et so weiter.«

10) Niemand merkte noch scharf genug darauf, daß er zwei der besten
Säemaschinen der Schlummerkörner an seinem eignen Kopfe herum-
trage, nämlich seine beiden Gehörgänge, nach außenhin Ohren genannt.
Höchstens nahm vielleicht einer und der andere wahr, daß ihm Ein-
schläferndes zufließe durch die Gehörgänge in Hofkirchen, in Redesälen
akademischer Mitglieder, in Freimäurerlogen und in Theaterlogen,
wiewohl er am hellen Tage wenig Gebrauch davon zu machen wußte;
aber ich darf wohl mich als den Erfinder ansehen, welcher die eignen
Gehörwerkzeuge, auch ohne alle Unterstützung fremder Sprachwerkzeuge und folglich in der Einsamkeit der Nacht und der Bettstelle, als die
besten Schlaftrunkzubringer zuerst beobachtet hat. Wie nämlich Mäzen
sich durch Wasserfälle einschläferte, oder wie in den achtziger Jahren
der Wunderdoktor Schlippach in der Schweiz ein besonderes Schlafzim-
mer hatte, worin alle Kranke entschliefen an den um dasselbe nieder-
rauschenden Strömen: so tragen wir alle ja ähnliche Wasserfälle in uns,
ich meine die Pulsadern-Springbrunnen und Blutadern-Wasserfälle,
welche unaufhörlich dicht neben unsern Ohrnerven rauschen, und die
jeder – sogar am Tage mit einiger Aufmerksamkeit nach Innen, aber
noch lauter in der Nacht auf dem Kopfkissen – vernehmen kann. Nun
auf dieses innere Rauschen richte ein Beflißner des Wiedereinschlafens
recht bestimmt sein Seelenohr; – und er wird mir danken, wenn er erwacht, und es rühmen, daß er durch mich früher eingeschlafen. Noch
trefflicher wirkt dieses zehnte Mittel ein, wenn man ihm noch das
sechste als ein adjuvans beimischt, was ich in meiner nächtlichen Praxis
selten vergesse.

11) Das eilfte Einschlafmittel ist irgendeine Historie, die man sich
metrisch in den freiesten Silbenmaßen vorerzählt. Gewöhnlich nehm'
ich des biblischen Josephs Geschichte dazu und halte damit gut sieben,
ja bis zwölf Nächte Haus; ich weiß jedoch jedesmal – was mich wundert,
ich mir aber nächstens völlig erklären werde –, wo ich im Erzählen
stehen geblieben. Dabei hat der Schlaflustige nun zum Glück auf *Nume-
rus* – der ohnehin schon als *Zahl* im ersten Schlafmittel – oder auf
Wohlklang der im zweiten unter den Tönen vorkommt – nicht die
geringste Rücksicht zu nehmen nötig, ebensowenig als auf falsches

Verkürzen oder Verlängern der Füße – da nur das Aufziehen und Ausstrecken der leiblichen von Wichtigkeit ist –; kurz der Schlaflustige pfeife auf dem Haberstroh sein Haberrohr, wie er nur mag, und zwar je falscher, je besser; ja wenn er sogar mit allen möglichen unpoetischen Freiheiten jetziger Versübersetzer und Vers- und Sonettenschmiede sich handhabt: so wird er immer noch finden, daß man dichtend leichter hundert Menschen einschläfert als einen einzigen, nämlich sich. Um desto mehr ahme er die gedachten Dichter nach, damit er Schönheiten, die im Bett nur Anstöße wären, möglichst vermeide. So sing' ich wenigstens meine epische Josephiade ab und fange sie jambisch an »Der träum'r'sche Joseph kame einst zu seinen Brüdern, erzählte voller Stolze ihnen seine folg'nden Träume« etc. – so daß ich mich um kein Rezensieren kümmere, sondern mich frage »Stecken denn der Doktor Merkel aus Riga und der Hofrat Müllner aus Weißenfels mit dir unter *einer* Decke und liegen mit ihren Schlafmützen neben deinem Kopfe rechts und links auf *einem* Kopfkissen? – Mithin, so dichte nur zu!«

12) Kein gemeines Einschlafmittel – sondern vielmehr ein neues und das zwölfte – ist *Buchstabieren* unendlich langgestreckter Wörter, wie sie die Kanzleien des Reichstags, des Bundtags, die wienerischen sämtlich, ja die meisten deutschen als höhere bureaux des longitudes uns hinlänglich zulangen und schenken. Einen solchen Kanzlei-Molossus-Koloß nun erstlich sich langsam vorzubuchstabieren – ja zweitens vorher sich ihn gliederweise hinzuschreiben, wäre wohl das Höchste, was ein Schlaflustiger von sich fodern könnte zum Denkpausieren, wenn ich es nicht drittens darüber hinaus zu treiben wüßte durch meinen neuern Kunstgriff, daß ich, ob ich gleich das innere Aussprechen des unabsehlichen Lang-Wortes durch Zerstücken in Silben noch mehr verlängere und diese Silben wieder durch Hinschreiben von neuem auseinanderziehe, mich doch nicht damit begnüge, sondern, wie gesagt, drittens gleich anfangs jeden Buchstaben einer Buchstabiersilbe selber vornehme und ihn geduldig fertig mache und deswegen, anstatt wie ein Schriftgießer zu eilen, der einen schon in die Patrize oder Schriftbunze eingeschnittenen Buchstaben in der kupfernen Matrize einschlagend ausprägt, vielmehr meinen Buchstaben, es sei Spaßes halber z.B. das O im Worte Österreichisches, Punkt nach Punkt oder punktatim durch gelbe Messingnägelköpfe ausfertige, die ich, wie man sonst gepflegt, so lange hintereinander auf einen Kutschenschlag einschlage, bis das O als Zirkel dasteht und ich zum E übergehen müßte – wohin es

aber eben nie kommt, weil ich über dem O als Zyklus und Zirkel, den ich mit meinen Nägelköpfen, wie ich will, erweitere, längst in Schlaf gefallen bin, – von welchem schon jetzo ich und wohl die Leser selber durch das bloße langweilige Darstellen auf dem Papier angefallen werden. Nein, kein Argus behielt von allen seinen Augen nicht zwei im Bette offen, zumal da er die Flöte zum Einschläfern selber bläst.

13) Das dreizehnte Seelen- und Bett-Laudanum kann jeder gebrauchen, er habe so viele Ideen, als er will, oder so wenige oder gar keine. Ich schäme mich, es aber anzugeben, da es in nichts Geistigerem besteht als darin, daß man die fünf Finger, einen nach dem andern, langsam auf oder unter dem Deckbette auf- und niederbewegt und fortfährt und daran so lange denkt, bis man, ohne daran zu denken, an kein Aufheben oder Achtgeben mehr denkt, sondern schnarcht. Es ist erbärmlich, daß unser Geist so oft der Mitbelehnte des Leibes ist und besonders hier das Faustrecht der toten Hand und deren Fingersetzung hat, und daß sein geistiger oder geistlicher Arm in der Armröhre des weltlichen steckt. Schlafdurstige, also Schlaftrunkene, z.B. Soldaten, Postillione, schlummern im Reiten und Marschieren halb ein, bloß weil gleiche Bewegungen des Körpers dieselben langweilig-geistigen, die das Gehirn wenig mehr reizen, in sich schließen. Läßt man aber den schlafenden Postillion die Pferde abspannen, einziehen, abschirren und füttern: so wird und bleibt der Mann ganz wach; bloß weil seine (körperlichen und geistigen) Bewegungen jetzt immer etwas anderes anzufangen und abzusetzen haben. Der Grund ist: die Einförmigkeit fehlt. Wenn man in Tangotaboo (nach Forster) die Großen dadurch einschläfert, daß man lange und linde auf ihrem Leibe trommelt: so ist der Grund gar nicht von diesem vorletzten Mittel verschieden. Denn das

14) ist das letzte. Da die Kunst, einzuschlafen, nichts ist als die Kunst, sich selber auf die angenehmste Weise Langeweile zu machen – denn im Bette oder Leibe findet man doch keinen andern Gesellschafter als sich –, so taugt alles dazu, was nicht aufhört und ohne Absätze wiederkehrt. Der eine stellt sich auf einen Stern und wirft aus einem Korbe voll Blumen eine nach der andern in den Weltabgrund, um ihn (hofft er) zu füllen; er entschläft aber vorher. Ein anderer stellt sich an eine Kirchentüre und zählt und sieht die Menge ohne Ende, die herauszieht. Ein dritter, z.B. ich selber, reitet um die Erde, eigentlich auf der Wolkenbergstraße des Dunstkreises, auf der wahren, um uns hängenden Bergkette von Riesengebirgen, und reitet (indem er unaufhörlich selber

das Roß bewegt) von Wolke zu Wolke und zu Pol-Scheinen und Nebel-
feldern, und dann schwimmt er durch langes Blau und durch Äquator-
Güsse, und endlich sprengt er zum andern Pole wieder zu uns herauf.
– Ein vierter Schlaflustiger setzt irgendeinen Genius bis an den halben
Leib in eine lichte Wolke und will ihn mit Rosen rund umlegen und
überdecken, die aber alle in die weiche Wolke untersinken; der Mann
läßt indes nicht ab und umblümet weiter – in die Runde – und immer
fort – und die Blumen weichen – und der Genius ragt – wahrhaftig
ich schliefe hier, hielte mich nicht das Schreiben munter, unter demsel-
ben selber ein. So wird uns nun der Schlaf- dieses schöne Stilleben des
Lebens- von allem zugeführt, was einförmig so fortgeht. So schlafen
Menschen über dem Leben selber ein, wenn es kaum acht oder neun
Jahrzehende gedauert hat. So könnte sogar dieser muntere Aufsatz den
Lesern die Kunst, einzuschlafen, mitteilen, wenn er ganz und gar nicht
aufhörte.

II.

Das Glück, auf dem linken Ohre taub zu sein

Der Verfasser dieses Aufsatzes, der das oben gedachte Glück schon von
Kindheit auf genossen, wird sich für belohnt ansehen, wenn er durch
ihn einige Leser der Zeitung für die elegante Welt, die vielleicht jahre-
lang einhörig, wie Kant einäugig, gewesen, ohne es zu wissen, anreizt,
daß sie ein Ohr um das andere zuhalten, um zu erforschen, ob etwan
eines davon die Gaben seines linken hat.

Außer der Wasserspitzmaus – die bekanntlich im Wasser die Ohren
mit Klappen schließen kann – und außer den Fledermäusen mit Ohr-
deckeln wüßt' ich niemand, am wenigsten Menschen, welche ähnliche,
den Augenlidern gleiche Ohrenlider hätten; fast jeder hört, und zwar
selten die angenehmsten Sachen. Ist man hingegen mit einseitiger
Taubheit versehen, so wird leicht – mit *einem* Finger – zweiseitige auf
so lange, als man braucht, zusammengebracht; besonders sieht der
Einhörige vier Plätze – gleichsam vier Freudenweltteile – vor sich aufgetan, den *Musiksaal*, das *Schauspielhaus*, das *Gesellschaftzimmer* und
das *Bette*.

Ich will, wenn es verziehen wird, die Leser in die vier Pfähle meines Himmels hineinführen; mögen auch sie einige *taube* Blüten der Freude pflücken.

Einseitige Taubheit ist in einem *Musiksaale*, wo man weniger Ton- als Mißtonkünstler zu genießen bekommt, vielleicht so schätzbar als starkes Gähnen. Nach Haller ist man so lange taub, als man gähnt, und die gütige Natur schreibt also selber das Gähnen als das nächste Schirmmittel gegen langweilige Einwirkungen vor. Ein Einhöriger aber erreicht denselben Zweck, nur viel höflicher, wenn er die Hand, anstatt vor den Mund, unter leichtem Vorwand vor das Hör-Ohr hält, wie ich, und so lange aufmerksam ausruht, als das Zerrtonstück dauert. Goethe wünscht den Zuhörern Unsichtbarkeit der Spieler, nämlich ihrer Gebärdungen; wer nun noch Unhörbarkeit künstlich dazusetzen kann, hat, glaub' ich, alle Vorteile verknüpft, die von schlechten Konzerten zu ziehen sind. In guten gewinnt ein Mann, der steht und geht, noch größere durch Einhörigkeit; denn er kann, sooft neben seinem gesunden Ohre Lob- und andere Sprüche wie Prosa die zarte Poesie des Tönens stören und quälen, sich leicht so gut wegstellen, daß er der rohen Klapperjagd neben sich geradehin das tote Ohr zukehrt.

Im *Schauspielhause* ist Einhörigkeit noch nötiger, ja unschätzbar; nicht nur, weil sich oft das Tonspiel mit dem Schauspiel vereinigt – folglich der vorige Vorteil mit dem folgenden – noch auch bloß, weil beide Künste die Einzigkeit haben (welche die Tanzkunst durch Figuranten vermeidet), daß Meister und Schüler zugleich (es müßten denn jene fehlen) *ein* Kunstwerk verknüpft gebären – noch etwa, weil es hundert Gründe dafür gibt – sondern hauptsächlich, weil unzählige dafür da sind, indes *einer* hinreiche für alle. Es haben nämlich nicht nur mehre Personen, welche ihre Logen auf ganze Jahre mieteten, die gute Bemerkung gemacht, daß es bei den meisten Trauer- oder gar Schau- oder vollends Lustspielen wenig mehr zu gewinnen gebe als im Grec-Spiel, im Pochspiel und im Sticheln, sondern auch ich, aber ohne über Nachteil zu klagen. Denn mit einem Finger, der sich ans rechte Ohr anlehnt, halt' ich mir den Poeten und seine agierenden Truppen so gut vom Leibe, als ob ich warm zu Hause säße in der Vorstadt, ungemein heiter aussehend und wohl verschanzt. – Sooft vollends in der Oper die Musik aufhört, so eilt niemand mehr als ich mit der Rechten – womit die anderen klatschen – ans gute Ohr und mauert die heilige Jubelpforte der Töne, z.B. eines Mozarts, so lange damit zu, bis das

Sprechen etwas nachgelassen; – aber eben dieser herrliche Wechsel zwischen zwei Ohren macht mich vielleicht zu einem leidenschaftlichern Operfreunde, als ich öffentlich gestehen darf. Le Sage, ein Liebhaber der Pariser Bühne, setzte, als er ganz taub geworden, die Besuche derselben fort und schöpfte den alten Genuß daraus, zum Erstaunen vieler; ich aber erkläre mirs ohne Mühe aus dem Vorigen. Ich habe sogar einen wackern Geschäftmann gekannt, welcher, um kein Schauspiel zu versäumen, in jedes mit seinem Aktenpack unter dem Arme kam, sich ins Punschzimmer setzte und da so lange neben seinem Glase seine Akten durchging, bis das Stück geendet war und er sich erfrischt und neu belebt mit andern Zuschauern nach Hause begab. Ja wäre bei der jetzigen Bühnenverbesserung nicht – nach dem Muster der Orientfürsten, welche ihrem Weiberrate der fünfhundert jungen nur Männer zu Vorstehern geben, die keine sind, sondern stumme, taube und beinahe (als Zwerge) unsichtbare – eine Bühne zu erbauen möglich, welche die Spieler durch perspektivische Künste in eine so abgemeßne Entfernung von den Zuhörern stellte, daß diese sich wirklich täuschten und nichts zu hören und zu sehen glaubten?

Nirgend ist aber wohl partielle Taubheit von größerem Nutzen als da, wo sie am häufigsten anzuwenden ist, im *Sprech-* oder *Hörzimmer,* das größte auf der Erde, wenn diese es nicht selber ist. Da es auf der einen Seite so unschicklich ist, einen Nebenmenschen mitten in seiner Rede stehen zu lassen und davonzugehen – oder auch ihm ganz laß und abgespannt zuzuhören – oder vollends vor seiner Unterhaltung beide Ohren zuzuhalten – und da doch auf der andern Seite in mehren deutschen Reichkreisen und Zirkeln und cercles fast an jedem Abend Dinge gesagt werden, an welche man sich den Morgen darauf mit der größten Langweile erinnert: so kenn' ich kein größeres Glück, ich meine keine schönere Ausgleichung zwischen Selber- und Menschen-Liebe, als linke Taubheit; vergnügt und munter ruh' ich vor meinem gesprächigen Nachbar auf der Hand mit dem rechten Ohre, um es zu decken, und betreibe ohne Händel und Skandal (das Vexierohr halt' ich ihm offen hin) meine innern Angelegenheiten während der auswärtigen.

Dies alles muß jetzt viel weitläufiger gesagt und dann wiederholt werden.

Jeder hat Stunden, wo er klagt, daß sie ihm langweilig hinflössen, weniger wegen Mangel an Gesellschaft als wegen Dasein derselben. –

Jeder hat gesellige Tage, die er Novemberhefte des Lebens nennt, um figürlich und beißend zu sein – er will nämlich damit entweder sagen, jede Sache werde in Gesellschaften zweimal gesagt, gleichsam von Doppelspaten gezeigt, oder sonst etwas –

Jeder Deutsche hat Jahre, wo er über neue Auflagen des Vademekums in Gesellschaften ergrimmt – über die mündlichen Geschäftbriefe der Geschäftmänner – über die langweilige Theaterjournalistik des Kriegtheaters –

Jeder Deutsche hat seine Zeit, wo er wünscht, die übrigen Deutschen möchten sich mehr aufs Reden legen, da sie, ungleich den Kindern, früher schreiben als sprechen gelernt, und wo er auf Sprechklubs in London und auf bureaus d'esprit in Paris für sie dringt, damit sie, sagt er, eine lebendige Sprache mehr lebendig als zu tot reden und nicht, wie Muscheln, die besten Perlen erst durch langes Modern aufdecken und hergeben –

Und so weiter; denn jeder Deutsche klagt hauptsächlich, daß der andere gesellig lieber Erzählungen mache als Bemerkungen – lieber fremde Einfälle als eigne – lieber die längsten Erzählungen als schöne – lieber Berichte als contes – lieber Stichworte des Spiels als sonst ein gutes Wort –

Wird gar von Amt-, Huldigung-, Kanzelrednern oder von dem Bruder Redner (einem sehr ernsten frère terrible) gesprochen, so sind die Klagen wirklich herb – –

Aber hier liegt nun die Schuld (darauf sollte die lange Periode wo möglich führen) viel weniger an den Sprechern als an den Hörern selber, welche, anstatt wie gute Barometer nur eine Öffnung zu haben, zwei Ohren öffnen und folglich Luft einlassen. Ein Mann aber mit einhörigem Ohr – das er so leicht zumacht als ein dummes Buch – schätzt geselligen Verkehr. Kann er denn nicht – dies weiß er – mitten unter gedachten Reden wie zufällig ans Hör-Ohr den Stockknopf legen – oder den Kopf auf die Hand oder es sonst verschließen – oder, ohne es zu tun, sich umdrehen und jedem sein geschloßnes Ohr zuwenden und dadurch so glücklich werden als wenige? – Wie selig war ich oft in den vornehmsten Männerzirkeln, wo, als in Epikurs- und Augias-Ställen, die kotigsten Anekdoten aller Art umliefen, wenn ich, nichts als mein blindes Ohrtor zeigend, in meinem zugemauerten Konklave mitten unter moralischen Sterkoranisten die köstlichsten biographischen Madonnen erzeugte und anbetete! – Ähnlicherweise durften sonst in Jülich und Berg (einige

Dörfer ausgenommen) Protestanten an katholischen Heiligen-Tagen, nach Reichgesetzen, nur arbeiten, wenn sie Türen und Fenster verschlossen. – Wie wurd' ich oft von mancher Erzählung gelabt, wenn sie lang und langweilig genug war, daß ich während ihres Verlaufs, mit offenem Gesicht am verschloßnen Kopf, heiter am neuesten Druckbogen fortarbeiten konnte, z.B. an diesem! Wurd' ich dann wieder, wie ein Siebenschläfer und Epimenides, wach, so umzog mich eine verjüngte Welt, und frische Gespräche versuchten ihr Heil.

– – Hier komme ich leider scheinbar in den Fall der Buchhändler und Fürsten, welche das Allgemeinste oft als Herold dem Bestimmtesten vorausschicken, die Ewigkeit dem Markttage, wenn ich auf die Partie Ohren-Körke oder Hörschirme aufmerksam und begierig mache, welche mir ein abgedankter Vielkünstler, der lange auf Bühnen, Flöten, Karten und Weiberherzen gespielt, als Faustpfänder einer kleinen Schuld auf dem Halse gelassen. Die Schirme (dem Anfühlen nach von Resina mit etwas Baumwolle) sind gut und geschmackvoll genug. – Meine Adresse ist: J. P. F. Richter, Legationrat, in Herrn Registrator Schramms Hause in Baireuth.[38] Als mir der Tonkünstler dieser geselligen Still-Leben die mündlichen Empfehlungen derselben vormachte, versucht' ich einige von den Schirmen dem Ohre ein und fand sie bewährt. Der Künstler erzählte noch zu ihrem Vorteil, er habe, da er leider alles leichter bei sich behalte als ein Geheimnis, zwei seiner Sperröhren, als er in die Loge zum *** aufgenommen worden, aus Meineidangst zu sich gesteckt und damit kurz vor dem Vortragen der Geheimnisse sich die Ohren, gleich Zähnen, so wohl plombiert, daß er kein einziges vernommen, sondern noch bis diese Stunde seinen Schwur spielend erfülle; ja er stehe, setzt' er hinzu, jedem kühn zur Rede, der ihn probieren wolle, ob er etwas wisse. So viel ist gewiß, daß man mit dieser Ohrklausur – oder diesem Ton-Ableiter und Ohr-Portier – jedem, welchen hohen Standes er auch sei, auf der Stelle Schweigen auferlegen kann, er mag noch so laut fortreden; der Mann ist ein e-muet (stummes E) für mich und kann nicht einlaufen in den gesperrten Hafen der Gesellschaftinsel.

– –– Jetzt aber zum Wichtigern zurück!

Da wohl der Vorteil kein Publikum in der Welt interessiert, daß ich schon von Natur zur Höflichkeit geschaffen bin, nämlich als Linkstauber jeden an meiner Rechten, als der Hör- und Windseite, gehen zu lassen,

255

38 Gegenwärtig in Herrn Schwabachers Hause in der Friedrichstraße.

um doch in Diskurse zu geraten: so bitt' ich die Welt, sofort den vierten Nutzen der Einhörigkeit zu betrachten und mit mir an mein *Bette* zu treten, wo ich liege – aber eben auf dem Hör-Ohr – und folglich nicht einmal merke, wie viel eintreten.

Je näher man dem längsten Schlafe kommt, desto mehr achtet man das Vorschlafen. Einem alten Manne wäre daher mein linker Vorzug mehr zu gönnen; seinen Regenschirm muß er ja zugleich gegen *Schnee* und *Hagel* tragen. Es sei nun, weil der Schlaf ein Vorspiel und Vorzimmer des Todes ist, welcher alle Sinne früher schließt als das Ohr, oder weil man in jenem (wie in diesem) die Augen zumacht, auf Augenschluß aber (nach Eschkes Bemerkung) leiseres Hören folgt, oder weil der scheue Greis mehr befürchtet und mithin behorcht, genug er kann wenig schlafen vor Lärm. So bedeutet es nasses Wetter, wenn Türen und Fenster nicht zugehen. Hunde – Mäuse – Wirthausgäste – Redoutenwagen – der eigne Atem, der zu laut wird – alles weckt den Mann und wacht um ihn; die Frühlingstürme, die ihm nicht viel Blumenstaub ins welke Leben wehen, samt den Passatstürmen der Nachtwächter brechen in seine Ohren ein und stehlen den Schlaf. Ich hingegen, mit der Gabe, ein Ohr weniger zu haben, lege mich (außer in verdächtigen Zeiten und Orten) auf das behaltene und höre nichts mehr, sondern nur Träume – am Janustempel des Lebens sind die Flügeltüren geschlossen – der allgemeine Friede kehrt ein – und das Übrige ist aus.

III.

Die Vernichtung

Eine Vision

Jede Liebe glaubt an eine doppelte Unsterblichkeit, an die eigne und an die fremde. Wenn sie fürchten kann, jemals aufzuhören, so hat sie schon aufgehört. Es ist für unser Herz einerlei, ob der Geliebte verschwindet oder nur seine Liebe. Der Zweifler an unserer Ewigkeit leihet, wenn ein schönes Herz vor ihm auf ewig auseinanderbricht, wenigstens der Vollkommenheit desselben, um es fortzulieben, in einem höchsten Wesen Unvergänglichkeit und findet den Liebling, der unter der dunkeln

Erde zusammensinkt, in einem durchbrochnen Sternbilde am Himmel wieder.

Der Mensch – der sich immer zu selten und andere zu oft befragt – hegt nicht nur heimliche Neigungen, sondern auch heimliche Meinungen, deren Gegenteil er zu glauben wähnt, bis heftige Erschütterungen des Schicksals oder der Dichtkunst vor ihm den bedeckten Grund seines Innern gewaltsam entblößen. Daher wird es uns leicht, die Überschrift dieses Aufsatzes kalt zu lesen oder gar die Vernichtung anzunehmen und zu begehren; aber wir zittern, wenn unser Herz uns den grausamen Inhalt des Wahns aufdeckt, daß die Erde, in die wir alle unser gesunkenes Haupt zur Ruhe legen wollen, nichts sei als der breite Enthauptungblock der blassen gebückten Menschen, wenn sie aus dem – – *Gefängnis* kommen. Alsdann zündet (wie öfter) die Wärme des Herzens wieder Licht in der Nacht des Kopfes an, so wie Tiere, die das Leben durch einen elektrischen Funken verloren, der in den Kopf sprang, es durch einen zweiten wiederfinden, den man in die Brust leitete.[39] –

Ottomar lag im äußersten Hause eines Dorfs, aus dem man die Aussicht auf ein noch unbegrabenes Schlachtfeld hatte, an einem giftigen Faulfieber ohne Hoffnung darnieder. In jeder Nacht trieb sein heißes erschüttertes Herz das aufgelöste Blut, wie einen Höllenfluß, voll zerrissener ungeheurer Bilder vor seinem Geiste vorbei, und der dunkle reißende Strom aus Blut spiegelte den durchwühlten Nachthimmel und zerstückte Gestalten und zerrinnende Blitze ab. Wenn der Morgen kühlend wiederkam, und wenn das Gift des Fiebertarantelstichs aus dem müden Herzen verflogen war: so tobte vor ihm das unbewegliche Gewitter des Kriegs mit unaufhörlichen Blitzen und Schlägen; und diese blutigen durchbohrten Bilder standen dann in seinen mitternächtlichen Phantasien vor ihm als Leichen auf.

In der Mitternacht, die ich jetzt beschreiben will, erreichte sein Fieber die kritische und steile Höhe zwischen dem Grabe und dem Leben. Seine Augen wurden Vergrößerspiegel in einem Spiegelzimmer, und seine Ohren Hör-Röhre in einem Sprachgewölbe – sein Krankenwärter streckte Riesenglieder vor ihm aus – die wimmelnden Gestalten des übermalten Bettvorhangs wurden dick und blutrot und schossen auf und fielen in einem Schlachtgetümmel einander an – eine siedende Wasserhose zog ihn in ihren schwülen Qualm hinauf und rückte ihn

---

39 Reimarus neuere Werke vom Blitze.

brausend und wetterleuchtend über Meere weiter – und unten aus dem tiefsten Innersten krochen kleine scharfe Gespenster, die ihn schon in dem Fieber der Kinderjahre verfolgt hatten, mit klebrigen kalten Krötenfüßen an der warmen Seele herauf und sagten: wir quälen dich allemal!

Plötzlich, als das verfinsterte Herz sich aus dem heißen Krater des Fiebers zurückrollend hinaufarbeitete, überzog die Stubendecke der gelbe Widerschein einer nahen Feuerbrunst. Sein trocknes heißes Auge starrte halb geschlossen die durchsichtigen Bilder seines Vorhangs an, die mit der fernen Lohe flatterten. Auf einmal dehnte eine Gestalt sich unter ihnen aus mit einem leichenweißen unbeweglichen Angesichte, mit weißen Lippen, mit weißen Augenbrauen und Haaren. Die Gestalt suchte den Kranken mit gekrümmten langen Fühlhörnern, die aus den leeren Augenhöhlen spielten. Sie wiegte sich näher, und die schwarzen Punkte der Fühlhörner schossen, wie Eisspitzen, wehend um sein Herz. Hier trieb es ihn mit kaltem Anhauchen rückwärts; und rückwärts durch die Mauern und Felsen und durch die Erde, und die Fühlhörner zuckten wie Dolche um seine Brust; aber wie er rückwärts sank – brach die Welt vor ihm ein – die Scherben zerschlagner Gebirge, der Schutt stäubender Hügel fiel danieder – und Wolken und Monde zerflossen wie fallender Hagel im Sinken – die Welten fuhren in Bogenschüssen über die leichenweiße Gestalt herab, und Sonnen, von ergriffenen Erden umhangen, sanken in einem langen schweren Fall danieder – und endlich stäubte noch lange ein Strom von Asche nach …

»Weiße Gestalt, wer bist du?« fragte endlich der Mensch »Wenn ich mich nenne, so bist du nicht mehr«, sagte sie, ohne die Lippen zu regen, und kein Ernst, keine Freude, keine Liebe, kein Zorn war noch auf dem marmornen Gesichte gewesen, und die Ewigkeit ging vorüber und veränderte es nicht. Sie drängte ihn auf einen engen Steig, der aus den Erdschollen gemacht war, die unter das Kinn der Toten gelegt werden; der Weg durchschnitt ein blutiges Meer, aus welchem graue Haare und weiße Kinderfinger wie Blüten an Wasserpflanzen blickten, und er war mit brütenden Tauben und nassen Schmetterling-Flügeln und Nachtigalleneiern und Menschenherzen überdeckt. Die Gestalt zerquetschte alle durch Darüberschweben, und sie zog ihren langen grauen, auf dem weiten Blute schwimmenden Schleier nach, der aus der nassen Leinwand gemacht war, die über den Augen der Toten gelegen. – Die roten Wogen stiegen um den bangen Menschen auf, und der einkriechende Weg ging nur noch über kalte, glatte Erdschwämme und endlich bloß über eine lange kühle glatte Natter …

Er glitt herab, aber ein Wirbelwind wandte ihn herum, vor ihm breitete sich unabsehlich eine schwarze Eisscholle aus, auf der alle Völker lagen, die auf der Erde gestorben waren, starre eingefrorne Leichenheere – und tief unten im Abgrund läutete ein Erdbeben seit der Ewigkeit ein kleines geborstenes Glöckchen; es war die Totenglocke der Natur. – – »Ist das die zweite Welt?« fragte der trostlose Mensch. Die Gestalt antwortete »Die zweite Welt ist im Grabe zwischen den Zähnen des Wurms.« – Er blickte auf, um einen tröstenden Himmel zu suchen, aber über ihm stand ein fester schwarzer Rauch, das ausgebreitete Bahrtuch, das zwischen den Welten-Himmel und zwischen diese düstere frostige Lücke der Natur gezogen war; und der Schutthaufen der Vergangenheit dampfte aus der Tiefe auf und machte das Leichentuch schwärzer und breiter. – – Jetzo lief der Widerschein einer hinabfallenden entzündeten Welt mit einem roten Schatten über die finstere Decke, und eine ewige Windsbraut verwehte sinkende Klagstimmen herein:

»Wir haben gelitten, wir haben gehofft; aber wir werden gewürgt. – Ach Allmächtiger, schaffe nichts mehr!«

Ottomar fragte: »Wer vernichtet sie denn?« – »Ich!« sagte die Gestalt und trieb ihn unter die eingefrornen Leichenheere, unter die Larvenwelt der vernichteten Menschen. Wenn die Gestalt vor einer entseelten Maske vorüberging, so spritzte aus dem zugefallenen Auge ein blutiger Tropfen, wie ein Leichnam blutet, wenn ihm der Mörder nahetritt. Er wurde unaufhaltsam durch das stumme Trauergefolge der Vergangenheit hindurchgeführt, durch die morsche Wesenkette, durch das Schlachtfeld der Geister. Da er so vor allen eingeäscherten Geschwistern seines Herzens vorbeiging, in deren Angesicht noch die zerrissenen Hoffnungen einer Vergeltung standen – und vor den armen Kindern mit glatten Rosenwangen und mit dem erstarrten ersten Lächeln und vor tausend Müttern mit den eingesargten Säuglingen auf dem Arm – und da er sah die stummen Weisen aller Völker, mit der erloschenen Seele und mit dem erloschenen Licht der Wahrheit, die unter dem über sie geworfenen Leichentuche verstummt, wie Singvögel, wenn wir ihr Gehäuse mit einer Hülle verfinstern – und da er sah die versteinerten Leidtragenden des Lebens, die unzähligen, welche gelitten, bis sie starben, und die andern, die ein kurzes Entsetzen zerriß – und da er sah die Angesichte derer, die vor Freude gestorben waren, und denen noch die tödliche Freudenträne hart im Auge hing – und da er sah alle Frommen der Erde stehen mit den eingedrückten Herzen, worin kein Himmel und kein Gott und Gewissen mehr wohnte – und da er sah wieder eine Welt herunterfallen, und ihre Klagstimmen vorüberweheten: »O! wie vergeblich, wie so nichtig ist der Jammer und der Kampf und die Wahrheit und die Tugend des Lebens gewesen!« – und da endlich sein Vater mit der eisernen Kugel erschien, welche die Leichen des Weltmeers einsenkt, und da er aus dem weißen Augenlide eine Blutzähre drückte: so rief sein zu kaltem Grimm gerinnendes Herz: »Gestalt aus der Hölle, zertritt mich nur bald; das Vernichten ist ewig, es leben nur Sterbende und du. – Leb' ich noch, Gestalt?« – –

Die Gestalt trieb ihn sanft an den Rand des immer weiter gefrierenden Eisfeldes. In der Tiefe sah er den Schutt von Gehäusen zerdrückter Tierseelen, und in den Höhen hingen zahllos die Eisstrecken mit den Vernichteten aus höheren Welten, und die Leiber der toten Engel waren oft aufrechte Sonnenstrahlen, oft ein langer Ton oder ein unbeweglicher Duft. – Bloß über der Kluft nahe dem Totenreiche der Erde stand allein auf einer Eisscholle ein verschleiertes Wesen – und als die weiße Gestalt vorüberzog, hob sich selber der Schleier auf – es war der tote Christus, ohne Auferstehung, mit seinen Kreuzes-Wunden, und sie flossen alle wieder, wegen der Nähe der weißen Gestalt! –

Ottomar stürzte auf die brechenden Knie und blickte auf zum schwarzen Gewölke und betete: »O guter Gott, bringe mich wieder auf meine gute Erde, damit ich wieder vom Leben träume!« und unter dem Beten flohen die roten blutigen Schatten gestürzter Erden über das weite Leichentuch aus festem Rauch. Jetzt streckte die weiße Gestalt ihre Fühlhörner verlängert wie Arme gen Himmel und sagte: »Ich ziehe die Erde herab, und dann nenne ich mich dir.«

Indem die Fühlhörner mit ihren schwarzen Enden immer höher stiegen und zielten, wurde ein kleiner Spalt des Gewölkes licht; dieser riß endlich auseinander, und unsere taumelnde Erde sank fliehend hindurch, gleichsam zum ziehenden greifenden Rachen einer Klapperschlange herab. Und indem die umnebelte Kugel näher fiel, regnete es Blut und Tränen auf ihr in ihr rotes Meer, weil Schlachten und Martern auf ihr waren.

Die graue enge Erde schwankte durchsichtig mit ihren regen jungen Völkern nahe über den starren toten Völkern – ihre Achse war ein langer Sarg aus Magnetstein mit der Überschrift: Die *Vergangenheit;* und im Erdkern schwebte ein rundes Feuer, das den Schlüssel des langen Sarges schmolz – die Lilien- und Blütenbeete der Erde waren Schimmel – ihre Fluren waren die grüne Haut auf einer festen Moderlache – ihre Wälder waren Moose und ihr spitzer Alpengurt ein Stachelrad, ihre Uhren schlugen in einem fort aus, und die Stunden wurden eilig Jahrhunderte, und kein Leben dehnte die Zeit aus – man sah die Menschen auf der Erde wachsen und dann rot und lang werden und dick und grau sich bücken und hinlegen. Aber die Menschen auf der Erde waren sehr zufrieden. – Auf ihr sprang wohl der Todesblitz regellos unter den sorglosen Völkern umher, bald auf das heiße Mutterherz, bald auf die glatte runde Kinderstirn, bald auf die kalte Glatze oder auf die warme Rosenwange. Aber die Menschen hatten ihren sanften Trost; die sterbenden Geliebten, die begrabenden und die weinenden Augen hingen leicht an den brechenden, Freund an Freund, Eltern an Kindern, und sie sagten »So zieht nur hin, wir kommen ja wieder zusammen hinter dem Tode! und scheiden nicht mehr.«

»Ich will dir zeigen«, sagte die Gestalt, »wie ich sie vernichte.« Ein Sarg wurde durchsichtig – im weichen Gehirn des darin zusammenfallenden Menschen blickte noch das lichte Ich, vom Moder überbauet, von einem kalten finstern Schlaf umwickelt und vom zersprungenen Herzen abgeschnitten. Ottomar rief: »Lügende Gestalt, das Ich glimmt noch – wer zertritt den Funken?« – Sie antwortete »Das Entsetzen! – Sieh hin!« Eine Dorfkirche hatte sich gespalten: ein bleierner Sarg sprang auf, und Ottomar sah seinen Körper darin abbröckeln und das Gehirn bersten; aber kein lichter Punkt war im offenen Haupte. Nun machte die Gestalt ihn starr und sagte »Ich habe dich aus dem Gehirn herausgezogen – du bist schon lange gestorben« – und umgriff ihn schnell und schneidend mit den kalten metallenen Fühlhörnern und lispelte: »Entsetze dich und stirb, ich bin Gott« …

Da stürzte eine Sonne herein, die den weiten Himmel einnahm, zerschmelzte die Eiswüste und das Larvenreich und flog ihren unendlichen Bogen brausend weiter und ließ eine Flut von Licht zurück, und der durchschnittne Äther klang mit unermeßlichen Saiten lange nach. Ottomar schwamm im Äther, rings mit einem undurchsichtigen Schneegestöber aus Lichtkügelchen übergossen; zuweilen schnitt der Blitz einer fliegenden Sonne durch die weiße Nacht hinab, und eine sanfte Glut wehte dann vorüber. Der dichte weite Lichtnebel wallete

262

auf den Tönen des Äthers, und seine Wogen bewegten den Schweben-
den. Endlich sank der weite Nebel in Lichtflocken nieder – und Ottomar
sah die ewige Schöpfung rings um sich liegen, über ihm und unter ihm
zogen Sonnen, und jede führte ihre blumigen Erdenfrühlinge an sanften
Strahlen durch den Himmel.

Der zusammengesunkene Sonnenduft wallete schon weit im Äther
als eine blitzende Schneewolke hinab, aber den Sterblichen hielt noch
im Himmelblau ein langer Lautenton auf seinen Wellen empor: da
hallete es plötzlich durch den ganzen grenzenlosen Äther hindurch, als
liefe die allmächtige Hand über das Saitenspiel der Schöpfung hinüber.
In allen Welten war ein Nachklang wie Jauchzen; unsichtbare Frühlinge
flogen mit strömenden Düften vorüber; selige Welten gingen ungesehen
mit dem Lispeln einer übervollen Wonne nahe vorbei; neue Flammen
flatterten in die Sonnen; das Meer des Lebens schwankte, als höbe sich
sein unermeßlicher Boden; ein warmer Sturm wühlte Sonnenstrahlen
und Regenbogen und Freudenklänge und Wolken aus Rosenkelchen
untereinander. – Auf einmal wurd' es in der Unermeßlichkeit still, als
stürbe die Natur an einem Entzücken – ein weiter Glanz, als wenn der
Unendliche durch die Schöpfung ginge, lief über die Sonnen, über die
Abgründe, über den bleichen Regenbogen der Milchstraße und über
die Unermeßlichkeit – und die ganze Natur bewegte sich in einem
sanften Wallen, wie sich ein Menschenherz bewegt und hebt, wenn es
verzeihen will – Da tat sich vor dem Sterblichen sein Innerstes wie ein
hoher Tempel auf, und im Tempel war ein Himmel, und im Himmel
eine Menschengestalt, die ihn anblickte mit einem Sonnenauge voll
unermeßlicher Liebe. Sie erschien ihm und sagte: »Ich bin die ewige
Liebe, du kannst nicht vergehen«; und sie stärkte das zitternde Kind,
das vor Wonne sterben wollte. Der Sterbliche sah durch heiße Freudentränen dunkel die unnennbare Gestalt – ein nahes warmes Wehen
schmelzte sein Herz, daß es zerfloß in lauter Liebe, in grenzenlose Liebe
– die Schöpfung drang erblassend, aber nah an seine Brust – und sein
Wesen und alle Wesen wurden eine einzige Liebe – und durch die
Liebetränen schimmerte die Natur als eine blühende Aue herein, und
die Meere lagen darauf wie dunkelgrüner Regen, und die Sonnen wie
feuriger Tau – vor dem Sonnenfeuer des Allmächtigen stand die Gei-
sterwelt als Regenbogen, und die Seelen brachen, von einem Jahrtausend
ins andere tropfend, sein Licht in alle Farben, und der Regenbogen
wankte nie und wechselte nur die Tropfen, nicht die Farben. –

Der Alliebende schaute an seine volle Schöpfung und sagte: »Ich lieb’ euch alle von Ewigkeit – ich liebe den Wurm im Meer und das Kind auf der Erde und den Engel auf der Sonne. – Warum hast du gezagt? Hab’ ich dir nicht das erste Leben schon gereicht und die Liebe und die Freude und die Wahrheit? Bin ich nicht in deinem Herzen?« – – Da zogen die Welten mit ihren Totenglocken vorüber, aber wie mit einem Kirchengeläute von Harmonikaglocken zu einem höheren Tempel, und alle Klüfte waren mit Kräften und jeder Tod mit Schlaf gefüllt.

Nun dachte der Überglückliche, sein dunkles Erdenleben sei auch geschlossen; aber tief unten stieg die in Gewölk gekleidete Erde herauf und zog den Menschen aus Erde wieder in ihre Wolken hinein. Der Alliebende hüllte sich wieder in das All. Aber ein Schimmer lag noch auf einem langen Eisgebirge weit hinter den Sonnen. Die hohen Eisberge flossen am Schimmer strahlend auseinander, gebückte Blumen flatterten angeweht über die zerschmolzene Mauer auf, ein unabsehliches Land lag aufgedeckt im Mondlicht weit ins Meer der Ewigkeit hinein, und er sah nichts darin als unzählige Augen, die herüberblickten und selig-weinend glänzten, wie ein Frühling voll warmen Regens unter der Sonne funkelt, und er fühlte am Sehnen und am Ziehen seines Herzens, daß es alle seine, daß es alle unsere Menschen waren, die gestorben sind.

Der Sterbliche blickte, schneller auf die Erde zufallend, mit erhobenen betenden Händen nach der Stelle im Himmelblau empor, wo der Unendliche seinem Herzen erschienen war – und ein stiller Glanz hing unverrückt an der hohen Stelle. Und als er noch schwerer den erleuchteten weichenden Dunst unserer Kugel betrat und zerteilte: stand noch immer der Glanz im Äther fest, nur tiefer an der umrollenden Erde …

Und da er unsern kalten Boden berührte, erwachte er; aber der feste Glanz stand im blauen Osten noch und war die – Sonne.

Der Kranke stand unten im Garten, der erste herbe giftige Traum hatte ihn hinabgedrängt – die Morgenluft wehte – das Feuer war gelöscht – sein Fieber war geheilt und sein Herz in Seelenruhe.

Und wie die Qual des Fiebers den höllischen, und der Sieg der Natur den himmlischen Traum geboren; und wie wieder der folternde Traum den Scheidepunkt, und der labende die Genesung beschleunigt hatte: so werden auch unsere geistigen Träume unsere Seelenfieber nicht bloß entzünden, sondern auch kühlen und heilen, und die Gespenster unseres Herzens werden verschwinden, wenn wir von seinen Gebrechen genesen.

Drittes Bändchen

Dritte Abteilung

38. Summula

Wie Katzenberger seinen Gevatter und andere traktiert

Auch Theoda begab sich wieder an die öffentliche Tafel, nämlich zum letzten Male und an dem Arme des Zollers, der, ganz stolz auf die Ehre einer so vornehmen Nachbarschaft und auf den Schein, weniger der Gast des Vaters als der Wirt der Tochter zu sein, sie an ihren Sessel geleitete. Es ist zweifelhaft, ob ihr Entschluß der öffentlichen Erscheinung bloß von ihrer Gevatter-Freude herkam oder von ihrer Achtung gegen Mehlhorn, der ohne ihre Nachbarschaft nur eine sehr kalte an der väterlichen finden konnte; – oder vom Gedanken der Abreise und vom Aufwachen ihres alten Stolzes oder (wer könnt' es wissen) vom Wunsche, an der Tafel einen Fürsten zum ersten Male zu erblicken, oder gar den Hauptmann Theudobach zum letzten Male, oder von der Aussicht in die abends aufleuchtende Eden-Grotte; – oder aus unbekannten Ursachen; sehr zweifelhaft, sag' ich, ist es, aus welcher von so vielen Ursachen ihre Umänderung entsprang, und mein Beweis ist der, daß es wahrscheinlich ist, alle diese Gründe zusammen – samt allen unbekannten – haben mitgewirkt.

Theoda sollte diesmal immer froher werden; noch vor dem Essen sah sie ihren Vater über 100 Vaterunser lang vom Fürsten gehalten und gehört. Der Fürst hörte, wie andere Fürsten, Gelehrte aller Art fast noch lieber und noch länger, als er sie las; vollends einen, der wie Katzenberger nicht sein Landeskind, seine Landesplage oder sonst von ihm abhängig war; er befragte ihn besonders über die Heilkräfte des Brunnens. Der Doktor setzte sie sehr hoch hinauf und sagte, er habe ein kleines chemisches Traktätchen in der Tasche, worin er dargetan, der Maulbronner Brunnen vereinige als Schwefel-Wasser alle Kräfte des Aachner, des Zaysenhauser im Württembergischen und des Wildbads zu Abach, wie schon das häßliche Stinken nach faulen Eiern verspreche. Hier wollt' er das Traktätchen aus der Tasche ziehen, brachte aber dafür einen langen Bärenkinnbacken mit Zähnen halb heraus, den er in der Bärenhöhle schon ohne Hülfe der Illumination aufgefunden und zu sich gesteckt. »Ei, wie böse!« sagt' er, »hab' ich die Untersuchung doch zu Hause gelassen. Aber ich habe immer die Taschen voll anatomischer Präparate!« – Der Fürst, leicht den verpönten Knochendiebstahl und willkürlichen Knochenfraß wahrnehmend, ging lächelnd darüber mit der Bitte hinweg, ihm den Traktat zu senden; und tat die Frage, ob es ihm im Bade gefalle. – »Ungemein«, versetzte er, »ob ich es gleich nicht selber gebrauche; aber für einen Arzt ist schon der Anblick so vieler Preßhaften mit ihrer unterhaltenden Mannigfaltigkeit von Beschwerden, die alle ihre eigne Diagnose verlangen und alle verschieden zu heben sind, eine Art Brunnenbelustigung, gleichsam eine volle Flora von Welkenden. Der ordentliche Brunnenarzt freut sich hier wie ein Lumpensammler, wenn recht viel zerrissen ist; es gibt dann unter dem Lumpenhacker viel verklärtes feines Postpapier in die andere Welt zu liefern, und der Badort ist ein schöner Vorhof zum Kirchhofe.« Den Fürsten wunderte und erfreute am Arzte sehr die Satire auf den eignen Stand, und er lächelte; allein er bedachte nicht, daß eigentlich jeder am meisten über seinen als den ihm bekanntesten, der Hofmann über den Hof, der Autor über das Schriftstellerwesen, ja der Fürst über Seinesgleichen Spott ausgießt, nur ihn aber andern nicht gern erlaubt. – »Raten Sie mir doch, Herr Professor«, fragte der Fürst, »welche Motion ist die beste?« – »Gehen, Durchlaucht, als die rechte Mitte zwischen Reiten und zwischen Fahren«, antwortete Katzenberger. »Aber ich gehe täglich, und es hilft mir wenig«, versetzte der dickleibige Regent. »Wahrscheinlich darum«, sagte der Doktor, »weil Höchstderoselben vielleicht nur mit den Füßen gehen; was zum Teil seine Nachteile hat –« (der Fürst sah ihn fragend an) »denn auch mit den Händen muß zu selber Zeit gegangen und sich bewegt werden, da wir Säugtiere in Rücksicht des Körpers ja Vierfüßer sind, wie Moscati sehr gut, nur mit Übertreibungen, bewiesen.« – Er setzte nun die Sache mehr ins Licht und zeigte »das Venenblut steige ohnehin schwer die Füße herauf, häufe sich aber noch mehr in ihnen an, wenn man sie allein in Bewegung und Reizung setzt; und dann sei für den ganzen übrigen Venen-

272

blutumlauf nur schlecht gesorgt.[40] Daher müssen durchaus die Oberfüße oder Arme als Mitarbeiter – wenigstens von hohen Personen, die mit ihnen nicht am Sägebocke oder hinter dem Garnweberstuhl oder auf der Drechselbank hantieren wollen – gleich stark mit den Unterfüßen auf- und abgeschleudert werden, zumal da schon nach Haller in seiner Physiologie das einfache Aufheben eines Armes den Puls um viele Schläge verstärke.« – Und hier machte der Doktor dem Fürsten den offizinellen Gang mit gehenden Perpendikelarmen so geschickt vor, daß er, wie ein trabendes Pferd, Ober- und Unterbeine in entgegengesetzter Richtung vorwärts und hinterwärts schlug; – und die ganze Badgesellschaft sah von fernen den unbegreiflichen und unehrerbietigen Schwenkungen des Doktors vor dem Fürsten zu. »In der Tat«, sagte der Fürst lächelnd, »dies muß man versuchen, wenn auch nicht in großer Gesellschaft.« – »Dann«, fuhr der Doktor fort, »kann man noch mehr tun. Da eigentlich das Säuern oder Entkohlen des Blutes das Ziel alles Lustwandelns ist: so halt' ich auf Spaziergängen meinen Mund außerordentlich weit aufgesperrt, um so die Luft stromweise in meine Lungen einzuschütten zum Oxydieren. Ja, ich darf Ihrer Durchlaucht vorschlagen, daß Sie in Zeiten, wo das Wetter nicht zum Gehen ist, dafür recht gut das Reden wählen können, weil dieses das Blut herrlich säuert durch das schnellere Einatmen der Lebensluft und das Ausatmen der Stickluft. Daher erkranken wir Professoren häufig in den Ferien durch Aussetzen der Vorlesungen, mit welchen wir uns zu säuern und zu entkohlen pflegen. Auch der treffliche, in unsern Zeiten zu wenig
273 erwähnte *Unzer*, Ihro Durchlaucht, bemerkt im achtzigsten Stücke seines *Arztes* ganz wahr, daß den Verrückten das unaufhörliche Sprechen und Singen die Motion ersetze.« – Da nahm endlich der Fürst von dem berühmten Gelehrten – der seinen Bückling mehr nur mit dem innern Menschen machen konnte, obwohl nur vor einem van Swieten, Sydenham, Haller, Swift – mit größerer Höflichkeit Abschied, als Katzenberger verhältnismäßig erwiderte, ja mit zu großer fast. Warum aber? vielleicht weil überhaupt Fürsten gern dem *fremden* Gelehrten am höflichsten begegnen – weil ihre Höflichkeit sie noch nichts kostet – weil sie ihn erst angeln wollen – weil ein von innen aus Freigemachter bei ihnen

40 Dasselbe bemerkt Puchelt im köstlichen Werke über »das Venensystem in seinen krankhaften Verhältnissen«; ein Werk, worin der Gang des Untersuchens den Verfasser so auszeichnet als der Gewinn durch dasselbe.

unter die Freiherrn und Freifrauen tritt, d.h. unter ihresgleichen – weil die Sache ohne Folgen (gute ausgenommen) ist – weil die Fürsten gern alles tun, aber nur *einmal,* auch das Beste – weil die ganze Sache kurz abgetan, und lang abgesprochen wird – weil sie einmal in Erstaunen ihrer Herablassung setzen wollen, welches bei Untertanen sie zu viel kosten würde – weil sie vom Manne später an der Tafel etwas sagen wollen und ihn also vorher etwas sagen lassen müssen – und weil sie eben dasselbe ohne alle Gründe täten, um so mehr da sie den besagten Mann schon halb vergessen, wenn er noch dasteht, und sich nach Jahren nicht gut mehr erinnern, wer der Mensch gewesen – und endlich, weil es doch beim Himmel auch Fürsten gibt, welche, wie Friedrich II., die schönste Ausnahme machen und einen Gelehrten noch höher würdigen als ein Gelehrter.

Indes auch einheimische Schriftsteller könnten die Sache benützen und sich vor solchen von ihren Fürsten, die auf ihnen wie Sultane auf verschnittenen niedergebückten Zwergen sich in den Sattel schwingen wollen, geradezu als Tanzbären aufrichten und auf die Hinterfüße treten. Um so unbegreiflicher bleibt es darum, daß bisher die Ärzte und die Rechtsgelehrten gegen die höhern Stände nicht zehnmal gröber ausfallen, als sie tun, und nicht so grob, als die Virtuosen der Zeichen-, der Ton-, der Schau- und der Tanzkunst längst getan; denn ohne jene, die ja erst Lang-Leben und Wohlleben verschaffen, sind alle Springer und Geiger unbrauchbar, indem alle Philosophen darüber einig sind, daß man, um wohl zu leben, zuvörderst leben müsse. Doch sprech' ich jenen nicht alle Grobheit ab, sondern nur den größten Grad. Etwas anders sind Dichter, Weltweise und Moralisten, ja Prediger (in unsern Tagen); diese können nie höflich genug sein, weil sie nie unentbehrlich genug sind.

Endlich setzte sich der Doktor mit dem Glanze, den er als ein Lichtmagnet an sich gezogen vom Fürsten-Sterne, kalt zu seinem Mehlhorn und seiner Tochter. Der Umgelder hätte beinahe den Hunger verloren vor Anbetung des Fürsten und vor Bewunderung Katzenbergers, der so leicht mit jenem diskutiert hatte. Unter dem Essen lenkte der Doktor die Rede aufs Essen und merkte an, er wundre sich über nichts mehr, als daß man, bei der Seltenheit von Kadavern und vollends von lebendigen Zergliederungen, so wenig den für die Wissenschaft benutze, in dem man selber stecke, besonders im Sommer, wo tote faulen. »Wär' es Ihnen zuwider, Herr Mehlhorn, wenn ich jetzo z.B.

274

den Genuß der Speisen zugleich mit einem Genusse von anatomischen Wahrheiten oder Seelenspeisen begleitete?« – »Mit tausend Wohlgefallen, teuerster Herr Doktor«, sagt' er, »sobald ich nur kapabel bin, Ihrer gelehrten Zunge zu folgen.« – »Sie brauchen bloß zu meinem Sprechen zu käuen; nämlich bloß von der Käufunktion will ich Ihnen einen kleinen wissenschaftlichen Abriß geben, den Sie auf der Stelle gegen Ihre eigne, als gegen lebendiges Urbild, halten sollen. – Nun gut! – Sie käuen jetzt; wissen Sie aber, daß die Hebelgattung, nach welcher die Käumuskeln Ihre beiden Kiefern bewegen (eigentlich nur den untern), durchaus die schlechteste ist, nämlich die sogenannte dritte, d.h. die Last oder der Bolus ist in der größten Entfernung vom Ruhepunkte des Hebels; daher können Sie mit Ihren Hundzähnen keine Nuß aufbeißen, obwohl mit den Weisheitzähnen. Aber weiter! Indem Sie nun den Farsch da auf Ihrem Teller erblicken: so bekommt (bemerken Sie sich jetzt) die Parotis (hier ungefähr liegend) so wie auch die Speicheldrüse des Unterkiefers Erektionen, und endlich gießt sie durch den stenonischen Gang dem Farsche den nötigen Speichel zu, dessen Schaum Sie, wie jeder andere, bloß den ausdehnenden Luftarten verdanken. Ich bitte Sie, lieber Zoller, fortzukäuen, denn nun fließet noch aus dem ductus nasalis und aus den Tränendrüsen alles nach, woraus Sie Hoffnung schöpfen, so viel zu verdauen, als Sie hier verzehren. Nach diesem Seedienst kommt der Landdienst.«

Hier lachte der Zoller über die Maßen, teils um höflich zu erscheinen, teils das Mißbehagen zu verhehlen, womit er unter diesem Privatissimum von Lehr-Kursus alles verschlang; – gleichwohl mußt' er fortfahren, zu genießen. –

»Ich meine unter dem Landdienst dies: jetzt greift Ihr Trompetermuskel ein und treibt den Farsch unter die Zähne – Ihre Zunge und Ihre Backen stehen ihm bei und wenden und schaufeln hin und her – ausbeugen kann der Farsch unmöglich – auswandern ebensowenig, weil Sie ihn mit zwei häutigen Klappen (Wangen im gemeinen Leben) und noch mit dem Ringmuskel oder Sphinkter des Mundes (dies ist nur Ihr erster Sphinkter, nicht Ihr *letzter,* damit korrespondierender, was sich hier nicht weiter zeigen läßt) auf das schärfste inhaftieren und einklammern – kurz der Farsch wird trefflich zu einem sogenannten Bissen, wie ich sehe, zugehobelt und eingefeuchtet. – Nun haben Sie nichts weiter zu tun (und ich bitte Sie um diese Gefälligkeit), als den fertigen Bolus in die Rachenhöhle, in den Schlundkopf abzuführen.

Hier aber hört die Allmacht Ihres Geistes, mein Umgelder, gleichsam an einem Grenzkordon auf, und es kommt nun nicht mehr auf jenes ebenso unerklärliche als erhabne Vermögen der Freiheit (unser Unterschied von den Tieren) an, ob Sie den Farsch-Bissen hinunterschlucken wollen oder nicht (den Sie noch vor wenigen Sekunden auf den Teller speien konnten), sondern Sie müssen, an die Sperrkette oder Trense Ihres Schlundes geheftet, ihn nun hinabschlingen. Jetzt kommt es auf meine gütige Zuhörerschaft an, ob wir den Bissen des Herrn Zollers begleiten wollen auf seinen ersten Wegen, bis wir weiterkommen.« –

Mehlhorn, dem der Farsch so schmeckte wie Teufelsdreck, versetzte »wie gern er seines Parts dergleichen vernehme, brauch' er wohl nicht zu beschwören; aber auf ihn allein komm' es freilich nicht an.« – »Ich darf denn fortfahren?« sagte der Doktor. »Vortrefflicher Herr«, versetzte eine ältliche Dame, »Ihr Diskurs ist gewiß über alles gelehrt, aber unter dem Essen macht er wie desperat.« – »Und dies ist«, erwiderte er, »auch leicht zu erklären; denn ich gestehe, daß ich selber unter allen Empfindungen keine kenne, die stärker, aber auch grundloser ist und die weniger Vernunft annimmt, als der Ekel tut. Nur zwei Beispiele statt tausend! Ich hielt mir im vorigen Herbste ein Paar lebendige Schnepfen, die ich mit unsäglicher Mühe zahm gemacht, teils um sie zu beobachten, teils um sie auszustopfen und zu skelettieren. Da ich nun meinen Gästen gern Ausgesuchtes vorsetze: so bot ich einigen Leckermäulern darunter Schnepfendreck, wie gewöhnlich mit Butter auf Semmelscheiben geröstet, an, und zwar so wie ihn täglich meine beiden Schnepfen unmittelbar lieferten. Aber ich darf Sie als ehrlicher Mann versichern, meine Gnädige, auch kein einziger bezeigte statt einiger Lust etwas anderes als ordentlichen Abscheu vor dem vorgesetzten Dreck; und weshalb eigentlich? Bloß deshalb – nun komm' ich auf unsern Punkt –, weil das Schnepfengedärm nicht mit auf die Semmelscheiben gestrichen war und die Gourmands nur bloßen Netto- und keinen Bruttodreck vor sich erblickten. Ich bitte aber hier jeden vernünftigen Mann zu urteilen, ob ich meine Sumpfvögel – da sie ganz die Kost erhielten (Regenwürmer, Schnecken und Kräuter), aus der Schnepfen von jeher den Liebhabern wieder eine Kost auf den ersten Wegen zugeführt – ob ich, sag' ich, solche etwan abschlachten sollte (wie jener seine Henne, die ihm täglich goldne Eier legte), um gleichsam die Legdärme aufzutischen. – Es kommt mir vor, als ob solche Liebhaber die nußbraunen Locken der schönen Damen am Tische nicht anders nach ihrem Geschmacke finden könnten, als noch in Papilloten eingemacht. – Man denke doch an den Dalai Lama, der seine Verehrer, die größten Fürsten und Glaubige, auch täglich mit seinen eignen Schnepfen-Reliquien beschenkt; aber keinem darunter ist es noch eingefallen, diesen asiatischen Papst wie eine Schnepfe zu schießen oder zu würgen, um ihn in Bausch und Bogen zu haben, sondern man ist zufrieden mit dem, was er geben kann.

Dies ist das eine Beispiel vom Unsinne des Ekels. Aber das stärkere kommt. Wein, Bier, Likör, Brühe, kurz nichts ist uns so rein, so einheimisch und so zugeartet und bleibt so gern tagelang (was nichts Fremdes kann) in unserm Munde als etwas, wovon der Besitzer, wenn es heraus wäre, keine halbe Teetasse trinken könnte – Speichel. Ist aber dies kein wahrer Unsinn, so wär's auch keiner, sondern vernünftig, wenn ich meinen trefflichen Herrn Kollegen Strykius verabscheute aus Ekel, bloß weil er, obwohl mir in Wissenschaft und Streben so verwandt und durch Freundschaft gewissermaßen ein Teil meines Innern, außer mir stände neben meinem Stuhle.«

Daneben war wirklich der Brunnenarzt Strykius im Mute des Wein-Nachtisches getreten. Über des Doktors Mut und Glück bei dem Fürsten und besonders über das Armwerfen des einen und über das Anlächeln des andern konnt' er kaum zu sich kommen; denn er selber lag, kaum von einem Fürstenfinger berührt, wie manche Raupen gebogen und steif da oder fiel wie eine Hangspinne am Faden nieder auf den Boden; und er würde als Geburthelfer eines Kronprinzen unter den fürstlichen Wehen höchstens gesagt haben: wollen Ihre Durchlaucht nicht die hohe Gnade haben, einzutreten in die Geburt und das Licht der Welt erblicken? Auch wollte er seinem Landesherrn von weitem seine innigen Verständnisse mit einem so gelehrten Manne vorzeigen. Aber Katzenberger ließ ihn seinen Schein und sein Annähern ziemlich bezahlen; denn er kam auf einem schwachen, nicht sehr maskierten Umweg auf seinen Rezensenten zurück. – (Der Umweg war bloß die Einschränkung des vorigen Satzes über den Abscheu, nämlich die Bemerkung, daß ihn allerdings sein Kunstrichter, obwohl Handwerk, genoß, anekle.) – Er sprach davon, was wir leider so oft in diesem Werkchen gelesen, von der Sünde, *eine* Stimme für mehre, für drei Instanzen zu verkaufen, *einen* geschwornen Meineidigen für eine Jury, *einen* Judas für elf Apostel. Er brachte dann wieder – was wir alle leider so oft von ihm gehört, so daß ich die Leser fast noch mehr bedaure als mich die alten kalten

Einkleidungen seines künftigen Ausprügelns zu Markte und äußerte (denn ich führe nicht alles an), ihn quäle sehr die Wahl, wie ers zu halten habe, da er von der einen Seite recht gut dem Kunstrichter bloß die Haare ausziehen könne, weil nach Aretäus schon bloßes Abscheren Wahnsinn heile (wie an den Titusköpfen der Revolution noch zu sehen), 278 aber da er auch von der andern Seite noch stärker zu Werke gehen und den Kerl, wie Bierflaschen, durch Schrot reinigen könne, welcher Schrot, freilich anders als bei der Flasche, bloß durch einen Schuß in ihn zu bringen wäre, wiewohl man bei Blei des Feindes Gesundheit stets riskiere, weil dasselbe stets vergifte, es fließe nun langsam und süß in Wein aufgelöst in den Magen, oder es fahre im ganzen roh durch Magen und Leib.

»Bon!« versetzte Strykius und verstand Spaß. – »Wer Leben wiedergibt, kann es auch zurücknehmen, und Sie können ermorden, weil Sie oft genug geheilet haben. Doch Scherz beiseite! Ich habe, guter Katzenberger, Ihre köstlichen Werke erst *nach* den Rezensionen gelesen –«

– »Ganz natürlich!« unterbrach der Doktor. »Und ich habe etwas darin gefunden, was ich noch von niemand gehört, daß Sie nämlich einem berühmten Engländer aufs Haar gleichen«, fuhr Strykius fort.

»Wem aufs Haar?« fragt' er.

»Dem wackern Doktor und Romancier Smollet in London. Weniger in Wissenschaft – denn hier weiß ich nicht genau, ob Smollet besondere Vorzüge besessen – als im Humor; wie, Herr Doktor?«

»Prügelszenen«, versetzte er, »hat er allerdings einladend dargestellt, und insofern dürft' ich etwas von ihm haben, wiewohl nicht in theoretischer Darstellung, sondern etwan in praktischer; denn ich frage Sie als Unbefangenen ernstlich, ob es eine größere Halunkerei gibt, als mit sieben Stimmen aus drei Zerberus-Kehl-Köpfen – –«

»Wir kennen dies, Freund. Vielleicht haben wir beide etwas getrunken! wenigstens ich«, sagte Stryk; »Sie bleiben Smolletus secundus. Aber zum Zeichen, wie mich auch das Kleinste an Ihnen interessiert, sag' ich Ihnen ganz leise ins Ohr: Ihre linke Beinkleiderschnalle ist eine stählerne, und die rechte ist bronzen. Sie verzeihen doch, mein Trefflicher, einem Kollegen, der sich gleichfalls nicht von gelehrten Zerstreuungen für frei erklärt, diese freimütige Bemerkung, die ich wahrhaftig bloß wegen einiger Augen und Blicke der erbärmlichsten Gemeinheit 279 gemacht.« – »Schon vor Jahren«, versetzte der Doktor, »seitdem ich von jedem Paare eine Schnalle verloren, hab' ich meine Knie ganz absichtlich so eingeschnallt, weil ich mir immer sagte: da jeder nur *eine* Schnalle auf einmal bemerken kann und dann eine gleiche voraussetzt: was müßte dies für ein Narr sein, der auf beide Schnallen Jagd machte und so ihren Unterschied sich recht einkeilte? Hatt' ich aber wohl unrecht, mein Freund?« – Katzenberger war mit einem unüberwindlichen Haß gegen das Aufwallen knechtischer Herzlichkeit, gegen jenes ekle Überfließen der Liebedienerei da geplagt, wo er gerade Gallergießungen vorgereizt und erwartet hatte; und hier war er leichter von fremder Süßlichkeit zu erbittern als von Bitterkeiten selber.

Da er nun das Seinige getan, nämlich gesagt, so richtete er die Frage: »Kommt der Leibmedikus Semmelmann doch dem Fürsten nach?« mit einer seltsamen Miene an Strykius, welche fast tun sollte, als wolle sie Erbitterung und Hinterlist verbergen. Strykius starrte plötzlich in eine ganz neue, aber hübsche Perspektive hinein – glaubte zu wittern, daß der Doktor den Leibmedikus Semmelmann für den prügelbaren Rezensenten halte und versetzte: »Künftige Woche!«

39. Summula

Doktors Höhlen-Besuch

Eine Stunde vor Sonnenuntergang war die Höhle mit Lampen erleuchtet. Der Brunnenarzt, zugleich Höhlen-Inspektor, hatte einen flüchtigen, aber guten Einfall, als er im engen langen Eingange stand. Katzenbergers kalte Handhabung seiner, zumal vor den Augen seines Fürsten, hatt' ihn wahrhaft verdrossen; denn gern ließ er sich Herabwürdigung gefallen, aber sein Ehrgefühl litt empfindlich, sobald man sie ihm nicht unter vier Augen antat.

Daher geriet er auf den Gedanken: jetzt, wenn der Doktor durch die wie ein Sperrkreuz laufende Türe in den engen düstern Gang eintrete und einige Minuten lang vom Taglichte so blind in diese untere Welt komme als ein neugeborner Hund in die obere, ihm auf seine beißigen Antikritiken eine leise anonyme Antwort zu geben. Diese, hoffte er nun, würde erschöpfend sein, wenn sie seinen Geiz und seine Geburthelferkunst zugleich angriffe. Aus diesem Grunde legte er sein spanisches Rohr wie eine Lanze gegen die einzige im Gange hängende Lampe ein und stieß – sobald der blinde Katzenberger unter sie kam und links umhergriff die ganze Lampe behend auf dessen Achsel und Ärmel herab; darauf, als er ihm Licht und Öl genug in eine dazu erst nachzuschießende Wunde voraus eingegossen, trug er die nötige Wunde nach, indem er sein Rohr, während der Drehkrankheit des Doktors, so geschickt wie einen Stundenhammer auf dessen geburthelferische Fingerknöchel fallen ließ, als woll' er den Arm von unten rädern.

Noch eh' Katzenberger ausgetanzt und ausgerungen hatte und denken und sehen konnte: stand der Brunnenarzt nach einigen schnellen, weiten, leisen, in Nebengänge eingebognen Schritten schon mitten auf dem schimmernden Marktplatz der Höhle in Bereitschaft da, dem unruhigen Freunde mit Gruß und Liebe entgegenzugehen und ihn anders als vorher zu empfangen, indem er ihm inbrünstig die herabwelkende Hand bloß drückte. Katzenberger sah ihn scharf an, lächelte unversehends und schauete umher, bald auf die Lampen, bald auf seine wunden Fingerknöchel, und sagte: »Herrlich, überraschend! Und alles so Ihrer Hände Werk?« – »Das wohl nicht«, versetzte Strykius, »aber Plan und Ideen gab ich ziemlich her.«

»Serenissimus«, fuhr Katzenberger fort und zog seinen Höhlen-Bärenkinnbacken aus der Tasche, »haben neulich, als ich diesen Bärenknochen zufällig statt meines Traktätchens über das Bad aus der Tasche brachte, den kleinen Raub, soviel ich gemerkt, nicht ungnädig aufgenommen. Ganz gewiß, Herr Höhleninspektor, lassen Sie mich auch wohl den zweiten Kinnbacken – hier hab' ich nur den linken – aus der Höhle mitnehmen, obgleich hier dieser Knochenraub sonst andern verboten sein soll; was entscheiden Sie?« – »Sie werden nur lange im Finstern suchen müssen, bis Sie den rechten dazu finden, Herr Professor«, sagte Strykius. – »Und so lange will ich auch suchen«, antwortete Katzenberger, »bis ich meinen zweiten Kinnbacken habe. Denn es ist mir ordentlich«, (fuhr er fort und schwenkte den Bärenknochen sehr in die Höhe) »als wenn ich ihn als einen Eselkinnbacken gegen meinen kritischen Philister führen könnte, gegen den Rezensenten, den Sie kennen. – Der Bär ist am Kopf am schwächsten, so auch mein Rezensent, und könnt' ich solchen homöopathisch, Ähnliches durch Ähnliches, kurieren, wenn ich diese Kinnbacken statt menschlicher als Sprachwerkzeuge bewegte, als tote Streitflegel gegen einen lebendigen Streitflegel; wie, mein Bester?« – »Dort seh' ich ja wohl Ihr Fräulein Tochter herkommen«, versetzte Stryk.

40. Summula

Theodas Höhlen-Besuch

Spät kam Theoda mit Mehlhorn, in dessen ehrlichem, warmen Herzen sie sich ordentlich wie zu Hause befand; denn eine schöne Seele kann eine schwache, die bloß zum Widertönen geboren ist, so lange genießen, ja mit sich verwechseln, bis sie ein solches Echo auch den Tierstimmen untertänig findet.

Theoda trat mit dem Gedanken an die mütterliche Schlafhöhle in den kühlen düstern Gang und sah anfangs nur Nacht unten und Licht-Sternchen oben – endlich tat sich ihr das Schattenreich auf, mit einer schimmernden Sternendecke und mit Hügeln, Felsen, Grotten und Höhlen in der Höhle. Alles schien eine Unterwelt zu bedeuten; der Volkstrom, den sie so lange draußen im Taglichte in die Tür einfluten sah, schien hier, wie ein Menschengeschlecht in Gräbern, ganz vertropft zu sein; und bald erschien auf den Hügeln da ein Schatte, bald kam aus den langen Gängen dort einer her. Ihr Herz, das heute so manchen Abschied nahm und dem das Geklüft immer mehr zum Schlafsaale der Toten wurde, schlug zuletzt so ernst und beklommen, daß das gutmütige, heitere Gespräch Mehlhorns sie in ihren Erinnerungen und Phantasien störte; sie wollte allein denken und recht traurig; die ganze Wölbung war nur die größere Eisgrube des Todes; ein Grubenbau der Vergangenheit, so wie ein Gebeinhaus der Höhlenbären, deren unverrückt gelassene Gerippe alle mit den Köpfen an der Wandung lagen, wie zum Ausgange.

Sie brachte, obwohl mühsam, ihren Begleiter dahin, daß er ihr den Genuß der Einsamkeit zuließ und selber den seinigen mit den größern Männerschritten auf dem durchbrochenen Boden suchte.

Jetzt ungestört ging sie unter den andern Lichtschatten herum – sie kam vor eine kleine Bergschloß-Ruine – dann vor ein Schiefer-Häuschen, bloß aus Schiefern voll Schiefer-Abdrücke gemacht – dann tönte auf den entfernten unterirdischen Alpen zuweilen ein Alphorn die Höhlungen hindurch – sie kam an einen Bach, in welchem die unterirdischen Lampen zum zweiten Male unterirdisch widerglänzten – dann an einen kleinen See, worin eine abgespiegelte Gestalt gegen den umgekehrten Himmel hinunterhing; es war die Bildsäule der Fürstin-Mutter, die ihr Sohn dicht neben ihrem Grabe aufgestellt. Theoda eilte zu dem blassen Marmor, wie zu einer stillen Geistergestalt, und setzte sich auf das Grab daneben. Sie durfte jetzt alles vergessen und nur an ihre Mutter denken und sogar weinen; wer konnt' es im Dunkel bemerken?

Theudobach kam aus Felsengängen gegen sie daher, dessen schöne Gestalt ihr durch den Zauber des Helldunkels noch höher aufwuchs. Sie erschrak nicht, sondern sah liebreich zu seiner entblößten Stirn empor, auf der das Licht einer unbefleckten Jugend blühte; »er habe sie heute«, fing er an, »lange gesucht, weil er diesen Abend noch über Pira nach Hause abreise; denn er könne nicht gehen, bevor er noch einmal sein Betragen entschuldigt und ihre Verzeihung mitgenommen.«

»Recht gut!« sagte sie »Morgen hätten Sie mich ohnehin umsonst gesucht; ich geh' ebenfalls ab; und was das Übrige anbetrifft: ich vergebe Ihnen herzlich; Sie vergeben mir; und wir wissen beide nicht recht was: so ist alles vorbei.« Dieses brachte sie in einem Tone vor, der sehr leicht und scherzend sein sollte, eben weil ihre Augen noch in der Wehmut der vorigen Rührung schwammen. Auf einmal tönte von einem blasenden Musikchore auf einem fernen Felsen das Lied herüber: Wie sie so sanft ruhn! Heftig fuhr sie vom Grabe auf und sagte, unbekümmert, daß ihre Tränen nicht mehr zu halten waren, mit angestrengtem Lächeln: »Eine Abschied-Gefälligkeit könnten Sie mir wohl erweisen – einen Freund meines Vaters in Ihrem Wagen mitzunehmen bis Pira.« – »Mit Freuden!« sagt' er. »So hol' ich ihn her«, versetzte sie und wollte davoneilen; er hielt sie an der Hand fest, blickte sie an, wollte etwas sagen, ließ aber die Hand fahren und rief: »Ach Gott, ich kann Sie nur nicht weinen sehen.« Sie eilte in einen Felsen-Talweg hinein, er folgte ihr unwillkürlich nach – da fand er sie mit dem Kopfe an eine Felsenzacke gelehnt; sie winkte ihn weg und sagte leise: »O laßt mich weinen, es fehlt mir nichts, es ist nur die dumme Musik.« – »Ich höre keine« (sagte der Krieger außer sich und riß sie vom Felsen an sein Herz) – »O du himmlisches, gutes Wesen, bleib' an meiner Brust – ich meine es redlich, muß ich von dir lassen, so muß ich zugrunde gehen.« Sie schauerte in seinen Armen, das weinende Angesicht hing wie aufgelöset seitwärts herab, die Töne drangen zu heftig ins gespaltene Herz, und seine Worte noch heftiger. »Theoda, so sagst du nichts zu mir?« – »Ach«, antwortete sie, »was hab' ich denn zu sagen?« und bedeckte das errötende Gesicht mit seiner Brust. – Da war der ewige Bund des Lebens zwischen zwei festen und reinen Herzen geschlossen.

Aber sie faßte sich in ihrer Trunkenheit zuerst und nahm seine Hand, um wieder in die weite Mitte des schimmernden Himmelgewölbes vor die Zuschauer zu gehen. – Als jetzt dem Musikchore ein zweites, in tiefe Ferne gelegt, antwortete als ein Echo: – so hielten beide Glückliche das leisere Tönen noch für das alte laute, weil die Saiten ihres Herzens darein mitklangen. Und als Theoda heraustrat vor den Glanz des brennenden Gewölbes, wie anders erschien es ihr nun! Eine Unterwelt lag vor ihr, aber eine elysische; unter der weiten Beleuchtung flimmerten selber die Wasserfälle in den Grotten und die Wassersprünge in den Seen – überall auf den Hügeln, in den Gängen wandelten selige Schatten, und auf den fernen Widerklängen schienen die fernen Gestalten zu

schweben – alle Menschen schienen einander wiederzufinden, und die Töne sprachen das aus, was sie entzückte – das Leben hatte ein weißes Brautkleid angezogen – wie in einem vom Mondschein glimmenden Abendtau und in Lindenduft und Sonnen-Nachröte schienen der seligen Theoda die weißgekleideten Mädchen zu gehen, und sie liebte sie alle von Herzen – und sie hielt alle Zuschauer für so gut und warm, daß sie öffentlich wie vor einem Altare hätte dem Geliebten die Hand geben können. –

In dieser Minute ließ der Fürst eine heimliche, nach dem Abendhimmel gerichtete Eichenpforte des Höhlen-Bergs aufreißen und ließ die Abendsonne wie einen goldnen Blitz durch die ganze Unterwelt schlagen und mit einer Feuersäule durch sie lodern. »Ach Gott, ist denn dies wahr, sehen Sie es auch?« sagte Theoda zu ihm, welche glaubte, sie erblicke nur ihr innres Entzücken in das äußere Glänzen ausgebrochen und ihr Gesichte vorspielend, da gleichsam die goldne Achse des Sonnenwagens in der Nachtwelt ruhte und mit dem Glanz-Morgen, den er ewig mitbringt, die Lichter auslöschte und die Höhen und die Wasser übergoldete – da der ferne Mond-Tempel wie ein Sonnen-Tempel glühte – da die bleiche Bildsäule am See sich in lebendigem Rosenlichte badete und auseinanderblühte – da das angezündete Frührot des Lebens an der einsamen Abend-Welt plötzlich einen bevölkerten Lustgarten voll wandelnder Menschen aufdeckte. –

Und doch, Theoda, ist dein Irrtum keiner! Was sind denn Berge und Lichter und Fluren ohne ein liebendes Herz und ein geliebtes? Nur wir beseelen und entseelen den Leib der Welt. Ist ein Garten eine engere Landschaft, so ist die Liebe nur ein verkleinertes All; in jeder Freudenträne wohnt die große Sonne rund und licht und in Farben eingefaßt.

Lange noch immer wars Theodan, als wenn die Strahlen hineinweheten und zitterten. Die Sonne senkte sich höher an der seltsamen Klippendecke hinweg, bis alles mit einem kurzen Nachschimmern entschwand. Während der Finsternis, ehe drinnen die Lichter wieder, wie draußen die Sterne, aufgingen, begleitete Theudobach die Geliebte aus der unvergeßlichen Höhle.

41. Summula

Drei Abreisen

Unter dem frischen, wehenden, lebensfrohen Abendhimmel fanden beide den Doktor und den Zoller. Theoda erinnerte sich sogleich an Theudobachs Versprechen, dem letzten die langsame Fußreise abzunehmen, und berichtete dem Zoller das Anerbieten. Er verbeugte sich häufig, aber der Doktor nahm das Wort: »Du möchtest nur gern, ich merk' es, recht bald ans Wochenbett deiner Bona kommen und zum Patchen. Hältst du aber die Nacht-Strapaze aus?« Sie erschrak ordentlich, denn sie hatte, als sie zuerst die Bitte für Mehlhorn getan, daran keinen andern Anteil für sich erwählen können als den, tags darauf allein die Fußreise zu machen »O Fräulein!« sagte der Hauptmann bittend und plötzlich so aufgeheitert, als er eine Minute vorher bewölkt geworden von der Aussicht, daß er, gemäß seinem Versprechen der Abreise und Fracht, eben jetzt, da ihm Sonne, Mond und Sterne über Maulbronn aufgegangen, nichts davon vor der Hand wegzufahren habe als den Umgelder. Theoda sann einen Augenblick nach, sah ihren Vater an, fragte noch einmal den Zoller: ob ihm ein zweites Nacht-Wachen nicht beschwerlich sei, und gab, da er versetzte »Im mindesten nicht, da man ihn ja nachts tagtäglich wecke«, leise die Antwort: »So wie Sie denn wollen, Vater!«

Alle waren nun zufrieden mit ihren Perspektiv-Malereien – die Liebenden mit der steilrechten Himmelfahrt, Mehlhorn mit der waagrechten, Katzenberger mit der Aussicht in eine Höllenfahrt zu Strykius als ein auferstandner Gekreuzigter.

Theoda nahm ihren Vater noch beiseite und bat ihn mit mehr Ernst als gewöhnlich um einen leichten Gefallen; sie habe, sagte sie, allerdings noch französisches Blut genug, um ihre unerschrockne Mutter nachzuahmen, die ihr von ihren kühnen Reisen mit Männern erzählt habe, nur aber an diesem Orte, wo die Menge ihre öffentliche Verwechslung des Hauptmanns mit dem Dichter nicht vergessen, wohl aber mißdeuten werde, sei es nötig, daß er ihre Abreise einige Tage verschweige und daß sie jetzt zu Fuß ins nächste Dorf vorausgehen dürfe, indes beide

Herren während des tumultuarischen Abendessens abreisen könnten, um weniger bemerkt zu sein. – –

»Was willst du denn eigentlich?« (fragte Katzenberger) »Ich tus ja.« Sie mußte ihm noch kühner die Bitten wiederholen. – »Und weiter nichts? – Wahre Weiber-Schulfüchserei! So laufe nur, denn etwas ist doch daran, an deinem Zartgehör; ich sogar höre ungern mich verleumden von Rezensenten: geschweige ein Mädchen; empfindliche Ohren sind bei Mädchen so gut wie bei Pferden gute Gesundheit-Zeichen. Nur vergiß nicht«, setzt er noch dazu bei ihrem Abschiede, »schändlich vor lauter Lieben und Lieben den Vater und dich.« – »O Vater!« sagte sie. – »Ja du ganz besonders« (fuhr er fort) »oder was gilt denn dir Vaterliebe, Gesundheit und Wirtschaft und alles gegen deine – Bona? Sag' es.« Denn nur letzte hatt' er gemeint.

So flog sie denn noch seliger aus dem Badorte hinaus als in denselben hinein, nachdem sie vorher dem Dichter von Nieß seine falschnamigen Geschenke zurückgesandt. Jeder gute Mensch, sogar ein böser, der sie, einsam und ihrer Mutter ihr Seelen-Glück mit betenden Tränen zuschreibend, auf dem Wege nach dem nächsten Dorfe hätte laufen und sich anstrengen sehen, hätte ihr nachgewünscht: »So werde nur recht glücklich, du furchtloses und schuldloses Mädchen! Es wäre für einen, der dich kennt, zu hart, dich im Unglück und das kalte Messer des Grams in deinem Rosen-Herzen zu sehen. Nein, ihr Liebenden, in dieser nie wiederkommenden Nacht sprecht euch beide *selig* und *heilig*, in höherem als römischen Sinn!«

Theudobachs Wagen rollte schon hinter ihr, da sie kaum das Dörfchen erlangt hatte.

42. Summula

Theodas kürzeste Nacht der Reise

Warum wollen wir in der schönsten Julius-Nacht nicht lieber zuerst den Paradiesvögeln nachfliegen und erst später in Maulbronn uns mit Katzenberger und seinem Stiefbruder an die Tafel des Unliebe-Mahls setzen? Wenigstens ich für meine Person fliege mit ihnen; in der nächsten Summel sind ich und die Leser wieder beisammen im Bad. Es vergehen viele Jahre und viele – Herzen, eh, einmal das Schicksal den Himmel der Liebe wieder so mit einem äußern voll Sterne einbaut und verdoppelt; denn nur im Schlachtgetümmel der Not wird meistens der Zauberkelch der Liebe schleunig geleert; aber diesmal wollte irgendein Liebe-Engel, der die Erde regiert, zwei unschuldige Jugend-Herzen mit allem segnen und belohnen, was sich unsre frühen Träume malen. Eine gestirnte duftende Sommernacht hindurch, über welche das Mutter-Auge des Mondes wachte, durften beide, nach dem ersten Feuer-Worte der Liebe, einander fortsehen und forthören. Ihr Begleiter schlummerte anfangs scheinbar aus Höflichkeit, dann wahrhaft aus Notwendigkeit. Und wie flog das Leben vorbei und die Bäume und die schlafenden Dörfer, und nur einzelne Töne der Nachtigall zogen ihnen nach und sprachen ihren Seelen nach! Theodas Herz zitterte, aber freudig, mit dem Boden unter dem aufrollenden Wagen; ihr war immer, als höre sie die Töne der Höhle fort, überall klang die Welt zurück, und es wurde ihr zuletzt im Rausche der Nacht, als stehe sie wieder mit ihrem Geliebten an der Felsenwand, an der sich ihr Leben entschieden. – Die Dörfer, die Städte, das Erdengetümmel schwanden hin, und nur die Sterne und die Berge blieben der Liebe. – Die Welt schien ihnen die Ewigkeit, die Sterne gingen nur auf und keine unter. – Endlich stieg der Stern der Liebe wie ein kleiner hellblinkender Mond im Morgen auf, die Morgenröte glühte ihnen entgegen, und die Sonne zog in die Rosen-Glut hinein. – Hinter ihnen über den Bergen, wo sie sich gefunden hatten, wölbte sich ein Regenbogen hoch in den Himmel. Und so kamen sie an, eine Seele in die andere gesunken, den Nachtschimmer in den Tages-Glanz ziehend, und ihre Blicke waren traumtrunken.

O Schicksal, warum lässest du so wenige deiner Menschen eine solche Nacht, ach nur eine Stunde daraus erleben? Sie würden sie nie vergessen, sie würden mit ihr als mit dem Frühlings-Weiß und Rot die Wüsten des Lebens färben – sie würden zwar weinen und schmachten, aber nicht nach Zukunft, sondern nach Vergangenheit– und sie würden, wenn sie stürben, auch sagen: auch ich war in Arkadien! –

Warum muß bloß die Dichtkunst das zeigen, was du versagst, und die armen blütenlosen Menschen erinnern sich nur seliger Träume, nicht seliger Vergangenheiten? Ach Schicksal, dichte doch selber öfter!

43. Summula

Präliminar-Frieden und Präliminar-Mord und Totschlag

Wir kehren vom Nachfluge hinter den unschuldigen Paradiesvögeln zurück, um noch einen Abend lang in die Bühne hineinzusehen, wo freilich kein erster Liebhaber spielt, obwohl ein letzter Haßhaber. Katzenberger ist Held und Regisseur zugleich. Gewissermaßen sing' ich in der 43. Summel, wie Homer den Zorn des Achilles, so Katzenbergers seinen.

Dieser – seit dem tückischen Handschlag in stiller Trauer und Wut – hatte diesen Abend dazu erlesen, um die Wolfgrube für seinen Freund mit noch einigen Blütenzweigen mehr zu bedecken und ihn an dieselbe zu geleiten, um den Isegrimm, wenn er unten saß, oben zu empfangen und anzureden mit einem und dem andern Wort. Zufällig mußt' er sich an der Wirtstafel dem Fürsten nahe setzen, folglich auch dessen Hintersassen und Unedelknaben oder Edelknechte, dem Arzte Strykius. Der Doktor pries vor dem Landesherrn stark die Höhle und alles; aber bloß um überall auf den Inspektor derselben, auf Strykius, schmeichelhafte Lichter zu werfen. Dieser wollte überall den Weihrauch wieder auf ihn zurückblasen; der Doktor versicherte aber, sein Lob sei um so unbestochner, da sie beide oft in ärztlichen Sachen frei auseinandergingen. – Da er absichtlich bloß mit der Linken aß: so fragt' ihn der Fürst darüber; er antwortete: wie mehre damit gemalt, so esse er noch leichter damit, bis eine schwache Wunde seiner Rechten, die er im Höhlen-Eingange von einem mit der Lampe herabfallenden Stein erhalten, sich geheilt; – und dabei schüttelte er die schlaffe Rechte und sah heiter genug aus.

Nur der Brunnenarzt stutzte innerlich darüber hin und her; inzwischen erhob er die Höhle und den Höhlen-Bären, den Doktor, hoch, doch zu hoch; aber er gehörte unter die wenigen Seelen, die von Natur klein sind; mit Seelen ists nun wie mit Vergrößer-Linsen: je kleiner und winziger diese sind, desto breiter und ausgezogner stellen sie den Gegenstand vor. So, je kleiner Herz oder Auge ist, desto größer stellt es das Kleinste dar; – am Großen erliegt ein Vergrößerglas; – vielleicht ein Wink für Fürsten, welche gern sich und der Welt groß erscheinen wollen, daß sie sich mehr nach Menschen umsehen, welche klein genug zugeschliffen sind zu bedeutenden Vergrößerungen.

Der Fürst schlich sich am Ende unter die Bäume – und gar davon, wie die nachziehenden Lakaien bewiesen. Katzenberger hätte nun endlich die Freude haben können, seinen Strykius ganz allein zu genießen und die Frucht abzuschälen; aber die alte widerwärtige Landedeldame, die früher über seine medizinischen Tischreden ein Fi! ausgerufen, war so spät sehr nahe sitzen geblieben, nicht etwan aus heimlicher Hinneigung zu Katzenberger, sondern aus Dorfgehorsam gegen ein lindes sieches weiches Hoffräulein, das gerade von den Gerüchten seiner kecken Äußerungen nach ihm und nach seinen Ratgebungen für ihr Wohl und Wehe desto lüsterner gemacht worden; denn für eine Dame von Stand war ein wilder zackiger Doktor bloß ein englischer Park voll Stechgewächse. Die junge Dame hatte die alte, wie gewöhnlich, zum Schilderhaus oder zur Brandmauer ihrer freundschaftlichen Gefühle verbraucht oder als weibliches Meßgeleite des Anstands. Da nun der Doktor – der fein erriet, um grob zu handeln – sehr leicht fand, daß er bloß die Alte fortzutreiben habe, um beide weg zu haben: so tat er das Seinige und genierte vorzüglich die Alte. »Es zeige zu seiner ärztlichen Freude«, wandte er sich an sie, »schöne Jugendkräfte, daß sie sich so spät und kühn der Nachtluft aussetze, die oft viel Jüngern schlecht zuschlage.« – »Meine Brust ist ganz gesund«, antwortete sie kurz. – »Doch dadurch allein, meine Schönste«, versetzte Katzenberger, »wäre wohl Ihr Brustfell nicht vor nächtlicher Entzündung gedeckt. Aber Sie haben gewiß damit allzeit selber gesäugt, und wieviele Kinder wohl? Schon an und für sich eine der edelsten tierischen Verrichtungen, um die ich Sie bis auf jedes Säugtier von Amme beneide.« – Strykius, der sie kannte, nahm eiligst das Wort für die Stumm-Entrüstete und sagte hastig: er sei im vollständigsten Irrtum über das Fräulein »Nu, nu, mein Freund«, erwiderte der Doktor, »unter die *Saug*tiere gehören wir doch alle, wenn sich auch gleich nur die schönere Hälfte unter die *Säug*tiere zählen darf. – – Aber unser Herr Brunnenarzt«, fuhr er gegen die beiden Fräulein fort, »lag von jeher gern vor Damen auf den Knien und dies, glaub' ich, mit Recht; denn er weiß als Arzt, der Schelm, recht gut, daß die Knie, wie stark er sie auch beuge, den feurigsten Blutumlauf nicht im geringsten einhemmen. Wenn ein unmedizinischer Liebhaber vielleicht dächte, die großen Aderstämme der Beine liefen an den Kniescheiben hinauf und würden also durch das Drücken der Scheiben auf den Boden so gut wie unterbunden: so weiß dagegen unser Arzt aus seinem Sömmering, daß es anders ist und daß die großen Adern unten um die Kniekehle liegen und nicht leiden und stocken durch Biegen …«

Da war des Bleibens nicht mehr für das Landfräulein, das unter die feinern Dorfdamen gehörte, welche vor einer Hofdame nie Füße, Strümpfe, Knie, Beine anbehalten, sondern sie zu Hause ablegen, um nicht am Hofe damit anzustoßen; zarte Wesen, welche wie Sirenen nur ihre Hälfte zur Sprache bringen und aus Anstand sich nur als Büsten geben. – Zögernd und mit einer freundlichen Abschieds-Verbeugung an den Doktor zog das Hoffräulein dem aufbrechenden Landfräulein nach, das sich die größte Mühe gab, bloß von Strykius den Abschied zu nehmen durch Knicks und Blick und gute Nacht. –

Endlich saß Katzenberger ohne Scheidewand und Ofenschirm neben seinem Strykius. Er ließ sogleich viel Achtundvierziger bringen und verrichtete vor der Welt das Wunderwerk, daß er den Brunnenarzt mitzutrinken bat.

»Längst schon hab' er sich verwundert«, – hob er an – »daß die Ärzte ungeachtet des Sprichwortes (experimentum fiat in corp. vil.) so wenig Versuche an ihrem eignen Körper machten und nicht die verschiedenen Arten wenigstens der angenehmen Unmäßigkeiten durchgingen, um nachher besser zu verordnen. Ob sich nicht ein ganzes Collegium medicum so in die verschiedenen Unmäßigkeiten teilen könnte, daß z.B. das eine Mitglied sich aufs Saufen, das andere aufs Essen, das dritte aufs Denken legte, das vierte aufs sechste Gebot, davon oder von der Unnützlichkeit wünsche er doch einen Beweis zu vernehmen, und zwar um so mehr, da z.B. so viele glückliche Kuren der Aphroditen- oder Cypris-Seuche durch junge Ärzte in Residenzstädten bewiesen, daß ein solches Vorarbeiten und solche sich gelesene Selber-Privatissima der Praxis gar nicht schaden – Er wolle nicht hoffen, daß man sich dabei ans Laster stoße, das hier als ein Pestimpfstoff der Arzt ja nur so wie der Schauspieler oder Dichter an sich selber darstelle, um zu lehren und zu heilen.«

»Ich weiß fast«, – versetzte Strykius, der dasaß mit dem Ölblatt im Schnabel und wie Buridans Esel zwischen Ernst und Lächeln – »wohinaus Sie damit wollen.« – »Hinein will ich damit, mit dem Weine nämlich«, sagte der Doktor und eröffnete ihm ganz frei, er sei gesonnen, sich gegenwärtig vor seinen Augen zu betrinken, um den Effekt mit wissenschaftlichen Augen zu beobachten und jede Tatsache rein ausgespelzt zurückzulegen für die Wissenschaft »Es wird«, fuhr er fort, »meinen Handel gewiß nicht schlechter machen, daß ein Mann vom Fache, wie Sie, dabeisitzt, den ich bitten kann, von seiner Seite mehr die nüchternen Beobachtungen über mich anzustellen und deshalb langsamer als ich zu trinken, da es genug ist, wenn *einer* sich opfert. Spätere Folgen am nüchternen Morgen beobacht' ich allein.« – »Wie gebeten, zugesagt!« versetzte der Arzt.

Darauf rückte der Doktor noch mit einer Bitte ganz leise heraus, Strykius möge, da seinen schwachen Kopf der Wein leicht so zurichte wie der verschluckte Traubenkern den Anakreon, in diesem Falle sein Leib- und Seelenhirt, seinen Gesundheit- und Gewissens-Rat machen und besonders dann, wenn er wie alle Trinker am Ende anfangen sollte zu weinen, zu umhalsen, zu verschenken, ja die größten Geheimnisse auszuplaudern, ihn warnen und lenken und notfalls mit Gewalt nach Hause ziehen; er geb' ihm Vollmacht zu jeder Maßregel, mög' er selber betrunken dagegen ausschlagen, wie er wolle.

Der Brunnenarzt sagte lächelnd, er versprech' es für den undenklichen Fall, erwarte aber denselben Liebe-Dienst, falls er selber hineingeriete.

In der Tat ging bisher der Doktor mit Anschein genug zu Werke – und Strykius fing an, aus den geleerten Flaschen schöne Hoffnung Katzenbergerischer Ehrlichkeit zu schöpfen; doch war es mehr Trug; denn jenem, der sich längst als einen ehemaligen (wie Pitt in London) sogenannten Sechs-Flaschen-Mann gekannt, blieb das schöne Bewußtsein, daß er bei allem Trinken nicht aus den Fußstapfen der Griechen wanke, welche bekanntlich den *Rachegöttinnen* nur nüchtern opferten und deshalb keinen Wein vor ihnen libierten oder weggossen.

Jetzo berührt' er wieder von weitem den Rezensenten und sagte, er sei im Badmonat bloß nach Maulbronn wie die Juden zum Ostermonat nach Jerusalem gegangen, um das kritische Passahlamm oder den Passahsündenbock zu schlachten und zu genießen; noch aber fehle der

Bock, und käm' er an, so sei doch manches anders, als ers haben möchte. Strykius konnte nicht anders, als er mußte stutzen. Bei der dritten Flasche oder Station hielt es der Doktor für seinen Schein zuträglich, ein wenig mit seinem Verständigsein nachzulassen und mehr ins Auffallende zu fallen; überhaupt mehr den Mann zu zeigen, der nicht weiß, was er will. »Noch gehts gut, Herr Kollege«, sagt' er, »doch sieht man, was der Mensch verträgt. Ich wäre jetzt imstande, jedem, der wollte, unangenehme Dinge mit einer solchen juristischen Kautelarjurisprudenz zu sagen, daß der Mann an keine Injurienklage denken dürfte. – Es böte mir z.B. eine vornehme Residenz-Frau ihr Herz und Hand, so könnt' ich, da es nach Quistorp[41] für Kleinigkeiten einen recht hämischen Dank zu sagen, keinen Animus injuriandi, Schimpf- oder Schmäh-Willen verrät, der trefflichen Dame ins Gesicht versichern: gut! Ich nehme noch dies an; aber nun beschämen Sie mich mit keinen größern Geschenken, da ich noch nicht einmal Ihre Kleinigkeiten zu vergelten vermocht. – Dies könnt' ich.

So weiß ich aus demselben Quistorp die andere Einschränkung, daß man nie beschimpfe, wenn man bloß die Sachen seines Neben- und Mit-Menschen (nicht ihn) verächtlich heruntersetzt, als etwan seinen Anzug, seine Gastmähler u.s.w. Ich würde also mit Vorbedacht, da doch am Menschen alles nur fremde Sache ist, außer seiner Moralität, die er sich, wie der preußische Soldat die Knöpfe, auf eigne Kosten anschaffen muß, ohne Ehrenklage im höchsten Grade anzüglich und geringschätzig z.B. von den schwachen Talenten oder Gesichtzügen eines Rezensenten sprechen, beides Sachen, die der Tropf sich nicht geben kann; ebenso wollt' ich auf viele deutsche *Kronen* und *Thronen* (ein schöner weiblicher Reim) losziehen, ohne die Besitzer, die ja beides teils halb auf, teils unter sich haben, im geringsten zu meinen. Doch ich kehre zu meinem Satze zurück – beiläufig ein ganz gutes Zeichen, denn Trunkne können, wie Verrückte, nie dieselbe Sache unverändert wiederholen und stehen hier tief unter Autoren und Advokaten. – Und Rechtswissenschaft ist nicht einmal mein Fach – (doch trinken wir recht auf sie!); aber Heilkunde bleibt es stets. Wie gesagt, ich sagte vorhin von Injurien und dergleichen. Wo finden Sie hier, Herr Doktor, den Vollzapf?«

41   Quistorps Grundsätze des teutschen peinlichen Rechts. 1. Bd. 2te Auflage.

Strykius beschwor nach allen Seiten hin das Widerspiel »Dies sag' ich, beim Teufel, ja selber«, versetzte der Doktor – »und wozu denn Ihr Fluchen? Ich denke, ich kenne mich und viele. Manches bringt mich auf, darüber ist keine Frage. Nur wünsch' ich zu wissen, ob jemand von der trefflichen, nie hoch genug zu achtenden Gesellschaft um uns her etwas an mir merke; aber freilich Fox und Pitt konnten nur halb so viel vertragen.

Mein lieber Herr Brunnenarzt, Sie brauchen, bei Gott, nicht zu lächeln, als läg' ich schon in den Lagen, für welche ich Ihre Vormundschaft bestellte. Sie sehen, ich weiß noch alles. Hab' ich aber ein Geheimnis verraten? Seh' ich irgendeinen Kopf doppelt? Kaum einfach. – Verschenk' ich schon außer dem Einschenken? Und wo stehen mir dumme Tränen der Liebe und Trunkenheit im Auge? Im Gegenteil verspür' ich eher harten Humor zum Totschlagen, besonders schlüg' ich gern einem Manne aus Ihrer Residenzstadt, der mir mit seinen Augen- und Weisheitzähnen ins Bein gefahren, diese auf der Stelle aus. Die Bestie kommt aber erst, wie Sie sagten, künftige Woche.«

»Sie erhitzen sich, Guter«, sagte Strykius. – »Aber für das Recht und für jeden Rechtschaffnen, der es mit mir so redlich meint als du, Stryk! – Herr Brunnenarzt, ich sage du zu Ihnen, wie der Russe zu seinem Kaiser. Einen Kuß, aber einen Judas den zweiten! Denn du weißt aus dem Neuen Testament, wo der Brief des zweiten Judas steht. Der erste Judas war nie mein Mann.« –

Strykius gab Katzenbergern einen Bühnen-Kuß. »Trinke zu, heize ein, zünd an, mein Zünd-Stryk! Ohne Wein war dem Urdeutschen kein Vertrag heilig. – O, wenn ich daran denke! Ein Freund ists Höchste. Ich sage dir, Stryk, einst hatt' ich einen, und wir herzten einander und er mich – alles tat ich für ihn und machte meinen Schnitt für ihn – ich hätt' in seinem Namen gestohlen. Halt, dacht ich, hältst du auch stich? Ich wollte ja in der Eile etwas Ihnen darstellen; sage mirs, Bruder!« – »Das Bewähren Ihres mir unbekannten Freundes«, versetzte der Brunnendoktor. »Und dies willst du besser wissen als ich? Stich, sagt' ich ja vorhin, hält er, wenn er sich bewährt und seinem Freunde zu verzeihen weiß. Der nur ist mein Freund. Deshalb macht' ich mir eine leichte Streitsache mit ihm zunutz und schleuderte diesem Freund, um recht zu wissen, woran ich mit ihm wäre, eigentlich um seine Liebe gegen mich zu erproben, einen vollen Bumper oder Willkommen mit allen Kräften an den Kopf; darauf beobachtete ich scharf und kalt, wie er bei dieser ersten Freundschaft-Anker-Probe standhalte und sich betrage. – Aber wir prügelten sogleich uns mit vier Händen durch, und der Treulose haßte mich hinterher wie einen Hund. Dies hatt' ich von meiner ersten leichten Liebe-Probe; – was hätt' ich mir vollends von einem so wankelmütigen Freunde zu versprechen gehabt, hätt' ich ihn noch ganz anders und schärfer auf die Kapelle gebracht, z.B. um Haus und Hof oder gar ums Leben? Anders sollen, hoff' ich, unsere Freundschaft-Proben ablaufen. Mich meinerseits erschlagen Sie, wenn Sie wollen; ich umhalse Sie stets sogleich in der frohen Ewigkeit und sage: willkommen, mein Stryk, mein heraufführender Franziskaner-Strick und Galgen- und Treppen-Strick! – Doch dies sind Wortspiele und elend genug.«

Der Brunnenarzt hatte bisher, zumal vor mehren Maus-Ohren an der Tafel, den bedächtigen Mann gespielt und sich wenig anders gegen den Trunk-Sprecher ausgelassen als mit leichtem Nein, Ja und Wink. Nur Neugier nach dem Ausgange, Scheu vor dem wild-begeisterten Doktor, mehr Hoffnung, ihn vor der Welt zuletzt beschämend zu verwickeln, und sogar einiger angetrunkener Mut pichten ihn auf dem Folterstuhle fest. Nüchtern erhielt er sich übrigens durch Meid-Künste – ja mehr als der Doktor selber, der sich zuletzt doch durch Reden betrank.

Erst bei der vierten Flasche überzeugte jener sich, daß im Weine oder im Doktor wirklich Wahrheit sei; mehre versprochne Rausch-Nachwehen und Feuermäler waren schon da, nur das geweissagte Verschenken wollte sich nicht einstellen. Der Doktor warf allerlei seltsame Winke hin, daß er sehr gern wolle, der Fürst wäre nicht da, aber wohl dafür ein anderer Mann für einen dritten, der prügelt. »Kennst du seinen Leibmedikus Semmelmann recht?« sagt' er. – »Längst als den gelehrtesten Arzt und feinsten Mann und meinen Freund«, versetzt' er etwas laut, um von fürstlichen Spionen, die den Geblendeten der Tafellichter rings im Blätter-Dunkel ungesehen belauschen konnten, besser vernommen zu werden »Nun so sag' ich dir, ich bin noch schwankend, ob ich gegen Taganbruch diesen deinen Freund ganz totschlage oder nur halb. Weißt du«, (fing er leise an und fuhr sogleich laut fort) »wer dieser Semmelmann im innersten ist, Stryk? Der Fallstrick, der Galgenstrick, der Ehrenkronenräuber, kurz der Rezensent meiner Werke.« – »Wie? – Herr Kollege!« sagte Strykius. – »Kein Wort weiter, er wird totgemacht! – Flex, heda! mein Kerl fährt augenblicklich vor bei Herrn

Brunnenarzt Strykius, meine Tochter wird nicht geweckt – sie soll nichts wissen, bis ich wiederkomme, und das ohne alle Umstände.«

Wenn wirklich, wie schon Swift nach Rochefoucault sagt, wir in jedes Freundes Unglück etwas weniges finden, was uns heimlich erlabt: so mußte allerdings der Brunnenarzt in der Aussicht auf die Ausprügelung 296 seines Freundes Semmelmann etwas Behagliches finden, da er so lange diese sich selber zugedacht geglaubt; auch wurde diese Behaglichkeit durch die Betrachtung eher vermehrt als vermindert, daß der Leibmedikus, sein Nebenbuhler, der als Weg-Aufseher der ersten und zweiten Wege des Fürsten mehre Wege Rechtens und Himmelfahrten und bedeckte Wege und enge Pässe des Landes besetzte, vom berühmten Katzenberger vielleicht durch Prügel könnte um einigen Kredit, wenn nicht um Glieder und mehr gebracht werden. Dies hielt ihn aber nicht ab, vielmehr spornte es ihn an, sich nicht nur unter vier Ohren, sondern vielleicht vor mehr als zehn Hörmaschinen des Hofs im Finstern entschieden des Leibmedikus oder der Semmelmannschen Unschuld anzunehmen, und zwar mit um so größerer Wärme der Überzeugung, je gewisser er wußte, daß er selber die Rezension gemacht.

»Mein bester Kollege«, begann er, »möge mich nur hören! Wie stark der Argwohn gegen den Herrn Leibmedikus gegründet, entscheid' ich am wenigsten, da ich Journale, worin etwas stehen soll, als z.B. die Gothaischen Anzeigen, die Oberdeutsche Literatur-Zeitung, die neue allg. deutsche Bibliothek und dergleichen Unrat, mehr mithalte als mitlese. Aber trefflicher kühner Amt- und Waffenbruder! Lassen Sie mich doch auch reden! Kennen Sie die Mißlichkeit solcher Namen-Ablauschungen wie die Ihres Herrn Richters? Ich halte Semmelmann, soweit ich ihn kenne, durchaus für unschuldig; doch gesetzt, aber nicht zugegeben, Sie hätten recht; aber Freund, wie kann ein Gelehrter mit einem andern Gelehrten (zur Abwägung zwei solcher hab' ich keine Gewichte) den geistigen Zwist mit Waffen ausfechten wollen, die nichts treffen als Leiber? – Bei Gott, ich bin hier nicht bestochen, und die fremde Sache nehm' ich kühn für eigne ...«

»Ich habe dich Spitzbuben wirklich ruhig ausgehört, bloß nur um dir vorläufig darzutun, daß ich, bei Gott! bei Verstand bin wie einer und nach niemand frage – Was verschlagen alle Flaschen im Magen gegen das wenige, was aus ihm davon in den Kopf steigt? Aber, wie gesagt, das ist mein Satz, oder ich weiß nicht, was wir sagen. Und doch ein Spitzbube bist du selber, so groß wie Semmelmann, weil du ihm 297 ähnelst und beistehst. Denn du bist, nimm mirs nicht übel, lieber Stryk, – von Hause aus – ein milder Mann mit einem weichen Herzen im Brustkästchen, und es ist dir nachzusehen, wenn du aus verdammter verhaßter Liebe Schubjacke und Stricke (ich rede gesetzt) verfichst; denn dein Angesicht ist ein sanfter Ölgarten, wo man Blut schwitzt, und du bist am ganzen Leibe mit Selber-Dämpfern wie mit Blutigeln besetzt. Du weißt nur zu gut, wer mich rezensiert hat; aber siehst ihn nur nicht gern erschlagen. Ein Knicker ist Semmelmann auch, und nichts hass' ich mehr als so einen geizigen Hund, der mir nichts herschenkt, der selber seinem Hund nichts zu fressen gibt aus Gras, das dem Tier nur schmeckt, wenn sich das Wetter ändert. – Hat er nicht bloß aus Geizhalsigkeit meine Praxis beneidet, obwohl außer Lands, und meinen Ehrensold und die wenigen Ehrenpforten und Ehrenlegionen, die ich mir etwa erschrieben? Ist der Leibmedikus nicht der größte Schmeichler des Hofs und denkt bei dem Fürsten, weil ich, bei Gelegenheit der Hämatosen und Mißgeburten, nichts von den mineralischen Bestandteilen des Landes-Bades angebracht, Ehre einzulegen, wenn er mir eine größere nimmt, als er hat? Die Sache ist: seine Zunge gleicht der Bienenzunge, welche einem Fuchsschwanz ähnlich ist und die für sich Honig saugt, und für andere Gift. Wie gesagt, Bruder! – Ich erhebe dich vielleicht zum Leibmedikus, wenn ich den alten erschlage, mags hören, wer will.«

»Guter Amtbruder«, sagte Strykius, »jetzt in der Nachtkälte tritt die vorher abgeschlossene Bedingung ein, nolens volens« – »Dummes Wort, ich will entweder nolens oder volens« – »Fein bemerkt! Wir gehen dann miteinander zu mir auf einen warmen Tee«, sagte Stryk und nahm ihn mit.

44. Summula

Die Stuben-Treffen – der gebotene Finger zum Frieden

Unterwegs stammelte er nach Vermögen, und was er sagte, sollte nicht sowohl Sinn haben als wenigen »Ich brauche keinen guten Rat«, sagt' er, »so wenig als ein Hund Zahnpulver und -stocher – ich werde meine Sache schon so machen, daß man vielleicht dies oder jenes davon sagt – Mancher ist ein geiziger Hund, und ziehe mir einmal einen Hundsschwanz gerade, ich bitte sehr – Gut, der Mann soll abstehen, wie Fische vom Donnerwetter, auch ungetroffen, oder wie ein Wagen voll Krebse, wenn unten ein Schwein durchkriecht.« –

Sie fanden den Wagen vor Strykius Türe, der sich wieder laut gegen das Nacht-Fahren erklärte und den Doktor die Treppe hinaufzog, um droben leiser sich über den Leibmedikus auszuschütten. Er schickte sogar den Bedienten, sobald er den Ofen für den Tee geheizt, mit Aufträgen in ferne, schon zugesperrte Häuser davon, um unbehorcht zu bleiben.

Der Wein – die Nacht – die Einsamkeit – der Schlag auf die Hand – dieses Ineinandergreifen so vieler Zufalls-Räder brachte den Doktor auf einmal in der Stube so weit, als er nach andern Planen kaum in einer Woche sein konnte. Er zog daher einen Taschen-Wind-Puffer heraus, schoß die Kugel in die Wand – zog und spannte einen zweiten und sagte: »Ein lautes Wort von dir, so schieß' ich dich leise nieder, und ich fahre davon. Du bist mein Rezensent, Dieb, nicht der ehrliche gelehrte Semmelmann – und ich bin noch nüchterner als du Saufaus. Schweig; ein Wort, ein Schuß! Es macht mich schon dein bloßes Waschschwamm-Gesicht mit seinen schlappen Vorderbacken und seinem Gelächel halb wütig. Ein Strafexempel muß ich nun an dir zum Vorteil der ganzen gelehrten Welt diese Nacht statuieren; nur steh' ich noch an, ob ich dich ganz aufreibe oder bloß lahmschlage oder gar nur ins Gesicht mehrmals streiche. Hier schleudr' ich noch zum Überfluß den Hakenstock von dem Giftpfeil auf deinen Nabel ab (der Stock fuhr aber ans Knie) – sieh den ausländischen Pfeil, womit ich dich harpuniere auf ewig, wenn du schreiest oder läufst. Jetzt verantworte dich leise, nenne mich aber Sie; denn ich bin der Richter und du der Inquisit.«

»In der Tat«, (hob der Brunnenarzt an) »es wird mir schwer, nach vielen heutigen geschickten scherzhaften Rollen von Ihnen – und insofern so angenehmen – diese mit einem Überfall auf Leib und Leben nicht für Scherz zu nehmen, besonders da Sie ja nicht ganz gewiß wissen können, ob ich die Rezensionen gemacht.«

»Hier werf' ich dir«, sagte der Doktor, in die Tasche fahrend, und nahm das Heft des Pfeils in den Mund, um mit dem Windpistol fort zu zielen, »deine Handschrift aus der Druckerei vor die Füße, Räuber zu Fuß.«

»Gut, dies entschuldigt Ihre erste Hitze gewiß; aber erwägen Sie auch, daß überall von jeher der Gelehrte, besonders der Kunstrichter, gegen den Gelehrten zum Vorteile der Wissenschaft auf dem Papier eine freie Sprache führt, die er sich nie im Zimmer unter vier Augen ...«

»Zum Wissenschaft-Vorteil? – Ist es nicht jammerschade, daß Leute wie du auch nur das Geringste davon verstehen? Können solche Leute unwissend genug sein? Die Wissenschaft ist etwas so Großes als die Religion – für jene sollte man ebensogut Mut und Blut daransetzen als für diese – und doch wagen die Rezensenten nicht einmal ihre Namens-Unterschrift daran. Eine Sünde pflanzt sich nicht fort, und jeder Sünder erkennt sie an; ein unterstützter Irrtum kann ein Jahrhundert verfinstern. Wer sich der Wissenschaft weiht, besonders als Lehrer der Leser, muß ihr entweder sich und alles und jede Laune, sogar seinen Nachruhm opfern –«

»Wie schön gesagt und gedacht!« lispelte Strykius. – »Schweig! – oder er ist ein Rezensent wie du; und der Teufel hole jeden Esel, der schreibt, und den er reitet; es ist genug, wenn das Tier spricht. Mache mir jetzt etwas Tee zurecht, denn das Wasser kocht; schneide aber deine Hosenknöpfe ab, damit du mir nicht entläufst.«

»Lieber mein Leben lass' ich als meine Ehre«, sagte Stryk »bloß aufknöpfen will ich den Hosensack und herunterlassen; und es tut ja der Länge wegen denselben Dienst ...«

Während er im Hemd mühsam das Teewasser aufgoß: zog der Doktor den Widerruf hervor und sagte, wenn er ihn beschwöre und unterschreibe, so woll' er ihm das Leben selber schenken und ihn nur an den Gliedern, wo er es für gut befinde, mit dem Stab sanft bestreifen. Strykius schwur und schrieb. Darauf begehrte der Doktor, daß ers auswendig vor ihm lerne, weil er selber das Dokument wieder zu sich stecken müsse. Der Arzt predigte den Aufsatz endlich auswendig (der Hosensack war seine Kanzel) her. »Gut!« sagte Katzenberger »Nun haben wir beide nichts Wichtiges weiter miteinander abzumachen, als kollegialisch zu überlegen, welches von den Gliedmaßen ich denn vor dem Einsitzen zu zerschlagen habe; wir haben die Wahl. Wir könnten die Nase nehmen und solche breitschlagen; teils weil du auf meine grobe knollige kurze Fuhrmanns-Nase etwas heruntersiehst, teils weil nach Lavater sich unter allen Gliedern die Nase am wenigsten verstellen kann, und du also bei deiner Vermummerei Gott und mir danken wirst, wenn du ein aufrichtiges Glied weniger hast – Wir könnten aber auch zum Kopfe greifen, womit oder worin du besonders gesündigt und rezensiert, und ich könnte, da er noch nicht offen genug scheint, wenigstens die sieben Sinnenlöcher, die der Vorderkopf hat, auch dem Hinterkopf durch den Natur-Trepan eines sogenannten Stocks einoperieren – Oder vor und von der Hand könnten so viele Finger, als leider rezeptieren und rezensieren, bequem dezimiert werden – Oder ich könnte auch das Pistol an deine Wade halten und sie durchschießen, um aus der Hämatose zu sehen, ob sie eine falsche sei – Die Auslese wird schwer, du hast verdammt viel Glieder, und ich glaube, *gerade so viel,* als Pestalozzi in seinem Buch der Mütter aufzählt – Oder wählt man am besten das Ganze, die dreihäutige Oberfläche, und zeigt man sich dir mehr von der liebenden Seite, wann ich eben auf dich, als meinen Nachfolger, beeidigten Priester und Lehrboten, geradeso wie der Franziskus und andere Heilige die Wundenmäler von ihrem erscheinenden Herrn bekamen, alle die blauen und braunen und gelben Flecken, womit mich in mehr als einer Prügel-Disputa mancher Raffael angemalt, gleichsam als stigmata übertrage und abfärbe, um unsere Vereinigung zu zeigen – Nun so stimme doch mit über das Glied, sage, welches!« –

– »Mein Herz«, versetzte er. – »So vertraut spricht man nicht mit mir«, sagte Katzenberger. – »Meines mein' ich ja«, sagte Stryk.

»In dies Glied mögen die Weiber ihre dummen Wunden machen! Herr, hier liegt Euer dummer Dachsschliefer, der niemand anbellt und anwedelt; das unnütze Vieh sollt Ihr mir, wenn ich unter den wählbaren Gliedmaßen etwas naschen soll, zum Zerschneiden mitgeben und vorher vor meinen Augen erdrosseln, da ich die Bestie sonst nicht fortbringe!« – »Er ist«, sagte der Arzt, »nur so still, weil er vor Alter keine fünf Sinne mehr hat; erdrosseln kann ich das treue Tier unmöglich, aber hergeben will ich ihn, da er doch bald abgeht.«

Hier hob er den leben- und schlaftrunknen Dachsschliefer auf und gab ihm den Judas- und den Todeskuß. »Behalt ihn, unwissenschaftlicher Narr!« rief der Doktor; »eh' ich ein veraltetes Vieh, lieber meine zehn Finger gäb' ich her!« – Dieser Zufall öffnete plötzlich dem Brunnenarzt einen Himmel und eine Aussicht: »Ich besitze hier«, sagt' er, »im Kabinett aus dem Fraisch-Archiv eine alte abgedürrte Hand, zwar keine ausnehmende Mißgeburt, aber es ist doch eine Hand mit *sechs* Fingern, die nicht jeder am Arme hat.«

»Si bon! - Ganzer Mann! Schatz, gebt mir die Hand, nicht Euere – so geh' ich ab und schone jeden Hund.« – Während Strykius die Sechsfingerhand als einen Reichsabschied gegen das Faustrecht aus dem

Kasten holte, säete Katzenberger hinter dessen gebognem Rücken mehre Knallkügelchen auf verschiedne erwärmte Plätze des Ofens und legte nicht sowohl Feuer als Donner ein, um auch in seiner Abwesenheit das Strykische Gewissen nachts oder sonst mehrmals fürchterlich zu wecken durch Lärmkanonen, Notschüsse, Türkenglocken oder andere Metaphern. Während der Donnersaat sprach er fort und sagte ins Kabinett hinaus: »Ich bin aber heute so weich wie ein Kind; das macht der Trunk. Darwin bemerkt schon längst, daß sich den Säufern die Leber, folglich die Galle verstopfe; daher ihre Gallensteine und Gelbsuchten.«

Strykius brachte die eingeräucherte Hand, wogegen Esaus und Van Dyks Hände dem Doktor nur als invalide oder defekte erschienen. Nachdem er den Plus-Finger genau daran besehen: mußte sie ihm jener selber in die Tasche stecken, damit er in der gerüsteten Stellung verbliebe. Freundlich und ganz verändert bat er, ihm ein Fläschchen mit Tee mitzugeben, um es ruhiger im Wagen zu trinken. »Nach der Schenkung der fremden Hand verzicht' ich gern auf jeden lebendigen Handdruck; Eure Kußhand in meiner Tasche hat alles ins reine und uns einander näher gebracht, und wir lieben uns, so gut wir können. Nur bitt' ich Euch noch, mir die Stockscheide, womit ich vorher in die Scheibe des Knies getroffen, selber an den Giftpfeil anzustoßen, weil ich mich aus Mißtrauen nicht bücke, Schatz!«

Als Stryk etwas ängstlich die obere Hälfte des Hakenstocks an die untere angeschienet hatte, händigte Katzenberger mit dem Gemsenhorn noch schleunig einen beträchtlichen Schlag den Schreibknöcheln des Mannes ein – es sollte ein Siegel auf die Bundakte sein – und sagte »Nur ein Katzenpfötchen und Handschlag für den in der Höhle, Addio!« Er eilte die Treppe hinunter und in den Wagen hinein, um schnell über die Grenze des Hauses und Landes zu kommen. Noch im Dorfe begegnete ihm Stryks Bedienter, dem er neuen Dank an seinen Herrn mitgab, und vor dem er fahrend die Gesundheit desselben in Tee trank. Frohlockend fuhr er mit dem Reichtum von sechs Fingern und von zwei Allianz-Hasen im Geleise des Himmelweges seiner Tochter nach. Strykius sang zu Hause Dankpsalmen an seine Geschicklichkeit und an das Geschick, daß er sich durch eine tote Hand aus einer lebendigen gerettet, und machte singend die Beinkleider und dann die Haustüre zu; erst da er die letzte dem Bedienten wieder öffnete, stimmte er Kriegslieder und Wettergebete gegen dessen ungeheures Außenbleiben an und gegen den Räuber von Doktor. Sein erster Gedanke war, diesem in einer ganz neuen Zeitung durch die zehnte Hand statt einer Benefiz- lieber eine Malefizkomödie zu geben und ihn zu einem Mitgliede in die Unehren-Legion der erbärmlichen Autoren aufzunehmen. Ferner hatt' er den zweiten Gedanken, bei sich anzustehen, ob er überhaupt einen ihm mit dem Pistol auf der Brust abgenötigten Eid und Widerruf nur wirklich zu halten habe. Da platzte auf dem Ofen eine Knallkugel, und sein Gewissen, von dieser Krachmandel gestärkt, sagte: »Nein, halte deinen Eid und nimm dir nur die Zeit; denn nach zwanzig Jahren kannst du ebensogut widerrufen, wenn du nicht stirbst, als morgen.«

303

45. Summula

Ende der Reisen und Nöte

Die sechs Finger und acht Hasenbeine waren so erquickende Zucker-röhre, an denen Katzenberger unterwegs saugte, daß er nach dem Unfall wenig fragte, sowohl die Abrechnung der Reisekosten mit Nießen ver-gessen zu haben als das Aufheben des weggeworfenen Windpistols bei Stryk. Das letzte sollten ihm, beschloß er, ein paar höfliche Zeilen nachholen. Er ließ galoppieren, um noch vor Untergang des Mars über das großpoleiische Grenzwappen hinauszufahren. Dann stieg er in Fugnitz aus und genoß bei Licht seine Mißgeburten ruhiger.

Nach einem kräftigen Extrakt von kurzem Schlaf flog er der Tochter nach und durch das Städtchen Huhl mit gezognem Giftpfeil vor dem Hause des Pharmazeutikus vorbei. Dieser stand eben unter der pharma-zeutischen Glastüre und unter der Wappen-Schlange seiner Offizin neben dem Orts-Physikus und zeigte diesem ohne Hutabziehen und sonstige Gruß-Schüsse mit ausgestrecktem Arme den Giftmischer und Hasendieb.

Erst spät, bei Licht-Anzünden, kam er zu Hause an. Er hörte, Theoda, die schon vormittags angelangt, sei bei ihrer Freundin. Halb verdrüßlich machte er sich nach Mehlhorns Wohnung im Erdgeschosse auf, welches für ihn den Vorteil hatte, da es abends durch Fensterladen verschlossen war, daß man ungesehen durch sie hineinsehen konnte.

Katzenberger war ein Mann von vielen Grundsätzen, worunter er einen hatte, den zarte Seelen, welche die menschliche, von keiner sichtbaren Gegenwart gemilderte Schärfe der Urteile über taube Abwesende schwer ertragen, ihm nicht so leicht nachbefolgen konnten, nämlich den, zu – horchen und zu luken. Darum erklärte er besonders Fenster-Läden der Erdgeschosse für die besten Operngucker und Hörmaschinen, die er nur kenne; und sagte, solche Läden schlössen etwas wohl dem Räuber, aber nichts dem Herzen zu – und man schaue nie ruhiger und schärfer in Haushaltungen als durch zarte Ritzen, entweder in einen offnen Himmel oder offnen Schaden, und er wisse dieses aperturae Jus oder diese servitus luminum et prospectus, kurz diese Licht-Anstalt mit nichts zu vergleichen als mit Totenbeschau und Leichenöffnung; nie sei er von solchen Fensterläden weggegangen, ohne irgendeinen Gewinn davonzutragen, entweder eines Schmähwortes auf ihn oder sonst einer Offenherzigkeit.

Durch den Fensterladen sah er nun mit Erstaunen die Wöchnerin Bona im Bette und in ihren Händen zwei fremde Hände, die sie aufeinanderdrückte, Theodas und Theudobachs, indem sie ihr klares, obwohl mattes Auge mit so viel Entzückung und Teilnahme zu den beiden Liebenden aufhob, als sie ihrem Zustand erlauben durfte. – Er sah ferner, wie der Umgelder mit (geborgten) Weingläsern und mit (bezahltem) Weine ohne Anstand, aber lebhaft umhersprang und den Aufguß seiner eignen Begeisterung einer himmlischern vorhielt und anbot, sogar der neuen Kindbetterin, welche indes mitten in der ihrigen genug Bedachtsamkeit besaß, diesen bösen Honigtau des Wochenbettes auszuschlagen. Er vernahm sogar, daß der Zoller ein Wagstück mit seiner Zunge bestand und sagte: »Gnädigster Herr Gevatter, aufs hohe Wohl unseres Paten!« – Von dem Nachmittag und der vorigen Nacht war also (sah er durch die Spalten) das Pfund jeder Stunde gewissenhaft benutzt und auf Zinsen der Liebe angelegt. Nie sah die blasse hellblauaugige Bona verklärter und durchsichtiger aus als in dieser Stunde des Mit-Entzückens, aber ihre Verklärung verschönerte auch die fremde; denn ein liebendes Paar erscheint zärter und himmlischer durch den Widerschein einer teilnehmenden Freude.

Jetzt hörte der Doktor den Zoller ausrufen: »Ich gäbe meine Hand darum, wären der Herr Doktor Gevatter da; meine scharmanten Brautleute wären aufgeräumter und stießen an.« – Der Zoller hatte als ein Mann, der wenig anders noch in der Welt scharf beobachtet hatte als Zoll und Umgeld, aus Theodas Bleich- und Ernst-Sinn den Schluß gezogen, sie bange vor des Vaters Entscheidung; wiewohl die heitere

Rose bloß vor der heißen Sonne der Liebe und Entzückung zur weißen erblaßte. Der tiefe Ernst der Liebe griff ihr ganzes munteres Wesen an. Der Hauptmann, schon von Natur und Wissenschaft ernst, war durch die plötzliche unberechnete Lohe der Liebe nur noch ernster geworden; denn sonst irgendeine äußere Störung (Perturbation) seines Liebe-Hesperus durch den Vater Saturn oder Mars kam ihm bei seiner mathematischen Hartnäckigkeit und kriegerischen Entschlossenheit gar nicht in Betracht, ja wenig in Sinn. Mehlhorn fuhr fort: »Ich setze meine Ehre zum Pfande, die Sache geht.« Vergeblich winkte ihm Bona. »Ich weiß sehr gut«, sagt' er, »was ich sagen will; ich kenne meinen teuersten Herrn Gevatter Doktor so gut als euch selber, und vermachen ihm Dieselben auf Ihrem herrlichen Rittergut Ihre ganze Höhle voll Bärenknochen zum Ausleeren: so weiß ich, was ich weiß.«

Der Doktor ärgerte sich am Fensterladen, daß Mehlhorn bei Kräften sein wollte und keck – denn derselbe Liebhaber aller Kraft-Menschen wird doch verdrießlich über einen Schwächling, welcher plötzlich, wenn auch nur im Trunk-Mut, etwas vorstellen und dadurch das Verhältnis der Unterordnung schwächen will –; doch sagte zu sich der Doktor: »Übrigens ists gut, und ich bin Herrn Theudobachs gehorsamer Diener und Schwiegervater, wenn es mit der Höhle richtig ist.«

Der Doktor trat gelassen ins Zimmer und sah jeden unverlegen an. Die verschiedenen Konzertisten der harmonischen Liebe mußten gegen den eintretenden Taktschläger sich in angemessenen Spielen der Harmonie darstellen. Die Tochter hatt' es am leichtesten, sie hatte einen Vater zu empfangen und zu küssen. – Auch der Zoller unternahm bei so viel Wein im Kopf mit Erfolg die schwersten Umhalsungen. Nur der Schwiegersohn, Theudobach, begab sich gegen Katzenberger, der ohnehin mit lauter Winterseiten besetzt war, mit Anstrengung in das gewöhnliche krause Höflichkeit-Gefecht zwischen kühlen Schwiegervätern und heißen Schwiegersöhnen. Je feuriger und reifer der Doktor das Ja im Herzen hatte, desto fester verkorkte er es darin; schon auch darum, um dem ergötzenden Ringel-Frontanze um sein Vaterherz herum zuzusehen. Bona durchblickte sogleich die Ineinanderwirrung; der nun trocknere Hauptmann, der neben dem Alten die Hand der Tochter nicht fortbehalten konnte, schien ihr Anstalt zum Abzuge in sein Quartier im Sinne zu haben, um sich aus demselben an den Nordmann mit der Feder zu wenden. Auch der geheizte Kopf des

Zollers, schiens ihr, versprach mit allen seinem Reverberier-Feuer nicht viel Licht für den Ausgang der Sache.

Aber sie tat es kühn ab; sie bat die Gesellschaft um einen einzigen Augenblick, um mit ihrem alten Arzte ein Wort zu reden. Man ging leicht, nur Mehlhorn schwer.

Sie leitete wirklich mit einigen Kranken-Fragen ein, ehe sie den Doktor zur Geschichte ihrer Freundin, zu der Vergangenheit, Gegenwart und Zukunft derselben überführte. Zuletzt kam ihr eben aus Wöchnerin-Schwäche ihre Schwäche ganz aus dem Sinn, und sie ließ Herz und Zunge flammen für Theoda. Ihr verschwinde zwar, sagte sie, mit ihr das halbe Glück des Lebens; wenn aber diese dadurch das ganze gewinne, so weine sie gern ihre heißesten Tränen.

Der Doktor bat, ihn mit den nähern Verhältnissen des Mannes in Bekanntschaft zu setzen. Sie erzählte, ihr Mann habe schon vormittags bei mehr als fünf Studenten aus Theudobachs Nachbarschaft Nachrichten über seine Umstände und über die Wahrheit seiner Versicherungen einziehen müssen, aber lauter Bejahungen eingebracht, wie sich denn im ganzen Wesen desselben der Mann von Wort ausweise. Sie nahm so viel Anteil an Theudobachs Reichtum als Katzenberger selber; und es steht einer schönen Seele nicht übel an, für eine fremde dasselbe Irdische zu beherzigen, das sie für sich selber versäumt »Sie können ja«, setzte sie lächelnd hinzu, »unter einem sehr guten Vorwand selber hinreisen und sich alles mit Augen befühlen; er hat nämlich auf seinem Gute eine Höhle voll Bären- und Gott weiß was für Knochen. Für die Tochter gibt er Ihnen freudig alles, was er von toten Bären hat; es wird schon was zu einem lebendigen übrig bleiben für die Ehe.«

»Ich«, versetzte der Doktor, »bin gewissermaßen dabei.

Weibleute kann man nicht früh genug auf jüngere Schultern abladen von alten; wir armen Männer werden bei allem Gewicht leicht in ihnen geschmolzen, wie z.B. Bleikugeln in Postpapier ohne dessen Anbrennen. Sie soll ihn vor der Hand haben, *bedingt*.«

Hier war der Umgelder schon von der Türe (er hatte, um sie nicht aufzumachen, davor gehorcht) abgeflogen zum Braut-Paar; vierundzwanzig blasende Postillione stellte er vor, um das gewonnene Treffen anzusagen. Vielleicht hätten sie wenig dagegen gehabt, hätte sich der Sieg auch einige Stunden später entschieden. Die Liebenden kamen zurück, und in ihren Augen glänzte neue Zukunft, und auf den Wangen blühte die Gegenwart. Der Umgelder wollte auf einem Umweg durch die

Knochenhöhle als einem tierischen Scherbenberge Roms – der Sache näherkommen und tat dem Hauptmann die Frage, was er für Schönheiten auf seinem Landgute verwahre. Aber dieser wandte sich, ohne Antwort und Umweg, gerade an den Vater und legte ihm den durchdachten Entschluß seines Herzens zum Besiegeln vor. Katzenberger murmelte, wie verlegen, einige Höflichkeit-Schnörkel, bloß um sich bestimmtes Loben zu ersparen, und äußerte darauf: er sage ein bedingtes Ja und schieße das unbedingte freudig auf dem Gute selber nach, wenn ihm und seiner Tochter der Hauptmann erlaube mitzureisen. »Warum soll ichs nicht sagen?« fuhr er fort, »ich bin ein gerader Mann mit dem ganzen Herzen auf der kleinen Zunge. Ich wünschte wirklich den unterirdischen Schatz zu sehen, dessen Herr Zoller gedachte, und Sie mögen immerhin dies für einen Vorwand mehr aufnehmen, um meine naturhistorische Unersättlichkeit zu befriedigen.« Ob er nicht eine wahre Verstellung in die scheinbare verbarg und eigentlich gerade dem Reichtum über der Erde unter seinem Vorwand eines tiefern nachschauen wollte, konnte außer der hellen Bona wohl niemand bejahen; sondern eine triumphierende Kirche frommer Liebe, ein Brockengipfel tanzender Zauberfreude wurde das Zimmerchen; und selber Katzenberger stellte in dieser Walpurgisnacht voll Zauberinnen schöner als sein Urbild (der Teufel) den umtanzten Brocken-Helden dar.

308

Nachdem er, um die allgemeine Entzückung und die eigne lustiger zu ertragen, den nötigen Wein getrunken: so macht' er sich unversehends, in der Flucht vor vier Dankstimmen, nach Hause und sagte unterwegs, die Augen gegen den Sternenhimmel gerichtet: »Rechn' ich auch nur flüchtig nach, daß ich einen achtfüßigen Hasen – eine sechsfingrige Hand – die goldfingerige eines Schwiegersohns auf einer kurzen Reise gewonnen, wobei ich nicht einmal im Vorbeigehn die Strykische Schreibtatze anschlage, auf die ich geschlagen – und schau' ich in die Höhle hinein, wo ich auf ganz andere Höhlenbären als auf die kritischen stoßen soll: so kann ein Mann, der auf einer Reise ums Weltmeer nicht mehr hätte fischen können als ich auf meiner ins Maulbronner Bad, dafür Gott, sollt' ich denken, nicht genug danken.«

Werft noch vier Blicke in den kleinen Freudensaal der vom Vater-Ja beglückten Liebe und der beglückten Freundschaft zurück, eh' ihr von allen auf immer geht! Solche Abende und Zeiten kommen dem dürftigen Herzen selten wieder; und obgleich die Liebe wie die Sonne nicht kleiner wird durch langes Wärmen und Leuchten, so werden doch einst die

Liebenden noch im Alter zu einander sagen: »Gedenkst du noch, Alter, der schönen Juli-Nacht? – Und wie du immer froher wurdest und deine Bona küßtest! – Und wie du, Theoda«, (denn beide fallen einander unaufhörlich in die Rede) »den guten Zoller herztest! – Und wie wir dann nach Hause gingen, und der ganze Himmel funkelte, und das Sommer-Rot in Norden ruhte – Und wie du von mir gingst, aber vorher einen ganzen Himmel in meine Seele küßtest, und ich im Lieberausche leis' an meinem Vater vorüberschlich, um den müden nicht zu wecken –– Und wie alles, alles war, Theoda; ich bin kahl, und du bist grau, aber niemals wird die Nacht vergessen!« – So werden beide im Alter davon sprechen.

Ende der Badgeschichte

Werkchen

I.

Wünsche für Luthers Denkmal von Musurus

Ein gewisser, mir ganz unbekannter Musurus – Ehrenmitglied von mehren Ehrenkörpern deutscher Gesellschaften für Deutsche – schickte mir vor einigen Wochen einen Aufsatz über die Tempelkollekte[42] zu Luthers Denkmal zu. Da ich nun befürchte, daß der Aufsatz, der im Grunde Deutschland mehr in ein lächerliches als in ein vorteilhaftes Licht zu setzen sucht, irgendeinem Monat- oder Kalender-Autor begegne, der ihn gar drucken läßt: so teil' ich ihn hier selber mit, um die Gelegenheit zu benutzen, manches, was er scherzhaft vorbringt, ernsthaft zu entkräften in einem kleinen Anhang. Hier folgt zuerst seine Arbeit unter dem Titel:

---

42   Damals, als ich diese »*Wünsche*« in einer Monatschrift, die in Berlin 1805 herauskam, drucken ließ, waren nach mehren Jahren Kollektierens 6000 Taler aufgebracht.

Geldersparendes Ideenmagazin zu Denkmälern Luthers und Deutschlands

Sechstausend Taler und einige Groschen, die noch von Woche zu Woche anschwellen, haben wir nun im Lutherischen Deutschland zusammengelegt, was ich auch von der Vereinigung aller Stände sogleich erwartete. Mit solchen Summen – so denk' ich –

können wir wahrscheinlich etwas machen, wenn auch keine Statue, doch einen Anfang dazu, irgendein Glied. Es muß indes noch unendlich mehr einlaufen, wenn wir Deutschland verlassen und den Reichsanzeiger in Sprachen solcher Länder übersetzen wollen, die mit uns zugleich hinter Luthers Freiheitfahne vom päpstlichen Stuhle abgegangen sind; denn in Schweden, Dänemark, sächsischem Ungarn, lutherischem Ostindien, der Schweiz, in Holl-, Eng- und Schottland muß jetzt eingefallen, und was nur von Ländern sonst protestierte, mit Kollektenbüchsen durchzogen werden, damit sie der Mansfelder Gesellschaft steuern wie wir alle, wenn sie nicht von uns wollen rot gemacht sein. Gedenken denn so viele reichere Länder eine Religionumwälzung, wofür ein ärmeres sechstausend Taler zusammenschießt, umsonst, ohne Taufgebühren zu genießen? Es mag daher den Vorschlägen, die ich nachher über den besten Verbrauch der gedachten Almosensammlung wage, dieser vorausstehen, daß man die eingegangenen Monument- und Ehrengelder wohl nicht ergiebiger verwenden könnte als bloß für Botenmeister, nämlich für Pfennige- und Deutmeister, für Taler-, Kronen-, Adolphsd'or- und Croren-[43]Meister, welche man um diese Summen gewänne und in die Auslande verschickte, um da die beträchtlichsten Beiträge zu Luthers Denkmal in Mansfeld einzutreiben. Gott! wenn wir uns nur ausmalen, daß bloß fünf Lords in London von dem Boten erobert würden zur Unterschrift – bevor sie selber mit den andern von der Landung Napoleons erobert wären –: so langte dieses ja zu, daß wir das Quintupel des ausgegebnen Botenlohns, nämlich des bisher eingenommenen Ehrensolds für Luther, einzustecken bekämen! Sesostris Aufschrift auf seinen Tempeln: »Kein Eingeborner arbeitete daran« übertrüge wohl jeder mit wahrem Vergnügen auf den Lutherischen.

Ich teile jetzt – da mich die Mansfelder Gesellschaft, wenn nicht im besten, doch in ihrem Stile, so dringend dazu auffordert – meine Ideen

43   Eine Crore in Ostindien macht 100 Laks.

310

über den besten Verbrauch der Ehrensumme mit, welche durchaus in zwei große Klassen zerfallen: in der ersten werden die Vorschläge getan, etwas von ihr übrig zu behalten, wenn man Luthern das Seinige setzt; in der zweiten die, wodurch gar die ganze Summe gespart wird.

Ich beginne bei der ersten. Zu verwundern ists – aber noch zu helfen, da wir Geld haben in Mansfeld –, daß wir über Luthern einen ganz höhern Mann zu ehren vergessen, dem er selber, wie jeder große Mann, seine *Bildung* verdankt – einen Mann, der bis auf den Jüngsten Tag fortwirkt, solange noch ein lebendiger Mensch existieret – der uns eigentlich zu Menschen machte – einen Stammbaum aller Stammbäume, ob er gleich die Bürgerlichen mehr begünstigt – unsern Vater aller Landesväter – kurz einen Mann, den der Schöpfer zuerst inspirierte, nicht einige Gedanken, sondern die ganze Seele – und welcher nicht nur der größte war, sondern auch (was äußerst selten ist, da es nur einmal ist) der erste, und den ich gern die Mutterzwiebel und das Erzhaus der Menschheit nenne – denn ich meine offenbar *Adam* zu verwundern und schwerlich zu entschuldigen ist es, sag' ich, daß für einen Mann von solchem Einfluß, und mit allen Fürsten verwandt, noch nichts getan worden, weder im protestantischen Deutschland noch sonst wo. Von seiner Frau gilt dasselbe. Ob aber Adam, der Jahrtausende Luthern vorarbeitete, nicht früher Ehrenflinten und Ehrensäbel und Ehrentrommelstöcke in seine Hände von der Mansfelder Gesellschaft zu bekommen verdient als Luther, wird sie mir öffentlich beantworten. Denn dies entschuldigt uns nicht, daß allerdings jeder Adams-Sohn von uns oder Postadamit seinem guten Vorvater bisher, so gut er konnte, jenes geistige und bleibende Denkmal in seinem Busen aufrichtete, das unter dem Namen *alter Adam* so bekannt ist als das Neue Testament. Aber sind denn Luthern nicht durch den *neuen* Adam dieselben Denkmäler gesetzt? – Schlägt man die Millionen Nachkommen als lebendige, dem Erzvater gesetzte Statuen hoch an, wovon ihm jeder von uns einige setzt: so besitzt auch Luther an den umhergehenden Lutheranern dergleichen Karyatiden seines Ehrentempels genug. Doch dies ist mehr Scherz; was ich aber ernsthaft vorschlage, ist, daß, da wir das Geld einmal in Händen haben, wir es verteilen und beiden, sowohl Luthern etwas setzen, das uns Ehre macht, als auch Adam. – – Und warum ihnen allein? Denn ich gelange jetzt auf den Haupt- und Standpunkt. Warum wollen wir, wenn allen Festen eines gewissen großen Fürsten immer ein Taler abging, plötzlich so unerhört verschwenden, daß wir mit sechstausend solcher abgängigen Taler nur ein einziges Rosenfest, eigentlich ein Eichenfest, eines einzigen Mannes begehen wollen, als ob nicht der Sechstausend-Taler-Stock eine ungeheure Summe für einen Mann aus Luthers Zeiten wäre, wo ein Hering einen Heller kostete und Brennholz gar keinen? Wollen wir den Ruhm verlieren, daß wir bisher einerseits immer als Männer in Kredit gestanden, welche das Geld (auch für Ehrensachen) nie weggeworfen, sondern jeden Heller ansahen und umwandten, ehe wir ihn einsteckten? Wir sind ferner auf der andern Seite (etwas ist wahr) bei Europa nicht zum besten, sondern mehr als Leute angeschrieben, welche ihren großen Männern ungern etwas Höheres aufrichten, als was der Totengräber auf ihren Sarg aufsetzt und der Setzer auf dem Lumpenpapier, und welche die Werke ihrer Lieblingschriftsteller ungern um den Ladenpreis erstehen; wie dann zu unserer Schande hier ein Handelsmann existiert, der Wieland ordentlich anbetet und sich dessen sämtliche Werke in *einen* ungeheuern Band hat binden lassen, um sich schadlos dafür zu halten, daß er keinen Nachdruck erschnappen können.

Aber, o Himmel, Glück über Glück! Jetzo kann ja bei sechstausend Taler Tempel-Baubegnadigung alles wieder gut gemacht werden – der alte Unehrenfleck ausgewaschen – die Nation von sich geehrt und rehabilitieret – Kepler, Hutten, Herder, Lessing, Kant, Winckelmann, Albrecht Dürer können nun erlangen, wornach mancher von ihnen so lange strebte, warme Anerkennung von der Nation. – – Denn ich schlage nämlich vor, daß diese bisher sündlich vernachlässigten Seelen-Großen nicht bloß, sondern auch alles übrige geistige Bergvolk nun von uns in Luthers Pantheon, wozu die sechstausend aus der Nation gebrochne Bausteine schon daliegen, hineingeschafft und daselbst aufgestellt und mit einigem Nationalgefühl und Stolz zusammen aufbewahret und verehret werden, um so die Baukosten zerstreuter Ehrensäulen für jeden besondern Narren sich ohne Geschrei und Schande zu ersparen.

Dies muß geschehen; denn lassen wir nicht mehre Köpfe unter *einen* Lorbeerkranz zusammenkommen oder auf dem Mansfelder Triumphwagen nicht recht viele Sieger einsitzen: so sind wir bei der Nachwelt (auf die wir alles bringen) zu wenig entschuldigt, daß wir einem Manne wie Luther erst so spät nach der letzten Ehre eine neue erzeigten, und daß er, so wie Tasso *einen* Tag vor seiner Krönung, ebenso *ein* Jahrhundert und länger vor der seinigen sterben mußte, wir müßten uns denn damit helfen – was ebenso erbärmlich als notwendig wäre –, daß wir auf Luthers Denk-Statue oder Kirche wenigstens von zwei Jahrzahlen eine wegließen, entweder das Geburtjahr der Statue oder sein eignes. Aber warum, wenn nun ganze deutsche Kreise das Beste versuchen und sich vor einen vollbesetzten Sieg- und Krönungwagen gefürsteter Geister spannen, soll man mit Krönungen knausern, sobald alles dazu da ist, Krone und Kopf? Nein, sondern Deutschland sei dann – so ist mein Vorschlag – wie außer sich und erinnre sich eines jeden, der Gewicht hat, und schütte so mit *einem* Schlag den Schwarmsack herrlichster Honigbienen aufs Paradebette aus. – Meusel muß nachgeschlagen, Schlichtegroll exzerpiert – und alles, was nur notdürftig unsterblich ist (denn die Ehre ist auch darnach), zu Papier und in den Tempel gebracht werden, weil ein einziger Teufel, der unsterblich wäre (wie es wohl jeder in der Hölle ist), der Nation als ein ewiger Schandpfahl ihres Patriotismus dableiben würde, falls man ihn ohne Thron und ohne Krone ließe – und alles muß ordentlich rotten- und herdenweise durch Ehrenpforten wie heraldisches Vieh in Luthers Rotunda auf ewige Ehren- und Nobelplätze eingetrieben werden und dann wie gewöhnlich verehrt. Mir ists einerlei, auf welche Weise man einen und den andern unsterblichen Tropf, z.B. Gottsched veneriert, sobald er nur in der Rotunda mit hauset, und es mögen, wenn in diesem Familienbegräbnis der *heiligen* Familie des Genies große Männer in Lebensgröße daliegen, die kleinen sich bis zu Schreibfingerknochen abstufen. Ist einmal so viel unsterbliche Mannschaft da: so lasse man gar – denn mein Vorschlag soll keine Grenzen kennen – jeden Rest hinein, der gestorben ist und gut geschrieben hat – der Fußboden werde mit Gesichtern der Ökonomen, wie in Rom der Götter, musivisch ausgelegt – gelehrte Wunderkinder wie Heinecke, Tanzmeister, Sprachmeister, Philologen, Numismatiker mögen an den Tempelsäulen als Schnörkel, Verkröpfungen und Kälberzähne leben – von Tempelstufe zu -stufe trete der Fuß auf einen Advokaten von Belang – und da man um das Mansfelder Pantheon für den Zustrom der Verehrer Wirtschaftgebäude wird führen müssen, so werde auch das Mittelgut wirtschaftlicher, aber guter *Merkels-Köpfe* da untergebracht, bei welchen die Ausgießung des heiligen Geistes so glücklich vorbeigefallen, daß sie trocken geblieben – und endlich, droh' ichs denn zu hindern, wenn man zuletzt an den Inkognito-Ort, den schon der gedachte Zufluß verlangt, auch das literarische

Schmiervieh (mit den Schäfern zu reden) erbärmlich, wie gewöhnlich geschieht, mit Namen an die Wand kratzt!

Gott! dann sähe ja Deutschland alle seine National-Götterschaften in Mansfeld für halbes Geld unter Dach und Fach gebracht und hinlänglich angebetet! Was fehlte noch darin?

Bloß was von Unsterblichen noch lebendig wäre! Himmel! nun so schießet doch nach und nehmt und stellet auch alle Lebendigen in Mansfeld auf, vom gewaltigen Vogel Rok in Weimar an bis zu seiner kritischen Vogelspinne in Berlin[44] herunter, welche vielbeinig und erbost schon so lange auf der Reise um den breiten Vogel ist.

Und sogar mir Ehrenmitglied kann, freilich mit Einschränkung, darin mit gehuldigt werden! Oder ist nicht jeder lebende Liebling-Kopf ohne dieses vorgeschlagene Zurückdatieren seiner Unsterblichkeit sonst zu schlimm daran in seinem Schlaf- oder Wachrock, den er mit bloßen Knochen in Reih und Glieder stellt, wenn aus dem Gefängnis-Temple seiner Wirklichkeit erst nach dem Tod ein besserer Tempel, aus einer streitenden Kirche eine triumphierende werden soll?

Nun hätten wir endlich alles in die Konföderation-Rotunda abgeliefert, was nur von Belang zu haben wäre – man müßte denn darin, um nur das beschwerliche geldfressende Verherrlichen auf einmal und auf immer abzutun, sogar für zukünftige Köpfe etwas leisten und auf eine mir ganz unbekannte Weise sie früher auf die Nachwelt bringen wollen, als sie in der Welt erschienen wären, indem man ordentlich, wie freudetrunken, es zu meinem Erstaunen auf ein Allerheiligen-Fest anlegt. Ich meines Orts habe gar nichts dawider.

Ich gestehe, überschaue ich dies alles kaltblütiger: so werd' ich leicht von dem hölzernen Hering, der gewöhnlich als Herold und Repräsentant ganzer eßbaren Heringtonnen an den Kauffenstern hängt, auf den Gedanken geführt, ob nicht ebenso alle große Männer auf einmal durch einen allgemeinen großen Mann, durch eine Simultan- und Kompagnie-Bildsäule – alle gewaltigen Walfische durch einen hölzernen – so darzustellen und zu verewigen ständen, als das noch größere Torenreich in Italien durch die bekannten vier komischen Masken, indem man für jede der vier Fakultäten eine ernste Maske, einen ernsten Truffaldino für die theologische u.s.w. wählte. Diderot begehrt so statt der Einzelwesen ganze Stände auf die komische Bühne gebracht.

44 Merkel.

Doch werf' ich dies alles hin für Klügere als ich. Die Mansfelder täten mir überhaupt zu wehe, wenn sie mir die Torheit unterschöben, daß ich auf irgendeinem meiner Vorschläge steif bestände. Mir ist wahrlich jeder gleich; ich gebe ja nur Winke; ein sehr schwaches Verdienst, da man zum Winken mehr die Augenlider als die Augen gebraucht. Wie gewagt ist nicht folgender Wink!

Zwölftausend Gulden Tax – 1200 Gulden Subskription-Regal dem Vizekanzler (was dies ist, weiß ich selber nicht, ich schreibe es bloß ab) – 600 dem Sekretär – und 1200 Kanzlei-Jura müssen nach de »erneuerten Chur-Mainzischen Reichshofkanzlei-Taxordnung von 1659 den 6. Jan.« durchaus in Wien dafür entrichtet werden – (und mich dünkt ganz billig, da man neuerer Zeiten in Paris oft vielmal so viel abliefern mußte, um nur ein Fürst zu bleiben) –, wenn man einer werden will. Ich glaube indes, so viel Nachschuß wäre wohl der Mansfelder Operationskasse noch einzutreiben möglich, daß Luther ziemlich hoch davon könnte in Fürstenstand erhoben werden, besonders da verstorbene Genies nicht mehr verlangen können – sobald man lebendige nur adelt –, als daß sie gefürstet werden. Ich füge diesen Vorschlag für Luther vergnügt dem Gelde bei, das schon eingekommen. Ein Mann wie Luther, welcher die Steigbügel, die sonst Fürsten dem Papste unterhielten, abschnitt und ihnen reichte, damit sie selber aufstiegen, verdient wohl am ersten zu dem nacherschaffen zu werden, was er selber wieder schuf – zum Fürsten. Ich erwarte eher alles andere von der Reichshofkanzlei als den Adel nicht ausgenommen – Weigerungen, verdrüßliche Mienen, abgeschlagen wie gebeten, Sätze des Widerspruchs, und zwar bloß darüber und darum, weil Luther schon tot sei. Wenn ers ist, wie ich einräumen will, so ist dergleichen seiner Standerhöhung nicht mehr nachteilig als ein ähnlicher Tod den vier bürgerlichen Ahnen, die geadelt einem neuen Edelmann unter der Erde vorausgeschickt und untergebettet werden. Was den Beweis fürstlicher Einkünfte anlangt, den Luther in Wien zu führen hat, so tut der Reformator nur dar, daß er in Eisleben keinen Heller Ausgaben hat im Sarge; – wodurch er so ein herrliches Nivellieren zwischen Einnahme und Ausgaben beweiset, daß ihm wohl wenige Fürsten gleichkommen dürften. – Stammbäume werden gewöhnlich mit einer Null von den Wappenkünstlern angefangen – wie oft von den Zweigen fortgepflanzt –; bei dem verewigten Luther würde sie ja ebensogut den Ewigkeitzirkel, seinen Ehering und den päpstlichen Fischerring und überhaupt viel bedeuten.

Ich las bisher zu meiner Freude manchen Vorschlag, an Luthers Prunktempel etwas Reelles, Nutzenhaftes, irgendein Schul- oder Armenhaus anzuschlingen, damit das dulce sich auf einem utile höbe. Ich glaube darin mein Deutschland wiederzuerkennen, das ich so oft eine lebendige Wirtschaft-Teleologie hieß im besten Sinn. Wenn wir schon in der Poesie, den Bienen gleich die daher auf unsern Krönungmantel zu sticken wären –, auf der Rose der Schönheit nur den Honigtau des Nutzens suchten: so wird uns diese kamerale Kenntnis wohl mit mehr Recht in gemeinern Verhältnissen von jedem zugemutet. Wir dürfen gern den ordentlichen Regen himmlisch-rein, tau-schimmernd und frühling-duftend finden; aber er kann uns nicht gleichgültig statt durstig machen gegen zwei wichtigere Strichregen im Jahre 1665[45], wovon der eine in Naumburg, nach Happel, in schönblauer Seide, der andere in Norwegen, nach Prätor, in gutem Kammertuch niederfiel, von welchem sich der damalige Dänenkönig zwanzig Ellen kommen lassen. Aber wollte ein solcher Tuch-Landregen einmal eine Armee in der Revue bedecken, o Gott! – Ohnehin gibts mehr unnütze als nütze Sachen in der Welt. Nimmt man es scharf: so möchte man über dergleichen Tränen vergießen – und dabei wünschen, daß letztere gleich den Hirschtränen zu etwas Brauchbarem würden, zum Bezoar; und wenn das wenige Kochsalz (samt dem Natrum, phosphorsaurem Kalke und Kali), was Scheidekünstler aus den Zähren ziehen, in Betracht käme gegen die Meersalzlager an Frankreichs Küsten, so würde mit Vergnügen selber der kalte Holländer sowohl vor Schmerzen über gegebene Themen weinen als vor Lust.

Die deutsche wahre Achtung für Nutzen (in Norden besteht er aus Pelz und Fraß) verkenne man also auch im Vorschlag nicht, Luthers Ehrenkirche noch, wie so immer den Kirchen, ein Schulhaus anzuheften, wenns geht. Ich glaube indes, man wird – weils nicht geht, wegen Schwäche der Sürplüskasse – vor der Hand die Kirche weglassen und sich auf das Schulhaus einschränken, dessen Antlitzseite Luthern vorläufig zugeeignet werden kann. Warum wendet man überhaupt nicht die öffentlichen Gebäude, die doch einmal gemauert werden müssen, zu den nötigsten Ehrenpforten großer Männer an und adressiert bloß das *Portal*. Die Nation suche doch für ein Spinnhaus, das sie erbauet, einen großen Theologen und zeige, wie Nationen danken – für ein

---

45   Tharsanders Schauplatz ungereimter Meinungen. I. S. 365.

Schlacht- oder ein Gebeinhaus einen Generalissimus – ein Hatzhaus, ein Findelhaus ehre einen großen Humanisten und der Pranger einen gewöhnlichen Rezensenten – eine Irrenanstalt greife nach ihrem Philosophen, und für den seltenen Dichter wird sich immer ein Stockhaus, Hospital und Armenhaus mit einem Eingange finden. Auf diese Weise dürfte vielleicht die Vermählung der Schönheit mit dem Nutzen, der Unsterblichkeit mit der Sterblichkeit wohl so weit fortzutreiben sein, daß wir sogar Götter- oder Heroenstatuen als Schnellgalgen für Leute kurzer Statur oder als Pranger für langgewachsene verbrauchen lernten.

Erbärmlich ists überhaupt, daß man so viel köstliches Geld zu Verewigungen verschwenden muß, z.B. zu teuern Statuen, die man anderswo – in Arabien, in Eisländern, in bremischen Blei-Kellern und in den syrakusischen Katakomben – umsonst haben könnte, wenn man, da es doch keine ähnlichere Statue von einem Menschen gibt als ihn selber, nämlich seinen Leib, jeden Unsterblichen, wo nicht einbalsamiert aufstellen könnte, doch ausgebälgt. – Warum haben wir Mumien ohne Namen und doch Namen ohne Mumien? –

Ich merke endlich an, daß für Luther zu viel Krönmünzen ausgeworfen daliegen. Ein Knoten ins Schnupftuch für 6.000 Rtlr., um jenen nicht zu vergessen; eine Denkmünze, aus 6.000 eingeschmolzen, ist viel. Warum denket überhaupt der Deutsche in und außer Mansfeld auf einmal so hoch hinaus und schleudert sechstausend Taler für *einen* Lorbeerkranz *eines* Kopfes hin, wofür die Lorbeerwälder ganzer rezensierender Redaktionen feilstehen? –

Ist denn Luther nicht ohnehin schon im größten Tempel aufgestellt, den jemand verlangen kann – da Gott selber keinen größern kennt –, im Tempel der Natur? Wie sticht nicht jedes Mansfelder Gebäude ab gegen das Weltgebäude! – Aber zweitens, ist nicht jede Unsterblichkeit für den, der das savoir vivre (das Lebendigbleiben) versteht, fast um nichts zu haben?

Ein Schneider in Rom scherzt nach Gelegenheit – eine alte unkenntliche Bildsäule steht neben seiner Haustüre – siehe, auf einmal ist sein Name verewigt, welcher Pasquino bekanntlich genug heißt. Eine Königin, die Gemahlin Franz I. von Frankreich, speist gern eine gewisse Pflaume – jetzt wächst ihr Name ewig als Obst am Pflaumenbaum Reine Claude. Der Bruder Ludwigs XIV. merkte dies bei Lebzeiten und aß eine andere Pflaumenart mit Lust – siehe, auch er hängt verewigt an seinem Lorbeer- und Pflaumenbaum als Monsieur, sogar nach der

Revolution. – Kato, Cäsar, Pompejus sind noch heute jedem Jäger bekannt und lebendig, weil ihre Schweiß- und Hatzhunde so heißen, so wie in Schottland die alten Heroen durch die fortgesetzten Hunde, die sie zu Gevatter bitten, noch lange leben werden.

Ich wollte, ich hätte an meiner Jugend Voltairen beleidigt: so hätt' ich nicht nur den deutschen Fürsten bekannt werden können, sondern auch der Nachwelt. Die gedachte Berliner Vogelspinne werfe Goethen ein Fenster ein oder laufe ihm kalt an der Wade hinauf: so wird sie in den Spiritus einer Xenie gesetzt und konserviert sich darin trefflich. Warum überhaupt so viele Umstände und Krönstädte gemacht, da eine Krönstätte, deren Breite nicht über das Thronglied hinauszureichen braucht, schon auslangt und nachhält? Diana hatte winzige Taschen-Tempelchen von Silber, als Göttin. Nun so nehme Luther als Mensch mit seinem Katechismus als kleinem Tempelchen des Ruhms und Ehrensäulchen vorlieb oder (wie es Voltaires-Kästchen gibt) mit Luthers Katechismusglas. Ja, fertigt nicht die Cansteinsche Bibeldruckerei (nebst Waisenhaus) seinen Seelenadelbrief jedem aus? – Und hat nicht schon Dr. Seiler eine gute Bibelanstalt zum Eintreiben von Luthers Krönkosten gemacht und diese eingesteckt?

Wollen wir aber alle etwas Ausgezeichnetes für seinen Namen tun: so fragt sich – denn es kostet wenig –, ob wir nicht, den Sinesern gleich, die ihren großen Männern zu Ehren Türme errichten, Luther zu Ehren die Kirchtürme der lutherischen Konfession als Ehrensäulen seines Namens betrachten und annehmen wollen. Welche Menge Säulen! Ja man könnte noch weiter gehen – die Kosten lasse ich immer nicht wachsen – und, so wie es Rousseaus-, Voltaires-, Shakespeares-Gassen gibt, nach Ähnlichkeit der Judengassen, Luthers- oder gar Lutheraner-Gassen in Eisleben eintaufen, es sei nun im preußischen Anteil in der Neuhälfte der Siebenhitze, oder im kursächsischen in der Vorstadt Nußbreite, oder in der Alt-, in der Neustadt oder auch in Dresden und sonst, zum Beispiele in den verschiedenen Buchhändlergassen, welche so sehr für und von Luther leben. –

Findet ein Mansfelder Gesellschafter die Ehre zu winzig, so sag' ich: Herr, wenn noch neben Gassen sich ganze Länder und Kreise nach Luther nennen, was will er mehr oder Er?

Mich stach vorigen Jahrs in der Kirche ein Frauenzimmer mit einer Nadel in den Fächer mit Namen. Ich schwur der Person, der Unterschied zwischen dem Fächer und dem peplum Minervae, worin man große Heldennamen einstickte, sei, was Namens-Unsterblichkeit anlange, nicht der größte, da auf der Erde der Boden zu ewigen Denkmälern ohnehin fehle, indem sie selber vergehe. Knetet mir nur erst eine unsterbliche Kugel, dann lasse ich Unsterbliche auf sie laufen. Und ich selber würde ohne diese niederschlagende Betrachtung mich vielleicht unsterblicher gemacht haben, als ich absichtlich tun wollen, da ich meinen mathematischen Ehrenpunkt jetzo nur darin setze, ein Ehrenmitglied an anderen Ehrenmitgliedern abzugeben.

Ich rücke nun in meine zweite Klasse, worin ich den Deutschen einen Vorschlag versprochen, dem großen Reformator das ewige Denkmal so zu setzen, daß die Summe von 6.000 Talern und einigen Groschen keinen Pfennig ausgibt.

Die ganze Summe, und was noch einkommen möchte, wird nämlich sicher genug auf landesübliche Zinsen ausgeliehen. Dies ists. Das Kapital stehe samt seinen Prozenten nur sechs Jahrhunderte aus: so weiß ich nicht, was wem fehlen soll, Verewigung Luthern, oder Millionen uns. Man erlaube mir der Kürze wegen, nur ein wenig auszuholen.

An und für sich kann ohnehin Luther noch keinen ausgestreckten Triumphwagen begehren, sondern vorläufig erst eine Ovation, womit sich ein römischer Feldherr abgespeiset sah, wenn er den Krieg weder vollendet hatte noch gegen Freie geführt. Letzteres beides ist Luthers Fall. Noch stehen Millionen Katholiken da. Luther krähete allerdings als Streithahn über Europa hinüber und hoffte auf Tränen, als Petrus in Rom Christum durch Repräsentanten verleugnet hatte; aber später wurde durch den Schmalkalder Kapaunenschnitt das leichte Krähen in feste Federn verwandelt. Man protestierte gegen weiteres Protestieren, und wie Müller nicht mit Mehl handeln dürfen, so wurde Mehlhändlern, d.h. lutherischen Konfessionisten, verboten, Müller, d.h. Reformatoren, zu sein. Das Sprichwort verbietet, auf einem Grabe zu schlafen; dennoch wurde das Lutherische zum gesunden Schlafsaale und Schafstalle eines müden Jahrhunderts gemacht. Folglich kann Luther vor der Hand nur *ovieren*. Bleibt aber dessen ungeachtet nicht das Buch seiner Konsulat- und Kaiser-Wahl, worin die Nation ihre Geldsummen eingeschrieben,

immer aufgeschlagen, der Reichs-Anzeiger nämlich, das goldene Buch für Luthers Adel, überhaupt ein Werk, das in späten Zeiten von ganz andern Deutschen wird studiert werden, als die es jetzo schreiben, weil man recht gut einsehen wird, daß es der beste deutsche Tacitus de moribus Germanorum ist, den man seit dem lateinischen hat? –

Wir kehren aber zum Poch-, Wasch-, Röst-, Schmelz- und Treibwerke zurück, zum Kapitale, das, als Ehrenschuld an Luther, die Religionoperationkasse sein kann, von der sich mehre außer mir so viel versprechen. Stehe doch die Summe nur so lange auf Kredit als der Protestantismus selber aus: so muß sie ja, hoff' ich, da Geld wie Schnecken, Seehasen und Blumen sich mit sich selbst vermehrt, zu solchen Millionen wachsen In der Tat ich sonne mich am Goldglanz. Allein eben dieser Religionfond, diese lutherische biblia in nummis (biblisches Münzkabinett) sinds ja, was der Anhänger so wünscht. Nach den ersten Jahrhunderten stiege der Gotteskasten dermaßen, daß man eine Luthers-Bank errichten könnte und müßte; – ein Bankodirektor (ein General superintendent sei es) würde angestellt und dazu viele Kassierer samt anderen Bankoffizianten – jährlich wüchse Geld und Dienerschaft – dieses schöne patrimonium Pauli, entgegen dem päpstlichen patrimonium Petri, gediehe zu lutherischen Besitzungen in Indien oder in Mansfeld. Andere Dinge würden auf die leichteste Art mit dem Luthers-Kapitale verbunden, z.B. Bergwerks-Kuxen, Lotterie und Lotto u.s.w. Und endlich würde vielleicht das Schönste und Wichtigste versucht, nämlich es würde jedem Protestanten etwas von der Luthers-Kasse vorgestreckt …

Ich denke, dann ists genug. Ein Mann, der Kredit gibt, bekommt täglich mehr Kredit; und mehr gehört zu keiner Unsterblichkeit.

Luther lebt so lange als England.

Hiemit schließe ich mein kleines Ideen-Magazin ab und zu. Geld wollt' ich dem corpus evangelicorum überall ersparen dessen bin ich mir bewußt –, und sollte die Mansfelder Gesellschaft auch nur einen Groschen Einrückgebühren meinetwegen aufwenden, so könnt' ich nichts davor. Indessen so viel erwartete das Europa, das *ich* kenne, von jeher von der Mansfelder humane Society, daß sie, schreibe sie für oder wider mich, und wohne der eine oder der andere auf den 200 Brandstellen in Eisleben oder in der Siebenhitze, einem Ehrenmitgliede stets im Reichsanzeiger mit jener Höflichkeit etwas auf sein Magazin antworten und versetzen werde, die bisher den einzigen und daher letzten Unterschied zwischen uns und den Holländern gemacht und unterhalten hat, welche wirklich im philologischen Fache sonst zuweilen das äußerten, was man früher in Griechenland Grobheit hieß.

Musurus,
Ehrenmitglied.

So weit Musurus. Ich würde mich ordentlich lächerlich machen, wenn ich ausführlich bewiese, daß vieles, wo nicht mehr, in dessen Magazin satirischer gemeint sei als ernsthaft; weil man den Aufsatz nur einigemal zu lesen braucht, um gerade hinter dem Feierkleide des Ernstes die Fastnachtlarve des Spaßes zu erblicken. Freilich fiel manches unter der Aufrichtung von Luthers Obeliskus weniger groß als (wenn auch nicht kleinlich, doch beinahe) klein aus, von der Einladschrift und Einlaufsumme an bis zu wenigen Vorschlägen ihres Verbrauchs; und Musurus' Scherz und jeder Scherz verkleinert vollends alles, sogar das Kleinste. In unsern kalten, geizigen, glaubenslosen Tagen, wo die Religion nur noch die Kabinette und Gerichtsstuben hat (nicht diese etwa jene), ist die Erscheinung herzerhebend, daß man noch des alten herrlichen Luthers, dieses Höllenstürmers vormaliger Himmelstürmer, durch ernste Taten gedenkt, indem auf der einen Seite eine von seiner Erinnerung begeisterte Gesellschaft rastlos und mutvoll ein anfangs so wenig versprechendes Unternehmen verfolgt, und indem sie auf der andern sich durch einen tätigen Anteil von vielen Seiten, wenn nicht belohnt, doch ermuntert sieht. Wessen Herz aus Religion und Menschen liebe die Nahrung zieht, dem quillt sie reichlich aus dem Anblicke einer gebenden Vereinigung zu, welche für einen höhern Zweck als gewöhnliche Waisenhaussteuer und aus höherem Triebe opfert; auch wer seine Hand nicht öffnete, muß geneigt sein, jede brüderlich zu drücken, die sich aufgetan. Eine Opferflamme entzündet die andere, und vielleicht ist der edle Schiller seine Todes- und Unsterblichkeits-Feiertage den Gerüsten zu Luthers Tempel schuldig. Auch dem Reichsanzeiger komme – bei der deutschen Staatenzersplitterung, welche nur vertiefte Gläser zum Zerstreuen, nicht erhobene zum Sammeln vorhält – sein Lob, das deutsche Unterhaus zu sein, welches deutsche Stimmen und Ohren und Gaben sammelt.

Oft wiegt die Bewunderung mehr auf der Geisteswaage als ihr Gegenstand; und folglich könnte die Begeisterung für Luther sich selber adeln, unabhängig von Luthers Adel. Aber schauet an diesen immer grünen Eichbaum und seine Äste hinauf, an diesen Turm, der immer, wenn nicht ein Leucht-, doch ein Kirchturm war mit Sturmglocken und friedlichem Glockenspiele. Nicht seinen Märterer-Mut acht' ich am meisten, so viel eiserner er auch war, als er scheinen kann. Denn jedes kühne Leben erscheint aus der Vergangenheit nach dem Umsturz der Schreckensbilder nicht so kühn, und daher hat gegen die vielarmige, aus Nebeln schlagende Zukunft nur die große Seele Mut, gegen die ausgerechnete nackte Vergangenheit aber ein jeder – Luther stand noch in den witterhaften Grubenwettern, die er anzündete und für uns entwickelte zu reiner Luft. – Folglich bewundere ichs auch nicht am meisten, daß er, zu kräftig, ein bloßer gleitender Dielenglätter (Zimmerfrotteur) der Kirche zu sein, lieber gleich Simson die Säulen angriff und umwarf. Sogar dies, daß er einen kernderben Deutschen in allen festen Muskeln und feinsten Nerven, einen Geharnischten voll Krieglust und voll Ton- und Kinderliebe darstellte, sogar diese Gottesaussteuer reicht nicht an sein anderes, schönstes Herzgut hinan, daß er nämlich – weder ein Dichter noch ein Schwärmer, sondern vielmehr ein vielseitiger Geschäftseher – doch an Gott, an sich und sein Recht glaubte und mit diesem heiligen Glauben des Rechts, ohne welchen das Leben weder Ziel hat noch Glück, wie neben einem Gott durch seine lange Laufbahn dreist und lustig schritt. Dieser nur aus der heiligsten Tiefe eines Gemüts wieder in ein heiligstes Leben aufsteigende Glaube überwindet die Welt, die fremde und die eigne, die Drohung und die Lust, und die ganze gemeinere Menschheit würde zu einer heiligen werden, ginge ihr der Gott voraus, welchen die höhere in sich mitträgt. Luther hatte jenen himmlischen Mut im Herzen, wodurch sogar sein irdischer an Wert verliert, weil dieser dann dem Mute von Homers Göttern oder Miltons Engeln gleicht, die nur den Schmerz, aber nicht den Tod empfangen konnten. – O richtet doch dem Seelenmute Denkmäler auf, nicht bloß weil er das ewig wiederkehrende, mehr auf der Menschheit als auf der Zeit thronende Papsttum erschüttert, sondern weil er allein die schleichenden Jahrhunderte wie mit zornigen Flügeln in die Höhe auftreibt.

Welche reine, widerirdische, höhere Wünsche und Meinungen halten sich nicht Jahrhunderte lange in tausend stillen Herzen auf – und nichts geschieht als das Gegenteil –, bis endlich ein Mann zur Keule greift und jede Brust aufspaltet und dem Himmel so viel Luft macht, als die Hölle vorher hatte.

Wir kommen auf das Denkmal endlich. Was will überhaupt irgendeines? Unmöglich Unsterblichkeit geben – denn jedes setzt eine voraus –, und nicht der Thronhimmel trägt den Atlas, sondern der Riese den Himmel. Sind die Taten nicht durch Mund oder Schrift in die Welt übergegangen: so ist die Ehrensäule nur ihre eigne; und der goldne Name oben müßte wie der zufällige Bleifedername unten wirken, den die vorüberlaufende Kleinheit daranschreibt. Luther vollends – dessen

Siegzeichen Länder und Jahrhunderte und dreißigjährige Kriege sind – braucht wenig, als ein blitzendes Wagengestirn am deutschen Himmel stehend, ja aus gleichzeitigen Sternen damaliger Zeit als Polarstern übrig geblieben. Es gibt also nur *zweierlei* Denkmale – da das *dritte* sich der Taten-Mensch selber aufrichtet auf Jahrhunderten durch ein Jahrhundert –, nämlich nur zwei körperliche. Das erste, in der Erscheinung gemeine trägt der Seelentriumphator oder ein Donnermensch wie Luther selber an sich, den Leib. Das ehrwürdige Streben der Menschen nach Reliquien eines geheiligten Menschen wirft Abendstrahlen auf das erste Denkmal, das einer großen Seele die Natur selber mitgegeben, den Körper, und dieser zieht alles in seine verklärende Nachbarschaft. Wie Heiligenleiber die Andacht fremder Seelen nähren, die sie vielleicht der eignen erschwerten: so umschließt das Grab eines großen Mannes die wahre Reliquie, welche, zumal an Jünglingen, die Wunder der Stärkung und Heiligung tut. Wenn die Griechen ihren Themistokles in Magnesia auf dem Markte begruben und den Euchitas zu Platäa im Tempel Dianas; wenn sonst die Christen ihre Kaiser und Bischöfe in die Vorhöfe der Tempel; und wenn ein Heiliger und ein Altar immer zusammenkommen: wär' es nicht ein seelenweckender Gebrauch, wenn Herz- und Kraftmenschen, die gegen die Zeit Sturm gelaufen, die ganzen Ländern und Zeiten Angelsterne, Schutzengel oder Huldgötter gewesen, für ihre Überreste in den Kirchen ihre letzte Stätte fänden? – Ja, ließe einmal Deutschland gemeinschaftliche Hauptstädte und darin etwas Höheres als eine Westminsterabtei – weil in diese Rang und Reichtum ebensowohl führen als Wert –, nämlich eine Rotunda großer Toten bauen und einweihen: wohin könnte der Jüngling schöner wallfahrten und sich mit Feuer für das Leben rüsten als zu und in diesen heiligen Gräbern?

Ich hoffe nicht, daß die medizinische Polizei, was das Begraben in Kirchen anlangt, ihre Paragraphen aufschlägt und mir entgegenhält, daß die genialen Leiber ebenso stänken wie dumme Denn falls nicht mehre Menschen in jeder Kirche begraben werden als das Paar Unsterbliche, die ihr ein Jahrhundert ums andere liefert: so halten die Kirchgänger schon die Luft aus, womit jene zurückwehen. Auch hätte weder den Dom, noch die St. Nikolais-Kirche, noch die haberbergische in Königsberg das Selbergebeinhaus, womit der alte Kant sich zuletzt auf der Erde umherschob, bedeutend verpestet, wenn es in einer davon da untergekommen wäre.[46] Jetzo wird der Zweck eines orientalischen Königs, der sich 12 Gräber machen läßt, um das geheim zu behalten, worin er liegt, bei großen Menschen noch leichter dadurch erreicht, daß man gar keines weiß; und wenn sich fünf Städte um des Cervantes und nach Suidas neunzehn um Homers Geburtstelle stritten: so können wir uns dadurch auszeichnen, daß sich vierundzwanzig um die Begräbnisstelle eines großen Mannes zanken.

Das Denkmal der zweiten Gattung, das einzige, das die Zeitgenossen setzen, ist das *künstlerische,* wovon eigentlich hier für Luthers Namen die Rede ist. Was sprach denn bei den Alten die kolossale Statue, der Portikus, die Ehrensäule, der Ehrenbogen, der Ehrentempel aus? Gleich der Schauspielkunst zwei Ideale, *ein geistiges durch ein plastisches.* Denn ein Denkmal ist etwa nicht der bloße Metall-Dank der Nachwelt – der besser auf einer Goldstange dem Lebenden oder dessen Nachkommen zu reichen wäre –; es ist auch nicht der bloße Herzerguß der dankbaren Begeisterung, der viel besser mit Worten oder vor dem Gegenstande selber strömte; – auch nicht bloße Verewigung für die Nachwelt, für welche teils er selber besser und *ein* Blatt Geschichte länger sorgt; – sondern ein Denkmal ist die *Bewunderung, ideal, d.h. durch die Kunst ausgedrückt.* Eine jährlich vor dem Volke abzulesende Musterrolle großer Muster wäre noch kein Denkmal, aber wohl wäre eine pindarische Ode eines, in Griechenland abgesungen. Schillers Geburttagfest, das durch Darstellung seiner Götterkinder begangen werden soll, erhebt sich künstlich zu einem Denkmale durch eben diese Kinder, die den Vater vergöttern. Doch ist das Gemälde, am stärksten aber ist die Bildsäule und die Baukunst – welche beide stets das Große leichter verkörpern als das Leichte und Kleine, und welche die gegenseitige Nachbarschaft und Vereinigung ihrer Wirkung verdienen, wie der Leib und die Seele einander, d.h. die Bildsäule und der Tempel – das rechte

46 Doch wurden seine Manen von Königsberg auf eine andere Weise würdig geehrt, die mehr griechisch und philosophisch ist. Wenn Epikur und ein anderer Philosoph selber in ihren Testamenten etwas aussetzten, damit sich an ihren Geburttagen die Jugend auf ihren Gräbern lustig machte so wurde ohne Kants Zutun die Veranstaltung getroffen, daß sein Wohnhaus zu einem guten Kaffee- und Billardhause eingerichtet worden, worin die Jugend, vornehmlich die akademische, durch Abspannung ihrer Anspannungen sich freudig an den großen Mann erinnern kann, dem sie das Haus zu danken hat.

Mutterland der Denkmäler. Die Bewunderung, sagt' ich, nicht die Erinnerung – welche ein platter Leichenstein, eine jährlich erneuerte Holzstange mit einem schwarzen Namenbrettchen oben und am Ende eine Schandsäule auch gewährte – sei aber darzustellen; dies vermag nur eben die Kunst, indem sie aus ihrem Himmel der Göttergestalten eine sichtbare herunterschickt und jene Gefühle des Großen in uns entzündet, mit welchen wir die aufgeflogene, den Gegenstand des Denkmals, im göttlichen Rausche der Bewunderung verkörpert sehen. Ich stehe vor der Pyramide, vor dem Obelisk: wie von einem Liebe- und Zaubertrank berückt, schaue ich weit in eine kolossale Welt hinein, und darin sehe ich nun eben den Menschen groß und glänzend gehen, dessen bloßer Name an dem Denkmale steht. Erhebt einen Säulentempel in die Luft und schreibt darauf: Luthero! so ists genug und sogar sein Gesicht entbehrlich, das mit etwas fetter Mönchschrift geschrieben ist; die sichtbare Ehrenkirche führt schon den Kraftpriester der unsichtbaren heran vor unser Herz. Die eigne Gestalt des Gedenk-Menschen ist folglich dem Denkmale nicht notwendig, ja – z.B. die von Voltaire durch Pigalle – sogar schädlich, wenn sie nicht von der Taufe der Kunst die Wiedergeburt empfangen hat; daher die Griechen die Übergröße der Lebensgröße für ihre Statuen wählten. Wie wenig man ähnlich oder gar ikonisch abbilden will, sieht man daraus, daß man nicht statt der Bildsäulen, welche durch Nacktheit und Marmorglanz stets größer erscheinen, lieber verjüngte macht, sondern sich der ähnlichern Zwerg-Statuen bei Fürsten und Großen enthält. Man stelle eine Spiegelstatue, nämlich ein Wachsbild, sogar in idealen Gewänderwindeln, in einen Ehrentempel: so ists so viel, als geriete der lebendige Gegenstand selber als Spaziergänger in seine Vergötterungkirche. Nur die Kunst spricht durch einen äußern Menschen den innern aus; darum baue sie das Tabor der Himmelfahrt im Prunktempel.

Um desto weniger tue das Denkmal im Feierkleide der Kunst Wochentagdienste des Nutzens, z.B. als Schul- oder Waisenhaus; eine Mißheirat der Kunst und des Bedürfnisses, die man bei den Barbaren und auf dem römischen Marsfelde wiederfindet, wo die heiligen Ruinen zu Viehtränken und Wäschstangen niedersinken. Die größten Prunkzimmer, welche die Erde trägt, sind leer und ohne Stuhl und Tisch, Raffaels Stanzen. Wer wird unter dem Fluge der Bewunderung daran denken, was sie eintrage?

Und was ist aller Vorteil so oder anders ernährter oder unterwiesener Armen gegen die Himmelbeute, wenn an einer kräftigen Jüngling-Seele im Unsterblichkeittempel, wie in einer lauen Frühlingnacht, alle Knospen 328 aufbrechen und duftend auffahren wenn die Statue eines großen Menschen mit Memnons-Tönen ein großes Herz anspricht und erweckt und es zurechtweiset für ein langes Leben – und wenn ein Sonntag sechs Wochentage bestimmt und heiligt?

In der geistigen Welt ist die Wirkung so oft größer als die Ursache wie umgekehrt, und eine Maria gebiert einen Gottmenschen; daher gibts in ihr keine andere Elle und Waage als das Höchste, das eben jede verschmäht. Die Erde ist ein Gottesacker voll Scheinleichen; es wehe ein lebendiger Hauch, und eine Welt erwacht. Er weht aber im Kunsttempel eines großen Mannes.

Wenn in der Zeit eine Religion nach der andern und eine Götterlehre nach der andern untergeht, die die Menschen zu Geistern macht: so bauet wenigstens Menschentempel, worin die geistigen Großen an das Größte erinnern und das Bewundern ans Beten. Schlösser in Äther sind besser als die Luftschlösser.

Möge Luther – dieser geistige *Donnermonat* – uns auch hierin reformieren und beleben, obwohl nur mit dem *Regenbogen* seines Denkmals, und die Deutschen den Griechen nacherziehen! Ohne Denkmäler für Unsterblichkeit gibts kein Vaterland, aber freilich auch ohne dieses nicht jene. Soll der gemeinen Vergötterung oder Versteinerung der Fürsten und Reichen nicht die höhere Apotheose regierender und reicher Geister das Gleichgewicht halten? Soll nichts verewigt werden als ein Name, den wir vergessen oder nicht kennen? Wenn man in Griechenland auf allen Wegen und Höhen nur durch stille Sternbilder der entrückten Unsterblichkeit ging, und wenn das Auge und das Herz voll Feuer und manches zu einer Sonne wurde, die der Tod in jene schimmernde Reihen selber einsetzte: so begegnen wir bei uns auf physischen Höhen nur geistiger Erniedrigung, und, wie von Heeren, werden die Galgen-Anhöhen von zerstörten Missetätern besetzt, und der einzige Sokrates-Genius, der Nein zu uns sagt, ist der Nachrichter. Aber nicht die Furcht, nur die Begeisterung tut Wunder, nicht der Brechwein, sondern der Wein berauscht; und welchen der Galgen bessert und hebt, ist fast schon an ihm. 329

O! Werft lieber, wie der Russe, auf eine Gestalt in Verzuckungen das verhüllende Tuch und nehmt von einem glänzenden Angesicht die

Mosisdecke, als daß ihr beides umkehrt und Gebrechen lieber als Kräfte fortpflanzt!

Die reinste Empfindung hienieden, sagt Chateaubriand, ist die Bewunderung; und zugleich, setze ich hinzu, die wirksamste in den edlern Lebensteilen. Ein versinkendes Volk erstickt das heilige Feuer der Achtung in Moderasche; je weniger Achtung für andere, desto weniger für sich, und umgekehrt. Darum heißt es: ein Volk heiligen, wenn man es achten lehrt; und darum wärmt die Opferflamme auf dem Altar *eines* Menschen das Leben ganzer Zeiten aus. Aber nur auf Stein, es sei der Statue oder des Tempels, brennt dieses Feuer. Auf dem bloßen Druckpapier wohnen alle Völker und Zeiten mit ihrer toten Unsterblichkeit; hingegen das steinerne Denkmal trägt einen Helden aus dem Heer auf den Sonnenthron, der eine Welt auswärmt. Auf dem Papiere bewundert nur der Einsame; hingegen vor dem Denkmale wird die bewundernde Menge von der Menge begeistert; nicht das Licht, sondern die Wärme wächst, unaufhörlich zurückgeworfen, in menschenvollen Sälen, weil das Gewissen die Herzen ähnlicher macht als die Anlagen die Köpfe.

Darum könnte das Schauspielhaus – welches beinahe das einzige Olympia, Forum und Ober- und Unterhaus ist, das uns zu *einem* Volke für *eine* Flamme sammelt und verdichtet – das schönste deutsche Pantheon werden, wo die Nation ihre Unsterblichen thronen und zurückglänzen und ihre Opferflammen zu *einem* Feuer und in *einen* Himmel steigen sieht. Darum ists so erfreulich, daß einem andern Reformator auf der Bühne, die er selber umgeschaffen, die Trauer- und Hochzeitfackeln angezündet werden, dem ewigen *Schiller*. Nicht *er* am meisten, der den Mondregenbogen der britischen Reflexionpoesie zu einem Sonnenregenbogen, wenn auch nicht zu einem reinen Phöbus entzündete und den dichterischen Zauberkreis wenigstens durch ein unendliches Zaubervieleck ersetzte, sondern *er,* welcher, der Kunst den Künstler opfernd, lieber aufflog, als nur fortflog, und untere Ferne und obere Kälte gern mit höherer Bahn bezahlte, so daß sogar seine spätern Irrtümer nur Opfer sind, wie seine früheren Fehltritte nur Fehlflüge. Aber doch wird ein Herz, das Tränen um den hohen Menschen und Gedanken für die Ewigkeit hat, seine Totenfeier am schmerzlichsten und am innigsten begehen müssen, wenn es bedenkt, daß er unter allen deutschen Dichtern gerade mit der Leichenfackel, die nun auf ihm brennt, am weitesten in die andere Welt hineinleuchtete und schon mit seinem jugendlichen Frührot das Schattenreich glänzend färbte. Nun zieht er hinter den Abendwolken des Lebens, worauf er so oft Morgen- und Abendrot (für den Dichter nur *ein* Rot) geworfen – und das dankbare Auge kann auf nichts sehen als auf seinen Flug und seine Flucht. Die aus verschiedenen Höhen einander entgegenziehenden Wolken der Urteile werden bald verfliegen; und sein Stern wird alsdann, sowohl *unbewölkt* als *unvergoldet*, lichtrein am ewigen Himmel gehen. 331

II.

Über Charlotte Corday

Ein Halbgespräch am 17. Juli

[47]Der regierende Graf von –ß hegte eine solche Liebhaberei für sittliche Heroen, daß er einen Bildersaal ihrer Gestalten und eine Bibliothek weniger von großen Schriftstellern als über große Menschen unterhielt, und daß ihm ein Messias teurer war als eine Messiade und Plutarch lieber als Tacitus. Er war und handelte selber in Paris so lange bei dem Niederreißen der Bastille mit, als die Stadt noch nicht in eine größere durch die Bergpartei verkehrt war. Da ich nun wußte, daß er nach seinem weltlichen Heiligenkalender die Geburt-, Todes- und Taten-Feste großer Menschen feierte – zu welcher stillen Feier er nichts ge-brauchte als ihre Geschichte, ihr Bild und sein Herz – und daß er folglich auch das unbewegliche Jubelfest von Cordays Todestag den 17ten Juli begehen würde; – und da mir ferner bekannt war, daß man ihn in seinem unausgesetzten Allerheiligen-Tag doch immer stören würde, man komme, wenn man wolle: so ging ich am 17ten abends zu ihm, wiewohl bloß um meinen in ein historisches Bildnis der Tagheili-gen Corday verwandelten Auszug aus dem Moniteur darzubringen und vorzulesen. Eigentlich brachte ich ihm weniger eine Gabe als ein Opfer, da ich unter dem Zusammenstellen mich von dem Moniteur 1793 mit unbeschreiblichem Ekel vor der damaligen Bluttrunkenheit der blutdür-stigen Bergpartei, vor deren leerem betrunkenen Schwatzen, Poltern und Taumeln mußte erfüllen lassen.

47 Zuerst gedruckt im »Taschenbuch für 1801. Herausgegeben von Fr. Gentz, J. P. und Joh. Heinr. Voß«.

Als ich ankam, traf ich schon seinen Regierungpräsidenten bei ihm an; – einen rechtlichen kühlen Mann, der Zeit und Raum gefunden, zwischen seinen Aktenstößen sogar Kants metaphysische Sittenlehre aufzulegen und aufzuschlagen – er schien seinen regierenden Herrn fast nur zu besuchen, um ihn zu bekriegen und abzusetzen in der Philosophie. Indes eben weil nur die poetischen Grundsätze des Grafen, nicht aber dessen befestigt-fortdringenden Handlungen den prosaischen Grundsätzen des Präsidenten zuwider liefen: so schloß sich dieser aus Ähnlichkeit und Unähnlichkeit zugleich desto fester an sein (jetzo nicht mehr unmittelbares) Reichsfürstchen an und an den Kampf mit ihm.

Bei meinem Eintritt war das Gemälde der Disputa schon auseinandergerollt. »Girtanner schrieb«, so sagte der Präsident, »folgendes mit Recht: ›Maria Anna Charlotte Corday aus Saturnin des Vignaux (in der Nieder-Normandie) ist noch verabscheuungswürdiger als Marat, weil er nur Meuchelmorde veranstaltete, sie aber einen beging, und weil der Zweck kein Mittel heiligt.‹«

Etwas widerwärtig trat das Zitat mir und dem Cordays-Tage aus dem Juli- oder *Ernte*-Monat und meiner in der Tasche mitgebrachten Geschichte derselben entgegen »O Gott!« sagt' ich (mit jener umgestürzten Überfülle von Überzeugung, die eben darum vor Strom es kaum zu Tropfen bringt) »Gerade umgekehrt!«

Da es schon bekannt ist, daß der Präsident nicht nur aus meiner Antwort, sondern auch überhaupt aus mir als Weltweisen nichts machte: so führ' ich gern zu seiner Rechtfertigung an, daß er es mit mir als Poeten gut meinte, da er einen ordentlichen Dichter nicht für unwürdig erklärte, der einkleidende Schneidermeister eines philosophischen Schul- und Lehr-Meisters zu werden und als der wahre Volklehrer dem Haufen manches zu versinnlichen, was der Meister vom Stuhle zu sehr vergeistigte, so daß seine Schreibfeder, indes die philosophische als Schwanzfeder hinten den Vogel *steuere,* als Schwungfeder im Flügelknochen ihn *hebe.*

Darauf fuhr ich ruhiger fort »Das Veranlassen des Mordes scheint niedriger zu sein als jedes Begehen desselben, weil es feiger ist – weil es zwei fremde Leben aussetzt – und weil es die dingende und die mordende Seele zugleich vergiftet. Und wenn eine öffentliche, uneigennützige, kriegerische, das eigne Leben absichtlich hingebende Hinrichtung ein Meuchelmord ist: wie nennt dann Girtanner einen heimlichen, bezahlten, gefahrlosen Mord?«

Der Präsident fragte lächelnd: »ob man das fremde Leben opfern darf? – Ja ich möchte vorerst wissen, ob nur das eigne wegzugeben ist. Kann die Sittlichkeit ihre eigne Aufhebung durch den Tod gebieten und sich durch eine Handlung das Mittel (was unstreitig das Leben ist) benehmen, sich zu wiederholen? Denn der Glaube an ein zweites Leben kann die unbedingten Moral-Mandata ohne Klausel für das erste nicht leuterieren und reformieren. Wohl ist Wagen des Lebens erlaubt, aber nur bei der Möglichkeit seiner Erhaltung, nicht bei der Gewißheit seines Verlustes.«

»Meiner Antwort«, sagt' ich, »tut es vielen Vorschub, daß ich gerade-zu leugnen kann, es habe noch irgend jemand sein Leben geopfert; denn da die Natur es jedem ohnehin abnimmt, so kann er nur Jahre und Tage hingeben, nicht aber das heilige unschätzbare Leben selber; ja er legt auf den Opferaltar eine Gabe von einem ihm unbekannten Gewicht, vielleicht ein Jahrzehend, vielleicht eine Stunde. Und wird denn nicht alles rechte geistige Leben eine vergiftete Hostie für das körperliche? Ist nicht sogar jeder Schacht und jede Handwerkstube ein Welkboden und Darrofen des Körpers, so daß nur das Tier-Leben die rechte und längste Spinnschule für die Parze Lachesis bliebe? – Am Ende hätte man, nach einer solchen philosophischen Heils-Lehre, die hypochondrische Berechnung über die Einbuße einiger Lebensstunden bei jedem einzelnen kleinen Opfer für den andern durchzumachen – die Tugend liefe auf Hufelands Rat länger zu leben hinaus, und man müßte Arzneikunde studieren, um nicht verdammt zu werden. – Wenn auch gleich einige Philosophen die Tugend, wie einen Prozeß, nicht gern mit der *Exekution* anfangen, sondern gelassener mit münd- und schriftlichen Verhandlungen: so kenn' ich wieder andere, z.B. Sie und Regulus, welche, wie dieser, in der Wahl zwischen gewissem Tode und Meineide, doch lieber die Abkürzung ihres moralischen Spielraumes erwählten. Aber wozu dies alles? Entweder ist von äußerem Erfolge die Rede – sodann kann die Innerlichkeit (Intension) des Lebens die Aus-dehnung (Extension) desselben so freigebig vergüten, daß eine Todes-stunde, welche Völker beseelt und begeistert, ein kaltes tatenloses Jahrzehend überwiegt –, oder es wird vom Heiligsten gesprochen: dann setzt die Sittlichkeit, hoff' ich, nicht Vernichtung, nicht einmal Unster-blichkeit voraus, sondern Ewigkeit. Der Engel in der Menschheit kennt wie Gott immer seinen ewigen Wohnhimmel, keine Zeit und Zukunft oder irgendeine Sinnenrechnung; dieser Engel, nicht nach und von

Jahren wachsend, da es in der Ewigkeit keine gibt, ist aus Gewohnheit blind gegen die gefärbten Schatten und Nachtschatten der Endlichkeit, weil sein Blick sich in der ewigen Sonne verliert.«

»Der Krieger«, sagte der Graf, »der auf eine Mine beordert wird, damit er den Feind dahin locke und mit ihm zugleich auffliege, hat nur meine Bewunderung, wenn er es weiß und doch stirbt.«

»Zu schließen wäre vielleicht daraus«, erwiderte der Präsident, »entweder, daß demnach es ganz und gar keinen Selbmörder mehr gäbe, oder daß jeder einer, nur ein subtiler wäre. Aber eine schwierigere Untersuchung steht uns bevor – Nämlich, mit welchem Rechte erhebt, frag' ich bei Corday, ein Mensch, der kein vom Ganzen angenommener Richter ist, sein einsames Privaturteil zu einem unerwarteten Kabinett-Befehle und zu einem Todesurteile, das er noch dazu selber, ohne jemand zu verhören oder zu befolgen, in demselben Nu ausspricht und vollstreckt, wie Corday als Scharfrichterin eines Scharfrichters tat? Welcher Heinrich ist denn vor seinem Ravaillac geschirmt? Ja, wie dieser[48] irrte Marats Mörderin und griff zugleich in Zweck und Mittel fehl, wiewohl keiner eines adeln kann. Denn sie nahm Marat für den wichtigen Kopf des Staats-Bandwurms, von den Journalen Perlet und Courier français verleitet; aber sie hätte, wie Archenholz meint, besser Robespierre und Danton, d.h. die Instrumentenmacher anstatt des Instruments, zerstört oder am besten (wie Gentz auch glaubt) gar niemand angefallen, weil entweder das Opfer aus der herrschenden Partei zum Blutzeugen, also zum Bluträcher und Verkündiger derselben wurde, oder jede hingerichtete doch nur einer zweiten, ebenso schlimmen zurückte, wie diesmal der Gemeinde-Rat zu Paris. In Ihrer Sprache würden Sie sagen: der am Schwanze angeschnittene Blutigel sog nur durstiger fort; die Ausbrüche auch *dieses* Vulkans geben nur neue *Berge* von Bergparteien.«

Ich versetzte »Da ich kein Sokrates bin, so behalt' ich lange Reden leicht. Würde Sie, frag' ich von vornen zurück, falls es nur *einen* All-Mörder gäbe, nicht der Unwille der Retter- und Rächer-Liebe so übermannen, daß Sie seine Rolle an ihm selber wiederholten? – Würden Sie Gewissensbisse haben, wenn Sie als bloßer Mensch, nicht als Präsi-

48 Die mit dem edeln Heinrich gescheiterten Entwürfe zur größten Frieden-Allianz sind bekannt. Zum Kriege werden die Quadrupel-Allianzen leichter.

dent, ohne alle Kriminal-Akten und Pein-Gesetze eigenhändig den Teufel, den Beelzebub, den Obersten der Teufel niedergestoßen hätten? – Wenn wir uns so sehr fürchten, die Richter eines Menschen zu sein: so seh' ich doch nicht ab, wie wir nur einen Tag lang leben und gegen andere Menschen handeln wollen, ohne uns, obwohl über kleinere Fälle, zu ihren Richtern, zu ihrem Kampf- und Friedensrichter, zur ersten Instanz aufzuwerfen und einzusetzen. Und wer darf oder sollte überhaupt richten als der geistige König über geistige Kriegsgefangene? Und mußte nicht irgend einmal *ein* Kühner über *eine* Menge die Todes-Urteile festsetzen, nach denen wieder jene Kühnen gerichtet werden, die eines über einen einzelnen fallen mit eigner Gefahr?

Sie sprachen, lieber Präsident, von Kabinett-Befehlen eines Einzelnen, der keine Kabinetträte hat. – Aber gäb' es auf der Erde keine anderen oder schlimmeren Eigenmacht-Ukasen als die der von der Natur selber zu *unsichtbaren Obern* der *unsichtbaren Untern* gekrönten Magnaten oder der sittlichen Heroen: so könnte die sittliche Mittelwelt ruhig schlafen; nur aber die unsittliche Unterwelt, der eben keine Ruhe gebührt, büßte diese ein. Eine Volkmenge von Cordays würde die einzelnen Marats in der Geburt ersticken (wie jetzt die Marats-Menge die einzelnen Cordays), eine Brutus-Menge würde die Cäsars zwar nicht unterdrücken (denn große Seelen wissen auf mehr als *eine* Weise zu regieren, und nur eine schlechte Welt beherrschen sie schlecht), aber wohl lenken und veredeln.

Übrigens ist von den einzelnen Cordays so viel für die Menge zu fürchten als von den Steinwürfen der Mond-Vulkane für die Erde.

Sie gedachten noch Ravaillacs. Warum haben noch alle bisherigen Jahrhunderte einen solchen Unterschied zwischen Heinrichs Mörder und Cäsars Töter gemacht, als der zwischen Mord und Tugend ist; – und warum ertrüge kein Herz den Römer auf der Folterbühne ungerührt, hingegen mit Freuden den Königs-Moloch? – Aber allerdings entscheidet eben der gewaltige Unterschied, daß Brutus nicht als Einzelwesen, sondern als kriegerisches Oberhaupt einer angegriffnen Verfassung handelte und daher sich nicht vor Richterstühlen, sondern bloß auf Schlachtfeldern zu rechtfertigen brauchte. Auch Corday bekämpfte und durchbohrte nicht als Bürgerin einen Staatsbürger, sondern als Kriegerin in einem Bürgerkriege einen Staatsfeind, folglich nicht als Einzelne einen Einzelnen, sondern als gesundes Partei-Mitglied ein abtrünniges krebshaftes Glied.[49] In jeder weitgreifenden Handlung wagt das Herz, wenn nicht sich, doch sein Glück; nur wenigen Glücklichen hat das Schicksal ein reines Verhältnis zum Tun beschieden, aller guter Wille der Absicht reicht nicht aus, da wir, obwohl nicht für den Erfolg, aber doch für dessen *Berechnung,* die oft eine des Unendlichen ist, zu stehen haben. Unsere Psyche kann, möcht' ich sagen, gleich den Vögeln nie steilrecht oder gerade auffliegen, sondern nur auf dem schiefen Umweg. Rechnen wir mit zitternder Hand, so gleichen wir den moralischen Schulmeistern, die oben auf dem Ufer einer Sündflut sitzen, und die vor einem gedeckten grünenden Sessiontische voll Zeugenverhöre, Geburtscheinen und Konduitenlisten so lange über die Frage: wer wohl, in Betracht seines besondern Werts und Alters, zuvörderst aus den schwimmenden Völkern herauszuholen wäre, – abrechnen und abstimmen, bis sämtliche ausgeschätzte Welt ersoffen ist und die Flut vertropft. Ich weiß nicht, was mit einem solchen Kleinmut noch anders auf der Erde zu wagen und durchzusetzen ist als etwan das, was z.B. am heutigen 17. Juli oder Alexius-Tage der Kalender anrät: säet Rüben und

49 Ein höchst achtbarer Gelehrter voll Geist und Herz wandte obige Stellen sehr irrig auf einen fanatischen Jüngling an, der an einem düstern Jugendfeuer eine Tat auskochte, welche, wie er selber nicht an Brutus, so auch nicht an dessen Tat anders erinnern kann als dadurch, daß in beiden Fällen gerade die Freiheit, wofür Leben geopfert wurde, sich selber noch stärker nachgeopfert sah. Der Unseligst-Verblendete raubte ein doppeltes Leben – das fremde und seine, denn jeder Mörder ist Selbmörder – nicht für *Handlungen,* sondern für *Meinungen* und stellte so sich selber zu etwas Schrecklichern als zu einem Inquisitiontribunal auf; denn er war zugleich Richter – nur *einer,* nicht ein Gericht –, Ankläger, Zeuge und Scharfrichter und strafte am Leben sein Opfer, im Winkel, ohne Defensor und Verhör, ohne Aufschub, ohne die Fristen, welche dem größten Übeltäter die Menschlichkeit gern bewilligt zur Abrechnung mit den Seinigen und sich, und unter dem Giftgefühl eigner Schuldlosigkeit und fremder Sündengewalt. – O bringet doch nicht bei solcher Verblendung des Gehirns und Herzens zugleich welche jedem Brausejüngling den Dolch statt der Feder in die Hand gäbe zum Widerlegen des Anders-Gläubigen – die Opferung des eigenen Lebens in hohen Anschlag, sondern zählt die Selbermorde des gemeinen Volkes, des weiblichen Geschlechtes im Pöbel, aller Verarmenden, aller Unbesonnenen, der Spieler, der matten Lebensschwelger, kurz der Feigen, die keinem Drohen *einer* Stunde oder *einer* Woche gewachsen sind.

raufet den Flachs. Ans Hinwagen irgendeines Lebens wäre dann so wenig zu denken, daß man nicht einmal mit der Auflösung der Frage zu Rande käme: ob man nur eines *geben* dürfe; ob man nicht zu kühn verfahre, wenn man auf die Erde einen ganz neuen unbekannten Menschen einführe, für dessen Anlagen und Einflüsse man gerade so wenig stehen könne als für dessen Schicksale, indem er ja der jährliche Septembriseur jeder zwölf Monate und des Jahrhunderts werden und durch diese in Gift-Gärten des Geistes und in Hungerwüsten des Körpers unheilbar untergehen könne. Ich erstaune dann über einen, der heiratet.«

»Aber«, versetzte der Präsident, »was geht die reine Absicht der Erfolg an? Die allwissende und allmächtige Vorsehung mag mit sich selber diesen ausmachen; ich bin keine. Gesetzt z.B. eine Frau riefe in der Nacht um Hülfe, und ich eilte hinzu und brächte aus meinem Sandwege einige leicht Fünkchen gebende Sandkörnchen mit in die mir unbekannte Pulvermühle, und hundert Menschen flögen in die Luft: was hätt' ich denn verschuldet? Nichts, rein nichts!«

»Gewiß«, sagt' ich, »aber eine unbesiegliche Trauer bliebe Ihnen doch zurück. Da überhaupt der Mensch nicht bloß groß *wollen* (wo ja, ohne Rücksicht auf Außen und Innen, Mögen und Vermögen ohne Zeit ineinanderfallen), sondern auch groß *handeln* will: so muß er durchaus noch auf etwas, was jenseits des Reichs der Absicht liegt, hinüberstreben; zwei gleich reine Helden der Menschheit, wovon der eine im Kerker rasten muß, der andere ein weites Leben ausschaffen darf, würden den Unterschied ihrer äußeren Rollen wie einen zwischen Unglück und Glück empfinden. Kurz wir wollen wirklich *etwas;* wir wollen die Stadt Gottes nicht bloß bewohnen, sondern auch vergrößern. Nur dringen wir vor lauter Verboten selten zu den Geboten selber hindurch und brauchen sechs Wochentage, um auf einem Sonntage anzulanden. O, was zu fliehen ist, weiß sogar der Teufel; aber was zu suchen ist, nur der Engel.«

»Wir wollen auf die Corday zurückkommen«, sagte der Präsident »es wirft sich sogar über Notwehr, d.h. den Erkauf meines Lebens durch ein fremdes, die Frage der Rechtmäßigkeit auf. Warum soll das meinige stets mehr wiegen als das fremde? Ich für meine Person könnte deshalb den größern Verteidigung-Mut weniger gegen Angriffe des meinigen als gegen die eines fremden, z.B. meiner Kinder, beweisen, wie eine Mutter nur für diese, nicht für sich eine Löwin wird.«

»Allerdings entscheiden hier Lebens-Abwägungen nicht«, sagt' ich, »weil sonst zwei Drittel der Menschen vogelfrei würden, sondern die verletzte Geistes-Majestät, die am Leibe oder Leben so beleidigt wird wie ein Fürst an seinem beschimpften nächsten Diener, soll gerächt und behauptet werden. Jeder Despot tastet in meinem körperlichen Leben nur mein geistiges an. – Weswegen sonst glaubt der Beleidiger sich Genugtuung durch den Zweikampf zu verschaffen, als weil dieser die verletzte Geister-Gleichheit durch ein *gleiches* Doppel-Losen um das Leben wieder heilt?« – »Unsere Moral«, fing der Graf an, »scheint mir zu sehr eine Häuslichkeit-Moral und mehr eine Sitten- als Taten-lehre Sie ist bloß eine Geschmack-Lehre für das schaffende Genie. Es gibt ebensowohl sittliche Genie-Züge, die darum nicht in Regeln und von Regeln zu fassen, also nicht voraus zu bestimmen sind, als es ästhetische gibt; beide indes ändern allein die Welt und wehren der fortlaufenden Verflachung. Es erscheine ein Jahrhundert lang in einer Literatur kein Genie, in einem Volke kein Hochmensch: welche kalte Wasser-Ebene der Geschmack- und der Sittenlehre! Alle Größen und Berge in der Geschichte, an denen nachher Jahrhunderte sich lagerten und ernährten, hob das vulkanische, anfangs verwüstende Feuer solcher Übermenschen, z.B. Bonaparte Frankreich durch Vernichtung des nur durch Schwächen vernichtenden Direktoriums, kühn auf einmal aus dem Wasser. Allerdings häufen sich auch durch leere Korallen endlich Riffs und Inseln zusammen; aber diese kosten ebenso viele Jahrhunderte, als sie dauern und beglücken; wenn hingegen der Feuer-Reformator mitten aus einer faulenden, moderigen Welt eine grünende, aus einem Winter einen Vorfrühling emportreiben soll: so muß er die zeugenden Jahrhunderte des trägen Werdens zum Vorteile der genießenden durch eine Kraft ersetzen, welche jedesmal fällend und bauend zugleich ist. Wer nun diese Kraft besitzt, hat das Gefühl derselben oder den Glauben und darf unternehmen, was für den Zweifler Vermessenheit und Sünde wäre bei seinem Mangel des Glaubens und folglich auch der Kraft. Was große Menschen in der Begeisterung tun, worin ihnen ihr ganzes Wesen, die höhere Menschheit neu erhöht und verklärt sich spiegelt, so wie dem tiefer gestellten Menschen in seiner Begeisterung seine dunkele Menschheit erglänzt – das ist Recht und Regel für sie und für ihre Nebenfürsten, aber nicht für ihre Untertanen; daher kommt ihre scheinbare Unregelmäßigkeit für die Tiefe. Die Sonnen stehen und ziehen überall am Himmel; aber die *Wandel-Erden* sind auf ihren Tierkreis eingeschränkt und an *eine* Sonne gebunden. –«

»Es muß«, setzt' ich dazu, »etwas Höheres zu suchen geben, als bloß Recht, d.h. nicht Unrecht zu tun – worauf doch die folgerechte Sittenlehre sich eingrenzt –; aber dies Höhere ist in einer Unendlichkeit von Reizen und Bestimmungen so wenig durch das Sitten-Lineal auszumessen oder geradzurichten als die raffaelischen und die lebendigen Figuren durch mathematische Figuren.«

»Mangel an Glaubensmut, kann man sagen«, fuhr der Graf fort, »nicht etwa Mangel an Wohlwollen, erkältet und erschlafft die Menschen, die meisten würden der *Gewißheit* eines großen schönen Welt-Erfolgs ihr Leben hinopfern, das sie ja so oft bei kleinern Fällen für eine Unmäßigkeit, Rechthaberei u.s.w. weggeben. Aber dieser Glaubens-Mut ist eben entscheidend und göttlich und durch nichts zu erstatten. Da, wo Feige ohne Richtung treiben, bestimmt er seiner Welt die Himmels-Gegend, in welcher, wie man für die Luft-Kugeln vorgeschlagen, er nur von einem Adler-Gespann gelenkt und gezogen wird; und Flügel sind seine Arme. Mit diesen Flügeln schlägt eben der Adler die weiche Welt häufig mehr wund als mit Klauen und Schnabel. O ich möchte in keinem Leben leben, das kein großer Geist anrührte und durchgriff und umschüfe; – vor keiner Bühne möcht' ich stehen, wo es nichts gäbe als den Chor der Menge, der, wie der theatralische bei den Griechen, bloß aus Greisen, Sklaven, Weibern, Soldaten und Hirten bestand. Welcher Unterschied, an etwas sterben, und für etwas sterben! O sie sollen immer hinziehen unter ihre Opfertore, auf ihre Blutgerüste, auf ihre tarpejischen Felsen, jene großen Seelen über der Erde; schwingt euch kühn auf die schwarzen Flügel des Todesengels, sie entglimmen bald farbig und glänzend, ihr, Sokrates, Leonidas, Morus und selber du, edle Corday, deren unbewegliches Jubelfest eines heiligen Todes der heutige Tag feiere!« –

»Sie sind schon«, sagt' ich, »auf diesem breitesten Flügel, der alles wegträgt, davongeflogen, aber uns sind Heiligen-Bilder auf Altären zurückgeblieben zum Anbeten und zum Erleuchten mit Altarlichtern. Das schönste Beleuchten ist wohl die Wiederholung ihres Lebens, wär's auch bloß die historische; das Leben wird nur angeschaut, nicht begriffen. Die Begriffe – die ihrer Natur nach schon aus den gemeinsten Wesen das Lebendige niederschlagen – lassen vollends aus ungemeinen zum Vorteil des Allgemeinen gerade das Köstlichste fallen und bewahren höchstens aus ihnen die Muttermäler, indem immer die Mannigfaltigkeit der Irrwege den Begriff mehr bereichert als die lebendige Einheit der Recht-Bahn. Ein historisches Zusammenleben mit einem Heros kann oft ein wirkliches darum übertreffen, warum die Schimmerfarben eines Vogels nicht auf seinen zum Fluge ausgebreiteten Flügeln erscheinen, sondern auf seinem zur Ruhe zusammengelegten Gefieder.«

Ich entdeckte nun dem Grafen, daß ich wirklich für den heutigen Abend eine historische Zusammenstellung der Seelen-Züge Cordays unternommen und mitgebracht hätte. Dies schien ihn herzlich zu erfreuen, wiewohl er neue Züge leichter mitteilen als empfangen konnte. Er schlug sogleich vor, den freien Himmel und einen in zwei Lindenbäume eingebaueten Altar zum Tempel unserer Betrachtung zu wählen, um den Untergang der Heldin und der Sonne vereinigt stärker anzuschauen. Der Präsident versicherte, er höre mit Freuden zu, nur werde man ihm auch den schönsten Eindruck historischer Kunst-Rührung doch für keinen Widerruf seiner Sätze anrechnen. Der Abend war reizend, mit Gesang und Duft gefüllt, nur daß in Süden weiße Wolkenberge aufwuchsen und mit ihren Kratern voll Feuer dem Norden zurückten. »Ich muß aber voraussagen«, – sagte jetzt der Präsident, der sehr ernsthaft am Himmel über sich herumsah – »daß ich, sollte das Gewitter näherkommen«, (denn es donnerte von ferne schon) »mitten im größten Genusse der Geschichte mich davonmachen werde, weil ich gegen meinen Grundsatz, über die moralische Pflicht der Lebens-Schonung, um keinen Preis verstoßen will.« Der Graf warf ein, wie es nie in seinem Tale eingeschlagen; aber er schüttelte unbekehrt den Kopf.

Im Lindenkabinett empfing uns Corday selber, nämlich das Bildnis ihrer schönen und großen Gestalt, das der Graf mit Mühe echt erobert hatte.[50]

Denn noch am erblasseten Gesichte, das schon von der Hand des Henkers durch einen Backenstreich verunreinigt worden, nagte die Parteiwut fort und suchte die Schönheit, die sie entseelt hatte, nun auch zu entstellen, so wie die thessalischen Hexen sich in Tiere verwandeln und dann den Toten das Gesicht abfressen.[51] Indes mußte derselbe Chabot, der im Konvent den getöteten Marat einen zu weichherzigen

---

50   Ihr herrliches Gesicht steht in des I. B. V.ten Hefte der neuen Klio von 796.

51   Apulejus' Verwandlungen.

Mann genannt[52], dont le coeur bon et dont l'humanité étoient accoutumés à des sacrifices habituels – die tötende Corday hingegen un des monstres que la nature vomit pour le malheur de l'humanité – dieser mußte gleichwohl von ihr sagen: avec de l'esprit, des grâces, une taille et un port superbes elle paroît être d'un délire et d'un courage capables de tout entreprendre.

Ich sah diese zweite Jeanne d'Arc lange an – sooft ich sie auch schon angesehen – und fing ihre kurze Taten- und Leidensgeschichte schüchtern, als sei diese zu kalt gemalt, vorzulesen an.

»Die redlichen und feurigen Deutschen hätten alle die Revolution bei deren Anfange mit keiner aus der Geschichte hoffend vergleichen sollen, weil in dieser noch kein zugleich so verfeinerter und moralisch vergifteter Staat – wie sich der gallische in seiner Mutterloge Paris und in den mitregierenden höhern Ständen und Städten aussprach – je sich aus seinen Galeerenringen gezogen hatte; sie hätten alle von einem Erdbeben, das so viele Gefängnisse und Tiergärten aufriß, nicht viel hoffen, noch weniger dabei an Rom und Sparta denken sollen, wo die Freiheit bei einer nicht viel größern Verderbnis aufhörte, als die war, bei der sie in Paris anfing. In jedem Jahrhundert wird der Sünder (aber auch der Heilige) in der Brust größer, bloß weil er *besonnener* wird. Die Deutschen sahen es endlich, wie die weite elektrische Wolke der Revolution die Kröten und die Frösche und den Staub in die Höhe zog, indes sie die erhabenen Gegenstände umschlug; gleichwohl hielten viele, solange sie konnten, die Hauptsumme für eine zufällige und sogar nötige Partei wider die Gegner, die Vendée-Parzen und die Koblenzer Emigrés.

Es scheint unglaublich ohne die Erfahrung in Bürgerkriegen die Revolution aber war ein geistiger durch ganz Europa –, wie lange der Mensch politische Unveränderlichkeit fort behauptet auf Kosten der moralischen; so wie jeder auch in Familienkriegen gern ein paar Tage länger bei einer Partei, als sie recht hat, beharret, ja hinter der zufällig genommenen Stuhllehne eines Spielers stehen bleibt, mit dem Wunsche, daß er durchaus gewinne.

Der Tornado des Säkulums, der eiskalte Sturm des Terrorismus, fuhr endlich aus der heißen Wolke und schlug das Leben nieder. Nicht die, deren Vermögen oder Leben geopfert wurde, litten am bittersten, son-

343

---

52   Moniteur de l'année 1793. Nro. 197.

dern die, denen jeder Tag eine große Hoffnung der Freiheit nach der andern mordete, die in jedem Opfer von neuem starben, und vor die sich allmählich das weinende Bild eines sterbenden, von Ketten und Vampyren umwickelten Reichs als Preis aller Opfer gekrümmt hinstellte! – Dieses Totenbild rückte, als am 31. Mai die letzten Republikaner, die Girondisten, den leiblichen und geistigen Plebejern das Feld nicht zum Besäen, sondern zum Verheeren räumen mußten, am schmerzlichsten nahe an ein großes weibliches Herz.

Als Louvet mit andern von der Bergpartei am 31. Mai verjagten Republikanern in Caen bei Barbaroux wohnte: so kam öfters eine schöne stolze Jungfrau, von einem Bedienten begleitet, dahin und wartete im Saale auf Barbaroux mit einer scheinbaren Vorbitte für einen ihrer Verwandten, wiewohl in der wahren Absicht, die verjagten Republikaner näher zu prüfen. Die Jungfrau war schon unter die Unsterblichen gegangen, da sich Louvet ihrer wieder erinnerte als einer hohen Gestalt voll jungfräulicher Würde, Milde und Schönheit, sittsam, sanft entschlossen, eine Blume gleich der Sonnenblume, die den ganzen Tag mit ihrer einfachen Blüte der Sonne folgt, die aber nach dem Untergang und vor dem Gewitter sich mit Flammen füllt.

Er hatte Charlotte Corday gesehen.

Ihr Leben war schon früher ein ungewöhnlicher Vorhimmel vor ihrem Tode gewesen. Griechen und Römer und die großen Schriftsteller der neueren Zeit hatten sie erzogen und sie (nach ihrer Aussage) zu einer Republikanerin vor der Republik gemacht. Sie war kühn bis sogar in die Religion hinüber. Als das Revolution-Tribunal sie fragte: ›Haben Sie einen Beichtvater?‹, so antwortete sie: ›Keinen.‹ – Es fragte: ›Halten Sie es mit den vereideten Priestern oder mit den unvereideten?‹ – Sie antwortete: ›Ich verachte beide.‹ Folglich kein religiöser Fanatismus reichte oder weihete dem jungfräulichen Würgengel das Schwert. Bei aller Glut ihres innern Wesens und allem Glanz ihrer Gestalt blieb doch fremde und erwiderte Liebe von ihr abgewiesen; sie achtete die Männer wenig, weil eine weibliche Seele in der Liebe ein höheres Wesen sucht[53] und ihre erhabnere nicht einmal das ähnliche fand; daher sie, als der

---

53 Wenige Männer würden eine Corday, eine Jeanne d'Arc heiraten wollen, aber die meisten Weiber gewiß einen Brutus und ähnliche, und insofern steht die weibliche Liebe höher. In der Freundschaft kehren es aber beide Geschlechter um.

Präsident mit gewöhnlicher Härte gefragt, ob sie schwanger sei, versetzte: ›Ich fand und kannte noch keinen Mann, den ich meiner würdig geachtet hätte, denn Marat lebte noch.‹ – Die Expeditionstube des weiblichen Lebens kam ihr enge, dumpf und staubig vor. – ›Die republikanischen Franzosen‹, (schrieb sie an Barbaroux) ›begreifen es nicht, wie eine Frau ihr Leben, dessen längste Dauer ohnehin nicht viel Gutes erschafft, kaltblütig dem Vaterlande opfern könne.‹« – »Nur die Jungfrau«, unterbrach der Graf, »stirbt für Welt und Vaterland; die Mutter bloß für Kinder und Mann. Jene ist noch eine Alpenpflanze, an welcher die Blume größer ist als die ganze Pflanze. Du edle Charlotte, du liebtest nicht und warest so groß.« –

»Wenn schon gewöhnliche Weiber«, fuhr ich fort, »ihr Leben mehr in Phantasien führen als wir, nämlich insofern sie mehr mit dem Herzen denken, wir aber mehr mit dem Kopfe, und wenn sie daher oft durch ein großes Leben um die zugesperrte Wirklichkeit umherirren: so hat dies noch mehr bei genialen Weibern statt, in welchen die höhere Kraft des Kopfes nur mehr der höheren Kraft des Herzens gehorcht (aber nicht wie bei uns befiehlt), und deren Unglück daher häufig so groß wird als ihr Wert.

Charlotte Corday, auf einer Freiheit-Höhe einheimisch und es erlebend, daß sich plötzlich um sie her ihr ganzes Vaterland als eine geistige oder doppelte Schweiz aufrichtet und hohe Alpen voll Äther, Idyllenleben und Heimwehe der Freiheit in den Himmel stellt; – ergriffen und erhitzt vom Frühlingmonat der großen zurückkehrenden Freiheit und Welt-Wärme; – diese Corday, deren langbedecktes heiliges Feuer auf einmal mit dem allgemeinen Enthusiasmus zusammenlodern darf, so, daß nun die alten Ideale ihres Herzens lebendig und rüstig aufstehen und dem Leben die Fahnen hoch vortragen, und daß der ganze Mensch *Tat* wird, der Kenntnis kaum mehr achtend, so wie das durch die Nacht rennende Roß nicht die Funken achtet und flieht, die es aus seiner schnellen Bahn ausschlägt – – – diese Corday erlebt dennoch die Bergpartei.

Sie erlebt nämlich noch vor dem 31ten Mai den Untergang aller heiligsten Hoffnungen, wo die Freiheit entweder entfliehen oder verbluten muß – wo Revolutionen sich durch die Revolution wälzen, und der Staat ein Meer wird, dessen Bewohner sich bloß fressen und jagen – wo am zerfallenden, verstäubenden Freiheit-Riesen nichts übrig und fest bleibt als die *Zähne* – wo zuletzt das Vaterland sich in einzelne

345

Glieder zerstücken muß, um mit gesunden die unheilbaren von sich abzulösen, und wo Corday sagen mußte: ›Ich bin müde des Lebens unter einem gefallenen niedrigen Volk!‹

Sie erlebt einen Marat, das unbedeutende, heuchelnde, rohe, mechanische, auch äußerlich-häßliche, bluttrunkene, aufgeblasene[54] Wesen, das mehr als Blutigel denn als Raubtier leckte – das die Septembriseurs bloß mietete, bezahlte und lobte, und das wirklich keinen Menschen mit eigener Hand umbrachte, sondern nur sich[55] – das die Mörder des Generals Dillons gern noch zu Mördern seiner Offiziere machen und mit dem Blute von noch 250.000 Köpfen die Weinlese der Freiheit erst recht düngen und begießen wollte – das am 31ten Mai einen Interimskönig[56] begehrte, weil die Extreme sich berühren und der höchsten Freiheit ein unumschränkter Diktator nötiger sei als ein beschränkter – das (nach Cordays Aussage) durch ausgeteiltes Geld zum Bürgerkrieg entflammte – ein Wesen, in welchem sich wieder die Bergpartei abschattet, das, als es zwei Tage vor seinem Tode hingerichtet war, im Konvent ein französischer Kato, ein unsterblicher Gesetzgeber und Volkfreund genannt, für dessen Strafgöttin neue Qualen (l'effroi des tourmens) gefodert und das einmütig zu einem Schmuck des Pantheons erklärt wurde und in der Todesnacht der Corday unter Kanonenschüssen und Prozessionen verscharrt.«[57] –

»Lasset uns wegtreten vom modernden Tier«, sagte der Graf, »und unser Auge an der glänzenden Göttin erquicken, die das Tier mit dem Fuße wegstoßen mußte, als sie durch die Ehrenpforte der Unsterblichkeit eindrang.«

54 Marat gedachte in seiner Perioptrik (s. in Lichtenbergs Magazin der Physik B. 1.) etwas Newtonisches zu liefern und wollte den Prof. Charles erstechen, weil er ihn widerlegte; er schickte an die Akademien zu Rouen und zu Lyon erstlich eine Preisfrage mit 50 L'dor über seine Perioptrik, dann eine Antwort und wollte sein Geld, als man ihn nicht damit krönte. S. Eberts Unterhaltungen vermischten Inhalts. 1794. 2tes Heft.

55 Denn Louvet sagt in quelques notices pour l'histoire et le récit de mes périls etc. p. 50, daß, ohne Corday, Marat in zwei Tagen an seiner amerikanischen Krankheit von selber gestorben wäre.

56 Minerva, August 1793. S. 376.

57 Moniteur de l'année 1793. Nro. 197.

»Jetzt rüsteten sich in Caen, der Freistätte vieler fortgetriebenen Republikaner, 60.000 Mann gegen die anarchische Freistadt. Corday, heilig überzeugt, daß der große Hilfzug eigentlich nur gegen *einen* Menschen, den vierjährigen Meuchelmörder und Mordbrenner Frankreichs, Marat, gelte, dachte freudig in sich (so sagte sie aus) ›Ihr sucht alle nur *einen* Menschen; ich kann ja euer Blut ersparen, wenn ich bloß meines und seines vergieße.‹ Sie sah sich für die *Freiwillig-dienende* des kriegenden Departements von Calvados an, folglich für eine *Kriegerin gegen den Staatsfeind*, nicht für die *Straf-Parze* einer obrigkeitlichen Person.

Am zweiten Juni erschien ihrem Geiste der Entschluß, zu sterben, zuerst; wie jener Engel dem Apostel im Kerker. – So viele Jünglinge sah sie um sich her dem Freiheitzuge nach Paris, dem großen Grabe, zuströmen: da reichte sie dem Engel die Hand, der sie aus dem Leben führen wollte.«

»O wenn man doch«, sagte der Graf, »in jene tiefe Stunde tiefer schauen könnte, wo die Heldin zu sich sagte: ›Mein Leben sei vorüber, alle heiteren Aussichten verschlinge die einzige; Verzicht sei getan auf alles Geliebte und Erfreuende, auf Vater, auf Freunde und Kinder, auf irdische Zukunft und auf alles, was um mich her die Menschen beglückt; gebt mir die Todesfackel statt der Brautfackel; und die Todesgöttin drücke als Blumengöttin das feste schwarze Siegel auf mein Rosenleben!‹ – Es ist bekannt, daß die Heldin darauf einen ganzen Monat lang ihren großen Vorsatz schweigend in der Brust bewahrte. Aber wie leicht und klein mußten ihr in dieser Zeit die Spiele und Plagen des Lebens erscheinen, wie frei ihr Herz, wie rein jede Tugend, wie klar jede Ansicht! Sie stand jetzt auf dem höchsten Gebirge und sah die Wetterwolken nur aus der Tiefe, nicht aus der Höhe kommen und sich von ihnen kaum verhüllt und benetzt, indes die andern, die tiefen Menschen auf dem Boden, ängstlich nach dem Gewölke aufblickten und auf dessen Schlag harrten. – Der edle Krieger, der handelnde Republikaner, der gottbegeisterte Mensch, sie haben diese hohe Stellung, die sie so sehr für alles häusliche Einnisten in bequeme warme Freuden entschädigt und erkältet.« –

»Den 7. Juli reisete sie nach Paris ab, nachdem sie ihrem Vater, um Einverwickelung und Vaterängste abzuwenden, geschrieben, daß sie vor dem harten Anblicke des Bürgerkriegs nach England entweiche. Schweigend, ohne einen Ratgeber, ohne eine teilnehmende oder stärkende Seele, schied das 25jährige Mädchen von allen geliebten Wesen und trat in der heißen Jahreszeit die lange Reise zum Altare an, wo es bluten wollte. ›Ich befand mich‹, schreibt sie an Barbaroux, ›in der Postkutsche in Gesellschaft guter Bergbewohner, die ich ganz nach ihrem Wohlgefallen reden ließ; ihr Geschwätz, das so dumm war als ihre Personen unangenehm, diente nicht wenig, mich einzuschläfern. Ich wachte gewissermaßen nicht eher auf, als da ich in Paris ankam.‹ Mit dieser festen Ruhe so wie mit dieser kalt-hellen Ansicht tat sie den ersten wie den letzten Schritt zu ihrem Blutgerüste hinauf. Den Helden begeistert die mitziehende Hilf-Schar; diese Heldin ging einsam nur mit ihrem Herzen und mit dem unsichtbaren Todesschwert zur Richtstätte –«

»– des Opfertiers und der Opferpriesterin zugleich« – unterbrach der Graf. – »Aber es konnte nicht anders sein; sie wußte ja, sie bringe mit ihrem Marats-Dolche den Freiheit-Zepter mit, und sie sei, obwohl unbekannt der blinden Masse, in ihrem Siegwagen nach Paris schon angetan mit den Feierkleidern der glänzenden Zukunft. Ruhe und Stille und Kälte mußten ja der starken Seele kommen durch den festen Glauben, daß sie, sie allein, mit einem einzigen Tode ihres Körpers einen Bürgerkrieg und Bürgermord verhüte und dem wunden Vaterland mehr als *eine* Schlacht gewinne[58] und daß sie (dies mußte sie sehen) ganz anders mit dem hingegossenen Blute der Jugend, der Schönheit, des Geschlechtes und des Vaterlandes beschäme, befeuere, befruchte als ein sterbender Mann und Greis. O selig, selig ist der, welchem ein Gott eine große Idee beschert, für die allein er lebt und handelt, die er höher achtet als seine Freuden, die immer jung und wachsend ihm die abmattende Eintönigkcit des Lebens verbirgt! Als Gott (nach der Fabel) die Hände auf Muhammed legte, wurd’ ihm eiskalt; wenn ein unendlicher Genius die Seele mit dem höchsten Enthusiasmus anrührt und begabt, dann wird sie still und kalt, denn nun *ist* sie auf ewig gewiß.«

»Donnerstags (den 11ten Juli) kam Charlotte Corday in Paris als auf dem Richtplatz ihres Vaterlandes und ihres vorigen innern Lebens und ihres jetzigen äußern an, wiewohl als ein stiller weißer Mond, der da aus dem heißen hohlen Krater aufgehen muß wie vor Neapel der Mond aus dem Vesuv. Sie ging zuerst zum Deputierten Düperret (einem noch nicht vertriebenen, aber schon angeklagten Girondisten, den man erst später hinrichtete), übergab ihm einen Brief von Barbaroux und bat

<hr />

58   S. ihr Verhör und das Schreiben an Barbaroux.

ihn, sie zum Minister des Innern zu begleiten, dem sie Papiere einer Freundin abzufordern habe. Er entschuldigte sich mit seiner Tischgesellschaft und versprach, sie den andern Morgen zu sehen und zu begleiten. Er erzählte darauf seinen Gästen, wie sonderbar und außerordentlich ihm das ganze Betragen und Sprechen dieser Jungfrau vorgekommen. Am Freitag Morgen bat sie Marat in einem Billet um Zugang, unter dem Vorwand republikanischer Geheimnisse; sie kam nach einer Stunde, aber umsonst. Eigentlich war dieses Mißlingen schon ein zweites; denn anfangs hatte sie ihn und folglich sich mitten im Konvent opfern wollen. Solche Fehlschlagungen oder Kleinigkeiten, wie zum Beispiel die lange Reise, das heiße Wetter u.s.w., hätten einem entnervten moralischen Kraftgenie, das leicht für *einen* Abend zu einem ähnlichen Feuer auflodert, sehr bald die Flamme ausgeweht. Denn die meisten jetzigen moralischen Kraftäußerungen sind nur epileptische; geistige und körperliche Nüchternheit sind jetzt nötige Zutaten der Helden wie sonst Abgänge derselben. Corday blieb mit Leib und Seele nüchtern und fest.

Endlich kam der rechtschaffene Düperret zu ihr – ihr gewünschter Besuch des Ministers war vereitelt – sie fand Düperret zwar standhaft für das Rechte, aber verschlossen, und sie riet ihm bloß dringend, aus dem Konvent sich nach Caen, wo er mehr Gutes wirken könne, zu begeben. Als er ihr am Richt- und Todestage Marats den Gegenbesuch machen wollte, wich sie ihm aus, um keinen Menschen in ihren Sturz zu ziehen. Die hohe Alpenrose hatte nur *einen* stechenden Dorn, bloß gegen *einen* Menschen.

Noch abends am Freitage schrieb sie an Marat und ersucht' ihn dringender um einen Einlaß am Morgen.

Der Sonnabend kam; sie kaufte erst diesen Morgen ihren Dolch im Palais-Royal und verbarg die Parzenschere in ihrem Busen. Darauf begab sie sich zu Marat mit der doppelten Gewißheit, jetzo sterbe er unter ihren Händen und zugleich sie selber unter denen des Volks. Er, obwohl an Sünden krank und im Bade, ließ sie vor sich. Sie nannte ihm frei alle Namen der in Caen und Evreux begeisterten Girondisten, die gegen die Bergpartei sich verschworen hätten, d.h. die Namen aller ihrer Lebens- und Ewigkeit-Freunde. ›Nun, in wenig Tagen‹, versetzte er, ›werd' ich sie alle in Paris guillotinieren lassen.‹ – – Da nahm plötzlich die Nemesis Cordays Gestalt an und drehte Marats Schlachtmesser um gegen sein eignes Herz und endigte so den niedrigen Menschen …

Aber ein gelindes Gericht von Gott und Menschen ergehe über die bisher so unbefleckte Hand, die ein höherer Geist in ein beschmutztes Blut eintauchte.«

»Dies Gericht wird ergehen«, sagte der Graf »Rein wie die Wetterwolke schlug und zückte sie einmal aus ihrem Himmel auf die kotige Erde und zog darauf in ihm weiter. – Aber wie sonderbar wies mit dem Bade und mit den letzten blutdürstigen Worten das Schicksal dem Racheengel die tödliche Stelle an! Durch ähnliche Verkettungen der Zufälle fielen fast alle Bösewichter; das Verhängnis stehet über der Welt mit seinem Geschoß, unten knien die Verbrecher hinter ihren Augenbinden, und die Brust trägt ein schwarzes Herz; und an diesem zeigen sie ihm das tödliche Ziel!«

»Ruhig und ohne Flucht ließ sie sich gefangen nehmen. Als der Postmeister Drouet[59] mit ihr zur Abtei fuhr, und er den Pöbel, der sie umbringen wollte, durch die Erinnerung an das Gesetz zum Gehorsam brachte, so fiel sie in Ohnmacht. Als sie wieder zu sich kam, war sie in Verwunderung, daß der Pöbel sie noch leben lassen, und daß dieser, den sie für eine Zusammensetzung von Kannibalen gehalten, dem Gesetz gehorcht hatte. – Das Weinen der Weiber schmerzte ihre Seele, aber sie sagte: ›Wer sein Vaterland rettet, den kümmert es wenig, was es kostet.‹

Die Scheide des Dolchs, einiges Geld, ihr Taufschein und Paß, eine goldene Uhr und eine Adresse ans Volk wurden bei ihr gefunden. Bei dem Eintritt in die Abtei rannte ein Jüngling mit der Bitte herzu, ihm statt ihrer Gefängnis und Tod zu geben; er erhielt beides nur wie sie.[60] Wer auf den Toten eine Träne fallen läßt, stirbt ihm nach, sagt der Aberglaube; so tötet in der Despotie die Träne, welche auf das schuldlose Opfer rinnt. – Die ganze Nacht sprach das begeisterte Mädchen von den Rettmitteln der Republik: ›Ich habe das Meinige getan‹, sagte es vergnügt (nach Drouets Bericht), ›die andern mögen das übrige tun.‹

Um diese Zeit hörte der edle Mainzer, *Adam Lux*, von ihr sprechen, wiewohl als von einer wahnsinnigen alten Betschwester und aristokratischen Schwärmerin; aber bald darauf schauete ein starkes Herz in ein zweites; er begegnete ihr auf ihrem Sieg- und Leichenwagen zur Guillo-

59   Moniteur in angeführter Stelle, Nro. 198.

60   Louvet am angeführten Orte.

tine und bestieg ihn bald darauf selber (am 10ten Oktober)[61], weil er die Heldin und die Freiheit verteidigt hatte.« –

Hier nahm der Präsident, da das Gewitter nicht mehr seitwärts, sondern gerade über ihm spielte, Abschied von uns und entschuldigte sich.

»Nur eine Minute lang will ich«, begann der Graf, »unterbrechen, um mit Ihnen an das bedeckte verschattete Grabmahl dieses herrlichen Adam Lux, einer Römer-Seele, einer Hermanns-Eiche, zu treten, um daran ein altdeutsches Leben wieder zu lesen, wie es wenige führen. Lux, ein Landmann und glücklicher Vater, war als ein Mainzer Abgesandter nach Paris gegangen, um (friedlicher, als später geschehen) sein Vaterland an Frankreich anzureihen. Er hatte aber in seiner Katos-Brust mehr mitgebracht als er finden konnte im damaligen Pariser Blut-Sumpf: eine ganze römische und griechische Vergangenheit und Rousseaus eingesognen Geist und die Hoffnung einer steigenden, siegenden Menschheit. Da er nun kam und sah, so gingen ihm die Freuden und Hoffnungen unter, und er behielt nichts als sich, sein deutsches Herz; nur die verjagten, an der Zeit reifenden Girondisten waren mit ihren Wunden Balsam für die seinige. *Forster* und andere Freunde hielten ihn mühsam ab, daß er sich nicht zum Beweise zugleich seiner Treue und Trostlosigkeit vor dem Konvente den Dolch in die hart ausgeplünderte Brust einstieß. Nun konnte er nichts weiter tun (ehe Corday den ihrigen ergriffen), als still und fest sein und mit der glühenden Brust auf den fressenden Wunden ruhen; ins Holz von Boulogne verbarg er sich und las Brutus' Briefe an Cicero; sein Angesicht blieb faltenlos, sogar heiter; denn die hohe Seele hoffet länger das Hohe als die niedere, und wenn am Hügel schon der Schatten liegt, so glühet der Berg noch lange der Sonne nach.

Da begegnete dieser feste, von der Zeit umhüllte Geist der geopferten wie opfernden Corday auf ihrer Treppe zur Gruft oder eigentlich bei ihrer Himmelleiter; er sah ihr stilles großes Untergehen und die Henkers-Entheiligung ihres Hauptes und den alles verdrehenden Wahnsinn. – Nun drückte ihn das Leben und die Zeit zu schwer; – die niedergebogne alte Flamme seiner Seele loderte aufwärts, er schrieb ein sehr gemäßigtes Blatt für Corday, ein zweites gegen den letzten oder 31ten Wonnemonat, gegen die Vertreiber der Republikaner.

61   Frankreich 1800, 9. St. S. 79 etc.

Er wurde ins Gefängnis la Force geworfen; aber sein Geist und seine Zunge blieben frei. Er empfing darin keinen Schmerz als den von seinem wohlmeinenden Bekannten *Wedekind,* der ins Journal de la Montagne, um ihn zu retten, die Lüge einschickte, Lux habe nur aus wirklichem Wahnsinn der Liebe für Corday so geschrieben. Aber er foderte kräftig den Widerruf ab und wiederholte damit die deutsche Kaltblütigkeit, womit er in der früheren Schrift für Corday zugleich sie bewundert und getadelt hatte. Man bot ihm für Verstummen leibliche Freiheit an; er verwarf den ekeln Köder und sprach nicht nur fort, sondern drang durch Briefe bei den Wohlfahrt- und Sicherheit-Ausschüssen und bei dem Präsidenten und dem öffentlichen Ankläger des Revolution-Tribunales[62] immer wärmer darauf, daß man ihn vor Gericht bescheide.–
– Endlich erfüllte man ihm am 10. Okt. morgens seine Foderung; abends um 4 Uhr war er da, wo er hingehörte, im Lande einer dauerhaften Freiheit bei dem Genius, der ihn mit diesem himmlischen Herzen heruntergeschickt.

Und kein Deutscher vergesse ihn! – Aber wie wird alles im Rauschen der fortziehenden Zeit übertäubt und vergessen! Welche hohe Gestalten stiegen nicht aus dem unreinen Strome und glänzten und sanken; wie Wasserpflanzen in die Höhe gehen, um zu blühen, und dann, mit Früchten beladen, untersinken.« – –

Ich fuhr fort »Er starb rein und groß zugleich. Dies war schwer in einer Zeit wie die seinige; denn durch die gewaltsamen einmütigen Bewegungen eines Volks wird leicht das zarte moralische Urteil, wie durch ein Erdbeben die Magnetnadel, entkräftet und verrückt. Der Geist der Zeit, von welchem jeder durch seinen einzelnen sich rein zu halten glaubt, besteht ja aus nichts als vielen einzelnen Geistern; und jeder ist früher der Schüler als der Lehrer des Jahrhunderts, wie früher ein Sohn als ein Vater; nur aber daß, weil wir die Farbe des säkularischen Geistes bloß in großen Massen spüren, jene uns aus den einzelnen Wesen, woraus sie allein zusammenfließt, verschwindet; wie ein einziges, aus dem grauen Welt-Meer geschöpftes Glas Wasser rein und hell zu sein scheint. – Auch über den festen Mainzer, der ungleich dem Revolutionhaufen nicht nur *Segel,* sondern auch *Anker* hatte, regierte ein Geist der Zeit oder vielmehr ein Geist des Volks – er war ein Deutscher.«

62   Frankreich l. c.

»Ich sehne mich wieder«, sagte der Graf »nach der großen Corday; ihr Bild vor mir tut mir so wohl wie der jetzige Donner über uns; es blickt ja so heiter-ruhig, als wär' es das Urbild, in die Blitze.«

»Den dritten Tag der Gefangenschaft – den Corday den zweiten nach ihrer tätigen Vorbereitung zur innern Ruhe nennt schrieb sie die unvergeßlichen Briefe an Barbaroux und an ihren Vater. Ihr Urteil darin über den toten Marat hatte noch die alte feste Strenge, von keiner Weichherzigkeit für eine Leiche bestochen. Auf gleiche Weise gab sie dem Revolutiontribunal auf die Frage: wie sie Marat für ein Ungeheuer halten können, da er ihr, nach ihrer schriftlichen Klage über Verfolgung, den Zutritt gestattet, zur Antwort: ›was sei denn das, gegen sie menschenfreundlich und gegen alle Menschen ein Wütrich gewesen zu sein?‹ – Sie bat in ihrem zweiten Briefe ihren Vater um Verzeihung ihrer Aufopferung und sagte: ›Freuen Sie sich, daß Sie einer Tochter das Leben gaben, die zu sterben weiß. Mich beweine keiner meiner Freunde! Ihre Tränen würden mein Andenken beflecken, und ich sterbe glücklich.‹

Den Brief an Barbaroux endigte sie mit den Worten: ›Morgen um 5 Uhr fängt mein Prozeß an, und ich hoffe an demselben Tage in Elysium mit *Brutus* und einigen andern *Alten* zusammenzukommen; denn die Neuern reizen, da sie so schlecht sind, mich nicht.‹

Mittwochs den 17ten stand sie vor dem Revolutiontribunal. Was sie davor und überall bisher sagte, würde aus einem andern Munde wie erhabene Sprüche klingen; aber wer im Großen einmal lebt, der zeigt unbewußt und unangestrengt nichts als seine Erhöhung, und er bewohnt bloß die Ebene auf einem Gebirge. Wenn indes die so sanfte Gestalt dem Albas-Blutrate so schneidend und strafend antwortete: so denke man daran, daß kein edler Mann weniger tun könnte, der nun die aufgeblasenen befleckten Richter so vieler unbefleckten Seelen auf einmal vor sich sähe; Leute, der Königschlange gleich, die sich mit ihren Ringen in Gestalt eines tränkenden Brunnens aufmauert, um die Tiere anzulocken und dann erquetschend zu umwickeln.

354

Cordays Leben hatte nur noch eine freie Minute, und in dieser gab sie auf lauter schlechte Fragen diese Antworten: ›Alle Rechtschaffene sind meine Mitschuldigen. – Die Franzosen haben nicht Kraft genug, um Republikaner zu sein.‹[63] – Und nach einer Verwechslung[64] ihrer mit einer andern Frau, die den Fleischer Legendre sprechen wollen, versetzte sie: ›Ihr begreift doch, daß man nicht zwei solche Taten auf einmal verrichtet, und mit Marat mußte man beginnen.‹

Sie empfing ihr Todesurteil vom Richter so heiter, als sie es einen Monat früher über sich selber ausgesprochen hatte. Sie dankte ihrem Verteidiger, dem Bürger Chauveau, für seine mutige Verteidigung und sagte, sie könn' ihn nicht belohnen, bitt' ihn aber, als ein Zeichen ihrer Achtung den Auftrag anzunehmen, für sie eine kleine Schuld im Gefängnis zu bezahlen.

Abends bestieg sie ihren Leichenwagen, auf dem sie den schleichenden Weg zum Sterbebette zwei lange Stunden machte, angezischt und angeheult vom Volk, für das sie sterben wollte. Sie war bitter-allein, ohne irgendeinen Verwandten ihres Herzens oder ihres Schicksals. Bloß unwissend begegnete sie in der Straße St. Honoré dem, der das eine war und das andere wurde, dem Adam Lux aus Mainz. O warum mußte ihr Blick, der die anhöhnende Menge vergeblich nach einem gleichflammenden Herzen durchsuchte, diesen Bruder ihres Innern nicht finden und kennen, warum blieb ihr die letzte Entzückung der Erde verweigert, die Überzeugung oder der Anblick, daß der Glaubensgenosse und Verteidiger ihres Herzens und der künftige Märterer ihrer Tat sie jetzo begleite an ihr Grab, dann in dasselbe, und daß eine edle Seele der ihrigen nachweine und darauf nachziehe? – Und er war ihr so nahe und sah ihre letzte Minute! Aber er hatte das Glück verdient, sie sterben zu

sehen. Die ganze Frühlingwelt in des Republikaners Herz blühte wieder auf, da er diese Ruhe der Verklärung auf der jugendlichen Gestalt im roten Sterbekleide[65], diese auf dem langen Todeswege unverrückte Unerschrockenheit in den stolzen und durchdringenden Augen, und wieder diese unter dem ewigen Verhöhnen zärtlichen, mitleidigen und feuchten Blicke sah, deren Engelhuld seinem so männlichen Herzen ebenso bitter war als süß. – Nein, wer ein solches Wesen leben und leiden sah, kann es nicht beweinen, nur nachahmen; das vom Wetterstrahle der Begeisterung getroffne Herz duldet nichts Irdisches mehr

63 Moniteur l. c.

64 Denn Freitags vorher hatte eine Unbekannte diesen Volkmörder mit Heftigkeit zu sprechen gesucht.

65 Das sogenannte Bluthemd der Verurteilten.

an sich; so wie bei den Alten die vom heiligen Blitze des Himmels getroffne Stelle nicht mehr betreten und überbaut werden konnte.« –

»Wär' es denn Sünde«, sagte der Graf, »wenn man nach gewissen Gedanken keine mehr denken wollte? Wenn ich jetzt herzlich wünschte, daß mir gegenüber dem Bilde dieser Uranide der große schöne Donner das kahle Leben auslöschte? Wär' dies Sünde? Ach warum muß der arme Erdensohn meistens in Wintern aller Art sterben, selten im Feuer und Frühling?«

»Freundlich und ruhig bestieg Charlotte Corday«, fuhr ich fort, »die Trauerbühne, wo sie diesen Erdennamen ablegte, und grüßte die wilden Tiere unter dem Gerüste so sanft, daß sogar diese zahm sich niederlegten. Lasset uns nicht lange auf dieser blutigen Stelle verweilen, wo so viele Seufzer und Schmerzen wohnen und nachtönen; und du selber, Charlotte, hast hier die letzten über dieses Schlachtfeld des würgenden Marats, über dieses Erbbegräbnis freier Herzen empfunden! – Ein Würger nahm ihr die jugendlichen Locken, enthüllte das jungfräuliche Herz, das noch einmal in der blassen Todesstunde das keusche Blut auf die verschämten Wangen trieb – und legte das blühende Leben unter die aufgespannte Parzenschere – und es entflog in die ewige Welt … O nur nicht mehr als *einen* Augenblick habe der Erdenschmerz, der Erdentod den hohen Geist verfinstert, wie der Berggipfel die Sonne des längsten Sommertags nur eine Minute verdeckt, zwischen ihrem Unter- und Aufgang! – Du aber, edler Mainzer, gehe nun mit deiner entbrannten Seele heim und sage noch einmal die kühne Wahrheit und kehre dann auf dieses Sterbegerüste zurück! – Und niemand von uns weine über die Hohe, sondern er opfere wie sie, was Gott von ihm begehrt, es sei das Leben oder weniger!«

356

Die Erzählung war geendigt. Ich faßte die Hand des Grafen, der weinend seinen Mund auf Cordays Bild gedrückt. Das Gewitter hing brausend auf uns herein und schien vom unaufhörlichen Blitze wie überschleiert oder verflüchtigt. Auf einmal trat im Westen unten an den Wetterwolken die stille Abendsonne heraus wie ein großes, aber wolkennasses Auge, und wir sahen die weinende niedergehen; und dachten schweigend länger über Helden und Heldinnen der Freiheit nach.

357

III.

Polymeter

Das Menschen-Herz

Mir träumte, ich sei unnennbar selig, aber ohne Gestalten und ohne alles und ohne Ich, und die Wonne war selber das Ich. Als ich erwachte, so rauschte und brannte vor mir der Frühling mit seinen Freudengüssen wie ein von der Morgensonne durchstrahlter Wasserfall, die Erde war ein aufgedeckter Göttertisch, und alles war Blüte, Klang und Duft und Lust. Ich schloß froh weinend das Auge und sehnte mich nach meinem Traume wieder.

Der Mensch der Bedürfnisse und der höhere Mensch

Der Mensch, gepreßt wie die gekrümmte Feder in der Uhr, dreht an seiner Kette die Stundenräder, um sich wieder auszudehnen, und hat er sich für einen Tag befreit: so wird die Uhr schnell aufgezogen, und er windet wieder die Kette langsam von neuem ab. Der höhere Mensch geht als eine Welt in dem Himmel und wendet sich täglich um seine Sonne.

Die Menschenfreude

Stets zwischen zwei Disteln reift die Ananas. Aber stets zwischen zwei Ananassen reift unsere stechende Gegenwart, zwischen der Erinnerung und der Hoffnung.

Der Eichenwald

Fälle meinen heiligen Eichenwald nicht, o Fürst, sagte die Dryade, ich strafe dich hart. Er fällte ihn aber. Nach vielen Jahren mußte er sein Haupt auf den Richtblock hinstrecken, und er sah den Block aufmerksam an und rief: er ist von Eichenholz.

Der Pfeil des Todes

Sobald wir anfangen zu leben, drückt oben das Schicksal den Pfeil des Todes aus der Ewigkeit ab – er fliegt so lange, als wir atmen, und wenn er ankommt, so hören wir auf. »O stürben wir doch auch so alt und lebenssatt wie unser Jubel-Greis!« sagen dann diejenigen, deren Pfeile noch fliegen.

Ährenlesen armer Kinder

Seht hier Blüten, die schon Früchte tragen!

Die Tränen

Wir haben alle schon geweint, jeder Glückliche einmal vor Weh, jeder Unglückliche einmal vor Lust.

Völker-Proben

Nur mit den gewaltigen Brennspiegeln werden Edelsteine untersucht, mit Eroberern die Völker.

Der Eroberer

O wie gleichst du so oft deinem Rom! Voll eroberter Weltschätze, voll Götterbilder und Größen, bist du mit Öde und Tod umgeben – nichts grünt um Rom als der giftige Sumpf, alles ist leer und wild, und kein Dörfchen schaut nach der Peterskirche. Du allein mit deiner Sünde schwillst unter dem Sturm, wie unter Gewittern Leichen sich aufblähen.

Der traurige Tag

Umfängt dich der traurige Tag mit seinem Nebel, der leer, dumpf, dicht und grau dir die ganze Welt verhüllt: so denke daran, in was ihn verwandelt die Vergangenheit und Dichtkunst; in leichten glänzenden Wölkchen steht er am Himmel oder in Abendröten – oder er schimmert, niedergefallen, als Morgentau auf den Auen, die er dir bedeckt hatte.

Die Blumen auf dem Sarge der Jungfrau

Streuet nur Blumen auf sie, ihr blühenden Freundinnen! Ihr brachtet ja sonst ihr Blumen bei den Wiegenfesten. Jetzo feiert sie ihr größtes; denn die Bahre ist die Wiege des Himmels.

Die Treulosigkeit

Dem treuen Mädchen brach das Herz, nachdem sie den Treulosen geliebt. Ach, sagte sie, warum bricht es zu spät? Der Demant zerspringt schon, wenn ein treuloses Herz nur annaht, und warnt das treue.

Die Verkannte

Unglückliche, du trägst die Dornenkrone auf dem blutigen Haupte, doch ewige Rosen blühen auf deiner Brust.

Die Zeiten

Die Vergangenheit und die Zukunft verhüllen sich uns; aber jene trägt den Witwen-Schleier und diese den jungfräulichen.

Der Dichter

Der Dichter gleicht der Saite: er selber macht sich unsichtbar, wenn er sich schwingt und Wohllaut gibt.

Das Leben

Ihr nennt das Leben mit Recht die Bühne. Den Geistern, die uns zuschauen, sind unsere trüben Versenkungen und frohen Aufflüge auf der Bühne keine von beiden, sondern nur unser Spielen.

Die Treue

»O ich wohne ja in deinem Auge«, sagte der kleine Bruder, als er sich im schwesterlichen erblickte. »Und ich wohne gar in deinem!« sagte die Schwester. – »Gewiß, so lange ihr euch seht«, dachte der Vater, »denn die Augen der Menschen sind ihren Herzen ähnlich.«

Die Hof- und die Landtrauer

Nur der Hof und Große dürfen um einen Fürsten öffentlich trauern; nun so sei es um einen bösen. Aber den Landesvater beweine das ganze Land. Das ärmste Kind ist ja seine Waise.

Der Dichter

Wohl habe ich Früchte und Blumen zusammengebunden, wie im Blüten-Strauße auch die reife Pomeranze erscheint; aber auch die Frucht ist nur Blüte, und der Herbst duftet mit dem Frühling zugleich.

Die Freuden des Dichters

Gönnt und gebt dem Dichter Freuden; er bringt sie euch verklärt als Gedichte zurück, und er genießt die Blumen, um sie fortzupflanzen; denn er ist der Biene ähnlich, die von den Blumen, aus denen sie Süßigkeit trinkt, den Blumenstaub weiterträgt und zu neuen jungen Blumen aussäet. Laßt ihn nach Italien fliegen, denn er bringt es auf seinen Flügeln als hängenden Garten der Dichtkunst mit.

Rat

Sprecht nicht: wir wollen leiden; denn ihr müßt. Sprecht aber: wir wollen handeln; denn ihr müßt nicht.

Die Politik

Sie verhüllt wohl sich, aber sie zeigt der Welt ihre Toten, ihre Schlachtfelder und Schlachtstädte und ihre neuen Flüsse, die sich halb aus Blut, halb aus Tränen durch die Auen schlängeln. So geht in Rom die Brüderschaft der Leichen weiß vermummt, aber ihre Toten trägt sie aufgedeckt, und die Mittagsonne scheint auf das kalte, blinde Gesicht.

An die Feinde der Freiheit

Zerschlagt nur jeden Bund ihrer Freunde und zerstückt jedes Buch sogar mit dem, der es hinstellte, um darin die Geister-Sonne, die Freiheit, im

Aufgange zu zeigen: nun glänzt die Sonne nicht mehr aus *einem* Spiegel, sondern neu aus jeder Scherbe des zertrümmerten. Die ruhige Meer-Ebene mit *einer* stillen Sonne im Busen lodert aufgestürmt mit verworrenen zahllosen Sonnen auf den zahllosen Wogen.

Der All-Geist

Tausend Sonnen schießen in Augenblicken über das Feld des Sternrohrs[66], und neue Tausend fliegen nach. Der All-Geist ruht und schauet; und die Sonnen und das All eilen vorüber, aber ihr wetterleuchtender Flug ist ihm ein unbeweglicher Glanz, und vor ihm steht das verfliegende All fest.

362
363

---

66 In einer Viertelstunde flogen 116.000 Sterne durch das Feld von Herschels Teleskop.

Biographie

1763 *21. März:* Johann Paul Friedrich Richter wird in Wunsiedel (Fichtelgebirge) geboren. Er ist der erste Sohn des Lehrers, Organisten und Hilfsgeistlichen Johann Christian Christoph Richter und seiner Frau Sophia Rosina, geb. Kuhn.

1765 *August:* Der Vater wird Pfarrer in Joditz an der Saale und beginnt den erst zweijährigen Jean Paul durch bloßes Memorieren in Latein und im Katechismus zu unterrichten.

1776 *Januar:* Übersiedlung nach Schwarzenbach an der Saale, wo der Vater Pfarrer wird.

1778 Erste Exzerpthefte.

1779 *Februar:* Jean Paul besucht das Gymnasium in Hof. Er lebt bei den Großeltern.
April: Der Vater stirbt.
Oktober: Schulrede »Über den Nutzen des frühen Studiums der Philosophie«.
Fraundschaft mit Lorenz Adam von Oerthel, Johann Bernhard Hermann und Georg Christian Otto.

1780 Tod des Großvaters. Durch Erbauseinandersetzungen gerät die Familie Richter in finanzielle Not.
Die »Übungen im Denken« entstehen (bis 1781).

1781 »Abelard und Heloise«, ein Roman in Briefen, entsteht.
Mai: Beginn des Studiums der Theologie, später der Philosophie in Leipzig. Jean Paul finanziert seinen Lebensunterhalt durch Privatunterricht.
Entstehung von »Lob der Dummheit« (bis 1782).

1783 Die »Grönländischen Prozesse oder Satirische Skizzen« (2 Bände) erscheinen.
Kurzfristiges Verlöbnis mit Sophia Ellrodt.

1784 Wegen völliger Mittellosigkeit muß Jean Paul das Studium aufgeben und zieht auf der Flucht vor den Gläubigern zu seiner Mutter nach Hof (bis 1786).

1786 Einige Aufsätze Jean Pauls und seiner Freunde erscheinen anonym in der von Pfarrer J. S. Völkel aus Schwarzenbach herausgegebenen Aufsatz- und Satirensammlung »Mixturen für Menschenkinder aus allen Ständen«.

Oktober: Tod des Freundes L. A. von Oerthel

1787 *Januar:* Jean Paul wird Hauslehrer des jüngeren Bruders seines verstorbenen Freundes Oerthel in Töpen bei Hof.

1789 *April:* Freitod von Jean Pauls Bruder Heinrich.
Juni: Rückkehr nach Hof.
Unter dem Pseudonym J. P. F. Hasus erscheint die bereits 1786 geschriebene Satirensammlung »Auswahl aus des Teufels Papieren«.

1790 *Februar:* Tod Johann Bernhard Hermanns.
Jean Paul gründet eine Elementarschule in Schwarzenbach, deren Leiter er bis 1794 ist.

1792 *Juni:* Beginn des Briefwechsels mit Karl Philipp Moritz.
Beginn der Arbeiten am »Hesperus« und am »Titan«.

1793 *Sommer:* Reise nach Bayreuth, Neustadt an der Aisch und Erlangen.
Verlobung mit der 15jährigen Karoline Herold.
Unter dem Pseudonym Jean Paul erscheint das erste größere Werk, der Erziehungsroman »Die unsichtbare Loge« (2 Bände).

1794 *Mai:* Umzug zur Mutter. Jean Paul wird Erzieher und Schriftsteller in Hof.
September: Erneute Reise nach Bayreuth.
Trennung von Karoline Herold.

1795 Beginn der Arbeit an den »Flegeljahren«.
Ein weiterer, unter dem Einfluß von Sterne, Fielding und Wieland entstandener Erziehungsroman, »Hesperus oder 45 Hundsposttage« (3 Bände), erscheint.
September: Beginn der Arbeit am »Siebenkäs« (bis Juni 1796).
Dezember: Beginn des Briefwechsels mit Friedrich von Oerthel.

1796 Jean Paul veröffentlicht den Roman »Quintus Fixlein«, der als fiktive Biographie des Lehrers Fixlein ein Gegengewicht zum »Hesperus« darstellt.
Der humoristische Roman »Siebenkäs« (3 Bände, 1796–97) erscheint.
Juni: Auf Einladung Charlotte von Kalbs Besuch in Weimar und kurzer Aufenthalt in Jena. Freundschaft mit Johann Gottfried Herder.
Bekanntschaft mit Karl Ludwig von Knebel, Christoph Martin Wieland und der Herzogin Anna Amalia. Goethe und Schiller

halten sich auf Distanz.

1797 *25. Juli:* Die Mutter stirbt.

November: Übersiedlung nach Leipzig. Beziehung zu Emilie von Berlepsch und Freundschaft mit Friedrich von Oerthel.

1798 *Januar:* Verlobung mit Emilie von Berlepsch, die bereits Ende Februar wieder gelöst wird.

Mai: Jean Paul reist nach Dresden, wo er die Antikensammlung und die Gemäldegalerie besucht. Bekanntschaft mit Karoline Schlegel.

Juli: In Halberstadt Begegnung mit Johann Wilhelm Ludwig Gleim.

August: Erneute Reise nach Weimar und Jena, wo Jean Paul mit Herder, Wieland und Johann Gottlieb Fichte zusammentrifft.

Oktober: Jean Paul zieht nach Weimar um, wo er engen Kontakt zu Herder pflegt.

Briefwechsel mit Friedrich Heinrich Jacobi.

1799 *August:* Jean Paul erhält den Titel eines herzoglichen Legationsrats.

Oktober: Verlobung mit Karoline von Feuchtersleben (bis Mai 1800).

November: Erstes Treffen mit Ludwig Tieck und Novalis.

1800 *Mai-Juni:* Reise nach Berlin. Bekanntschaft mit Josephine von Sydow, Henriette von Schlabrendorff und Rahel Levin.

Königin Luise lädt Jean Paul nach Potsdam ein.

Jean Pauls Hauptwerk »Titan« (4, Bände, 1800–03) beginnt zu erscheinen.

Oktober: Übersiedlung nach Berlin. Verlobung mit Karoline Mayer. Begegnung mit Fichte, Schleiermacher, Friedrich Schlegel, Tieck, Bernhardi.

1801 *27. Mai:* Heirat mit Karoline Mayer.

Juni: Besuch in Weimar.

Beginn der Niederschrift der »Flegeljahre«.

Jean Paul siedelt nach Meinigen über, wo er freundschafliche Beziehungen zu Herzog Georg I. von Sachsen-Meiningen pflegt.

1802 Juli: Reise nach Weimar.

20. September: Geburt des ersten Kindes Emma.

1803 *Juni:* Übersiedlung nach Coburg.

9. November: Geburt des Sohnes Maximilian.

18. November: Herder stirbt.

Dezember: Tod Herzog Georg I. von Sachsen-Meiningens.

1804   *Mai:* Reise nach Bamberg und Erlangen.

August: Jean Paul siedelt nach Bayreuth über.

Die in Coburg von Herbst 1803 bis Sommer 1804 geschriebene dichtungstheoretische Abhandlung »Vorschule der Ästhetik« erscheint.

Der Roman »Flegeljahre« (4 Bände, 1804–05) wird veröffentlicht.

9. November: Das dritte Kind Odilie wird geboren.

1805   *Mai:* Besuch Fichtes.

Juni: Jeans Pauls »Wechselgesang der Oreaden« wird aufgeführt.

August: Herzog Paul von Württemberg besucht Jean Paul.

Wegen zunehmender materieller Probleme Gesuch um eine Staatspension an Friedrich Wilhelm III. von Preußen, das jedoch abgelehnt wird.

Mitarbeit am »Morgenblatt für gebildete Stände« (bis 1824).

1807   Die Erziehungslehre »Levana« (2 Bände) erscheint.

1808   »Friedenspredigt an Deutschland«.

1809   *April:* Jean Paul wird Ehrenmitglied des Frankfurter »Museums« und erhält von nun an ein Jahresgehalt von Fürstprimas Karl Theodor von Dalberg, ab 1815 von der bayerischen Regierung.

»Dr. Katzenbergers Badereise« (Roman, 2 Bände).

»Des Feldpredigers Schmelzle Reise nach Flätz« (Erzählung).

1810   »Herbst-Blumine, oder gesammelte Werkchen aus Zeitschriften« (3 Bände, 1810–20).

August: Jean Paul reist nach Bamberg und begegnet dort E. T. A. Hoffmann.

1811   *Juni:* Reise nach Erlangen und Nürnberg.

1812   »Leben Fibels, des Verfassers der Bienrodischen Fibel« (Erzählung).

Mit Cotta Verhandlungen über eine Ausgabe der sämtlichen Werke.

Juni: Reise nach Nürnberg. Begegnung mit Friedrich Heinrich Jacobi und Hegel.

1814   »Mars' und Phöbus' Thronwechsel im Jahre 1814. Eine scherzhafte Flugschrift«.

1816   Jean Paul wird korrespondierendes Mitglied der Berlinischen
        Gesellschaft für deutsche Sprache.
        August: Auf Einladung Dalbergs Reise nach Regensburg.
1817   *Juli-August:* Reise nach Heidelberg, Mannheim und Frankfurt
        am Main. Freundschaft mit Heinrich Voß d. J. Zusammentref-
        fen mit Tieck, Hegel und Uhland.
        Beziehungen zu Sophie Paulus.
        Die Universität Heidelberg verleiht Jean Paul die Ehrendoktor-
        würde.
1818   *Juni:* Reise nach Frankfurt am Main und Heidelberg. Zusam-
        mentreffen mit Friedrich und August Wilhelm Schlegel.
        Jean Paul verfaßt die autobiographische »Selbsterlebensbeschrei-
        bung«, die Fragment bleibt.
1819   *Juni-Juli:* Reise nach Stuttgart.
        September: Auf Einladung der Herzogin Dorothea von Kurland
        Aufenthalt in Löbichau.
1820   »Der Komet« (Roman, 3 Bände, 1820–22).
        Juni-Juli: Jean Paul besucht seinen in München studierenden
        Sohn Maximilian.
        Audienz bei König Maximilian I. Joseph. Jean Paul wird Ehren-
        mitglied der Bayerischen Akademie der Wissenschaften.
1821   *April:* Reise nach Bamberg.
        September: Tod des Sohnes Maximilian.
1822   *Mai-Juni:* Aufenthalt in Dresden.
        Oktober: August Voß stirbt.
1823   *April:* Beginn der Augenkrankheit grauer Star.
        Arbeit an dem letzten, unvollendet gebliebenen Werk »Selina
        oder die Unsterblichkeit«.
1824   Zunehmende Erblindung.
1825   Jean Paul stellt die ersten fünf Kapitel von »Selina« (2 Bände,
        postum 1827) fertig.
        September: Reise nach Nürnberg.
        Oktober: Der Verleger Georg Andreas Reimer in Berlin macht
        ein Angebot für eine Gesamtausgabe. Noch im gleichen Monat
        beginnt Jean Paul mit den Vorbereitungen.
        14. November: Jean Paul stirbt in Bayreuth.

Erzählungen der Frühromantik

1799 schreibt Novalis seinen Heinrich von Ofterdingen und schafft mit der blauen Blume, nach der der Jüngling sich sehnt, das Symbol einer der wirkungsmächtigsten Epochen unseres Kulturkreises. Ricarda Huch wird dazu viel später bemerken: »Die blaue Blume ist aber das, was jeder sucht, ohne es selbst zu wissen, nenne man es nun Gott, Ewigkeit oder Liebe.«

Tieck Peter Lebrecht **Günderrode** Geschichte eines Braminen **Novalis** Heinrich von Ofterdingen **Schlegel** Lucinde **Jean Paul** Des Luftschiffers Giannozzo Seebuch **Novalis** Die Lehrlinge zu Sais
ISBN 978-3-8430-1878-4, 416 Seiten, 29,80 €

Erzählungen der Hochromantik

Zwischen 1804 und 1815 ist Heidelberg das intellektuelle Zentrum einer Bewegung, die sich von dort aus in der Welt verbreitet. Individuelles Erleben von Idylle und Harmonie, die Innerlichkeit der Seele sind die zentralen Themen der Hochromantik als Gegenbewegung zur von der Antike inspirierten Klassik und der vernunftgetriebenen Aufklärung.

Chamisso Adelberts Fabel **Jean Paul** Des Feldpredigers Schmelzle Reise nach Flätz **Brentano** Aus der Chronika eines fahrenden Schülers **Motte Fouqué** Undine **Arnim** Isabella von Ägypten **Chamisso** Peter Schlemihls wundersame Geschichte **Hoffmann** Der Sandmann **Hoffmann** Der goldne Topf
ISBN 978-3-8430-1879-1, 408 Seiten, 29,80 €

Erzählungen der Spätromantik

Im nach dem Wiener Kongress neugeordneten Europa entsteht seit 1815 große Literatur der Sehnsucht und der Melancholie. Die Schattenseiten der menschlichen Seele, Leidenschaft und die Hinwendung zum Religiösen sind die Themen der Spätromantik.

Brentano Die drei Nüsse **Brentano** Geschichte vom braven Kasperl und dem schönen Annerl **Hoffmann** Das steinerne Herz **Eichendorff** Das Marmorbild **Arnim** Die Majoratsherren **Hoffmann** Das Fräulein von Scuderi **Tieck** Die Gemälde **Hauff** Phantasien im Bremer Ratskeller **Hauff** Jud Süss **Eichendorff** Viel Lärmen um Nichts **Eichendorff** Die Glücksritter
ISBN 978-3-8430-1880-7, 440 Seiten, 29,80 €

Dekadente Erzählungen

Im kulturellen Verfall des Fin de siècle wendet sich die Dekadenz ab von der Natur und dem realen Leben, hin zu raffinierten ästhetischen Empfindungen zwischen ausschweifender Lebenslust und fatalem Überdruss. Gegen Moral und Bürgertum frönt sie mit überfeinen Sinnen einem subtilen Schönheitskult, der die Kunst nichts anderem als ihr selbst verpflichtet sieht.

Rainer Maria Rilke Die Aufzeichnungen des Malte Laurids Brigge **Joris-Karl Huysmans** Gegen den Strich **Hermann Bahr** Die gute Schule **Hugo von Hofmannsthal** Das Märchen der 672. Nacht **Rainer Maria Rilke** Die Weise von Liebe und Tod des Cornets Christoph Rilke

ISBN 978-3-8430-1881-4, 412 Seiten, 29,80 €

Erzählungen aus dem Sturm und Drang

Zwischen 1765 und 1785 geht ein Ruck durch die deutsche Literatur. Sehr junge Autoren lehnen sich auf gegen den belehrenden Charakter der - die damalige Geisteskultur beherrschenden - Aufklärung. Mit Fantasie und Gemütskraft stürmen und drängen sie gegen die Moralvorstellungen des Feudalsystems, setzen Gefühl vor Verstand und fordern die Selbstständigkeit des Originalgenies.

Jakob Michael Reinhold Lenz Zerbin oder Die neuere Philosophie **Johann Karl Wezel** Silvans Bibliothek oder die gelehrten Abenteuer **Karl Philipp Moritz** Andreas Hartknopf. Eine Allegorie **Friedrich Schiller** Der Geisterseher **Johann Wolfgang Goethe** Die Leiden des jungen Werther **Friedrich Maximilian Klinger** Fausts Leben, Taten und Höllenfahrt

ISBN 978-3-8430-1882-1, 476 Seiten, 29,80 €

Erzählungen aus dem Sturm und Drang II

Johann Karl Wezel Kakerlak oder die Geschichte eines Rosenkreuzers **Gottfried August Bürger** Münchhausen **Friedrich Schiller** Der Verbrecher aus verlorener Ehre **Karl Philipp Moritz** Andreas Hartknopfs Predigerjahre **Jakob Michael Reinhold Lenz** Der Waldbruder **Friedrich Maximilian Klinger** Geschichte eines Teutschen der neusten Zeit

ISBN 978-3-8430-1883-8, 436 Seiten, 29,80 €